Moon Notes

CHRIS KASPAR

WATCHED

DU SOLLST ~~NICHT~~ LÜGEN

MOON NOTES

Klimaneutral
Druckprodukt
ClimatePartner.com/53248-2011-1002

Dieses Buch wurde klimaneutral produziert. Dadurch fördern wir anerkannte Nachhaltigkeitsprojekte auf der ganzen Welt. Erfahre mehr über die Projekte, die wir unterstützen, und begleite uns auf unserem Weg unter www.oetinger.de

FSC
www.fsc.org
MIX
Papier aus verantwortungsvollen Quellen
FSC® C014496

Originalausgabe
1. Auflage

Satz: Arnold & Domnick, Leipzig
Druck und Bindung: GGP Media GmbH; Karl-Marx-Straße 24,
07381 Pößneck, Deutschland
Printed 2021
ISBN 978-3-96976-013-0

www.moon-notes.de

Für meine Eltern. Weil.

RENA

3. August, 10.08 Uhr
(7 Tage, 13 Stunden und 23 Minuten danach)

Im Beichtstuhl ist es dunkel und stickig. Es riecht muffig, nach Holz und so, als hätte jemand eine Ladung nasse Handtücher in der Waschmaschine vergessen.

Auf der anderen Seite des schweren Samtvorhangs findet Joes Beerdigungsgottesdienst statt. Pfarrer Sailes Stimme dringt nur gedämpft bis zu mir in den Beichtstuhl.

Ich schlucke. Mein Mund fühlt sich an, als hätte ich den Vorhang mit der Zunge vom Staub befreit. Ich schlucke erneut. Schmirgelpapier meets Kehle.

Angestrengt ignoriere ich das, was der Pfarrer draußen über Joe zu sagen hat. Und was soll das schon sein? Er kannte ihn überhaupt nicht, und das nicht nur, weil die Deckers erst letzten Winter hergezogen sind.

Am liebsten würde ich mir die Finger in die Ohren stecken und summen, wie ein Kind, das sich vor dem Donner fürchtet. Aber ich bin kein Kind mehr, ich kann die Realität nicht wegsummen. Keine Ahnung, warum ich überhaupt hergekommen bin.

Vereinzeltes Flüstern ist zu hören. Und obwohl ich kein Wort von dem verstehe, was getuschelt wird, weiß ich sehr genau, worüber die da draußen sich das Maul zerreißen. Oder besser gesagt, über wen.

Mich.

Rena Winterstein. Siebzehn Jahre alt. Mörderin.

Sie wissen nicht, dass ich hier drin sitze. Hoffe ich. Ich bin extra eine halbe Stunde früher gekommen. Aber wenn sie es wüssten, wären sie bestimmt zufrieden. Der Beichtstuhl ist genau der richtige Ort, um über meine Sünden nachzudenken.

Und mit denen könntest du die Hölle tapezieren!, schnurrt die Besserwisserin. Seit Kurzem hat sie sich in meinem Kopf eingenistet, thront auf dem Berg aus Lügen, der sich in mir angestaut hat. Um gnadenlos genau die Dinge zu kommentieren, die ich versuche, in der hintersten Ecke zu verstecken. Wegzuschließen. Dumm nur, dass die Besserwisserin einen Generalschlüssel hat. Nichts ist sicher vor ihr. Sie ist wie ein sprechender Spiegel, der einem nur die hässlichen Dinge entgegenschreit. Die Dinge, die sonst keiner sehen kann.

Orgelmusik setzt ein. Drama pur. Die dunklen Holzwände rücken näher, drohen, mich zu zerquetschen. Mir ist heiß. Der Schweiß läuft zwischen meinen Schulterblättern runter, das Atmen fällt mir zunehmend schwerer, und die Luft ist zähflüssig wie Sirup.

Durch einen schmalen Spalt zwischen Vorhang und Beichtstuhl kann ich die vorderste Kirchenbank sehen. Dort sitzen Joes Eltern, sein bester Kumpel Aaron, sein Bruder Pascal und … Olivia. Ausgerechnet. Sogar nach Joes Tod kann sie es nicht lassen. Hat sie nicht begriffen, dass es nichts mehr zu holen gibt? Jeder konnte sehen, dass sie ein Auge auf Joe geworfen hatte.

Und du hast sie deutlich spüren lassen, was du davon hältst!

Joes Mutter dreht sich ruckartig zu mir um, als hätte sie die Besserwisserin gehört. Mein Herzschlag setzt aus, nur um dann mit doppelter Geschwindigkeit weiterzurasen. Ihr Blick ist so kalt. Kann sie mich sehen? Ich fühle mich, als wäre ich in einen zugefrorenen Fluss eingebrochen. Die Strömung reißt mich fort von dem Loch, das zurück zur rettenden Oberfläche führt.

Frau Decker ist schon immer schlank gewesen, aber jetzt treten ihre Wangenknochen spitz hervor, und ihre Bluse sitzt um die Schultern locker. Ihr Oberkörper schwankt leicht. Wie das Pendel einer Standuhr. Hin. Her. Hin. Her. Es würde mich nicht überraschen, wenn sie im nächsten Moment einfach von der Bank auf den Steinboden kippt. Still und leise, so wie ihre Wut auf mich. Ihre Augen sind tiefe Gräber.

Ich fröstle. Der Moment dehnt sich aus, als hätte jemand mit besonderem Hang zur Dramatik die Zeit angehalten. Frau Deckers Lippen werden zu einem schmalen Strich, sonst ändert sich nichts in ihrem Gesicht. Die Kälte bleibt, die Grabesaugen auch. Innerlich zähle ich die Sekunden, höre aber meine eigenen Gedanken nicht. Halte es aus. Halte ihnen stand. Das bin ich ihr schuldig.

Du bist ihr noch viel mehr schuldig!

Sie sieht weg. Endlich.

Pascal legt den Arm um seine Mutter. In den letzten zehn Tagen habe ich ihn nur in seiner Polizeiuniform gesehen – doch heute wirkt sie eher wie ein Statement.

Ich denke an die unzähligen Stunden, die ich in den vergangenen Tagen damit verbrachte, das Telefon anzustarren oder auf der Straße vor dem Haus der Deckers rumzulungern. Am Ende reichte mein Mut nur für einen Brief, den ich gestern Nacht heimlich in den Postschlitz neben ihrer Haustür gesteckt habe. So, dass eine Ecke des Kuverts noch rausschaute. Als Notbremse. Falls ich es mir im Laufe der Nacht doch noch anders überlegen sollte.

Gezogen habe ich sie nicht, die Notbremse. Wahrscheinlich haben Joes Eltern das Kuvert nach einem Blick auf den Absender ungeöffnet zerrissen und danach verbrannt. Ganz nach dem Motto: Doppelt hält besser. Mit einer Antwort brauche ich also nicht zu rechnen.

Ich beuge mich ein Stück nach vorne und kann einen Blick auf Tilli und Adina erhaschen, die direkt hinter den Deckers sitzen.

Meine besten Freundinnen für immer. Na ja, fast immer. Früher war ich ihr Mittelpunkt. Ihre Sonne, um die sie kreisten.

Adina schiebt ständig ihre Brille die Nase hoch. Natürlich hat sie sich auf Tillis Seite geschlagen. Sie hat schon früher ständig den Weg des geringsten Widerstands gesucht.

Du hättest es nicht anders gemacht!

Tillis Schultern beben, und ich sehe, wie sie sich mit einem Taschentuch übers Gesicht wischt. Was geht in ihr vor? Zum ersten Mal weiß ich es nicht. Nein, das ist nicht wahr. Ich habe immer nur geglaubt, es zu wissen.

Eigentlich heißt Tilli Matilda, aber diesen Namen findet sie zu omamäßig. Ich kenne sie, seit ich denken kann, und genauso lange wohnt sie auch im Haus neben unserem. Sie ist wie eine Schwester für mich … gewesen. Wir klebten so sehr aneinander, dass nicht nur unsere Lehrer anfingen, uns zu verwechseln – und das, obwohl wir uns kein bisschen ähnlich sehen. Deshalb wurde mit der Zeit alles, was wir taten, zu einer Challenge. Ein geheimer Wettkampf, von dem nur wir wussten. Zu gewinnen gab es nichts außer einem Gefühl. Für mich war es wie ein Augenblick im Sonnenlicht. Nur für einen winzigen Moment. Danach in den Schatten zurückzukehren, war, wie nach Hause zu kommen, weil ich wusste, dass meine beste Freundin dort auf mich wartete.

Jetzt ist Tilli eine Fremde für mich. Und ich bin eine Fremde für sie. Das, was früher mal tiefe Freundschaft war, ist in Hass umgeschlagen. Nur weiß ich nicht genau, wer von uns beiden die andere mehr hasst.

Zwar kann ich die restlichen Besucher vom Beichtstuhl aus nicht sehen, weiß aber, dass mein ganzer Jahrgang gekommen ist. Joe war beliebt, keine Frage. Kapitän der Schwimmmannschaft, nicht auf den Kopf gefallen und absoluter Mädchenschwarm. Aber das ist nicht der Hauptgrund, warum jeder ihn mag … *mochte, verdammt!* – sondern, dass er einfach nett war.

Eine Träne kämpft sich meine Wange hinunter. Wütend wische ich sie weg. Es war so einfach gewesen, Joe zu lieben. Und darum umso schwerer zu begreifen, dass es vorbei war. Dass es kein *Wir* mehr gab, vielleicht sogar nie gegeben hatte. Dass sich hinter dem netten Jungen noch ein anderer Joe verbarg, einer, den sonst keiner kannte. Der Fleck auf der weißen Weste.

Seit 7 Tagen, 13 Stunden und 35 Minuten sind sie nicht mehr da, Joe und der Fleck. Ich weiß das, ich habe damals auf die Uhr gesehen. Keine Ahnung, warum. Den Sarg kann ich vom Beichtstuhl aus nicht sehen, ist vermutlich besser so.

In fünfeinhalb Wochen geht die Schule wieder los. Ich habe nicht die geringste Ahnung, wie ich jemals dorthin zurückkehren soll. Ohne Tilli. Ohne Joe. Nur mit mir allein. Denn ich bin die Einzige, die keinen großen Bogen um mich machen kann.

Meine rechte Hand schmerzt. Ich bemerke, dass ich sie zur Faust geballt habe. Darin steckt eins der Gedenkblätter. Ich öffne die Faust. Das sonnengelbe Papier ist zerknittert, was aussieht, als hätte Joe wütende Falten auf der Stirn.

Über seinem Foto steht: *In Gedenken an Johannes Decker. Unvergessen.*

Ja, vergessen wird ihn von den Anwesenden sicher niemand. Und auch nicht, wie er ums Leben gekommen ist. Dafür hat die Stille Post gesorgt, die in diesem Fall gar nicht so still gewesen ist. Kleinstadtleben eben.

Die Orgelmusik verstummt, das Tuscheln nicht. Was sie wohl über mich reden? Die meisten von ihnen kennen mich nicht mal richtig! Aber … tue ich das überhaupt selbst? Weiß ich, wer Rena Winterstein ist?

Pfarrer Sailes Worte drohen in meinen Verstand durchzudringen. Aber ich will sie nicht hören. Mein Hals wird eng, ich muss mich ablenken, also krame ich einen Kugelschreiber aus meiner Tasche. Ich drehe das Blatt um, lege es auf mein rechtes Knie und streiche es glatt.

Ganz oben schreibe ich *#10factsaboutme*.

Das letzte Mal, als ich bei Instagram online war, hat Tilli mich zu *#10factsaboutme* getagged. Damals waren die Sommerferien in greifbarer Nähe, kurz bevor alles außer Kontrolle geriet. Bevor ich außer Kontrolle geriet. Seitdem habe ich mich nicht mehr als Rena_Steinreich eingeloggt.

Die Therapeutin, zu der Mam und Paps mich seit letzter Woche schicken, hat mir dazu geraten, eine Social-Media-Pause einzulegen. Damit ich das Schlachtfeld in den Kommentaren unter meinen Bildern nicht sehe.

Meine kleine Schwester Lou hat gewettet, dass ich mich nicht daran halten kann. Wenn ich es bis Weihnachten durchhalte, muss sie ein Jahr lang meinen Spülmaschinendienst übernehmen. Wenn ich verliere, habe ich ihren Mülldienst an der Backe. Also habe ich sämtliche Social-Media-Apps vor ihren Augen von meinem Handy gelöscht und sie bis heute nicht wieder installiert. Nicht nur wegen der Wette. Mir ist klar, dass Lou mich nur motivieren wollte, damit ich durchhalte.

Über die zehn Fakten nachzudenken, beschäftigt mich. Das ist gut. Es treibt meine Gedanken raus aus dem stickigen Beichtstuhl. Dabei ganz oldschool Stift und Papier zu benutzen, macht es irgendwie … real.

Ich schreibe, als würde mein Leben davon abhängen. Jeder Fakt entspricht der Wahrheit. Und ich hasse mich für jeden einzelnen davon.

#10factsaboutme:

1. Ich bin ein schlechter Mensch …
2. … und eine Lügnerin.
3. In der Hölle ist ein Platz für mich reserviert …
4. … weil Joe ohne mich noch leben würde.
5. Alle hassen mich dafür, dass er tot ist.
6. Ich nehme es ihnen nicht übel.
7. Joe hat mich durchschaut. Und ich ihn. Trotzdem hat er nicht kommen sehen, was ich ihm und Tilli antun würde.
8. Ich zähle die Tage, Stunden und Minuten, seit er tot ist. Weil es wehtut, und genau das soll es.
9. Ich habe meine Familie mit in den Abgrund gerissen.
10. Mir ist klar, dass ich nach den Ferien für Joes Tod büßen werde.

LUCIFER

Sündenspiel

Als der Sarg durch den Mittelgang hinausgetragen wird, gibt Lucifer vor, sich den Schuh zubinden zu müssen. Die Trauernden ziehen an ihm vorbei, folgen dem Sarg im Gänsemarsch hinaus auf den Friedhof.

Die Stille, die nun die Kirche einnimmt, ist trügerisch. Lucifer weiß, dass die Sünderin noch im Beichtstuhl sitzt, er kann ihre Füße unter dem Vorhang sehen. Das perfekte Versteck für eine wie sie. Würde jede ihrer Lügen in einer Waagschale landen, könnte kein Gegengewicht der Welt die Waage ausbalancieren.

Er huscht hinter eine der Marmorsäulen, an denen die Weihwasserschalen angebracht sind. Von hier aus hat er den Beichtstuhl gut im Blick, wird aber selbst nicht gesehen.

Er starrt auf ihre Füße, sie bewegen sich nicht. Ist sie etwa dadrin eingepennt? Wenn es sein muss, wird er den ganzen restlichen Nachmittag hier verbringen. Er will sie sehen, wenn sie sich aus dem Beichtstuhl schleicht.

Da! Das Knarzen von Holz ist zu hören.

Der Vorhang des Beichtstuhls zuckt, wird leise zur Seite geschoben.

Endlich! Selbst heute ist die Sünderin wunderschön. Typisch. Schwarzer Rock, schwarze Bluse, schwarze Schuhe. Neben all dieser Dunkelheit wirkt ihre Haut beinahe kalkig, als würde sie von innen heraus leuchten. In der Hand hält sie eins der Gedenkblätter. Ihr Blick huscht umher. Sie erinnert ihn an ein verletztes Katzenbaby, das er als Kind mal bei sich aufgenommen hatte – ängstlich und verschüchtert. Keine Sekunde lang kauft er ihr diese Show ab.

Sünder müssen büßen. Und Rena ist eine Sünderin. Auch wenn sie versucht, nach außen das brave, reumütige Mädchen zu geben, weiß Lucifer ganz genau, dass Rena in ihrem Inneren hässlich ist. Verdorben. Abschaum. Eine dreckige Lügnerin. Sie bereut nichts! Denn sonst würde sie die Wahrheit sagen. Über das, was vor acht Tagen wirklich geschehen ist.

Stattdessen hat sie gelogen. Eiskalt. Und ist damit durchgekommen.

Am liebsten würde Lucifer sie anschreien. Sie packen. Schütteln. Ihr Schmerzen zufügen. Aber das darf er nicht. Noch nicht. Er hat einen Plan.

Er muss dafür sorgen, dass die Leute in diesem Provinznest nicht vergessen, was dieses dumme Mädchen getan hat. Und wozu es fähig ist. Die Lügnerin will das Unschuldslamm spielen? Na gut! Mal sehen, wie lange sie diese Maskerade aufrechthalten kann. Und was sie ihr wert ist.

Rena verlässt den Beichtstuhl und schleicht geduckt in Richtung Ausgang. Lucifer geht ein paar Schritte um die Säule, gerade so viele, dass sie ihn nicht bemerkt. Er sieht ihr nach, ballt seine Hände zu Fäusten, zwingt sich, ruhig zu bleiben.

Bald erfahren alle die Wahrheit über sie, denn Lucifers Gericht ist gnadenlos. So etwas wie Vergebung existiert bei ihm nicht. Sein Zorn ist unermesslich, und seine Rache wird grausam sein.

Sobald die Schule wieder losgeht.

JOE

Wie meinst du das, ich darf noch nicht vorbei? Bist du hier so eine Art Türsteher, oder was? Lässt nur die coolen Kids in den *Club*? Ich weiß ja nicht mal, ob ich überhaupt durch dieses Tor gehen will. Was ist denn auf der anderen Seite? Kannst du es mir nicht sagen – oder willst du nicht?

Äh, ernsthaft jetzt, soll ich mich etwa irgendwo anstellen?

Willst du Kohle? Nein? Puh! Ich hätte eh keinen Cent dabeigehabt. Wer nimmt schon Kleingeld mit zum Schwimmen? Hätte ich gewusst, dass ich draufgehe, hätte ich mir was anderes angezogen. Zum Glück ist es warm hier oben. Wenn das überhaupt *oben* ist? Und hell ist es. Echt verdammt hell.

Hallo?! Hätte ich ein Ticket ziehen müssen? Oder bin ich hier vielleicht falsch? Ich meine, gibt's noch ein anderes Tor? Eins, das nach unten führt – du weißt schon, wohin. Wobei das schon krass wär. Klar, ich hab hin und wieder mal Mist gebaut, aber dafür gleich in die Höll–

Wie bitte? Was willst du hören? Meinen … *Weg*? Soll heißen? Wie ich hierhergekommen bin? Na ja, müsstest du das nicht besser wissen als ich? Im einen Moment bin ich noch in der Schwimmhalle, und im nächsten – ZACK – steh ich hier.

Ach so, du meinst, ich soll dir erzählen, was davor passiert ist? Mann, das ist aber 'ne verdammt lange Geschichte!

Du hast Zeit? Na ja, schätze, ich auch. Und danach? Lässt du mich dann vorbei?

Bist keiner von der gesprächigen Sorte, was?

Also gut, mir bleibt wohl keine Wahl. Wo soll ich anfangen?

Was? Beim Anfang vom Ende? Okay, da kommt eigentlich nur ein Tag infrage. Der, an dem ich Rena kennengelernt hab. Letzten Dezember. Ohne sie wär ich jetzt nicht hier.

Jedenfalls hat dieser Tag angefangen wie jeder, seit wir an den Arsch der Welt gezogen sind: beschissen. Heiligabend stand schon mit halbem Fuß in der Tür. So hatte ich noch die Weihnachtsferien, bevor ich in die neue Schule musste. Und glaub mir, der Neue zu sein, darauf war ich echt nicht scharf. Ich wollte keine neuen Freunde, ich hatte welche. Nur eben nicht am Arsch der Welt …

Was uns in dieses Kaff verschlagen hat? Mein Großvater. Oder besser gesagt, seine Abwesenheit. Knapp drei Monate war es her, seit er den Löffel abgegeben hatte. Mistkerl. Er muss dir doch eigentlich auch begegnet sein, oder? Nein? Fällt wahrscheinlich unter die Schweigepflicht … oder so.

Unser Verhältnis war jedenfalls … wie soll ich das sagen, ohne beleidigend zu klingen? Mies? Unterirdisch? Abgefuckt? Kurz gesagt: Er war der geborene Kotzbrocken und Geizkragen.

Aber dass er mir noch mit seinem Testament auf den Sack gehen würde, hätte ich nicht gedacht. Warum? Na, weil er meiner Mutter ausgerechnet sein Ein und Alles vermachen musste. Seine Tanke. Ja, du hast richtig gehört – eine verdammte TANKSTELLE!

Ich hab echt mit vielem gerechnet, aber nicht damit. Wäre mein Großvater der Oberschurke in einem Marvel Comic gewesen, hätte er Sprengkörper an beiden Tanksäulen deponiert und sie mit seinem Herzschrittmacher verbunden. Herzstillstand … *BOOM*! Seine Geliebte und er, im Tode vereint. Leider war die Realität vom Inhalt eines Comics ungefähr so weit entfernt wie die Erde vom beschissenen Rand des Universums. Die Tankstelle steht also noch. Toll.

Das einzig Gute am Umzug war, dass ich meinen Bruder öfter sehen würde. Er arbeitet als Polizist in der Stadt, musst du wissen.

Na ja, du kannst dir also vorstellen, dass meine Laune am Tag der Neueröffnung phänomenal war. Glaub mir, beim Anblick der Tanke hättest auch du losschreien können. Überall waren Lichterketten aufgehängt, die in allen Regenbogenfarben geblinkt haben. Ein Freifahrtschein in die Notaufnahme für jeden Epileptiker.

Viel war nicht los. Ich meine: Es gab Benzin. Und Diesel. Hammer! Du kannst dir also vorstellen, dass die Leute Besseres zu tun hatten, als uns die Bude einzurennen.

Es war um die Mittagszeit, als ein Mädchen reinkam: Lou, Renas Schwester, aber das wusste ich zu dem Zeitpunkt noch nicht. Sie war in eine schwarze Daunenjacke gepackt, den schwarzen Schal bis unter die Nase hochgezogen. Sah aus, als wollte sie uns ausrauben. In ihren Haaren und dem Schal hing Schnee. Nicht die Sorte, die locker flockig vom Himmel kommt – wenn du verstehst, was ich meine. Ihre Augen waren schwarz umrandet, der Blick war irgendwie … gehetzt. Dauernd hat sie sich umgedreht und nach draußen geschaut, als wäre sie auf der Flucht oder so.

Zuerst dachte ich, sie hätte bloß die Nummer ihrer Tanksäule vergessen. Passiert fast jedem dritten Kunden. Aber dann hab ich kapiert, dass sie viel zu jung war, um Auto zu fahren. Wahrscheinlich sogar für einen Roller.

Keine Ahnung, warum, aber meine schlechte Laune war wie weggeblasen. Dagegen kam nicht mal der zweitausendste Werbeblock an, der aus den Boxen über uns gequakt hat. Mal unter uns: Wer zum Teufel hört noch Radio? Hier oben empfängt man bestimmt keine Sender, sei froh. Falls die Leute aus der Hölle mal nach neuen Foltermethoden fragen: Radiowerbung ist der Shit schlechthin.

Aber zurück zu diesem Mädchen.

»Ist alles in Ordnung?«, hab ich über das Süßigkeitenregal hinweg gefragt. Ich war nämlich gerade dabei, die Schokoriegel zu sortieren. Ja, so langweilig war mir …

Sie ist zusammengezuckt, so als hätte ich sie angebrüllt. Zuerst hat sie mich angeschaut, dann wieder raus in den Schnee. Ihre Zähne haben sogar geklappert, so sehr war sie am Zittern. »Kann ich … kurz … telefonieren?«, hat sie gestottert und ein Handy aus der Jackentasche gezogen. Es hat getropft. Klar, dass das kein gutes Zeichen war, oder?

Natürlich hab ich ihr mein Smartphone gegeben. Ich wollte nicht lauschen, echt nicht, aber der Laden ist halt einfach kein Ort, an dem man Verstecken spielen kann. Also bin ich nicht drum rumgekommen, zu hören, wie sie jemanden gebeten hat, sie abzuholen.

Dann hat sie mir das Handy zurückgegeben und mich angelächelt. Ein bisschen gequält, aber immerhin. Schnell hat sie ihren Schal wieder bis zur Nase hochgezogen und ein »Danke« reingenuschelt. Wahrscheinlich, weil sie nicht wollte, dass ich ihre Zahnspange sehe.

Ich hab abgewunken, einen Schokoriegel aus dem Regal genommen und ihr hingehalten. Sie sah echt fertig aus und – keine Ahnung – ich wollte sie einfach aufmuntern. Ist ja nicht so, als hätte ich wahnsinnig spannendes Zeug zu tun gehabt.

»Endorphine?«, hab ich gesagt.

Sie hat geschaut wie ein Auto. Also hab ich ihr erklärt, dass Schokolade Glückshormone freisetzt. Zuerst sind ihre Augen ganz groß geworden, vielleicht dachte sie, ich will mich über sie lustig machen. Zu der Zeit war sie nämlich noch ziemlich rundlich, musst du wissen. Aber als sie gemerkt hat, dass ich nur nett sein wollte, hat sie sich wieder entspannt. Den Schokoriegel wollte sie trotzdem nicht, hat nur den Kopf geschüttelt.

Sie hat mir erzählt, dass sie Lou heißt. Von Louisa. Also hab ich gesagt, dass ich auch lieber Joe genannt werden will. Ich meine, Johannes war vielleicht vor dreißig Jahren mal angesagt.

»Kommt dich jemand abholen?«, hab ich gefragt.

»Meine Mam und Rena, meine Schwester.« Wieder hat sie ihr Handy rausgeholt und übers Display gewischt, als würde das irgendwas bringen.

»Reis.« Keine Ahnung, warum ich das gesagt hab, ich wollte sie wohl einfach ein bisschen auf andere Gedanken bringen. Oder mich selbst, such's dir aus.

»Ich bin eher der Spaghetti-Typ«, hat sie gemeint. Es war irgendwie süß, wie überrascht sie selbst von ihrer Antwort war.

Ich musste lachen, und zum ersten Mal seit Tagen hat es sich echt angefühlt, verstehst du? Dazu hat sogar der Song gepasst, der gerade im Radio kam. *Happy*. Und irgendwie war ich das auch. Komisch, findest du nicht? Weil ich doch eigentlich sie aufmuntern wollte.

Na ja, jedenfalls hab ich ihr erklärt, dass sie das Handy in Reis legen soll – kennst du bestimmt, den Trick. Nein? Ach, egal.

Sie wollte wissen, ob ich neu in der Stadt bin. Ich hab ihr erzählt, dass wir gerade hergezogen sind und mein erster Schultag nach den Ferien ist. »Die Galgenfrist läuft also noch«, hab ich gesagt und so getan, als würde ich einen unsichtbaren Strick packen, der um meinen Hals gebunden ist.

Ich konnte sie hinter ihrem Schal glucksen hören. Die Türglocke hat gebimmelt, und Rena ist reingekommen. Das Mädchen, das mich töten sollte. Den unsichtbaren Strick hatte ich immer noch um den Hals. Irgendwie passend, findest du nicht?

Du wolltest hören, was mich zu dir geführt hat. Tja, das war er: Der Anfang vom Ende. Keine Panik, es geht noch weiter. Ich hoffe, du hast Zeit. Aber die spielt hier oben wahrscheinlich eh keine Rolle mehr …

RENA

Montag, 13. September, 6.55 Uhr
(48 Tage, 10 Stunden und 10 Minuten danach)

Ich liege im Bett, keine Ahnung, wie lange ich schon wach bin. Meine Gedanken sind der Meinung, ich hätte genug geschlafen.

Was wäre, wenn?

Drei Worte. Sie geistern durch meinen Kopf. Ein nerviger Bildschirmschoner, der sich einfach nicht wegklicken lässt.

Was wäre, wenn Lou an jenem Tag im Dezember nicht in diese blöde Tankstelle gegangen wäre?

Wenn ich Joe nie kennengelernt hätte?

Wenn ich meine Wut besser im Griff gehabt hätte?

Wenn ich nicht so ein Miststück gewesen wäre?

Was. Wäre. Wenn.

Ursache und Wirkung.

Die Fragen kreisen und kreisen. Ziellos. Sinnlos. Ich kenne die Antworten auf die meisten davon. Und die gefallen mir ganz und gar nicht. Man kann die Vergangenheit nicht korrigieren. Trotzdem wünsche ich mir nichts sehnlicher. Tag für Tag. Nacht für Nacht. Sogar in meinen Träumen.

Mein Wecker kräht. Mister Gockel. Ein weißer Plastikhahn, den Lou mir dieses Jahr zum Siebzehnten geschenkt hat. Mit einem beherzten Schlag auf seinen Kopf bringe ich ihn zum Schweigen.

Eine Erinnerung im Handy sagt mir, dass ich heute Therapie habe. Ich schiebe sie weg und lösche die Terminserie.

Hättest du der Seelenklempnerin von mir erzählt, hätte sie bestimmt nicht zugelassen, dass du die Therapie zum Ende der Ferien abbrichst.

Gähnend quäle ich mich aus dem Bett. Aus dem Augenwinkel nehme ich eine Bewegung wahr und fahre herum. Ein Zombie blickt mir aus dem großen Spiegel an meinem Schminktisch entgegen. Keiner von uns rührt sich.

Wenn Augenringe der neue Look wären, hättest du heute den Styling-Jackpot geknackt.

Wie immer in den letzten 48 Tagen, 10 Stunden und 18 Minuten sitzt die Besserwisserin kichernd auf dem Lügenberg, der seit ihrem Einzug stetig wächst. Es scheint, als hätte sie einen Nageldetektor. Ganz gezielt spürt sie die Dinger auf und versenkt sie mit einem Schlag tief in meinem Nervenzentrum.

Ich mustere den Zombie im Spiegel genauer. Sein Gesicht wirkt irgendwie zu kantig, die kurze Schlafanzughose sitzt locker auf den Hüften, und das Shirt schlackert, als hätte er es aus einem von Lous Säcken für die Kleiderspende geklaut.

Jemanden umzubringen oder die Schwester einer Mörderin zu sein, scheint eine Top-Diät zu sein. Du solltest einen Ratgeber schreiben: Mit einem Mord zur Traumfigur.

Die Besserwisserin und ich haben offensichtlich unterschiedliche Vorstellungen von einer Traumfigur. Und es gibt noch eine Sache, in der sie unrecht hat: Lou hat nicht erst nach Joes Tod abgenommen, sondern schon viel früher. Seit Beginn des Jahres ist sie fast um vier Kleidergrößen geschrumpft.

Auf der Brust des Zombies kleben die *#10factsaboutme*. Also nicht wirklich auf seiner Brust, sondern an meinem Schminkspiegel. Sie sollen mich daran erinnern, wie ich es ans unterste Ende der Nahrungskette geschafft habe.

Ich gehe zum Fenster und ziehe die Vorhänge zur Seite. Gegenüber, keine fünfzehn Meter entfernt, tut Tilli das Gleiche.

Wir bleiben beide reglos stehen und starren einander an. Tilli sieht in ihrem hellblauen Nachthemd mindestens genauso zerknittert aus wie der Zombie. Eine Millisekunde lang wünsche ich mir, wir könnten einfach unser jahrelang praktiziertes Morgenritual durchführen. Dazu müsste ich nur mein Fenster öffnen, nach dem Dosentelefon greifen und »Heute ist ein guter Tag für einen guten Tag« reinsprechen.

Bevor wir das Dosentelefon hatten, haben Tilli und ich einfach quer über den Garten gebrüllt. Montags bis freitags um halb sieben, pünktlich wie ein Pickel, der mitten auf der Nase sprießt, kurz bevor man ein Date hat. Allerdings war Herr Kazemi, der Apotheker, der im Haus schräg hinter unserem wohnt, nicht ganz so begeistert von unserem Ritual. Er taufte uns »Die Gockel vom Lilienweg« und drückte uns zwei Dosen in die Hand. Der Hauptgrund, weshalb Lou mir Mister Gockel geschenkt hat.

Tilli wendet sich ab. Ein heißes Stechen brennt in meiner Brust. Ich ignoriere es und öffne mein Fenster, um den Schlafmief gegen Frischluft zu tauschen. Dabei fällt mein Blick auf den Draht, der eigentlich straff zwischen unseren Fensterbänken gespannt sein sollte, nun aber locker nach unten baumelt. Meine Dose – Tilli hatte sie in einem knalligen Pink angemalt und mit Glitzer bestreut – baumelt wie immer am Haken direkt neben dem Fenstersims. Ganz vorne ist ein Glöckchen befestigt, sodass man nur am Draht rütteln muss, um einen Anruf zu machen.

Mit dem Blick folge ich dem Draht. Er hat sich in den Ästen der alten Eiche verfangen, die auf der Grundstücksgrenze zwischen unseren beiden Häusern steht. Von Tillis blauer Glitzerdose ist weit und breit nichts zu sehen. Sie muss sie abgerissen und den Draht achtlos fallen gelassen haben.

Heute ist wohl kein guter Tag für einen guten Tag, was?

In meinem Bauch verknotet sich etwas. Am liebsten würde ich zurück in mein Bett kriechen, die Decke über den Kopf ziehen und mich tot stellen.

Ich höre die Dusche laufen. Eine Schwester zu haben, in deren Kleiderschrank Schwarz die einzige Farbe ist, hat einen entscheidenden Vorteil: Sie braucht nie lange im Bad.

Lou wird heute vermutlich die Einzige sein, die mich nicht mit ihrem Blick steinigen will. Im Gegenteil, ihrer wird eher vor Mitleid für ihre große Schwester triefen, die so tief gefallen ist, dass selbst Lou im Vergleich zu den Angesagten der Schule zählt.

Und das will etwas heißen.

Ich war Tilli schon immer näher als meiner eigenen Schwester. Lou und ich sind nie ein Herz und eine Seele gewesen, haben uns gegenseitig die Haare geflochten oder uns unsere tiefsten Geheimnisse anvertraut. Dafür sind wir einfach zu verschieden.

Lou ist eine Einzelkämpferin. Sie gehört zu den Menschen, denen es nichts ausmacht, alleine zu sein. Früher hat sie mir irgendwie leidgetan, jetzt beneide ich sie um diese Fähigkeit. Ständig schleppt sie ein anderes Buch mit sich herum, ihr Ausweg aus dieser Welt, in die sie nicht so recht zu passen scheint.

Ab und zu machen Mam und Paps sich Sorgen um Lou – aber meistens verfliegt das ziemlich schnell wieder. Wie zum Beispiel, als sie sich letztes Weihnachten die linke Kopfhälfte rasiert hat. Den Rest, der noch übrig war, hat sie schwarz gefärbt.

Mann, war dir das peinlich!

Ich ignoriere die Besserwisserin. Lou und ich mögen unterschiedlich sein, aber das ist okay. Sie ist trotzdem meine Schwester.

Jetzt kannst du dich sogar fast mit ihr sehen lassen. Wenn sie weiter so abnimmt, passt sie bald in deine Klamotten.

Als Lou ihre abendliche heiße Schokolade zu Beginn des

Jahres abgesetzt hat, dachten wir zuerst, sie wäre krank. Aber dann hat sie auch noch angefangen zu joggen! Ich glaube, das war die Zeit, in der sie mit Ivar zusammengekommen ist. Da wussten wir aber noch nichts von ihm. Seit Mitte der Sommerferien bekommt man Lou aber nur noch mit Anhang zu Gesicht. Ivar scheint ihr gutzutun. Die Haare auf ihrer linken Kopfhälfte sind schon richtig gut nachgewachsen, und manchmal ertappe ich Lou sogar dabei, wie sie lächelt.

Wie aufs Stichwort ertönt draußen ein Quietschen. Das muss Ivar sein. Der Keilriemen seines Hondas klingt immer wie eine Maus, der man auf den Schwanz tritt. Bestimmt will er Lou abholen. Er geht zwar auf die Schule in der Stadt, aber offenbar hält er es keinen Tag ohne Lou aus.

Höre ich da etwa Eifersucht?

Ich schlüpfe in meine Kleider. Wenn ich vor Lou aus dem Haus bin, kommt sie nicht auf die Idee, mich zur Schule mitnehmen zu wollen. Ich weiß, sie meint es nur gut, aber sie sollte sich wirklich nicht mit mir sehen lassen. Zumindest nicht in nächster Zeit. Außerdem habe ich echt keinen Bock, den beiden beim Knutschen zuzuschauen.

Zum ersten Mal fühle ich beim Gedanken an Lou einen Stich im Herzen. Sie wird nicht von allen begafft. Keiner hasst sie für einen Fehler, der das Leben eines Menschen beendet und das mehrerer anderer zerstört hat. Niemand wünscht ihr die Pest an den Hals. Merkwürdig, worauf man alles neidisch sein kann.

Ich mache mich auf den Weg in die Küche, entscheide mich aber im Flur um. Auf ein gemeinsames Frühstück habe ich jetzt wirklich keine Lust, vielleicht sollte ich einfach auf dem Weg beim Bäcker vorbeigehen.

Mam und Paps tun zwar so, als hätten hätte der Vorfall im Sommer keine Auswirkungen auf den Ruf ihrer Zahnarztpraxis gehabt, aber mir können sie nichts vormachen. Ich bin nicht blind. Und dumm auch nicht. Mir ist nicht entgangen, dass Mam in letzter Zeit nur noch halbtags arbeitet. Weniger Arbeit bedeutet weniger Patienten. Und man muss wirklich kein Genie sein, um den Grund dafür rauszufinden.

Ich schlüpfe in meine Chucks und schnappe mir meine Umhängetasche.

RENA

Montag, 13. September, 7.45 Uhr
(48 Tage, 11 Stunden und 0 Minuten danach)

Ich betrete mein Klassenzimmer. Drinnen wird es so schlagartig still, als hätte jemand die Tonspur für diese Szene meines Lebens zerrissen. Fast alle Tische sind schon besetzt, was ziemlich untypisch ist, vor allem für den ersten Tag nach den Sommerferien.

Fehlt nur noch, dass sie Popcorn mitgebracht haben!

Ich entdecke Tilli in der ersten Reihe, zwischen Adina und Mara. Ausgerechnet!

Wie immer trägt Mara ihre langen glatten Haare zu einem Dutt zusammengeknotet. Er ist das absolute Gegenteil vom Messy Bun, den seit einer regelrechten Dutt-Revolution alle Mädels tragen. Wobei die Bezeichnung ganz schön trügerisch ist. Einen Haarknoten so richtig *schön* messy aussehen zu lassen, kann ewig dauern. Man muss daran herumzupfen, bis alles perfekt durcheinander ist. Als hätte man die Haare nur mal eben schnell zusammengeknotet. Keine große Sache.

Na ja, an Mara ist dieser Trend jedenfalls vorbeigegangen. Bei ihr lugt keine einzige Strähne heraus, alles ist streng nach hinten gebürstet und mit einer Tonne Haarspray und Klammern am Kopf festgetackert. Da kann ein Orkan kommen … und gehen – die Frisur sitzt.

Dann ha… ha… hat sie we… we… wenigstens ihre Ha… Haare im … im Gr… Gr… Griff. Die Besserwisserin klingt genauso wie ich noch vor ein paar Monaten. Dabei stottert Mara schon längst nicht mehr wie in der Sechsten. Jahrelanger Sprachtherapie sei Dank.

Tilli ist die Einzige, die nicht aufsieht, als ich den letzten freien Tisch ansteuere. Eisern haftet ihr Blick auf ihren Fingernägeln, als würde es im Moment nichts Spannenderes geben, als den roten Lack abzukratzen.

Adina flüstert ihr etwas zu. Ein Tuscheln geht durch die Reihe hinter mir. Ich fühle, wie sich meine Muskeln anspannen – bereit wegzulaufen.

»Psycho!«, höre ich jemanden rufen und halbherzig als Niesen tarnen.

Ich schaue in die Richtung, aus der das Psycho-Niesen kam, und entdecke Jurij. Meinen Ex. Der Tag wird immer besser.

»Gesundheit«, sage ich, sehe ihm direkt in die Augen und schenke ihm ein strahlendes Lächeln. Er sieht weg. Letztes Jahr hätte mich das fertiggemacht. Na ja, zumindest, solange mich die Schmetterlinge in meinem Bauch davon ablenken konnten zu bemerken, dass Jurijs Schädel nur ein einziges großes Vakuum umschließt. Unsere Trennung war hässlich, aber nötig.

Jetzt ist er bestimmt froh, dich los zu sein!

Als ich mich an den letzten freien Tisch setze, sehe ich, dass ein Wort ins helle Holz der Tischplatte geritzt wurde.

MÖRDERIN

Jap, kein Zweifel, das ist dein Platz!

Ich spüre die Blicke der anderen, die wie Nadeln in meine Haut stechen. Genauso gut hätte ich mein Gesicht unter eine laufende Tätowiermaschine halten können. Ich weiß, dass sie auf eine Reaktion warten. Aber eigentlich ist es egal, was ich tue, jedes Detail wird später ausgeschmückt und in der Gerüchteküche weiterverarbeitet werden. Da war der Vorfall letzten Herbst im Schlachthof nichts dagegen. Alle Schweine wurden freigelassen und die Wände mit Blut besudelt. Wochenlang gab es kein anderes Thema. Wie lange es wohl dauern wird, bis sie müde sind, mich anzustarren? Monate? Jahre? Für immer?

Mit dem Zeigefinger fahre ich die tiefen Rillen in der Tischplatte nach. Jeder Buchstabe ist leicht nach rechts geneigt, als würden sie gegen einen Sturm ankämpfen. Und dort, wo eigentlich die Ö-Punkte sein sollten, ist ein langer Dachstrich.

Diese Schrift habe ich oft genug gesehen. Auf den Nachrichten, die wir im Unterricht heimlich geschrieben haben, während Herr Gustavo verzweifelt versucht hat, uns Integralrechnung beizubringen. Oder auf einer Klausur, wenn ich mal wieder zu wenig gelernt hatte und abschreiben musste. Eins ist klar: Tilli wird nie wieder freiwillig neben mir sitzen, geschweige denn mich bei sich abschreiben lassen.

Seit unserem allerersten Schultag hatten wir zusammengesessen. Jahr für Jahr war ein Tisch für uns reserviert. Immer der gleiche. Zweite Reihe am Fenster. Egal, ob wir das Klassenzimmer wechselten oder ein neues Schuljahr begann, die anderen wussten, dass dieser Tisch uns gehörte.

Klar, nach dem, was du in der Sechsten mit Mara angestellt hast.

Ich hasse die Besserwisserin dafür, dass sie mich daran erinnert. Mara war neu in unserer Klasse und hat sich aus Versehen an unseren Tisch gesetzt. Ein Wort aus ihrem Mund hat gereicht, um zu wissen, wo ihr wunder Punkt lag. Das Fiese am Stottern ist, dass es unter Stress meistens schlimmer wird.

Und da hast du beschlossen, deine Finger noch tiefer in ihren wunden Punkt zu bohren.

Damals fühlte ich mich wie eine Siegerin. Als würde ich im Ring stehen mit einer Gegnerin, die mich vor Kampfbeginn über all ihre Schwachstellen aufklärt. Das kaputte Knie, die schon zweimal gebrochene Nase, die Haltungsfehler bei der Deckung. Ich habe den Kampf gewonnen, noch bevor der erste

Gong ertönte – oder bevor Mara überhaupt ahnte, dass sie sich mitten in einen Boxring gesetzt hatte. Und trotzdem schlug ich zu. Mit Worten. Dass die manchmal mehr wehtun können als wirkliche Treffer, weiß jeder.

Ich habe mal ein Foto gesehen, auf dem ein Mann mit einem Gewehr abgebildet ist. Neben ihm sitzt ein Löwe mit gefletschten Zähnen. Darunter steht: *Die gefährlichste Bestie der Welt. Und daneben ein Löwe.*

Wenn ich jetzt darüber nachdenke, bin ich dafür, den Mann zu ersetzen. Durch ein Kind. Am besten ein kleines Mädchen mit Zöpfen, rosa Kleidchen und Lackschuhen. Niedlich … und böse.

Und du warst ein seeeeeehr niedliches Kind.

Ich widerspreche der Besserwisserin nicht.

Aber das war einmal. Jetzt bin ich die mit der Zielscheibe auf der Stirn. Jeder Schuss ein Treffer. Ich blute, in einem Becken voller Haie.

RENA

Montag, 13. September, 10.15 Uhr
(48 Tage, 13 Stunden und 30 Minuten danach)

Ich starre auf die Tischplatte und pule mit den Fingernägeln Holzsplitter von den eingeritzten Buchstaben. Sie werden immer größer und ausgefranster. Ich könnte sie verschwinden lassen, die Buchstaben so deformieren, dass man sie nicht mehr lesen kann. Will ich aber nicht.

»Rena?«

Ich schrecke hoch. »Ja?«

Mo streckt mir seine Baseballcap hin. Eine Handvoll zusammengefalteter Zettel liegt darin. Ah, richtig, die Klassensprecherwahl! Schnell kritzle ich *Mara* auf ein Stück Papier und falte es zusammen.

Als ich es in Mos Cap werfen will, bleibt mein Blick an ein paar dunklen Verfärbungen hängen, die sich an der Innenseite befinden. Gänsehaut überkommt mich.

Fünf Jahre ist es inzwischen her, seit Mo das erste Mal mit der Cap in die Schule gekommen ist. Keiner der Lehrer hat ihn je aufgefordert, sie abzusetzen – obwohl ein fetter Totenkopf vorne drauf ist. Uns ist allen klar, warum. Jeder kennt die Geschichten und Zeitungsartikel über den schrecklichen Unfall. Ein Mann war nachts beim Überqueren der Straße vor Pepes Pizzeria überfahren worden. Dieser Mann war Mos Vater. Und er trug in dem Moment, in dem er den Kampf gegen seine inneren Verletzungen verlor, genau diese Totenkopfcap.

Ewig geisterte der Fall durch die Nachrichten und durch die Gerüchteküche, aber der Täter wurde nie gefasst.

Anfangs kam es mir so vor, als würde Mo sein wahres Ich unter der Baseballcap seines Vaters verstecken. Monate vergingen, dann Jahre, und mit der Zeit wurde die Cap ein Teil von Mo. Ohne sie bekam man ihn nicht mehr zu Gesicht.

»Wird das heute noch was?«, blafft er mich an.

Vor Schreck lasse ich meinen den Stimmzettel fallen und verfehle mein Ziel. Genervt bückt sich Mo, um ihn aufzuheben.

Selbst der Klassenfreak kann dich nicht ab!

Mein Blick bleibt an seinem Kopf hängen. So ganz ohne Cap wirkt er unnatürlich kahl, was aber auch an seinen kurz rasierten Haaren liegen könnte.

»Gut.« Gustavo, unser Klassenlehrer, räuspert sich. Ich vermeide es, ihn direkt anzusehen. Joe war sein Liebling. Natürlich würde er das nie zugeben, aber ich weiß es. Er war das Rennpferd in Gustavos Stall, denn der ist – trotz der stattlichen Kugel, die er vor sich herschiebt – auch Trainer der Schwimmmannschaft. »Dann zählen wir jetzt die Stimmen au –«

Der Klang einer Mundharmonika unterbricht ihn. Vier schrille Töne, die mir sofort Gänsehaut über den Nacken jagen. Sie klingen ganz nah. Zu nah. Ist das ein Handy? Nervöses Gekicher schwappt durch die Reihen.

»Ich weiß, in sechs Wochen Sommerferien gehen bei einigen von euch gerne ein paar Millionen Gehirnzellen flöten, also noch mal zur Erinnerung: Handys aus!«

Erneut ertönt die Mundharmonika. Ein langer hoher Ton, gefolgt von drei kürzeren. Irgendwie … bedrohlich. Die Melodie kommt mir bekannt vor, aber ich kriege nicht zu fassen, wo ich sie schon mal gehört habe.

»Leute, letzte Warnung!«

Erneut setzt die Melodie ein und zerreißt das gespannte

Schweigen. Sie klingt so nah, als würde jemand unter meinem Tisch sitzen und Mundharmonika spielen. Gustavo scheint das auch bemerkt zu haben, denn er steuert direkt auf mich zu.

Schnell schiebe ich meinen Notizblock über den Mörder-Schriftzug, da macht Gustavo schon vor meinem Tisch halt.

»Rena?« Seine Stimme hat einen gereizten Unterton angenommen.

»Ist nicht meins!« Ich hebe das Mäppchen hoch und zeige ihm mein Handy. Wie aufs Stichwort setzt die Mundharmonika wieder ein.

Gustavo bewegt sich nicht vom Fleck. »Es kommt eindeutig von deinem Platz. Hast du noch ein zweites Handy?«

Ich schüttle den Kopf. Mam und Paps verdienen mit ihrer Praxis zwar nicht schlecht, aber ein zweites Handy würden sie mir niemals kaufen. Wozu auch?

Die Mundharmonika gibt alles. Es kommt mir so vor, als würde sie mit jedem Mal lauter und nervtötender werden. Woher kenne ich nur diese Melodie?

Gustavos Gesicht läuft dunkelrot an, und sein Schnauzbart vibriert, was ein deutliches Zeichen dafür ist, dass man möglichst bald in Deckung gehen sollte. Sein Geduldsfaden war noch nie besonders robust, und in diesem Fall ist das Handyklingeln wie eine Rasierklinge.

»Das gibt es doch nicht!« Er bückt sich und sieht unter den Tisch. Als er wieder hochkommt, mustert er mich durchdringend. »Findest du das lustig?«

Was? Verwirrt schiebe ich meinen Stuhl nach hinten, um selbst zu sehen, was er meint. »Wie zum Teufel …?« Im Metallgitter für Bücher, das an der Unterseite der Tischplatte befestigt ist, liegt ein Smartphone.

Ich nehme es und lege es auf meinen Block. Das Display leuchtet auf, und die Mundharmonika gibt ihr Bestes.

Ich sehe Gustavo an. »Da… das«, stottere ich, die Worte wollen einfach nicht aus meinem Mund kommen.

Jetzt weißt du, wie Mara sich gefühlt hat.

Meine Wangen brennen. Ich räuspere mich, um meiner Stimme Nachdruck zu verleihen. »Das ist nicht meins!«

Gustavo sieht mich streng an. »Rena, glaubst du wirklich, du befindest dich in einer guten Position, um zu lügen?« Er deutet auf das Handy.

Ich starre darauf, kapiere aber nicht, was ich da sehe. Das kann nicht stimmen! Auf dem Display leuchtet ein Foto. Von Joe und MIR. Joe grinst in die Kamera, und ich drücke ihm einen Kuss auf die Wange. Es ist ein Selfie. Ich erkenne es sofort, immerhin habe ich es gemacht und direkt danach in meine Insta-Story gepostet.

Ein nervöses Kichern entweicht mir, was meine Lage nicht gerade verbessert. »Aber … Ich meine … das kann nicht … Wer würde denn … Also …«

Gustavo bedenkt mich mit seinem Enttäuschter-Lehrer-Blick, den er auch dann immer aufsetzt, wenn er mir meine verhauenen Mathearbeiten zurückgibt. »Leider muss ich dir einen Eintrag ins Klassenbuch schreiben. Störung des Unterrichts.«

Und weil du ihm sein Rennpferd weggenommen hast! Näher wird er olympischem Gold nicht mehr kommen. Er hätte als Joes Mentor in die Geschichte der Schule eingehen können.

Ich will protestieren, aber mir fehlen die Worte. Was zum Teufel ist hier los? Warum hat jemand ein Foto von Joe und mir als Sperrbildschirm? Und warum liegt dieses Handy unter meinem Tisch?

Gustavo dreht mir den Rücken zu und verdeutlicht damit, dass die Diskussion für ihn beendet ist. Er ist noch keine zwei Schritte weit gekommen, als die Mundharmonika abermals einsetzt. Dann wieder und wieder. Als würde direkt hintereinander Nachricht an Nachricht eintreffen, sodass der Klingelton sich beinahe überschlägt.

Ich kann förmlich sehen, wie einzelne Stränge von Gustavos Geduldsfaden reißen. *Zip. Zip. Zip.* »Ich verstehe, dass das Ende der Sommerferien schrecklich sein muss, aber so schlimm dann wohl auch wieder nicht, oder?«

»Was?« Ich sehe ihn an, als hätte er gerade Klingonisch gesprochen.

»*Spiel mir das Lied vom Tod*?«

War das eine Frage?

Leises Gekicher.

Einsatz: Mundharmonika. Mir dämmert, dass Gustavo die Melodie meint. *Spiel mir das Lied vom ...* Moment mal! Ich kenne diesen Titel. Zwar bin ich kein Fan von Cowboyfilmen, aber den habe ich tatsächlich gesehen. Mit Joe. Er wollte ihn in der Westernwoche im Kino anschauen. Also bin ich mitgegangen.

Weil du wie eine Klette an ihm drangeklebt hast!

Gustavo zieht die buschigen Augenbrauen in Richtung Haaransatz. »Würdest du bitte den Ton ausschalten?«

Ich starre auf das Handy, das natürlich schon wieder anfängt loszujammern. Das Lied vom Tod will einfach nicht sterben.

»Ach so. Ja ... ich versuch's.« Er glaubt mir sowieso nicht, dass dieses Ding nicht mir gehört.

Ich nehme das Handy. Es ist von Samsung, genau wie mein eigenes, nur ein bisschen größer. Ich drücke den seitlichen Powerknopf. Das Symbol eines Gesichts erscheint auf dem Display. Ha! Das ist der Beweis! Die Gesichtserkennung ist akti–

Das Display entsperrt sich.

WAS? Wie kann das sein? Warum sollte ein völlig fremdes Handy mein Gesicht als Zugang anerkennen?

Fassungslos starre ich auf den Startbildschirm, der ungewohnt aufgeräumt wirkt. Nur wenige Apps – WhatsApp und ein paar andere – werden angezeigt. Im Hintergrund wieder das Foto von Joe und mir.

Oben in der Statusleiste wird unverkennbar der Telefonhörer mit dem Kreis drumherum angezeigt. Das kann nur eins bedeuten: Die vielen Nachrichten sind alle über WhatsApp gekommen.

»Wir haben nicht den ganzen Tag Zeit«, knurrt Gustavo.

Nervös ziehe ich die obere Leiste runter. Das Symbol für den Klingelton finde ich auf Anhieb.

Weil ich nicht weiß, was ich sonst mit dem Handy tun soll, verstaue ich es in meiner Tasche. Zu gerne hätte ich mich durch das Menü geklickt, aber dann würde Gustavo voll durchdrehen.

Die Stimmen für die Klassensprecher werden ausgezählt. Ich pule weiter Holzsplitter von meinem Namenszug.

Tilli und Jurij gewinnen. War ja klar …

Ex-beste-Freundin und Ex-Freund. Die beiden haben sich bestimmt einiges zu erzählen!

Gustavo klatscht in die Hände. Ich zucke zusammen. »Dann können wir ja jetzt über die letzten Vorbereitungen für morgen sprechen.«

Morgen? Ach ja, richtig, die Spendengala! Die habe ich total vergessen!

Du meinst wohl verdrängt!

Komisch, wenn man bedenkt, wie wichtig mir diese Gala letztes Schuljahr noch war. Immerhin war ich die Leiterin für die Orga und sollte den Höhepunkt der Show – das Brautkleid – vorführen. Die Gala wird nämlich eine Modenschau. Bis auf das Brautkleid werden alle Kleider von den Kostümbildnern der Theater-AG geschneidert. Das Brautkleid wird von Tillis Mutter zur Verfügung gestellt, sie hat ein Brautmodengeschäft. Die eine Hälfte der Einnahmen geht an ein Naturschutzprojekt, die andere wird dafür verwendet, einen Hobbyraum in der

Schule einzurichten. Eigentlich sollte die Gala am letzten Tag vor den Sommerferien stattfinden, aber nachdem Joe …

Ich spüre die Aufregung, die durch die Reihen läuft. Ich bin die Einzige, die nicht angesteckt wird. Weil ich nicht mehr Teil des Teams bin. Eine Strafe der Schule war es, mich von all meinen Aufgaben zu entbinden.

Beim Gedanken an das mit funkelnden Kristallen bestickte Brautkleid, das ich tragen sollte, fühle ich rein gar nichts mehr. Die Rena, die den Tag der Modenschau kaum noch erwarten konnte, ist nicht mehr da.

Kaum wurde mir die Organisationsleitung entzogen, hat Tilli sie sich auch schon unter den Nagel gerissen. Überraschung. Okay, sie war meine Stellvertreterin, da ist es nur naheliegend, dass sie den Part übernimmt. Aber trotzdem. Sie hat die Chance gesehen, aus meinem Schatten zu treten. Und die hat sie ergriffen. Nur dass sie dieses Mal keinen einzigen Blick zurückgeworfen hat.

Am Ende hast du gewonnen. Vergiss nicht, Joe geht auf dein Konto!

Alle fangen an, wild durcheinanderzureden. Alle außer mir. Ich denke an das fremde Handy in meiner Tasche. Es juckt mir in den Fingern, es herauszuholen und genauer unter die Lupe zu nehmen. Ich will wissen, was es damit auf sich hat. Das Foto auf dem Display geistert durch meine Gedanken. Jemand wollte sichergehen, dass ich verstehe, dass das Handy für mich bestimmt ist. Jemand! Nur wer?

RENA

Montag, 13. September, 12.20 Uhr
(48 Tage, 15 Stunden und 35 Minuten danach)

Die Bibliothek ist verlassen. Genau der richtige Ort für meine Mittagspause. Alle anderen sind in der Cafeteria.

Ich setze mich in einen der bequemen Ohrensessel, die zwischen den Bücherregalen an der Glasfront mit Blick auf den Sportplatz stehen. Als ich mir das Handy vors Gesicht halte, entsperrt sich das Display im Bruchteil einer Sekunde. Echt unheimlich! Kann man die Gesichtserkennung mit einem Foto einrichten? Genügend von mir gibt es ja auf Instagram.

Beim Anblick von Joe und mir spüre ich einen Stich in meinem Herzen. Mir ist klar, wie der Eigentümer des Handys an das Foto gekommen sein muss. Zwar verschwindet eine Insta-Story nach vierundzwanzig Stunden wieder, aber die von Joe und mir habe ich meistens archiviert. Somit kommt jeder an dieses Bild ran.

Ich wische durchs Menü, werfe einen Blick ins Telefonbuch. Nur ein einziger Kontakt ist angelegt. Lucifer. Kein Nachname. Nichts. Nur Lucifer. Soll das ein Spitzname sein? Ich tippe die Nummer in mein eigenes Handy ein. Sie kann keinem meiner Kontakte zugeordnet werden.

Als Nächstes rufe ich mich selbst von dem fremden Handy an. Die Nummer, die bei mir angezeigt wird, gehört ebenfalls keinem, den ich eingespeichert habe. So einfach wird es dann wohl doch nicht.

Bis auf den Messenger und die vorinstallierten Apps gibt es nur drei andere: eine Taschenlampe, einen Voice-Rekorder und eine, die den Standort des Geräts anzeigt, wenn man es verloren hat oder es gestohlen wurde.

Mit klopfendem Herzen öffne ich WhatsApp. Wie das Telefonbuch erahnen lässt, ist auch hier nur ein einziger Kontakt gespeichert. Hinter dem Namen Lucifer leuchtet eine grün umkreiste Zahl.

»Vierzehn Nachrichten?«, murmle ich verdattert. Das erklärt das Dauergejammer der Mundharmonika.

Mein Gefühl sagt mir, dass mich nur noch ein Klick davon trennt, herauszufinden, was diese ganze Handyaktion zu bedeuten hat. Ich öffne den Chat.

Willkommen, Sünderin.

Im Beichtstuhl habe ich dich erhört. Und ich glaube dir … nicht!

Deshalb beginnt heute der erste Tag deines Gerichts.

Die Anklage lautet: Verstöße gegen 2 Gebote.

Du sollst nicht töten.

Du sollst nichts Falsches gegen deinen Nächsten aussagen

2 von 10, keine schlechte Quote … Aber damit du deinen rechtmäßigen Platz in der Hölle einnehmen kannst, brauche ich noch mehr von dir.

Ich kenne die Wahrheit. Du hast dich nicht geändert! Da kannst du noch so lange im Beichtstuhl hocken. Wir wissen es beide …

Aber die Leute dürfen nicht weiter auf deine Lügenmärchen reinfallen. Sie müssen erfahren, wie böse du wirklich bist.

Einmal Sünderin, immer Sünderin.

Einmal Lügnerin, immer Lügnerin.

Sieben Todsünden. Eine Entscheidung!

Bist du bereit, es mit allen sieben aufzunehmen? Den Leuten zu beweisen, dass du eine Heuchlerin bist? Dass du dich nicht geändert hast? Dass deine Versuche, Buße zu tun, nichts als Märchen sind? Dass deine Seele mir gehört?

Bist du bereit?

Der Text beginnt zu wackeln, und ich merke, dass meine Hände zittern. Ich lege das Handy in meinen Schoß und schließe die Augen, doch die Worte kreisen weiter durch meinen Verstand.

Willkommen, Sünderin.

Du sollst nicht töten.

Mir wird übel. Hätte ich etwas im Magen, wäre es spätestens jetzt auf dem Rückweg. Dass die Nachrichten für mich bestimmt sind, hat dieser Lucifer mehr als deutlich gemacht.

Bist du bereit?

Bereit wozu? Ich schüttle den Kopf. Egal, was dieser Verrückte von mir will, ich bin nicht bereit. Auf keinen Fall! Ich will damit nichts zu tun haben. Aber was soll ich jetzt machen? Das Handy im Mülleimer entsorgen? Lässt der Typ sich so einfach abwimmeln? Ich kenne die Antwort, bevor ich die Frage zu Ende gedacht habe. Man steckt niemandem ein superteures Handy zu, nur weil man ihn ein bisschen erschrecken will.

Ich sehe mich um. Ist mir jemand gefolgt? Plötzlich wirkt die Stille in der Bibliothek bedrohlich.

Steckt Tilli dahinter? Zusammen mit Adina? Hat eine von ihnen während der Mathestunde unterm Tisch die Nachrichten an mich getippt? War Gustavo zu abgelenkt von der Gruselmundharmonika, um zu bemerken, was wirklich abgeht?

Ich überlege, ob Tilli zu so etwas fähig wäre. Vor dem Sommer hätte ich diese Frage, ohne mit der Wimper zu zucken, mit Nein beantwortet. Damals war ich überzeugt, meine beste Freundin in- und auswendig zu kennen. Dafür hätte ich meine Hand ins Feuer gelegt. Heute weiß ich, dass ich mir dabei ordentlich die Finger verbrannt hätte.

Aber nicht nur meine ehemalige Clique kommt infrage. Da wären noch alle Mädels, die Joe angehimmelt und mich um meine Beziehung mit ihm beneidet haben. Und die gesamte Schwimmmannschaft. Aaron. Nicht zu vergessen, die Menschen, die heute nicht hier in der Schule sind, aber bei der Beerdigung waren.

Joes Familie. Verwandte, die ich nie kennengelernt habe. Freunde von früher. Die Liste der Menschen, die mich nur zu gerne mal so richtig leiden sehen wollen, erscheint endlos.

Ist einer von ihnen der Verfasser der Nachrichten? Macht es ihm Spaß, mich zu quälen? Den Teufel zu spielen? Die letzte Frage kann ich mit absoluter Sicherheit mit Ja beantworten. Aber das wird nicht klappen! Ich lasse mich nicht zum Spielball eines Feiglings machen, der sich hinter einem Fakenamen versteckt!

Gut, okay, viele Verdächtige kann ich sofort wieder von der Liste streichen. Denn wie sollen zum Beispiel Joes Eltern so früh in mein Klassenzimmer gekommen sein, um das Handy für mich zu platzieren? Und woher hätten sie wissen sollen, welcher mein Stammplatz ist – oder dass ich überhaupt einen habe?

Wieder öffne ich den Chat. Lucifer hat nichts mehr geschrieben, aber unter seinem Namen steht, dass er online ist. Er wartet, lauert auf eine Antwort.

Schnell tippe ich:

Wer bist du?

Jetzt bereue ich, dass ich nicht in der Cafeteria bin. Dann könnte ich beobachten, wer ein Handy in der Hand hat. Aber vermutlich wäre diese Liste endlos …

Das Handy in meiner Hand leuchtet auf.

Dein schlimmster Albtraum.

Aber wenn du dich an die Regeln hältst, bekommst du die Chance aufzuwachen.

Deine Entscheidung: schlafen oder aufwachen?!

Ein Video erscheint unter seiner letzten Nachricht. Was soll das denn jetzt? Mein Daumen schwebt über dem dreieckigen Symbol in der Mitte. Play.

Alles in mir sträubt sich dagegen, es zu drücken, aber ich tue es trotzdem und mache den Ton wieder an.

Bassgewummer scheppert aus dem Lautsprecher.

Ein Wohnzimmer ist zu sehen, vollgestopft mit jungen Leuten. Einige Gesichter glaube ich aus der Schule zu kennen. Schummriges Licht. Erhobene Hände. Ein paar der Feierwütigen springen aufs Sofa. Die Musik ist so laut, dass das Handy in meiner Hand bebt.

Die Kamera wird durch die Menge getragen, fängt Bierdosen, leere Flaschen und Plastikbecher ein. In einer Ecke sitzt ein Mädchen auf dem Boden, den Rücken an eine Wand gelehnt, die Finger um den schlanken Hals einer Wodkaflasche geklammert. Ihre Kleider sind so schwarz, dass sie sich von der Blümchentapete abhebt wie eine riesige Fliege.

Anstatt weiterzuziehen, zoomt die Kamera das Mädchen heran.

Es ist …

Lou …?

Verschmierter Kajal, Waschbäraugen, glasiger Blick. Die Metallzahnspange, von der Lou vor Wochen befreit wurde, verrät, dass die Aufnahme älter sein muss. Ihr Gesicht glänzt, als hätte sie zu viel getanzt. Sie sieht erschöpft aus.

Ein Mädchen mit langen grauen Haaren lässt sich neben ihr an der Wand herunterrutschen.

Die Kamera hält weiter auf die beiden.

Greygirl beugt sich zu meiner kleinen Schwester rüber und sagt ihr etwas ins Ohr. Ich höre nur Bassgewummer. Lou blinzelt, als wäre sie eben aus einem Tagtraum erwacht. Ihr Blick fällt auf Greygirls ausgestreckte Handfläche. Darauf liegen zwei Pillen wie auf einem Silbertablett.

Lou nickt, greift sich eine der Pillen und spült sie mit einem großen Schluck Wodka runter.

»*Hey!*«, schreit eine männliche Stimme.

Plötzlich bricht die Musik ab. Die Leute grölen empört.

Ein Junge taucht im Bild auf. Er kniet auf dem Sofa und beugt sich über die Rückenlehne zu den beiden Mädchen vor. Ein Grinsen zuckt um seine Mundwinkel. »Eure Majestät!« Er bewegt die Hand zum Kopf, als würde er einen unsichtbaren Hut heben, und deutet eine Verbeugung an. Aus dem Hintergrund klingt schallendes Gelächter. Das Bild wackelt, als würde auch die Person hinter der Kamera lachen.

»*Wie überaus gnädig, dass Ihr uns mit Eurer Anwesenheit beehrt.*« Der Junge setzt seinen imaginären Hut wieder auf.

Lous Gesicht flammt auf. Sie kneift die Lippen zusammen und versucht aufzustehen. Ihre Bewegungen sind schwerfällig, so habe ich meine kleine Schwester noch nie gesehen. Die Augenlider hängen auf Halbmast, als wäre sie kurz davor einzuschlafen. Sie stützt sich mit der Hand an der Wand hinter sich ab, kommt auf die Beine, schwankt.

Sie scheint völlig hinüber zu sein. Die Wodkaflasche rutscht ihr aus der Hand, friert mitten im Flug ein, bevor sie auf dem Boden in tausend Scherben zerplatzen kann.

Ende der Vorstellung.

LUCIFER

Wollust

Zu gerne hätte Lucifer die Sünderin gesehen, wenn sie zum ersten Mal sein Video anschaut. Die Angst in ihren Augen. Die Blicke über die Schulter. Wie sie bei jedem lauten Geräusch, jeder hektischen Bewegung in ihrer Nähe zusammenzuckt. Herrlich.

Aber sie ist heute nicht in die Cafeteria gekommen, hat sich in der Mittagspause irgendwo verkrochen. Also muss seine Fantasie reichen, um sich Renas blasser werdendes Gesicht, die Schweißperlen auf ihrer Stirn und die zitternden Hände vorzustellen.

Das Pizzastück auf dem Teller vor ihm hat er nicht angerührt. Alles nur Fassade. Er will normal aussehen. Ungeduldig starrt er auf die beiden blauen Häkchen unterhalb des Videos. Die Aufnahme dauert nur zweiundneunzig Sekunden und ist absolut perfekt für die allererste Todsünde. Nicht schwer auszuführen, quasi für Einsteiger.

Lucifer kann es kaum erwarten, dass die Bombe einschlägt. Die Wellen der Detonation. Zweiundneunzig Sekunden können verdammt lang sein.

Endlich erscheint unter dem Namen »Sünderin« die Meldung, dass sie gerade schreibt.

Lucifer lehnt sich in seinem Stuhl zurück. Ein *Pling* kündigt den Eingang ihrer Antwort an.

Was soll der Scheiß?

Ein teuflisches Lächeln gleitet über sein Gesicht. Er hat damit gerechnet, dass sie sich nicht kampflos ihrem Schicksal hingeben wird. Wo würde da der Spaß bleiben?

Jetzt hat er sie genau da, wo er sie haben will. Sie begreift allmählich, dass das hier kein Witz ist.

Meinst du nicht, deine Eltern sollten erfahren, was ihre Jüngste so treibt?

Er wartet, bis die Tragweite der Information zu ihr durchsickert.

Was haben meine Eltern damit zu tun?

Die Vorfreude lässt ihn schneller tippen.

Du wirst dieses Video an dein eigenes Handy weiterleiten und den beiden vorspielen. Alles, was du dabei tun musst, ist, ihre Reaktion mit der Voice-Recorder-App aufzunehmen.

WARUM???

Damit ich weiß, dass du es wirklich getan hast.

Nein, ich will wissen: WARUM? Warum tust du das? Was hat meine Schwester dir getan?

Das ist deine erste Todsünde. Wollust. Und deine Schwester ist nur Mittel zum Zweck.

Was zur Hölle hat es mit Lust zu tun, wenn ich meine eigene Schwester verpetze?

Ach, komm schon, Rena, denk doch mal ein bisschen mit! Du sollst ihr Leid genießen. Wenn du es nicht tust, erwartet sie viel Schlimmeres. Versprochen!

Du spinnst doch! Das werde ich ganz sicher nicht! Keine Ahnung, wer du bist oder was das alles soll. Aber du kannst mich mal! Morgen stelle ich das Handy bei Shpock ein. Bringt sicher einiges an Kohle. Danke dafür ☺ Ciao.

Sie wird doch nicht …? Lucifers Finger hüpfen über die Tastatur. Er drückt auf Senden. Nur ein Häkchen erscheint neben der Nachricht. Zu langsam. Die Sünderin ist offline.

»Verdammte Scheiße!«, knurrt er. Am Tisch neben ihm wird es still, aber das kümmert ihn nicht. Die Wut, die ihn erfasst, ist ein Orkan. Sie reißt ihn mit sich, zerrt an ihm. Dieses Miststück hat sich noch nicht mal die Regeln angehört. Sie hat ja keine Ahnung, was sie nun erwartet. Oder, besser gesagt, ihre Schwester.

Er atmet schwer, muss sich zusammenreißen, um das Handy nicht auf den Boden der Cafeteria zu knallen.

Mit gleichmäßigen Atemzügen zwingt er sich, den Orkan niederzukämpfen. Also gut, sie hat es nicht anders gewollt. Selbst schuld. Sie verdient einen Denkzettel. Einen, den sie und ihre Schwester nie vergessen werden.

Lucifer steht auf und schiebt sein Tablett in einen der Metallwagen, die am Ausgang stehen.

Nach dem heutigen Tag wird die Sünderin ihm zuhören. Daran besteht kein Zweifel.

JOE

Was mir an Rena als Erstes aufgefallen ist, waren ihre Augen. Die haben richtig grün geleuchtet, als hätte man die Iris mit Photoshop bearbeitet. Aber zugleich waren sie irgendwie … dunkel. Verstehst du, was ich meine? Je nachdem, wie die Lichtverhältnisse und Renas Laune waren, konnten ihre Augen von Dunkelgrün, fast Schwarz, zu einem hellen, leuchtenden Grasgrün wechseln.

Hätte Lou mich nicht vorgewarnt, wäre ich nie auf die Idee gekommen, dass die beiden Schwestern sind. Immer, wenn ich neue Leute kennenlerne, stelle ich mir vor, welche Superkraft sie sich aussuchen würden, wenn sie die Wahl hätten. Du wärst wahrscheinlich jemand, der Donnerblitze aus seinen Händen schießen lassen will. Nicht? Okay …

Zehn Minuten mit Lou haben gereicht, um zu wissen, welche Superkraft sie nehmen würde: Unsichtbarkeit. Dann wäre der Schneematsch einfach durch sie durchgeflogen und nicht in ihren Haaren gelandet.

Rena ist da völlig anders. Sie ist älter und sicher einen Kopf größer als Lou, schlank, makellose Zähne, reine Haut. Ich will jetzt nicht übertreiben, aber hast du schon mal was vom Goldenen Schnitt gehört? Der beschreibt das perfekte Verhältnis in der Natur. Zum Beispiel die Anordnung von Rosenblättern. Und ich sag's mal so: Würde es einen Goldenen Schnitt für Menschen geben, wäre Rena ein Paradebeispiel. Im Gegensatz zu Lou sah sie nicht so aus, als würde sie eine Superkraft brauchen. Aber könnte sie sich eine aussuchen, wäre es bestimmt Fliegen oder irgendwas anderes, wofür einen alle bewundern.

»Ist alles okay?«, hat Rena gefragt, wobei sie von ihrer Schwester zu mir gesehen hat. Ihr Blick hat mehr verraten, als ihr wahrscheinlich bewusst war. Zuerst war da Überraschung, aber nur ganz kurz. Und dann so etwas wie ... Hunger. Verstehst du? Als würdest du einer abgemagerten Katze eine zappelnde Maus vor die Nase halten. Nur, dass ich mir in dem Moment wie die Maus vorgekommen bin.

»Geht schon«, hat Lou ihren Boots zugemurmelt.

Rena hat in Richtung Tanksäulen genickt, wo ein dunkelblauer Kombi stand. »Mam hat sich Sorgen gemacht.« *Und ich auch*, hat ihr Tonfall gesagt.

Ohne ein weiteres Wort hat Lou die Tür angesteuert, den Kopf noch tiefer in ihrem monströsen Schal versteckt. Hatte jetzt nichts mehr von einem Tankstellenüberfall, mehr von einer Schildkröte. Sie hatte die Tür schon aufgezogen, da hab ich einen neuen Schokoriegel gegriffen und »Hey, Louisa!« gerufen.

Sie hat sich umgedreht und den Schokoriegel auf sich zufliegen sehen. Ja, auch ihre Reflexe hatten was von einer Schildkröte. Ihre Hand war auf halbem Weg nach oben, als der Riegel schon an ihrer Brust abgeprallt und zu Boden geklatscht ist.

Eigentlich wollte ich nicht lachen. Echt! Aber Lou hat irgendwie so unbeholfen ausgesehen. Also hab ich ihr zugezwinkert und gesagt: »Der geht auf's Haus. Ich schätze, die Glückshormone kannst du gut brauchen.«

Sie hat sich gebückt, den Schokoriegel aufgehoben und die Verpackung an ihrem Jackenärmel trocken gewischt. Und da hab ich sie wieder gesehen: die kleinen Fältchen um ihre Augen. Mission erfüllt. Dann ist sie nach draußen verschwunden.

Und auf einmal war ich mit Rena allein.

Kennst du das? Wenn es plötzlich viel stiller ist als vorher, obwohl nur eine Person den Raum verlassen hat? Dabei ist mir die nervige Weihnachtsmusik aus dem Radio noch lauter vorgekommen. Ich weiß auch noch genau, was gerade lief. *Wham!*. Ich HASSE *Wham!*. Falls die restlichen Typen von dem Verein irgendwann bei dir vorbeikommen, solltest du echt zweimal überlegen … Jaja, schon gut.

Wo war ich? Ach so, als die Stille schon fast peinlich geworden ist, hat Rena sich bedankt.

»Wofür?«, wollte ich wissen und hab mir gewünscht, das Süßigkeitenregal würde nicht zwischen uns stehen. Aber meine Füße waren irgendwie am Boden festgefroren. Wenigstens konnte sie so die dämlich grinsende Tanksäule nicht sehen, die auf mein Arbeitshemd gestickt war.

Sie meinte, es wäre nett gewesen, dass ich Lou mein Handy geliehen hab. Ich hab abgewunken. Da hat eine Melodie im Radio *Wham!* abgewürgt. Ich konnte mir ein genervtes Stöhnen nicht verkneifen, als ich den Jingle erkannt hab. Versteh mich nicht falsch, vieles ist besser, als von *Last Christmas* Ohrenbluten zu kriegen, aber dieser eine Werbespot gehört sicher nicht dazu.

Rena wollte wissen, was los ist, und da dachte ich, ich demonstriere einfach, wie oft ich diese durchgeknallte Werbung schon ertragen musste. Ja, du hast recht, vielleicht wollte ich auch nur ein bisschen angeben. Jedenfalls konnte ich die Werbung mitsprechen. Warte, ich glaub, das krieg ich sogar jetzt noch hin: »Ihr Mann hat Sie betrogen? Sie wollen Ihrem nervigen Kollegen mal so richtig eins auswischen? Ihr Nachbar stresst Sie mit seiner viel zu lauten Musik? Dann sind Sie bei Bittersweet Revenge genau ri –«

Weiter bin ich nicht gekommen. Rena musste so heftig lachen, dass sie mich angesteckt hat. Du kennst bestimmt auch mindestens einen, der so lacht, dass man einfach mitmachen muss, oder? Nein? Okay, wer hier bei dir landet, hat wohl einfach nicht mehr viel zu lachen. Sterben ist echt scheiße, aber das kriegst du wahrscheinlich jeden Tag zu hören.

Ein Hupen von draußen hat uns unterbrochen. »Ich muss los«, hat Rena gesagt. Und dann hat sie wieder diesen Katzenblick gekriegt. Versteh mich nicht falsch: Ich bin ein Kerl – wenn ein so hübsches Mädchen mit mir spielen will, kann es das gerne tun. Aber das damals war irgendwie … anders. Ich war … gefangen. Nicht, dass es mich gestört hätte, zumindest da noch nicht.

»Rufst du mich an?«, hat sie gefragt. Einfach so. Ganz direkt.

»Was? … Wie?«, hab ich gestottert. Total die Lockerheit in Person eben.

»Du hast doch jetzt meine Nummer, oder?«, hat sie gesagt und mich dabei komisch angesehen, so als wäre ihr Blick eine Seilwinde, die an mir zieht. Dabei hab ich mich keinen Millimeter bewegt. War total strange … und abgefahren zugleich, echt schwer zu beschreiben.

Sie meinte, ich kann die Nummer unter »Rena Winterstein« abspeichern.

Ich hab raus auf den Schnee geschaut und gegrinst. »Also voll deine Jahreszeit.«

»Ehrlich gesagt … mit dem Sommer kann ich mehr anfangen. Aber der Tag hat doch noch eine ziemlich gute Wendung genommen, findest du nicht?« Dabei hat sie ihren Seilwinden-Blick weiter auf mich gerichtet. Und dann, ohne eine Antwort abzuwarten, hat sie sich umgedreht und ist gegangen.

Natürlich bin ich zur Tür, um ihr nachzusehen. Hey, Mann, das hättest du bestimmt nicht anders gemacht.

Bevor sie auf der Beifahrerseite eingestiegen ist, hat sie mir noch einen langen Blick zugeworfen. Sie wusste, dass ich ihr hinterherschauen würde. Verrückt, oder?

Und da hab ich es gespürt. Ich weiß, das klingt jetzt total

übertrieben, aber es hat sich angefühlt, als hätte sie mir einen Stempel verpasst: *MEINS!*

Auf der einen Seite hat Rena mich einfach nur geflasht, aber auf der anderen hatte ich so eine dunkle Vorahnung. Irgendetwas in mir hat sich gegen die Seilwinde gestemmt. Vielleicht wusste ein winziger Teil schon, dass dieses Mädchen meinen Tod bedeuten würde.

Sie hat die Autotür zugemacht, der Kombi ist losgefahren. Und ich stand wie ein Idiot da und hab ihm nachgesehen.

»Das Mädchen bedeutet Ärger«, hat mein Vater von der Kasse aus gerufen. Er muss die ganze Szene mitgekriegt haben. Nur hab ich damals nicht kapiert, wie recht er hatte. Alles, was ich dachte, war: Ärger? Umso besser! Du musst verstehen, wie wütend ich auf meine Erzeuger war. Sie hatten mich in dieses Kaff am Ende der Welt gezerrt. Wenn Rena also Ärger bedeuten sollte, war mir das nur recht. Ja, jetzt höre ich auch, wie bescheuert das klingt. Damals wollte ich taub sein.

Aber das war nicht der Hauptgrund, weshalb ich mit Rena etwas angefangen hab. Den kann ich dir nicht mal richtig erklären. Ich war einfach … verloren. Und sie war einer der ersten Menschen mitten im Nirgendwo, der mich … gefunden hat. Ein Penny am Straßenrand. Und das hat verdammt gutgetan. Ich wollte zu diesem Mädchen gehören, so sehr, dass ich völlig ignoriert hab, wie wenig wir zueinander passten.

Rena war das Puzzleteil aus der Mitte und ich eins vom Rand. Keine Chance, die beiden irgendwie zusammenzubringen. Sie hat das gewusst und ich auch. Aber ich hab den Hammer nicht gesehen. Den, mit dem sie so lange auf die beiden Puzzleteile draufgehämmert hat, bis sie passten. Irgendwie jedenfalls.

Jetzt kennst du den Anfang vom Ende. Weiter geht's mit dem Ende. Mach's dir bequem, das könnte eine Weile dauern.

RENA

Montag, 13. September, 12.55 Uhr
(48 Tage, 16 Stunden und 10 Minuten danach)

Wütend drücke ich auf den Home-Button. Zuerst will ich das Handy ganz ausschalten, aber der Gedanke, dass ich ohne PIN nicht mehr auf die SIM-Karte zugreifen kann, hält mich davon ab. Also aktiviere ich den Flugmodus. Jetzt kommt keine Nachricht mehr durch.

Früher, wenn Lou ganz verheult aus der Schule gekommen ist, weil jemand sie geärgert hat, kam von Paps immer der gleiche Ratschlag: »Ignorier sie, das trifft sie am meisten.«

Für mich klang das jedes Mal nach einem total bescheuerten Plan, wie ihn nur Erwachsene haben können. Aber jetzt erscheint er mir ziemlich verlockend.

Wenn ich die Verbindung zu diesem Lucifer kappe, kann er mich nicht weiter belästigen. Na ja, zumindest vorerst. Wer weiß, wie viele Handys er noch für mich deponiert?

Meine Gedanken sind Aasgeier, und das Video, das der Teufel mir geschickt hat, ein verwesender Tierkadaver. Die Geier kreisen um die Bilder der völlig betrunkenen und zugedröhnten Lou. Was sie sich wohl eingeworfen hat? Die Pille sah so unscheinbar aus.

Ich hole mein eigenes Handy hervor und öffne WhatsApp. Eine Nachricht einer unbekannten Nummer wartet auf mich. Keine Überraschung, da ich mir das Video über das Teufelshandy selbst geschickt habe. Als Beweis. Fühlt sich gut an.

Beweise zu sichern. Als würde mir das ein kleines bisschen Macht in einem Spiel geben, dessen Anleitung in Hieroglyphen geschrieben ist.

Zum zweiten Mal drücke ich auf Play. Den Ton stelle ich ganz leise. Wer hat das Video aufgenommen? Lucifer? Oder jemand anderes? Eins ist jedenfalls sicher: Mam und Paps dürfen es nie zu Gesicht bekommen! Lou war über die Ferien sehr in sich gekehrt, noch mehr als sonst.

Weil Mummy und Daddy mit dir schon genug Probleme haben!

Ich beiße mir auf die Unterlippe. Noch ein Grund, Lucifers Forderung zu ignorieren!

Seit dem Sommeranfang bin ich das neue schwarze Schaf der Familie und werde es in nächster Zeit auch bleiben.

»Hey!«, schreit der Junge aus dem Video. Die Musik geht aus. »Eure Majestät!« Ich drücke auf Pause und friere das Grinsen des Jungen ein. Seinen Namen kenne ich nicht, aber ich weiß, dass er vor dem Sommer seinen Abschluss gemacht hat. Auf den ersten Blick erscheint er mir irgendwie zu schön und zu glatt. Ein lebensechter Ken. Es würde mich nicht wundern, wenn er seine Haare mit Backofenreiniger eingesprüht hätte, damit kein Dreck der Welt daran haften bleibt.

Aber was soll die halbe Verbeugung? Und warum spricht er Lou mit dieser bescheuerten Anrede an?

Wenn sie gewollt hätte, dass du davon weißt, hätte sie es dir sicher erzählt, Sherlock.

Besserwisserin 1470, Rena 0. Na ja, Rechthaben ist immerhin ihr Job. Trotzdem kann ich nicht einfach so tun, als hätte ich das Video nicht gesehen. Wenn Lou sich irgendwelche Sachen einwirft, muss ich es wissen! Also leite ich ihr das Video weiter.

Sie ist online. Die beiden Häkchen unter meiner Nachricht färben sich blau.

Woher hast du das?

Sag du mir lieber, was du da einwirfst!

Was soll der Scheiß??? Spionierst du mir nach?

Ich will nur wissen, ob ich mir Sorgen machen muss …

Das war eine stinknormale Schmerztablette!

Ich atme auf.

Ernsthaft? Du glaubst ihr die Story? Die Besserwisserin klingt ehrlich empört.

Sofort prasseln die Zweifel auf mich ein. Würde Lou mir erzählen, wenn es irgendein anderes Zeug gewesen wäre?

Klar, gleich nachdem ihr euch gegenseitig die Nägel lackiert habt …

Wenn Mam und Paps das sehen, werden sie durchdrehen!

Nicht, wenn du es ihnen nicht zeigst. Bitte, Rena!

Okay, okay.

Versprochen?

Versprochen!

Danke.

Schon gut. Erinnerst du dich, wer das Video aufgenommen hat?

Nee, kein Plan! Ist ewig her, und ich war nicht ganz … na ja, du weißt schon.

Ich überlege, ob ich ihr von Lucifer erzählen soll, entscheide mich aber dagegen. Das ist bestimmt nur irgendein Spinner, der sich einen Spaß daraus macht, mich zu quälen. Ich will Lou da nicht mit reinziehen.

Seufzend stehe ich auf. Ist Ignorieren wirklich die richtige Methode? Oder mache ich diesen Lucifer damit nur aggressiv? Vielleicht habe ich Glück und er lässt mich in Ruhe.

Glück. Du?

Unfreiwillig pruste ich los. Na klar! Wenn mich jetzt jemand sieht, glaubt er bestimmt, mir wäre eine Sicherung durchgebrannt.

Das Pausenklingeln ertönt und schneidet mein Lachen ab.

RENA

Montag, 13. September, 17.30 Uhr
(48 Tage, 20 Stunden und 45 Minuten danach)

Ich sitze auf dem Sofa, die Knie unters Kinn geklemmt. Immer wieder lese ich die Nachrichten, die Lucifer mir heute Morgen in der Schule geschickt hat. Der Fernseher läuft, aber ich schaue nicht hin.

Schritte auf den Stufen vor dem Haus, das Klirren von Schlüsseln, die Haustür gibt ein Knacken von sich.

Lou kommt rein. Wie immer schleudert sie ihre Chucks und die Tasche in die Ecke. Sie lässt sich neben mir aufs Sofa fallen und gähnt. Dunkle Schatten liegen unter ihren Augen. Ich scheine nicht die Einzige zu sein, die in letzter Zeit beschissen schläft. Ob Lou in der Schule meinetwegen Probleme hat? Ist es schwer, die Schwester der Ausgestoßenen zu sein?

Oder das liegt an dem Zeug, das sie sich einwirft.

Lou angelt sich die Fernbedienung und schaltet um. Es läuft Werbung. Sie stellt den Ton auf stumm.

Ich weiß nicht, was ich sagen soll.

Es ist still. So still, dass ich den Sekundenzeiger der Küchenuhr hören kann. *Tick. Tick. Tick.*

»Ist das neu?«, bricht Lou das Schweigen.

Ich erstarre, bemerke ihren Blick, der auf dem Teufelshandy ruht. Schnell schließe ich WhatsApp. »Nee, hab nur ein neues Case für meins gekauft, das alte hatte einen Riss.«

Futter für den Lügenberg. Brave Sünderin.

Lou runzelt die Stirn. »Echt?« Sie beugt sich zu mir rüber und schnappt mir das Teufelshandy aus der Hand.

»Hey!«, protestiere ich.

»Unangemeldeter Handycheck!« Lou springt auf. »Das war die Wettbedingung, schon vergessen?«

»Gib es wieder her!« Schlagartig wird mir kalt.

Lou geht um das Sofa herum. »Hast du etwas zu verbergen, Schwesterherz? Ich wusste, du würdest es nicht lange ohne Insta aushalten!«

Unsere Wette ist mir gerade herzlich egal. Ich weiß nur nicht, ob ich bereit dazu bin, ihr zu erklären, woher dieses Handy kommt.

Sie schaut auf das Display. »Na, dann wollen wir doch ma…« Sie bricht mitten im Satz ab. Ist ihr aufgefallen, dass das Handy ein anderes ist? »Oh.«

Ich schlucke. *Oh?* Was heißt das? Ich springe aufs Sofa und nehme ihr das Teufelshandy ab. Der Chat ist noch geschlossen. Mein Blick fällt auf das Foto von Joe und mir im Hintergrund.

Oh. Ja, das trifft es.

Ich sehe auf und begegne Lous Blick. Ihre Augen sind ganz glasig. Schnell sperre ich das Display und lasse das Handy in meiner Hosentasche verschwinden.

»Wie hältst du das nur aus?«

Ich muss nicht fragen, was sie damit meint. Ihr mitleidvoller Blick und der leise Tonfall genügen. Beides kenne ich schon von Mam und Paps, wenn sie im Laufe der Sommerferien versucht haben, mit mir über Joe zu sprechen. Inzwischen haben sie es aufgegeben. Gut so.

Ich überlege, welche Antwort die richtige ist, bis mir klar wird, dass es kein Richtig oder Falsch gibt. Nur die Wahrheit. »Gar nicht.«

Tick. Tick. Tick.

»Hört das irgendwann auf?«, fragt Lou.

»Hoffentlich.«

Tick. Tick. Tick.

Mich überfällt der Drang, Lou alles zu erzählen. Von dem fremden Handy, von Lucifers Nachrich–

»Hast du schon mal was von Paralleluniversen gehört?«, unterbricht sie meine Gedanken.

»Kann schon sein«, sage ich, dankbar für den Themenwechsel, obwohl ich nicht weiß, wohin er führen soll.

»Immer, wenn man vor einer Entscheidung steht und eine Wahl trifft, ploppen neue Universen auf, in denen man das genaue Gegenteil tut.«

»Du meinst, wenn ich an einer Ampel nach links abbiege, dann geht mein anderes Ich in einer Parallelwelt nach rechts?«

»Und wieder ein anders geht geradeaus, ja. Und ein viertes dreht um.«

Ich schlucke, weil mir dämmert, worauf sie hinauswill. »Dann müsste es aber ganz schön viele Parallelwelten geben.«

»Mehrere Milliarden pro Mensch.« Sie winkt ab. »Das Universum ist unendlich – da ist also genug Platz.«

Ich nicke, mehr fällt mir dazu nicht ein. In meinem Leben habe ich wirklich schon verflucht viele beschissene Entscheidungen getroffen.

»Die Vorstellung ist irgendwie tröstlich, findest du nicht?«, fragt Lou.

»Dass es irgendwo eine Welt gibt, in der Joe noch lebt?«

Sie zuckt zusammen und sieht mich erschrocken an. Doch ich lächle, und dann lächelt auch sie. »Dass es irgendwo ganz viele Welten gibt, in denen Joe noch lebt.«

Welten, in denen du kein Miststück bist.

Was. Wäre. Wenn.

Ich schüttle den Gedanken ab. Er nagt an mir. Die ganze

Zeit. Wenn ich ihn zu nah an mich heranlasse, wird er mich irgendwann von innen zerfressen wie ein mit Säure gefülltes Kaubonbon.

Tick. Tick. Tick.

Ich schaue zum Fernseher. Die Werbung ist verschwunden. Jetzt ist eine nächtliche Szene zu sehen, eine Menge Nebel und vier Mädchen, die mir nur allzu bekannt sind. Früher hat Lou jeden Tag *Pretty Little Liars* gesuchtet, aber das gehört der Vergangenheit an, genau wie ihre abendliche heiße Schokolade und die ständigen Dramen. »Hast du eigentlich jemals rausgefunden, wer A ist?«, frage ich, um von mir abzulenken.

»Nee, das war mir nach der vierten Staffel echt zu blöd.«

»Warum?« Es tut gut, sich ganz normal mit ihr zu unterhalten, und mir fällt auf, wie lange wir das schon nicht mehr getan haben.

Das kommt davon, wenn man dauernd mit sich selbst beschäftigt ist.

»Weil die echt nie dazulernen. Ständig der gleiche Mist.« Sie deutet auf den Fernseher. »Da, zum Beispiel. Eine geheime Nacht- und-Nebel-Aktion, und natürlich haben sie nur eine Nummer Sicher am Start. Das muss doch schiefgehen.«

»Nummer sicher?« Ich kapiere nicht, worauf sie hinauswill.

»Wenn du weißt, dass du dich mit einem Bösewicht triffst, dann steckst du dir doch ein Messer in den Schuh, eine Knarre in den Hosenbund und ein Pfefferspray in die Jackentasche. Oder?«

»Ich denke beim nächsten Mal dran«, verspreche ich und versuche mich an einem Grinsen, fühle aber, dass es mir nicht ganz gelingt.

»Ist doch wahr!« Lou schnalzt mit der Zunge. »Genau wie in den Krimis, wenn die Leute nur ein verstecktes Mikro am Körper tragen. Warum nicht drei? Das erste wird hundertpro sofort gefunden, das zweite nach ein paar Minuten, aber ein drittes? Daran denkt doch überhaupt kei –«

Ihr Handy summt. An ihren hin- und herzuckenden Augen sehe ich, dass sie eine Nachricht liest. Langsam steht sie auf. »Ich treff mich mit Ivar bei Pepe«, murmelt sie, während sie auf ihrem Handy tippt.

Pepe macht die beste Steinofenpizza. Früher war ich ständig mit Tilli und Adina dort, später mit Joe.

»Viel Spaß!«, sage ich und versuche, ganz normal zu klingen.

Plötzlich sieht Lou unsicher aus, als würde sie überlegen, mich zu fragen, ob ich mitkommen will. Schnell ringe ich mir ein Lächeln ab und mache den Ton vom Fernseher an.

Lou wendet sich ab, schlüpft in ihre Chucks, bleibt aber an der Haustür stehen. Schon wieder dieser Blick.

Das ist Mitleid, Schätzchen!

»Ivar und ich gehen am Wochenende ins Autokino. Du weißt schon, der Filmmarathon. Vielleicht willst du ja mitkommen?«

Jetzt sehe ich es auch. Und ich kann es hören. Das Mitleid. Jedes ihrer Worte ist umwickelt mit einer dicken, klebrigen Schicht.

Die Besserwisserin schweigt und genießt. Es ist, als würde in meinem Kopf eine Zielscheibe hängen und Madam Klugscheißer tut nichts anderes, als ständig ins Schwarze zu treffen.

Am liebsten würde ich Lou umarmen. Wenn es Karma tatsächlich gibt, dann wird Lou im nächsten Leben als Engel wiedergeboren. Mindestens.

Und du als Ratte. Oder Kakerlake. Die Besserwisserin hustet gekünstelt. *Wahrscheinlich schleimt sich das Engelchen nur bei dir ein, damit du das Video geheim hältst – schon mal daran gedacht?.*

»Ja, vielleicht«, sage ich zu Lou. Keine Umarmung, keine

rührseligen Worte. Sie soll nicht das Gefühl haben, dass sie mir wegen des Videos etwas schuldig ist.

Ich winke ihr zum Abschied zu. Die Haustür fällt ins Schloss. Sofort mache ich den Fernseher aus und stapfe die Treppe hoch.

In meinem Zimmer ist die Luft stickig. Ich reiße das Fenster auf. Ein Blick auf Mister Gockel verrät, dass es gerade mal halb sechs ist. Ich schaue rüber zu Tilli. Draußen ist es noch hell, weshalb ich nicht erkennen kann, ob sie in ihrem Zimmer ist.

Steckt Tilli hinter diesem ganzen Mist? Schwachsinn! Sie kennt Lou schon ihr Leben lang, so etwas würde sie ihr nicht antun. Obwohl … Ich habe mich schon einmal gewaltig in ihr getäuscht. Was, wenn das hier auch so ein Fall ist? Wenn sie Lou bedroht, um von sich selbst abzulenken?

In meinen Fingern juckt es. Sie wollen sich selbständig machen, das Fenster aufreißen und nach dem Dosentelefon greifen. Da fällt mir wieder ein, dass Tilli den Draht gekappt hat.

Geh doch zu ihr rüber! Frag sie, ob sie Lucifer ist. Gib ihr die Genugtuung, dich ausflippen zu sehen.

Okay, lieber nicht.

Ich muss gähnen, so sehr, dass mein Kiefer knackt. Der Schlafentzug von letzter Nacht rächt sich. Weil ich nicht weiß, was ich sonst damit tun soll, werfe ich das Teufelshandy in meine Sockenschublade. Aus den Augen, aus dem Sinn … na ja, nicht wirklich.

Ich lasse mich mit meinem eigenen Handy aufs Bett sinken und tippe *Todsünden* in die Suchleiste von Google. 513 000 Suchergebnisse in 0,29 Sekunden. Puh! Das Thema scheint ein unendliches Feld zu sein, zumindest online. Die erste Seite ist von Wikipedia. Ich fange an zu lesen.

Tick. Tick. Tick. Mister Gockel kann das auch.

RENA

Montag, 13. September, 19.46 Uhr
(48 Tage, 23 Stunden und 1 Minute danach)

Die Türklingel reißt mich aus der Schwärze. Ich liege auf dem Bett, zu einer Kugel zusammengerollt. Bin ich etwa eingeschlafen? Mein Handy habe ich sogar noch in der Hand, weiter als bis zu Wikipedia bin ich allerdings nicht gekommen.

Von unten sind Stimmen zu hören. Ich erkenne die von Mam, Paps und Ivar. Bestimmt hat Lou mal wieder ihren Schlüssel vergessen und deshalb geklingelt.

»Rena?«, ruft Mam von unten.

Ich quäle mich aus dem Bett, öffne meine Zimmertür und schleppe mich zur Treppe.

»Wann wart ihr verabredet?«, höre ich Paps fragen. Den Tonfall in seiner Stimme erkenne ich sofort: Wut und Sorge.

»Wir wollten uns um sieben bei Pepe treffen«, antwortet Ivar leise und ein bisschen eingeschüchtert, wie immer, wenn er auf Paps trifft.

»Das ist eine Dreiviertelstunde her!« Mam klingt hysterisch.

Vielleicht bist du doch nicht das neue schwarze Schaf der Familie. Lou scheint sehr an dem Posten zu hängen.

Ein Klappern, das nur ich hören kann, lässt mich wie erstarrt auf der ersten Treppenstufe stehen bleiben. Ich weiß, was es zu bedeuten hat. Es sind die Worte der Klugscheißerin, die in meinem Kopf zu Boden gefallen sind. Weil sie dieses Mal nicht ins Schwarze getroffen hat.

Irgendetwas stimmt hier nicht. Wenn Lou und Ivar um sieben verabredet waren, warum ist Lou dann schon um halb sechs losgegangen? Wollte sie vorher noch woandershin?

»Sie geht immer noch nicht ans Handy«, sagt Paps. »Bestimmt hat sie es wieder irgendwo liegen gelassen.«

»Oder ihr Akku ist leer«, seufzt Mam. »Die Powerbank vergisst sie auch ständig.«

In meinem Bauch rumort ein schlechtes Gefühl. Ich muss an das Handy in meiner Sockenschublade denken. Kann es sein, dass …? Nein! Oder?

Ich mache auf dem Absatz kehrt und haste in mein Zimmer.

Mit zitternden Händen ziehe ich die Schublade auf und fische das Teufelshandy heraus. Ich deaktiviere den Flugmodus. Sekunden später vibriert es wie verrückt in meiner Hand. Kein gutes Zeichen.

Ich öffne den Chat.

Die ersten Nachrichten sind von heute Mittag, kurz nachdem ich mich aus der Unterhaltung ausgeklinkt habe.

Das würde ich nicht machen. Deine Schwester muss sonst dafür bezahlen. So sind die Regeln. Jede Aufgabe hat mit einer Person zu tun, die du kennst. Erfüllst du sie nicht, muss diese Person dafür büßen.

Deine Entscheidung.

Ich bekomme keine Luft. Es fühlt sich an, als hätte ich Stickstoff inhaliert, der meine Lungen von innen gefrieren lässt.

Die nächste Nachricht ist von halb sieben. Sie kam an, als ich seelenruhig geschlafen habe – eine Stunde, nachdem Lou das Haus verlassen hat.

Du hast es so gewollt. Das passiert, wenn man sich nicht an meine Regeln hält.

Mein Zimmer beginnt, sich um mich zu drehen. Als hätte ich auf leeren Magen eine halbe Flasche Sekt geext.

Die Wut lässt meine Finger über die Tastatur hüpfen.

Du Bastard! Was hast du mit meiner Schwester gemacht?

Er ist sofort online. Natürlich. Ein Videoanruf erscheint. Werde ich jetzt erfahren, wer sich hinter den Nachrichten verbirgt? Ich ziehe den grünen Hörer übers Display und sehe …

»LOU?«, schreie ich.

Das Bild ist dunkel und verwackelt. Meine kleine Schwester liegt am Fuß einer Betontreppe. Ihr linker Arm ist unnatürlich zur Seite weggeknickt. Ein dunkles Rinnsal läuft aus ihrem Haaransatz quer über ihre leuchtend blasse Stirn. Auf dem Boden hat sich schon eine kleine Pfütze gebildet.

»Die arme Louisa ist ganz ungeschickt gefallen«, sagt eine Stimme, die so tief und unheimlich verzerrt klingt, als käme sie von einem Monster. »Dabei hat sie sich den Kopf aufgeschlagen und das Bewusstsein verloren.« Der Teufel lacht, was durch den Stimmverzerrer mehr wie ein röchelndes Husten klingt. »Oder hat vielleicht jemand ein bisschen nachgeholfen?«

Nachgeholfen? Was soll das heißen? Und warum ist Lou so lange bewusstlos? Selbst wenn sie sich den Kopf angeschlagen hat, müsste sie doch wieder aufwachen …

Nicht, wenn sie sich das Genick gebrochen hat.

Das darf nicht sein! Die Besserwisserin darf dieses Mal nicht recht haben!

»Ich geh zur Polizei!«, sage ich und taste mit dem Blick die

Umgebung im Video ab, doch alles, was ich sehe, ist eine nichtssagende Betontreppe.

»Tu das«, antwortet der Teufel. »Wenn du testen willst, wie viele Knochen ich deiner Schwester brechen kann … Und als Nächstes ist dann deine Mutter dran. Oder eine deiner Freundinnen? Du kannst sie nicht alle beschützen! Und die Bullen auch nicht.«

»Was zum Teufel willst du von mir?«

»Ich will, dass du dich an die Regeln hältst. Wenn du irgendjemandem von unserem kleinen Sündenspiel erzählst, denk immer daran, was deiner Schwester passiert ist. DU allein hast ihr das angetan.«

»ICH?«

»Dein Handeln bestimmt mein Handeln.«

Die Kamera kommt Lous Gesicht ganz nahe. Eine Hand in einem schwarzen Lederhandschuh erscheint im Bild und streicht Lou eine Haarsträhne aus dem Gesicht. Sie zieht eine Schliere aus Blut nach sich.

»Geh weg von ihr!«, zische ich panisch. »Okay, okay. Was … was soll ich tun?«

»Die erste Aufgabe erfüllen. Dann bekommt deine kleine Schwester die Hilfe, die sie braucht.«

Magensäure steigt mir in den Hals, und ich schlucke krampfhaft. Ich denke an das Video, Lou, die Wodkaflasche und die Pillen. Lou wird mich hassen, wenn ich es Mam und Paps zeige. Aber das ist jetzt unwichtig. Lieber eine Lou, die mich hasst, als eine, die … Ich würge den Gedanken ab.

Endlich habe ich kapiert, was der Teufel bezweckt. Ich soll die letzten Menschen gegen mich aufbringen, die mir noch in die Augen sehen können.

»Okay«, flüstere ich.

»Okay?«

»Ja, verdammt! Aber lass meine Schwester in Ruhe!«

»Du hast zehn Minuten. Wenn du bis dahin die Sprachaufnahme nicht als Beweis geschickt hast, muss ich Louisa noch eine Dosis Chloroform verpassen und …«

»Schon gut, ich hab's verstanden!« Chloroform. Deshalb also ist sie noch bewusstlos. Kein Genickbruch. Das ist gut … na ja, irgendwie jedenfalls.

Das Bild verschwindet, der Anruf wurde beendet.

Ich werfe einen Blick auf Mister Gockels Bauch. *Tick. Tick. Tick.* Die Zeit läuft. Innerlich verfluche ich mich, dass ich während des Videoanrufs keine Screenshots gemacht habe. Aber selbst wenn ich welche hätte – zehn Minuten reichen nicht aus, um alles zu erklären. Erst Mam und Paps, dann der Polizei. Ich muss die erste Aufgabe erfüllen, das ist die einzige Möglichkeit, Lou zu helfen.

Wir wissen beide, dass Zeitmangel nicht der einzige Grund ist, warum du nicht zur Polizei willst …

»Rena? Komm bitte runter!«, höre ich Mam erneut rufen.

Ich schalte meinen Kopf aus, schnappe mir mein Handy und das des Teufels und rase nach unten.

Mam und Paps stehen im Wohnzimmer. Paps nimmt gerade das Telefon vom Ohr und schüttelt den Kopf. »Pascal hat sie auch nicht gesehen. Wenn sie in einer Stunde nicht aufgetaucht ist, sollen wir uns noch mal bei ihm melden. Für eine Vermisstenanzeige ist es zu früh, aber er hilft uns trotzdem bei der Suche.«

Ivar steht an der Haustür, eine Hand auf der Klinke. Mir fällt auf, dass er noch blasser ist als sonst, und das will was heißen. Wenn man sämtliche Klischee eines Nerds zusammenrühren würde, käme Ivar dabei heraus. Groß, schlaksig, fahle Haut wie ein Vampir, dicke Brillengläser und irgendwie immer nervös. Als wäre er auf dem Sprung und habe noch etwas Dringendes zu erledigen.

Unsere Blicke treffen sich. »Hast du sie gesehen?«, Hoffnung schwingt in seinen Worten mit. »Lou, meine ich.«

Tick. Tick. Tick. Dieses Mal ist es meine innere Uhr. Mir bleibt nicht mehr viel Zeit, aber ich will auch nicht, dass Ivar das Video von Lou sieht. Die Todsünde beinhaltet nur Mam und Paps. »Ich dachte, sie wollte sich mit dir treffen.«

»Sie ist nicht aufgetaucht«, sagt Mam, bevor Ivar antworten kann. Die langen Haare fallen ihr zerzaust ins Gesicht.

Ivar nickt. »Ich fahr noch mal zu Pepe. Vielleicht finde ich sie auf dem Weg.« Er winkt zum Abschied und zieht die Haustür hinter sich zu.

»Ich muss euch was zeigen«, platze ich heraus, kaum dass Ivar verschwunden ist.

»Was denn?« Paps lässt das Telefon sinken.

»Versprecht mir erst, nicht auszuflippen!« Ich lege das Teufelshandy hinter die Obstschale auf den Küchentresen. Dann drücke ich den roten Knopf auf dem Display. Aufnahme läuft. Die Waffe ist geladen, der Hahn gespannt.

Paps kommt auf mich zu und hebt beschwichtigend die Hände. »Jetzt sag uns endlich, was los ist! Weißt du, wo Lou sich rumtreibt?«

»Nein, also nicht so richtig.« Ich ziehe mein Handy aus der Hosentasche. »Jemand hat mir ein Video geschickt.«

»Jemand?«, wiederholt Mam.

»Ich weiß nicht, wer es gemacht hat, aber ich glaube, ihr solltet es euch ansehen.«

»In Ordnung.« Paps stellt sich so neben mich, dass er gute Sicht auf das Display hat. Mam kommt zu uns.

Ich starte das Video. Zwar schaue ich nicht hin, aber ich kann am Ton, der aus den Boxen kommt und an den Reaktionen meiner Eltern ablesen, was gerade zu sehen ist. Mam schnappt hörbar nach Luft. Paps bleibt ganz still. Kein gutes Zeichen.

Was hast du erwartet? Dass sie eine Drogenparty für ihre Jüngste schmeißen?

Als es vorbei ist, sagt keiner ein Wort. Nervös schaue ich in ihre Gesichter. So viele Gefühle vermischen sich darin, dass ich sie nicht deuten kann. Aber eins ist sicher: Keins davon ist positiv.

Paps räuspert sich mehrmals hintereinander. »Das kann ja wohl nicht wahr sein!« Seine Stimme ist nun kaum noch ein Flüstern. Jetzt ist er richtig wütend.

»Soll das heißen, du glaubst, Lou ist irgendwo unterwegs, um sich …« Mam ringt mit ihren Händen nach Worten.

»Nein, nein …«, stottere ich. Na toll, jetzt denken sie auch noch, Lou würde zugedröhnt in irgendeinem Drogenloch liegen. Aber auch darum kann ich mich jetzt nicht kümmern.

Hastig mache ich zwei Schritte zurück, greife an der Obstschale vorbei und beende die Aufnahme. Ich drücke auf *Teilen* und lade die Sprachaufnahme im Teufels-Chat hoch.

Hoffentlich war ich schnell genug.

RENA

Montag, 13. September, 20.41 Uhr
(48 Tage, 23 Stunden und 56 Minuten danach)

Das Telefon klingelt. Paps, Mam und ich zucken zusammen. Seit ich dem Teufel die Sprachaufnahme geschickt habe, sind über vierzig Minuten vergangen. VIERZIG Minuten!

»Winterstein?«, bellt Paps in den Hörer. Er nickt. Sein Gesicht ist zu einer Grimasse verzogen, die ich nicht deuten kann.

»Ja.«

Pause.

»Wie geht es ihr?«

Pause. Mein Magen macht einen unangenehmen Hopser, als würde ich in einem Aufzug stehen.

»In Ordnung. Wir sind unterwegs.«

Pause.

Nicken. Schnelleres Nicken. »Machen wir.« Er legt auf und wirft das Telefon aufs Sofa, obwohl er sich immer über Lou und mich aufregt, wenn wir es nicht zurück in die Station stellen. Alles hat seinen Platz. Zumindest bis eben noch.

»Wir müssen ins Krankenhaus. Lou hatte einen … Unfall.«

Mam schnappt nach Luft.

»Es geht ihr gut, na ja … fast. Auf dem Weg zu Pepe wollte sie die Abkürzung über die Schwimmhalle nehmen und ist dort die Treppe runtergefallen. Dabei hat sie sich den Arm gebrochen und eine Platzwunde an der Stirn eingefangen. Sie machen gerade ein Kopf-CT, um Schlimmeres auszuschließen.«

»Warum hat sie uns nicht viel früher angerufen?«, fragt Mam.

Ich beiße mir auf die Unterlippe. Weil ich genau weiß, dass Lou nicht beim Schwimmbad war. Diese Treppe kenne ich nur zu gut. Sie ist draußen, hat Kies auf den Stufen, einen Metallhandlauf in der Mitte und am Rand sind dichte Büsche. Ganz anders als die karge Betontreppe aus dem Video.

»Ihr Akku war leer. Zum Glück hat der Bademeister sie gefunden und einen Krankenwagen gerufen.«

Bademeister? Jetzt verstehe ich gar nichts mehr! Habe ich mich doch geirrt? Nein, das kann nicht sein.

»Deine Mutter und ich holen Lou im Krankenhaus ab. Und du«, Paps nickt mir zu, als müsste er klarstellen, wen er damit meint, »hältst hier die Stellung.«

»Ich komme mit!«, protestiere ich.

Mam schüttelt den Kopf. »Du hast morgen Schule. Wir wissen nicht, wie lange das im Krankenhaus dauert.«

»Ja, aber …«

Paps umfasst mit beiden Händen meine Schultern. »Keine Sorge, Lou wird wieder gesund. Bestimmt wird sie nur genäht und bekommt einen Gips.«

Nur. Ja, genau.

Ich schlucke die Übelkeit runter. »Okay.«

Gar nichts ist okay. Die Wahrheit hängt wie ein Bleigurt über meinen Schultern. Am liebsten würde ich sie hier und jetzt rausschreien. Aber etwas hält mich zurück. Was, wenn der Teufel nur auf einen weiteren Regelverstoß wartet? Wenn er jetzt gerade im Krankenhaus ist, nur wenige Meter von Lou entfernt?

Ich begleite Mam und Paps zur Tür und sehe den Rücklichtern unseres Autos nach.

Das Teufelshandy vibriert neben der Obstschale. Wie ferngesteuert öffne ich den Chat.

Gut gemacht, Sünderin! War doch gar nicht so schwer, oder?

Du mieses Arschloch!!!

Hättest du dich an die Regeln gehalten … Jetzt bist du vorgewarnt für deine nächsten Todsünden.

Ich werde niemandem wehtun!!!

Nicht körperlich zumindest 😉

Keiner soll verletzt werden!

Solange du tust, was ich sage …

Woher weiß ich, dass du dir nach den 7 Todsünden nicht noch mehr Aufgaben für mich einfallen lässt?

Du hast mein Wort.

Ich schnaube. Das Wort eines Verrückten, der meine Schwester überfallen hat. Was wünscht man sich mehr?

Also 7 Aufgaben?

Genau.

Danach höre ich nie wieder von dir? Du lässt mich in Ruhe?

Es wird sein, als hätte es mich nie gegeben. Und das Handy kannst du von mir aus verhökern.

Keiner wird verletzt?

Das liegt ganz bei dir …

Aber wozu?

Wozu was?

Das alles! Was soll das?

Hab ich doch schon gesagt.

Du willst allen beweisen, dass ich eine Heuchlerin bin?

Korrekt.

Und wem ist damit geholfen?

Jedem, der Gefahr läuft, auf deine Lügen reinzufallen. Jedem, der glaubt, du wärst dazu fähig, dich zu ändern.

Keine Panik, da stehen die Leute nicht gerade Schlange.

Und mit den Todsünden sorgen wir dafür, dass es so bleibt

Mein Daumen schwebt über der Tastatur. Das ist alles total verrückt. Lucifer ist verrückt.

In Ordnung.

Meine Zustimmung fühlt sich an, als hätte ich meine Seele verkauft. An jemanden, der kein Geheimnis daraus macht, dass er der Teufel in Person ist. Aber momentan scheint es die einzige Lösung zu sein. Vorerst.

Eins noch.

Ja?

Wenn du noch einmal das Internet oder die Tracking-App ausschaltest, werte ich das als Regelverstoß. Sorg also immer schön dafür, dass der Akku noch Saft hat

Okay.

Der Pakt mit dem Teufel ist geschlossen. Das Blut, mit dem ich den Vertrag unterzeichnet habe, getrocknet. Meine Seele verkauft.

Ich gehe in mein Zimmer, krieche mitsamt Kleidern unter die Bettdecke und schalte meine Nachttischlampe aus. Sofort sprießen in der Dunkelheit finstere Gedanken, und meine Fantasie nutzt die Gelegenheit, um in den düstersten Farben für mich zu malen.

Lou, wie sie am Fuße der Betontreppe liegt. Über ihr eine hünenhafte Schattengestalt.

Der Teufel mit grässlicher Fratze.

Tick.

Tick.

Tick.

Die Stille zwischen dem Ticken ist unerträglich.

Ich hole das Teufelshandy hervor und suche nach der Funktion, mit der man sich den gesamten Chat per Mail schicken kann. Aber ich finde sie nicht. Google verrät mir, dass die Funktion gesperrt wurde. Seufzend mache ich mich daran, Screenshots des Chats an mein eigenes Handy zu schicken. Besser als nichts.

Ein Auto fährt in den Hof. Ich lausche angestrengt, höre Schritte die Treppe heraufkommen. Gemurmel – eine der Stimmen gehört Lou. Erleichterung überkommt mich. Sie ist zu Hause, der Teufel hat seinen Teil der Abmachung eingehalten.

Ich warte.

Wasserrauschen, die Klospülung geht, Türen werden geschlossen. Ruhe kehrt ein.

Leise tapse ich über den Flur zu Lous Zimmer. Ohne anzuklopfen, öffne ich die Tür. »Bist du noch wach?«, flüstere ich. Die Nachttischlampe, ein verstaubtes Teil mit Kordeln und Bommeln, wirft verzerrte Schatten an die mit Postern von Billie Eilish tapezierten Wände.

»Was willst du?«, knurrt Lou. Natürlich haben Mam und Paps nicht damit gewartet, sie auf das Video anzusprechen.

Ganz leise schiebe ich die Tür hinter mir zu. Lou sitzt auf dem Bett. Sie trägt ihren Schlafanzug – rosa mit Kätzchen drauf –, der inzwischen ziemlich schlackert. Joe hat ihn ihr zum Geburtstag geschenkt, weshalb sie ihn vor der Kleiderspende gerettet hat. Die Beine hat sie in den Schneidersitz gezogen, und auf einem Knie liegt ihr eingegipster Unterarm. An ihrer Stirn klebt ein großes, quadratisches Pflaster.

Obwohl der Teufel ihr das angetan hat, liegt das schlechte Gewissen schwer in meinem Magen. Als hätte ich Löffel für Löffel frisch angemischten Beton vertilgt, der nun langsam aushärtet.

Ich atme tief durch und hoffe, dass Lou mir das Gefühlschaos nicht ansieht, das in mir wütet. Langsam sinke ich neben ihr auf die Matratze. »Tut mir leid, dass ich ihnen das Video gezeigt hab.«

Lou sieht durch mich hindurch, als wäre ich Luft. »Mam hat an mir geschnüffelt.« Angewidert rümpft sie die Nase. »Sie hat gedacht, ich hätte getrunken oder irgendwas eingeworfen und wäre deshalb die Treppe runtergefallen.«

Alles deine Schuld!

Ich beiße mir in die Innenseite meiner Backe. Der Schmerz tut gut. Tränen brennen in meinen Augen, und ich blinzle hektisch. »Wie …?«, krächze ich, räuspere mich und setze erneut an. »Wie ist das passiert?«

Ein Schatten legt sich über ihr Gesicht. Ihre Augenringe scheinen noch dunkler geworden zu sein. »Glaubst du echt, ich hab jetzt Lust, mich mit dir zu unterhalten, als wäre nichts passiert? Vergiss es, Rena!«

»Bitte, Lou …« Ich breche ab, weiß nicht, was ich sagen soll. Die Wahrheit? Kann ich das riskieren? Oder wird der Teufel davon erfahren und dann … Nein! Ich will nicht darüber nachdenken. Aber vielleicht hat Lou etwas gesehen und kann mir helfen herauszufinden, wer sich hinter diesem kranken Spiel versteckt.

Lou schnalzt abfällig mit der Zunge. »Deinetwegen hab ich Hausarrest, und mein Handy liegt im Safe. Danke dafür!«

Ich verstehe, dass sie mich im Moment hasst. Der Teufel hat sein Ziel erreicht. Und vielleicht werde ich ihr irgendwann die Wahrheit sagen können. Aber nicht heute Abend. Die Angst vor den Konsequenzen des nächsten Regelverstoßes wiegt zu schwer. Vor allem jetzt, nachdem ich weiß, wozu der Teufel bereit ist.

»Diese Treppe, die du runtergefallen bist«, starte ich einen neuen Versuch. »Wo war die?«

Jetzt sieht Lou mich direkt an. »Was spielt das für eine Rolle?«, zischt sie. »Es war eine Treppe, und ich bin sie runtergefallen. Ende.«

Komisch, dass sie nicht einmal versucht, mir die Geschichte mit dem Schwimmbad aufzutischen. Ich überlege, was ich sagen kann, ohne zu verraten, was ich weiß. »Ich hab mich nur gewundert, weil … weil du schon um halb sechs losgegangen bist.«

»Und?«

»Ivar meinte, ihr wärt erst um sieben verabredet gewesen. Man braucht von hier zu Pepe maximal zehn Minuten. Und warum bist du überhaupt gelaufen? Ivar holt dich doch sonst immer …«

»Spionierst du mir etwa nach?« Lou presst die Lippen aufeinander. »Führst du irgendwo eine Liste meiner *Verstöße*, die du dann Mam und Paps zeigen kannst? Oder noch besser: Ivar?« Sie deutet zu ihrer Zimmertür. »Verschwinde, Rena, echt jetzt, ich hab keinen Bock auf diese Scheiße!«

Ihre Worte tun weh, aber ich kann ihr keinen Vorwurf machen. »Nein … ich … ich mache mir nur Sorgen«, stottere ich wenig überzeugend.

Gut, dass dir das selbst aufgefallen ist!

»Klar, so siehst du aus.« Lou versucht, die Arme zu verschränken, verzieht aber das Gesicht vor Schmerzen und lässt es bleiben. »Lass mich einfach in Ruhe!« Trotzig schiebt sie die Unterlippe nach vorne.

Ich sehe ihr an, dass sie etwas vor mir verheimlicht. Nur was? Warum ist die Treppe, die ich im Video gesehen habe, ein Geheimnis? Was könnte es damit auf sich haben?

Du stellst die falschen Fragen.

Hä?

Kapierst du es nicht? Deine kleine Schwester war an einem Ort, an dem sie nicht sein durfte. Deshalb lügt sie. Weil sie sonst noch mehr Ärger kriegen würde. Vielleicht sogar mit Ivar?

Die Besserwisserin macht ihren Job verdammt gut. Und ich spüre, dass ich hier nicht weiterkommen werde. Lou wird mir nicht verraten, wo sie war. Weil sie mir nicht mehr vertraut. Der Teufel hat ganze Arbeit geleistet.

Seufzend stehe ich auf. »Willst du eine Schmerztablette?«

»Die fürsorgliche Krankenschwester kannst du dir sparen! Mam hat mir schon eine Tablette gegeben.« Lou klingt mechanisch wie ein Anrufbeantworter. »Eine von den Starken, die sie nach der Blinddarm-OP bekommen hat.«

Wieder muss ich an das Video denken. An die Pille, die Lou mit einem großen Schluck Wodka runtergespült hat.

Lou zieht die Decke mit dem Snoopy-Bezug bis unters Kinn. Auf dem weißen Untergrund fällt der Gips kaum auf.

»Gute Nacht«, sage ich und gehe zu Tür.

Sie sagt nichts, knipst einfach das Licht aus, noch bevor ich aus dem Raum bin.

RENA

Dienstag, 14. September, 12.19 Uhr
(49 Tage, 15 Stunden und 34 Minuten danach)

Nach der sechsten Schulstunde schwinge ich mich auf mein Fahrrad und mache mich auf den Weg zur Waldkapelle. Mein Wiedergutmachungsprojekt. Denn es gab nach Joes Tod keine Anhörung, kein Richter hat mein Urteil verlesen und abschließend mit einem Hämmerchen auf ein Pult geschlagen. Der Fall wanderte direkt zu den Akten, egal wie sehr alle – nicht zuletzt ich selbst – glauben, ich müsste bestraft werden.

Also haben meine Eltern diesen Part übernommen.

Die Besserwisserin lacht spöttisch. Sie versteht wohl genauso wenig wie ich, was der Kapellendienst bringen soll. Oder glauben Mam und Paps wirklich, die Arbeit an einem Gotteshaus würde unser Familienimage wieder aufpolieren? Damit die Leute sehen, wie reumütig die kleine Rena ist? Und alle wieder ganz beruhigt mit ihren Zahnschmerzen in die Winterstein-Gemeinschaftspraxis stiefeln können? Gewissen aus, Mund auf, Bohrer an?

Ich verdanke es einem apokalyptischen Unwetter während der Sommerferien, dass ich beim Wiederaufbau der Kapelle mithelfen darf. Meine beiden schulfreien Nachmittage in der Woche sollen dafür draufgehen.

Ich passiere das Ortsschild. Jetzt geht es über einen Kilometer bergauf, was mich ganz schön keuchen lässt. Oben angekommen, schnaufe ich wie ein Walross mit Schnupfen. Ich biege in einen holprigen Waldweg ein und werde auf dem Fahrrad ziemlich durchgeschüttelt, bis ich einen Schotterparkplatz erreiche.

Die letzten Meter führen über einen Trampelpfad. Aus der Erde ragen immer wieder dicke Baumwurzeln, weshalb ich mein Fahrrad schieben muss. Der Weg endet an einer Lichtung. Paps hat mir ein Foto der halb zerstörten Kapelle in der Zeitung gezeigt, aber in echt sieht die Verwüstung noch viel schlimmer aus.

Während einer heißen Puzzlephase letztes Jahr hat Lou am liebsten Motive des Künstlers Thomas Kinkade zusammengesetzt.

Die Waldlichtung mitsamt der Kapelle hätte eine perfekte Vorlage für eins von Kinkades Gemälden abgegeben. Zu idyllisch. Zu kitschig. Zu perfekt. Too much von allem. Zumindest früher, bevor die uralte Eiche daraufgekippt ist wie ein betrunkener Riese auf eine Parkbank.

Ich betrete die Lichtung. Schon von Weitem sehe ich das Fahrrad. Es lehnt an dem großen blauen Bauschutt-Container, der das Kinkade-Gemälde ebenso verschandelt wie die Eiche. Meine Laune sinkt unter den bisherigen Tiefpunkt. Pfarrer Sailes Haus steht am Waldrand, nicht weit von hier. Wem gehört also das Fahrrad?

An meinem Rücken vibriert es einmal kurz, was mich zusammenzucken lässt. Ich krame in meinem Rucksack, ziehe das Teufelshandy hervor und öffne WhatsApp.

Freust du dich schon auf deine nächste Todsünde? ☺

Beim Anblick des Smileys könnte ich kotzen. Am liebsten würde ich Lucifer eine Sprachnachricht mit den Top Ten meiner Lieblingsschimpfwörter schicken. Stattdessen beiße ich die Zähne so fest aufeinander, dass mein Kiefer ein Geräusch macht, als wäre ich ein Nussknacker.

Ich schiebe das Handy in meine hintere Hosentasche, damit ich merke, wenn eine neue Nachricht reinkommt. Als ich Rucksack und Fahrrad am Container abstelle, höre ich Stimmen aus dem Inneren der Kapelle. Ich erkenne die von Pfarrer Saile. Aber mit wem unterhält er sich? Zögernd nähere ich mich der offen stehenden Tür.

»Hätte nicht gedacht, dass es so schlimm ist. Kann man den Glockenturm noch retten?«

Aaron. Seine Stimme durchfährt mich mit der Wucht eines Stromschlags. Was macht der denn hier? Haben ihn seine Eltern etwa auch gezwungen, beim Aufbau der Kapelle zu helfen? Aber warum?

Oder er ist Lucifer und will dich im Auge behalten.

Ich möchte mich auf mein Fahrrad schwingen und davonfahren. Weit weg. Irgendwohin, nur nicht hierbleiben. Doch unsichtbare Schlingpflanzen schießen aus dem Boden und fesseln meine Füße.

»Ich hoffe es.« Pfarrer Saile lacht freundlich. »Bevor wir aber den Stamm mit dem Traktor rausziehen können, müssen erst die größeren Äste entfernt werden. Sonst machen wir nur noch mehr kaputt.«

»Da hilft wohl nur eine Säge.«

Mein Blick fällt auf die beiden Sägen, die an der Außenwand der Kapelle lehnen.

»Ah, Rena, da bist du ja!« Der Pfarrer taucht im Türrahmen auf. Er lächelt mir zu, und wie immer strahlen auch seine Augen mit. Obwohl er ganz genau weiß, was vor den Sommerferien geschehen ist, hat er mich nie anders behandelt oder angestarrt. Und das rechne ich ihm hoch an.

»Schön, dass du gekommen bist.«

»Ja«, antworte ich wie ein Roboter. Als hätte ich eine Wahl gehabt.

Neben ihm erscheint Aaron. Ich kann ihn nicht ansehen. Mein Blick klammert sich an das Lächeln des Pfarrers. Er wischt sich mit dem Handrücken über die Stirn. In seinem Arbeiter-Look sieht er ganz anders aus als in der Kirche. Dreckverschmierte Jeans, ausgeleiertes Shirt, farbbesprenkelte Turnschuhe und staubige Handschuhe.

»Kennt ihr euch?« Pfarrer Saile deutet von mir zu Aaron.

Ich nicke.

»Nein«, sagt Aaron.

Ich erstarre mitten in der Bewegung. Nein? Hat er das gerade wirklich gesagt?

Pfarrer Saile sieht zwischen ihm und mir hin und her. »Gut, gut.« Er wirkt auf seltsame Weise zufrieden. »Aaron zeigt dir, was zu tun ist.«

Na toll. Besser könnte es nicht laufen.

Peinliche Stille spannt sich über uns wie ein Zelt. Sogar das Zwitschern der Vögel und das Flüstern des Windes in den Blättern scheint abgeschirmt zu werden.

Pfarrer Saile klatscht in die Hände und reißt damit das Zelt ein. Aus seinen Arbeitshandschuhen quillt eine dicke Staubwolke. Hustend wedelt er in der Luft herum. »Dann mal los.« Er nickt uns zu. »Ich habe gleich noch ein Gespräch für eine Trauung. Falls ihr Fragen habt, könnt ihr mich jederzeit anrufen.«

»Aber«, protestiere ich krächzend. In meinem Hals steckt ein Frosch so groß wie eine Handgranate.

Der Pfarrer streift sich die Handschuhe ab und reicht sie Aaron. »Ihr macht das schon.« Er zwinkert mir zu und stapft einfach an mir vorbei, quer über die Lichtung.

Hilflos sehe ich ihm nach. Das ist zu viel! Alles zu viel! Er kann mich doch nicht einfach mit Aaron allein lassen! Ausgerechnet mit ihm. Soll ich lügen? Kopfschmerzen vortäuschen und so schnell wie möglich abhauen?

Und Joes bestem Freund damit zeigen, dass du immer noch ganz die Alte bist? Finde ich gut!

Ich atme tief durch. »Okay, dann …« Als ich mich zu Aaron umdrehe, lehnt er nicht mehr im Eingang.

Drinnen setzen Sägegeräusche ein.

»Ah, schön, du hast die Säge also gefunden«, murmle ich, werfe meinem Fahrrad einen letzten sehnsüchtigen Blick zu und schnappe mir Säge Nummer zwei.

In der Kapelle herrscht Chaos. Auf den Holzbänken liegen Äste, Blätter, Glassplitter, zerbrochene Dachziegel und Schutt. Die schwere Baumkrone hat einen Teil des Dachs und der rechten Außenwand eingerissen, und nun ragen drei Viertel davon ins Innere. Dass das große Buntglasfenster hinter dem schlichten Altar verschont geblieben ist, grenzt an ein Wunder.

Damit uns bei der Arbeit nicht irgendwann doch noch der Rest des Dachs entgegenkommt, wurden zur Sicherheit überall Stützträger aus Metall aufgestellt.

Aaron steht mit dem Rücken zu mir auf einer der umgestürzten Bänke und sägt. Bei jeder Vor- und Zurückbewegung erzittert die mächtige Baumkrone.

»Was willst du hier?«, bringe ich mühsam heraus.

Aaron hält inne. Seine Schultern heben und senken sich, so schwer atmet er. »Was geht dich das an?« Er dreht sich nicht zu mir um, und so wirkt es, als würde er zu dem Baum sprechen.

Ich muss einfach fragen. »Spielst du den Teufel? Bist du meinetwegen hier?«

»Teufel? So wie du?« Jetzt fährt er doch zu mir herum. Die Säge in seiner Hand zittert. Eine Mischung aus Verachtung und Abscheu verzerrt sein Gesicht. »Weil alles auf der Welt nur deinetwegen geschieht?«

Ich weiche einen Schritt nach hinten. Unter meinem Schuh knackt ein Zweig. »Dann sag doch einfach, warum du hier bist!«

Ein trotziger Ausdruck erscheint auf seinem Gesicht. »Schlägerei beim Schwimmtraining.« Er sieht mir direkt in die Augen. Zu fest. Zu lang. Ohne zu blinzeln.

Da hast du deine Antwort.

Vor ein paar Jahren hab ich jede Folge *Lie to me* inhaliert. In einer ging es um Blickkontakt. Dass Menschen ihn beim Lügen vermeiden, ist ein Trugschluss. Ein Klischee. In Wahrheit ist genau das Gegenteil der Fall. Weil der Laie glaubt, dass ein Lügner ihm beim Lügen nicht in die Augen sehen kann, macht der Lügner genau das.

Einmal Lügner, immer Lügner.

»Also auch eine Strafe?«, frage ich.

»Komisch, oder?« Er zuckt mit den Schultern. »Ich prügle mich mit jemandem, weil er was Blödes über Joe gesagt hat, und bekomme die gleiche Strafe aufgebrummt wie du. Gustavo scheint eine besondere Art von Humor zu haben.«

Der Handgranaten-Frosch rutscht meine Luftröhre runter und explodiert auf Höhe meines Herzens. Zerfetzt mich von innen. Der Schmerz treibt mir Tränen in die Augen.

Aaron wendet sich wieder dem Ast zu und sägt. Die Muskeln unter seinem Shirt bewegen sich.

Ich brauche einen Moment, bis ich mich gefangen habe. Dann mache mich mit meiner Säge an einem Ast gegenüber an die Arbeit.

Durch das dichte Blätterwerk kann ich Aaron nicht sehen. Nur hören. Das wütende Schnaufen. Das Sägen. Die Schritte. Das schleifende Geräusch und Rascheln der Blätter, wenn er einen Ast durch den Mittelgang nach draußen zieht.

Sägen. Rascheln. Schritte. Schleifen. Sägen. Rascheln. Schritte. Schleifen. Immer wieder und wieder.

»Hat Pfarrer Saile schon mal was von einer Motorsäge gehört?«, murre ich vor mich hin und betrachte meine rechte Handfläche, an der sich schon eine Blase bildet.

»Glaubst du wirklich, es geht hier darum, uns die Arbeit möglichst leicht zu machen?« Aaron klingt gehässig und abweisend. Also halte ich den Mund.

Stumm arbeiten wir vor uns hin. Jeder mit seinen eigenen Dämonen beschäftigt. Ich wünsche mir, ich könnte mit Aaron reden. Ihm erklären, dass alles außer Kontrolle geraten ist. Schiefgelaufen. Sagen, wie sehr es mir leidtut. Aber bestimmt will er davon nichts hören.

Als der oberschenkeldicke Ast, an dem ich eine gefühlte Ewigkeit gesägt habe, endlich durch ist, ziehe ich daran. Er bewegt sich kaum.

»Mist!« Irgendwo scheinen sich die Äste und Zweige verhakt zu haben. Ich stemme die Füße in den Boden und lehne mich mit meinem ganzen Körper nach hinten.

Es gibt einen Ruck, ich verliere das Gleichgewicht und lande hart auf dem Rücken. Der Ast donnert mir auf die Brust und presst mir die Luft aus der Lunge. Ich will ihn wegdrücken, kann aber meine Arme unter dem Gewirr aus Zweigen und Blättern nicht heben. Das Gefühl, zu ersticken, ist übermächtig.

Jetzt weißt du, wie sich sterben anfühlt.

Plötzlich verschwindet der Druck von meiner Brust. Ich japse, huste, japse wieder. Meine Augen brennen. Eine Träne läuft über meine Schläfe.

Aarons Gesicht taucht über mir auf. »Alles in Ordnung?« In seinen finsteren Ausdruck mischt sich Besorgnis. Er hebt den Ast mit beiden Händen an. Das Gewicht verschwindet von meiner Brust, doch der Druck bleibt. Wie ein Phantomschmerz.

»Ja … na klar«, antworte ich hastig, wische die Träne weg und rapple mich auf. Mein Sichtfeld wird schlagartig dunkel, als hätte jemand das Tageslicht ausgeknipst. Der Boden neigt sich zur Seite, zumindest fühlt es sich so an.

Panisch strecke ich die Hände aus. Ich muss mich irgendwo festhalten. Auf keinen Fall darf ich jetzt umkippen!

Ein Rascheln ist zu hören, dann ein Poltern. Aaron hat wohl den Ast fallen gelassen. »Das sieht aber nicht so aus.« Eine Hand ergreift meine. Fest. Gibt mir Halt.

Endlich sehe ich wieder etwas. Um genau zu sein, Aaron. Er ist mir so nah. Den freien Arm hält er hinter meinem Rücken ausgestreckt, aber er berührt mich nicht. Bereit, mich aufzufangen, sollte ich fallen. Aber nur dann.

»Danke.« Schnell, als hätte ich mich an seiner Hand verbrannt, lasse ich sie los. »Geht schon wieder.«

»Sicher?« Er macht einen Schritt zurück.

Weil er deine Nähe nicht erträgt.

Ich nicke. »War wohl nicht besonders schlau von mir.«

Wieder dieser durchdringende Blick. »Ja.«

Mehr sagt er nicht. Einfach nur: Ja.

Verdattert sehe ich ihm dabei zu, wie er meinen Ast packt und den Gang runterschleift.

Lucifers Handy! Der Gedanke durchfährt mich so eiskalt, dass ich eine Gänsehaut bekomme. Bin ich daraufgefallen? Hat es etwas abbekommen? Vorsichtig taste ich nach meiner hinteren Hosentasche und erschrecke. Es ist weg! Ich lasse mich auf den Boden sinken und fahre mit den Händen durch das Blätterchaos auf dem Boden. Wo kann es nur sein?

»Suchst du was?« Aaron ist zurück. Es wundert mich, dass er überhaupt mit mir redet.

»Ich muss mein Handy hier irgendwo verloren haben.« Verzweifelt wühle ich weiter.

»Wo hattest du es zuletzt?«

»Ich habe es vorhin in meine Hosentasche gesteckt.«

Aaron schnaubt. Ich spüre eine Berührung an meinem Hintern. Erschrocken fahre ich hoch, zum Glück diesmal, ohne dass mir schwarz vor Augen wird.

»Bis du es gefunden hast, kannst du ja solange das hier benutzen.« Er hält mir das Handy hin.

»Oh!« Eilig nehme ich es ihm ab. Hitze flutet mein Gesicht. »Andere Hosentasche … äh … Danke.«

»Ja.«

So allmählich geht er mir mit seinen ewigen *Jas* auf die Nerven. Mit verschränkten Armen beobachte ich, wie er sich den Ast schnappt, den er selbst abgesägt hat. Auf Höhe der Tür angekommen, packt er mit der freien Hand seinen Rucksack und wirft ihn sich über die Schulter.

»Gehst du schon?«, rutscht es mir heraus.

Ich erwarte, dass er wortlos abmarschiert, aber er bleibt stehen. »Bin für den Aufbau eingeteilt.«

Die Spendengala, richtig.

»Das vorhin war mein Ernst«, sagt er.

»Was?«

»Dass ich dich nicht kenne. Ich dachte, ich würde, aber das stimmt nicht. Die Rena, die ich kannte, war zwar ab und zu ein eifersüchtiges Miststück … Aber die Sache mit dem Video wäre ihr nie eingefallen. Egal, wessen Idee es war, du hast dich dazu entschieden, zu filmen.«

Das Video. Im Schwimmbad. Ich will nicht darüber nachdenken. Kann nicht!

Aarons Worte formen sich zu einem riesigen Stein, der auf den Lügenberg in meinem Kopf zurollt. Einen Aufprall kann ich nicht riskieren! Die Besserwisserin kreischt auf.

Ich konzentriere mich darauf, ruhig zu atmen, gegen die

Gedanken anzuatmen. Der Stein wird langsamer, langsamer … endlich bleibt er liegen. Nur Zentimeter vom Lügenberg entfernt.

Ich starre Aaron an, unfähig, auch nur ein Wort herauszubringen. Das Video. Ich habe jeden Gedanken daran in letzter Zeit so erfolgreich verdrängt. Und jetzt …

Bis auf die Leute, die das Video sehen mussten, damit es zu keiner Anklage kam, hat niemand es je zu Gesicht bekommen. Trotzdem weiß natürlich jeder darüber Bescheid, oder zumindest glauben sie, die Wahrheit zu kennen. Und das reicht allemal, um ein Urteil zu fällen. Über mich.

»Das werde ich dir nie verzeihen.« Aaron wendet sich ab. »Gustavo hat mir fünfzehn Stunden aufgebrummt. Ende nächster Woche bin ich hier wieder weg.«

»Okay«, sage ich, weil mir nichts anderes darauf einfällt.

Er geht nach draußen, verschwindet aus meinem Sichtfeld. Das Geräusch des über den Boden schleifenden Asts wird leiser. Ich höre ein Rascheln und Knacken. Schritte. Dann spannt sich ein neues Stillezelt über mir auf.

Irgendwann schaffe ich es, mich aus meiner Starre zu lösen. Ich verlasse die Kapelle. Draußen lehnt nur noch mein Fahrrad am Container. Aaron ist fort. Ich bin wieder allein.

Bist du immer gewesen!

Die Worte füllen das Zelt über mir aus, sind darin gefangen und dadurch umso lauter. Sie blähen es auf, dehnen die dünne Außenwand, sind aber nicht stark genug, sie zu zerreißen.

LUCIFER

Hochmut

Lucifer lehnt an einer Seitenwand des Plexiglashäuschens, unter dem die Einkaufswagen des Supermarkts stehen. Er beobachtet die Schiebetüren, die sich gerade hinter Olivia schließen. Sie geht in Renas Parallelklasse und ist einfach die perfekte Kandidatin für die zweite Todsünde. Weil Rena kein Geheimnis daraus gemacht hat, was sie von Olivia hält.

Lucifer lässt seinen Knöchel am Zeigefinger knacken, dann am Daumen. Ein Tick, dem er immer verfällt, wenn er nervös ist. Das erleichternde Gefühl entspannt ihn. Aber noch viel mehr freut ihn wie die Menschen in seiner Umgebung zusammenzucken und das Gesicht verziehen, wenn er es tut.

Eine ältere Dame schiebt ihren Einkaufswagen an ihm vorbei. Lucifer lächelt ihr freundlich zu, sie lächelt zurück.

Mittelfinger. *Knack.*

Ringfinger. *Knack.*

Das Lächeln der Dame verschwindet, seins bleibt.

Lucifer ist zufrieden, wie die erste Aufgabe gelaufen ist. Eigentlich war es sogar gut, dass die Sünderin die Regeln gebrochen hat. So konnte er klare Verhältnisse schaffen. Jetzt ist sie gewarnt.

Ein fettes Grinsen zieht seine Mundwinkel auseinander. Seit gestern hat die Sünderin einen Feind mehr. Und das in den eigenen Reihen.

Noch sechs Todsünden, um sie vollkommen zu zerstören.

Ihr den Rest zu geben. Wenn Lucifer mit ihr fertig ist, bleibt von ihr weniger als ein Häufchen Elend. Dann wird keiner mehr ihre Lügen glauben.

Gut gelaunt zieht er sein Handy aus der Hosentasche und tippt los.

Bist du bereit für deine nächste Todsünde?

Fick dich!

Danke, heute nicht.

Um was geht es diesmal?

Hochmut. Und zwar vor dem Fall. Und du wirst fallen, versprochen.

Sag einfach, was du dir Krankes ausgedacht hast, damit ich es hinter mich bringen kann!

Also gut ☺ Zur Todsünde Hochmut gehört, dass du dich so richtig im Rampenlicht sonnst. Das mochtest du doch früher so gerne – immer im Mittelpunkt!

Sehr witzig. Und wie soll das Ganze aussehen?

Heute Abend wirst du das Brautkleid vorführen. Bei der Spendengala.

Das sollte ich, aber ich wurde ersetzt.

Durch Olivia, dein Lieblingsopfer, ich weiß. Das willst du doch nicht etwa auf dir sitzen lassen! Du hast dir deinen Auftritt im Rampenlicht verdient.

Soll heißen?

Dass du gleich in euren Briefkasten schaust. Darin findest du ein Fläschchen. 15 min, bevor die Show beginnt, mischst du Olivia 5 Tropfen davon ins Getränk. Sorg dafür, dass sie es brav austrinkt!

Ich soll WAS tun? DU SPINNST DOCH! Die Abmachung war, niemanden zu verletzen!

Kein Grund loszuheulen. K.-o.-Tropfen tun nicht weh. Olivia schläft nur ein paar Stündchen. Keine große Sache. Wenn du dich allerdings weigerst …

Schon kapiert.

Kleine Erinnerungen schaden nie 😉

Und warum soll ich das tun?

Damit Olivia dich nicht abhalten kann.

Abhalten? Wovon?

Sobald sie im Schlummerland ist, schnappst du dir das Brautkleid und präsentierst es stolz auf dem Laufsteg.

Und dabei geht dir dann einer ab?

🙂 Wenn alle sehen, was für ein rampenlichtgeiles Miststück du bist? Rate mal …

Welchen Beweis willst du?

Lucifer überlegt. Soll er ihr die Wahrheit sagen? Nachdenklich fährt er sich mit der Hand übers Kinn. Es ist ganz stoppelig, er sollte sich bald wieder rasieren.

Keinen. Ich werde auch dort sein und die Show mit eigenen Augen genießen. Und Rena?

Was?

Vergiss nicht zu lächeln! Hochmut! Zeig allen, dass du es nicht verlernt hast.

Das Wichtigste ist, der Sünderin nicht genug Zeit zum Nachdenken zu lassen. Müsste Lucifer sich eine Lieblingsaufgabe aussuchen, wäre Hochmut ganz vorne im Rennen. Die ultimative Demütigung für jemanden, der gerade am liebsten unsichtbar wäre.

Ich mach bei deiner Scheiße nicht mit!

Lucifer seufzt. Diese Reaktion war zu erwarten, auch wenn er gehofft hat, dass sie nach dem kleinen *Unfall* ihrer Schwester dazugelernt hätte.

Er sieht auf. Perfektes Timing! Olivia verlässt den Supermarkt und steuert einen Einkaufswagen auf ihr Cabrio zu. Sie hat einen Berg Servietten gekauft. Bestimmt für die Spendengala, zu der sie sich gleich auf den Weg machen wird.

Lucifer folgt ihr, dabei startet er einen Videoanruf an die Sünderin. Verstohlen sieht er sich um. Olivia und er sind die Einzigen auf dem Parkplatz – trotzdem muss er vorsichtig sein! Auf keinen Fall darf sein Gesicht auf dem Video zu sehen sein oder etwas anderes, das die Sünderin wiedererkennen könnte.

Sie nimmt den Anruf entgegen.

Mit der freien Hand zieht er ein Messer aus seiner Jackentasche. Er richtet die Kamera auf das Messer und auf Olivias Rücken. Zum Glück hat er daran gedacht, Handschuhe zu tragen.

Dann beendet er den Anruf. Nur wenige Sekunden, aber die sollten reichen. Gerade, als Olivia sich zu ihm umdreht, macht er auf dem Absatz kehrt. Das Messer hält er so, dass die Klinge von seinem Unterarm verdeckt wird.

Deine Entscheidung!

OKAY!!! Ich mach's! Wehe, du tust ihr etwas!

Wusste ich doch, dass du zur Vernunft kommst.

JOE

Wie aus dem Nichts hat mich eine Pommes an der Stirn getroffen, ist abgeprallt und in der Cola auf dem Tablett vor mir gelandet. Aaron fand's lustig, Rena nicht. Sie hat geschaut, als wäre Gustavo nackt an uns vorbeigejoggt. Und glaub mir, das willst du echt nicht sehen. Dieser Mann hat so viele Haare auf Rücken und Brust, dass er im Schwimmbad glatt als Braunbär in Badehose durchgehen könnte.

Wie, du weißt nicht, wo ich jetzt bin? Na, in der Cafeteria! Da, wo wir uns zu fünft immer an den einzigen Vierertisch vor die Glasfront gequetscht haben. Also Rena, ihre besten Freundinnen Adina und Tilli, Aaron und ich. In den Weihnachtsferien bin ich mit Rena zusammengekommen.

Ich weiß, ich weiß, wie konnte das passieren! Natürlich hätte ich sie einfach nicht anrufen können. Aber vergiss nicht, dass dieses Mädchen mich ab der ersten Sekunde geflasht hat. Ich war hin und weg – zumindest da noch. Ich hab also einfach keinen Grund gesehen, mich aktiv gegen Renas Besitzansprüche zu wehren. Sie wollte mit mir zusammen sein? Why not? Das Ganze hat sich verselbstständigt, und ich hab irgendwie nur zugesehen. Das soll jetzt nicht wie ein Opfer klingen, das war ich nicht, zumindest zu der Zeit noch nicht … glaube ich.

Zurück zu unserer Clique. Aaron hab ich quasi als männliche Unterstützung ins Team geholt. Wir waren Kumpels, seit er mich vor dem Aufnahmeritual der Schwimmmannschaft gewarnt hatte. Leider zu spät. Natürlich hat ihn das nicht davon abgehalten, am lautesten zu grölen, während ich in Badehose durch den Schnee gerannt bin. Schon mal versucht, halb nackt im Tiefschnee Kleider aus einem Basketballkorb zu fischen? Ich kann's echt nicht empfehlen.

Das Gute war, dass Aaron auch ziemlich neu war. Zwei Frischlinge, so was schweißt zusammen. Oder wie Aaron letztens gesagt hat: »Alter, hättest du lange Haare, würde ich sie dir beim Reihern aus dem Gesicht halten.« Der Ritterschlag einer Männerfreundschaft sozusagen. Aber das kennst du wahrscheinlich nicht, oder? Na ja, mach dir nichts draus. So vielen Toten zu begegnen, ist sicher kein leichter Job. Aber bestimmt immer noch besser, als vor der Hölle Türsteher zu spielen …

Natürlich könnte ich dir auch stundenlang von meinen ersten Monaten an der neuen Schule berichten. Aber ich dachte, ich spul einfach mal zu den entscheidenden Momenten vor, sonst stehen wir hier noch ewig rum. Nicht, dass das noch irgendeine Rolle spielen würde.

Jedenfalls dieser Tag in der Cafeteria, das war so ein Moment. Ich hab es nicht sofort kapiert, aber das hättest du wahrscheinlich auch nicht. Wir haben eine Weile über die Spendengala gequatscht. Mit der gesammelten Kohle soll ein Freizeitraum eingerichtet werden: Kicker, Tischtennis und so weiter. Eigentlich keine schlechte Sache. Eigentlich.

Dreimal darfst du raten, was das Thema der Gala sein sollte. Okay, dann eben nicht. Ich sag's dir: eine Modenschau! Tja, kommt davon, wenn abgestimmt wird, aber keiner auf dem Schirm hat, dass mehr Mädels als Jungs im Jahrgang sind. Na ja, ist irgendwie auch egal, ich bin ja jetzt eh fein raus …

Jeder sollte sich für eine Aufgabe melden. Und weil ich ganz sicher keinen Laufsteg runterdackeln oder als Pinguin verkleidet Häppchen durch die Gegend tragen wollte, hab ich mich für die Lichttechnik gemeldet. Das hat Rena so gar nicht gepasst. Sie wollte mich lieber als Moderator sehen, auf der Bühne, zusammen mit ihr im Scheinwerferlicht.

Ob ich da schon das Gefühl hatte, dass mit meiner Freundin etwas ganz gewaltig verkehrt lief? Was denkst du denn? Klar, sie ist eines der schönsten Mädchen der Schule, aber sie ist nicht DAS schönste Mädchen – Goldener Schnitt hin oder her. Der mag perfekt sein. Aber hast du schon mal in einen perfekten Apfel gebissen, der innen voller Würmer war?

Tilli ist nicht so. Sie ist auf ganz andere Weise schön … von innen und von außen. Als würde sie … leuchten. Verstehst du, was ich meine?

Ja, genau, ich rede von Renas bester Freundin. Das Mädchen, das ich erst nach den Weihnachtsferien kennengelernt hab, als ich schon mit Rena zusammen war. Shit? Du sagst es!

Seit Rena mich ihr vorgestellt hatte, war es vorbei mit mir. Dieses Lächeln. Diese Augen. Mann, Tilli strahlt direkt in dein Herz. Ja, klingt kitschig, ich weiß, aber genauso war es. Und immer, wenn ich Tillis Blick begegnet bin, hatte ich das Gefühl, dass sie genau das Gleiche denkt wie ich: Shit! Anfangs hat sie versucht, es zu verstecken. Aber das hat nicht lange geklappt.

Was hätte ich also machen sollen? Mich von Rena trennen? Warte ab, bis ich zu Ende erzählt hab. Dann verstehst du vielleicht, warum das eine beschissene Idee gewesen wäre. Vergiss nicht, dass ich immer noch Renas Stempel trug: *Meins!* Viele Mädels hätte das bestimmt nicht interessiert, aber Tilli war ihre beste Freundin.

Wo war ich? Ach ja, bei der Pommes, die Aaron mir an die Stirn geworfen hat. Bestimmt willst du jetzt wissen, warum. Weil Aaron Olivia an der Essensausgabe entdeckt hat. Sie geht in meine Klasse und sieht verboten heiß aus – sagen zumindest die Jungs aus meinem Team. Dabei ist Olivia so eine Kandidatin, die selbst nicht weiß, wie viele Jungs nachts von ihr träumen.

Am Tag zuvor hatten wir ein Schwimmturnier. Olivia kam danach zu mir, hat mich gefragt, ob ich ihr ein Autogramm auf den Bauch gebe. Die Arme ist dabei knallrot angelaufen, hat sich zehn Mal entschuldigt und mir gesteckt, dass sie eine Wette verloren hat. Und hey, das war auch echt der einzige Grund, warum ich es gemacht hab. Sonst hätte sie ihre Mädels ins Kino einladen müssen. Okay, und weil sie so nett gefragt hat. Ihr war das Ganze total peinlich, da wollte ich sie nicht auch noch hängen lassen.

Das hat Aaron trotzdem nicht abgehalten, sie seitdem ständig *mein Groupie* zu nennen. Deshalb auch die fliegende Pommes. Alles Spaß, natürlich.

Blöd war nur, dass Adina wissen wollte, was los war. Und natürlich hatte Aaron nichts Besseres zu tun, als die ganze Story auszupacken. Die Sache mit der Wette hat er dabei verschwitzt. Rena hat zum Glück nichts mitbekommen, war zu sehr mit den Brautkleidern beschäftigt, die Tilli ihr auf dem Handy gezeigt hat – zumindest hab ich das gedacht …

Und? Kannst du dir denken, was jetzt kommt? Ich hab's nicht kommen sehen, echt nicht. Tja, hinterher ist man halt immer schlauer, aber das kriegst du bestimmt auch öfter zu hören, was?

Olivia kam mit ihrem Tablett den Gang runter. Aaron hat sie zu uns gerufen. Ich wollte, dass er die Klappe hält, also hab ich die labbrigen Pommes aus meiner Cola gefischt und sie nach ihm geworfen. Sie ist direkt in seinem Auge gelandet. Nichts, worauf ich stolz bin, aber seinen Zweck hat es trotzdem erfüllt.

Im nächsten Moment hab ich einen Schrei gehört, einen Schlag, und dann ist etwas zerbrochen. Zuerst hab ich gar nicht kapiert, was passiert ist. Bis ich Olivia gesehen hab, die sich neben unserem Tisch aufgerappelt hat. Blut ist aus ihrem Mund übers Kinn gelaufen. Sie muss gestürzt sein und sich beim Aufprall ziemlich heftig auf die Unterlippe gebissen haben. Sah echt übel aus – wie in einem Horrorfilm.

Ich bin aufgesprungen, hab sie gefragt, ob alles okay ist. Ihre Hände waren voll Blut und haben gezittert. Ich hab ein paar Sekunden gebraucht, um zu kapieren, dass es bloß Tomatensoße war. Verwirrt hat sie zu ihrem Tablett auf dem Boden geschaut. War eine echte Sauerei, sag ich dir. Ein See aus Orangensaft, in dem Nudeln, Tomatensoße und Scherben schwammen. Das war es aber nicht, was mich stutzig gemacht hat. Sondern die Ledertasche, die direkt danebenlag.

Na, ahnst du schon, wie Renas Tasche mitten in den Gang gekommen ist? Du weißt es, oder? Ich hab's irgendwie auch gewusst. Na ja, mehr geahnt. Aber ich wollte es nicht wahrhaben. Wollte, dass alles normal ist. Dass meine Freundin kein eifersüchtiges Miststück ist. Der Goldene Schnitt ist perfekt – verstehst du? Dieser Moment in der Cafeteria hat mir zum ersten Mal gezeigt, dass Rena das nicht war. Perfekt, meine ich. Das wäre ja auch nicht weiter schlimm gewesen. Aber normal war sie offenbar leider auch nicht. Wie gesagt, zu dem Zeitpunkt war das alles nur so ein Bauchgefühl – sonst nichts.

Rena ist total erschrocken, hat sich dauernd entschuldigt. Aber irgendetwas an ihrem Tonfall hat mir gesagt, dass sie nicht ganz so überrascht war, wie sie getan hat.

Weißt du noch, was ich über Renas Augen gesagt hab? An diesem Tag waren sie ganz dunkel. Ich hab mir das nicht nur eingebildet, es war wirklich so. Tilli muss auch aufgefallen sein, dass etwas nicht stimmt. Sie ist ganz bleich geworden und hat die Schultern hochgezogen, als hätte sie Angst, sie wäre die Nächste.

Verstehst du jetzt, was ich vorhin sagen wollte? Dass es nicht so leicht ist, sich von Rena zu trennen? Ich weiß, es wäre ehrlicher und schlauer gewesen. Aber dann hätte ich keine Gelegenheit mehr gehabt, in Tillis Nähe zu sein. Und das konnte ich nicht riskieren.

Olivia war so durch den Wind, dass sie nicht mal sauer auf Rena war. Ich hab ihr ein Päckchen Taschentücher gegeben, damit sie ein paar davon auf ihre Lippen drücken konnte. Und dann hab ich ihr angeboten, sie ins Krankenzimmer zu bringen. Ich weiß auch nicht, irgendwie hab ich mich schuldig gefühlt. Als könnte ich was dafür.

Du hättest Renas Blick sehen sollen! Sie wollte nicht, dass ich gehe, konnte aber nichts dagegen tun. »Tut mir wirklich leid«, hat sie immer wieder gesagt und dabei den linken Teil ihrer Unterlippe eingesogen und darauf rumgebissen. Dieser Tick war mir schon öfter bei ihr aufgefallen. Zum Beispiel dann, wenn sie meiner Mutter versichert hat, wir würden in meinem Zimmer nur zusammen *lernen*. Ja, klar …

Aber wem erzähl ich das? Du kennst die ganzen Ticks bestimmt selbst, triffst hier sicher eine Menge Lügner, oder? Jedenfalls kennst du jetzt den von Rena. Also, wenn sie irgendwann bei dir aufkreuzt und beim Reden auf ihrer Lippe rumkaut, weißt du, was Sache ist.

Ich hab versucht, das Gefühl im Bauch zu ignorieren. Aber es hat sich in meinen Eingeweiden breitgemacht. Ganz lange wollte ich nicht glauben, dass das Mädchen, das zwischen mir und Tilli stand, einen Schatten in sich trägt. Ja, das klingt mega dramatisch, ich weiß. Aber ich bin jetzt hier, oder? Dramatischer als zu sterben geht wohl nicht, finde ich.

RENA

Dienstag, 14. September, 15.55 Uhr
(49 Tage, 19 Stunden und 10 Minuten danach)

Ich drücke auf das Hörer-Symbol neben Olivias Namen und halte mir mein Handy ans Ohr. Es tutet.

»Bitte, geh endlich ran!«, flehe ich, während ich mein Fahrrad auf unser Haus zuschiebe. Das Tuten verstummt. Ich sehe aufs Display: Der Anruf wurde abgebrochen.

Weggedrückt! Die Besserwisserin kichert. *Total merkwürdig, dass sie nicht mit dir reden will …*

Ich versuche es erneut, dieses Mal kommt sofort das Besetztzeichen. Hat sie mich etwa blockiert? Mist!

Könnte ich den Videoanruf doch bloß noch einmal anschauen! Lucifer und Olivia scheinen auf einem Parkplatz gewesen zu sein. Nur welcher war es?

Geh doch zur Polizei, säuselt die Besserwisserin zuckersüß und streichelt dabei liebevoll über den Lügenberg.

Und riskiere, dass dieser Verrückte in der Zwischenzeit auf Olivia losgeht?

Klar, im Ausredenfinden warst du ja schon immer brillant …

Mir bleibt nur eine Wahl: Ich muss zur Spendengala! Allein, um in Olivias Nähe zu sein. Keine Ahnung, was ich mit der nächsten Todsünde machen soll, aber darum kümmere ich mich, wenn es so weit ist. Wichtig ist, dass Olivia nichts zustößt!

Ich lehne mein Fahrrad an die Hauswand. Der Weg zum Briefkasten erscheint mir doppelt so lang wie sonst. Unser Vorgarten hat Augen. Ich bleibe stehen und lausche auf jedes noch so kleine Geräusch. Der Wind raschelt in den Blättern, irgendwo bellt ein Hund. Alles normal. Zu normal.

Mit einem Ruck öffne ich das Klapptürchen des Briefkastens und mache einen Satz zur Seite. Nichts passiert. Keine Explosion. Keine Schlange, Riesenspinne oder Ähnliches springt mir entgegen.

Vorsichtig schaue ich in die Metallröhre. Drinnen liegt ein kleines braunes Päckchen.

Sie haben Post!

Ich ziehe das Päckchen heraus. Es ist leicht, viel zu leicht, wenn man bedenkt, was für schreckliche Konsequenzen der Inhalt haben könnte.

Kein Name steht darauf. Kein Absender. Na klar. Einfach ein stinknormales braunes Päckchen, mit Klebeband verschlossen. Ohne Briefmarke. Der Teufel muss es höchstpersönlich vorbeigebracht haben.

Ich schleiche in mein Zimmer, setze mich an meinen Schreibtisch und schneide das Päckchen an der Seite auf. Ein Haufen zerknülltes Packpapier. Vorsichtig nehme ich es heraus, darunter finde ich ein unscheinbares braunes Fläschchen, in dessen Deckel eine Pipette steckt. Kein Etikett, nichts.

Ich öffne auf meinem Handy Google. Aus einem Aufklärungsvideo, das uns in der Siebten gezeigt wurde, weiß ich, dass die am häufigsten verwendete Form von Vergewaltigungsdrogen oder K.-o.-Tropfen GBL ist. Wofür die Abkürzung steht, habe ich vergessen. Irgendwas Chemisches eben. Dass man aber als ersten Vorschlag, wenn man GBL in die Suchleiste eintippt, »kaufen« angezeigt bekommt, hätte ich nicht erwartet.

Langsam scrolle ich durch die Trefferliste. Das Zeug wird doch tatsächlich als Reinigungsmittel angeboten. JEDER kann es einfach so bestellen.

Vergewaltigung leicht gemacht!

Wie krank ist das denn bitte? Von scheinbar harmlosen Selbstversuchen über Erfahrungsberichte von Opfern bis hin zu Dosierungsanweisungen bietet Dr. Internet eine Anleitung für jeden Einstiegskriminellen. Gruselig.

Ich halte das Teufelsfläschchen unter meine Schreibtischlampe. Darin befinden sich ein paar Milliliter einer klaren Flüssigkeit. Ein Schlückchen, wenn man so will. Aber das würde vermutlich reichen, um heute Abend bei der Gala alle Gäste außer Gefecht zu setzen. Bei der Vorstellung, wie einfach es wäre, das Zeug vor dem Sektempfang in die Gläser zu träufeln, wird mir ganz anders.

Auf YouTube schaue ich mir ein Video von einem Mädchen an, dem die Droge ins Getränk gemischt worden war. Sie erzählt, dass sie sich an NICHTS aus dieser Nacht erinnern kann. Alles weg. Aber auch wenn mich diese Nebenwirkung schützen würde, fühle ich mich bei dem Gedanken an Olivia beschissen. Ich will das alles nicht. Ich will nichts mit Lucifer und seinen kranken Todsünden-Aufgaben zu tun haben.

Eine weiße Ecke lugt zwischen dem braunen Packpapier hervor. Warum fällt mir das erst jetzt auf? Ich ziehe daran. Ein Zettel, Computerschrift. Am unteren Ende ist ein Schlüssel, mit Klebeband am Papier befestigt. Darüber steht:

Überraschung! Adina wird ihren Job heute leider nicht antreten können. Die Arme hat wohl etwas Falsches gegessen. Du bist am Zug!

Adina? Was hat die denn mit dem Brautkleid …? Moment! Habe ich sie damals nicht gebeten, mir vor der Modenschau beim Anziehen zu helfen? Es grenzt nämlich an ein Wunder, wenn man es alleine in so ein Kleid schafft. Das ist also mein neuer Job bei der Spendengala. Ich soll Olivias Zofe spielen und ihr dabei das Kleid unter der Nase wegklauen.

Aber was ist mit Adina? Hat Lucifer ihr etwas ins Essen gemischt? Oder ist sie der Teufel, und es geht ihr in Wahrheit blendend?

Ich ziehe den Schlüssel vom Papier ab. Mir ist sofort klar, zu welcher Umkleide er passt, immerhin soll keiner die weggetretene Olivia finden. Aber wie ist Lucifer an den Schlüssel gekommen? Gehört er zum Organisationsteam? Steckt doch Tilli hinter allem?

Ich verstaue beides – Fläschchen und Schlüssel – in meiner Handtasche.

Du hast dich also schon entschieden? War ja klar …

Um acht geht die Gala los. Mir bleiben noch knapp drei Stunden, um herauszufinden, wie ich die Todsünde begehen kann. Ohne das verdammte Fläschchen. Ohne Olivia zu betäuben. Zu verletzen – vielleicht nicht körperlich, aber seelisch. Jemandem K.-o.-Tropfen zu verabreichen – egal aus welchem Grund –, ist keine Kleinigkeit, die man mit dreimal Nachsitzen wiedergutmachen kann.

Aber es gibt einen winzigen Hoffnungsschimmer an meinem verdammt dunklen Horizont. Lucifer persönlich wird bei der Gala anwesend sein. Womöglich ist das meine Gelegenheit, ihn zu entlarven und dem Sündenspiel ein Ende zu bereiten. Ich muss herausfinden, wer sich hinter dem Teufel verbirgt. Vielleicht verhält sich jemand während meines Auftritts auffällig – beobachtet mich, folgt mir … oder so. Und falls nicht, kann ich wenigstens die Leute ausschließen, die nicht anwesend sind.

Aber ist es das wert, Olivia in Gefahr zu bringen?

Nein, auf keinen Fall! Ich brauche einen Plan!

Und trotzdem hast du die K.-o.-Tropfen eingepackt … Heuchlerin!

Die Besserwisserin findet einfach immer die richtigen Worte. Nicht nur dafür hasse ich sie.

RENA

Dienstag, 14. September, 19.15 Uhr
(49 Tage, 22 Stunden und 30 Minuten danach)

Ich habe keinen Plan. Selbst nach stundenlangem Grübeln ist mir nicht eingefallen, wie ich die Aufgabe erfüllen soll, ohne dass Lucifer merkt, dass ich von seinen Anweisungen abgewichen bin. Und das fühlt sich echt beschissen an.

Im Eingangsbereich der Stadthalle entzündet meine bloße Anwesenheit ein Lauffeuer aus Raunen und Flüstern. Die Nadelblicke der Leute sind heute extrascharf. Mir wird heiß, und ich fange an zu schwitzen.

Damit keiner bemerkt, was für ein Nervenbündel ich bin, verschränke ich meine zitternden Finger ineinander. Die Blase, die ich mir beim Sägen eingefangen habe, schmerzt unter dem Druck. Aber auch das hilft nicht, die Nadelblicke an mir abprallen zu lassen. Sie durchlöchern meinen bröckelnden Schutzschild, bohren sich tief in jeden freien Quadratzentimeter meiner Haut. In allen schwingt die gleiche Frage mit: *Was willst du denn hier?* Jeder Blick ein Stich. Fehlt nur noch, dass jemand einen Eimer Tinte über mir ausgießt, um die Frage auf meinen Körper zu tätowieren.

Der Anblick, der mich in der Halle erwartet, schafft es wenigstens, mich auf andere Gedanken zu bringen. Petrolfarbene und weiße Stoffbahnen hängen von der hohen Decke. Der Laufsteg reicht von der Bühne bis weit in den Zuschauerraum. Auf den Fenstersimsen entlang der Glasfront reihen sich Windlichter aneinander – noch brennen sie nicht. Überall sind mit Hussen verkleidete Stehtische verteilt. Auf einer langen Tafel im hinteren Bereich wartet neben einer Reihe polierter Sektgläser der übergroße Glaswürfel, in den man sein Spendenkuvert werfen kann. Später wird dort auch das Büffet aufgebaut.

Ich weiß, dass die Vorbereitungen schon seit gestern auf Hochtouren laufen, immerhin habe ich in einem anderen Leben den Plan dafür erstellt. Das Ergebnis meiner monatelangen Arbeit nun in voller Pracht zu sehen, macht mich aber kein bisschen stolz, es versetzt mir nur einen Stich. Merkwürdig, dass Tilli nicht einfach alles über den Haufen geworfen hat, nur damit die Gala nicht mehr meinen Fingerabdruck trägt. Aber wahrscheinlich war dafür schlichtweg keine Zeit.

»Vorsicht!« Ein Mädchen rempelt mich an. Sie ist aus meiner Parallelklasse. Als sie mich ansieht, verzieht sie das Gesicht.

Du bist die Pest. Hochgradig ansteckend. Gegen dich hilft kein Mundschutz, kein Desinfektionsmittel – nur Abstandhalten.

Ich mache einen Schritt vom Eingang weg und sehe den Leuten nach, die alle mit Häppchenplatten bewaffnet in Richtung Küche marschieren – vorbei an Aaron, der auf den obersten Sprossen einer Bockleiter steht. Er zieht an einer weißen Stoffbahn, die sich in einer Deckenleuchte verheddert hat. Keine Ahnung, warum, aber sein Anblick beruhigt mich irgendwie, die Bewegungen, mit denen er Ordnung ins Chaos bringt.

Er dreht sich um und sieht mich an – einfach so, als hätte er meine Gedanken gehört. Mit sanfter Gewalt bohrt sich sein Blick in meine Augen. Ich will wegsehen, schaffe es aber nicht. Es fühlt sich an, als könnte er tiefer in mich hineinschauen als jemals irgendwer zuvor. In die Schatten. Dahin, wo ich niemanden vorlasse. Weil dort nichts als Dunkelheit herrscht. Bis tief unter den Lügenberg, auf dem die Besserwisserin thront. Tiefer und tiefer.

Mein Magen zieht sich zusammen.

Ich schüttle den Kopf und zerreiße die Verbindung. Meine Hände verkrampfen sich noch mehr. Es tut so weh, als würde ich mir die Finger einzeln brechen. Aber genau das brauche ich jetzt. Den Schmerz.

Aus dem Augenwinkel bemerke ich eine Bewegung. Aaron beugt sich zu einem Mädchen runter, das neben der Leiter steht und ihm irgendetwas reicht. Sofort sticht mir die Farbe ihrer Haare in die Augen. Sie sind grau. Diesmal fallen sie ihr in großen Locken über die Schultern.

In mir kocht Wut hoch. Greygirl! Das Mädchen, das Lou die Pille gegeben hat, habe ich in der ganzen Aufregung völlig vergessen. Wenn der Teufel das Video tatsächlich selbst gemacht hat, ist das meine Chance herauszufinden, wer er ist.

Ohne jeden Plan stürme ich los. »Hey! Hey, du!«

Greygirl sieht mich erschrocken an. Dann verschließt sich ihre Miene schlagartig. »Ach, du.«

Da freut sich aber jemand, dich zu sehen!

Die Hände zu Fäusten geballt, bleibe ich vor ihr stehen. »Ich will wissen, wer dieses Video aufgenommen hat!«

Ein unschuldiges Blinzeln. »Welches Video?« Sie ist eine miese Lügnerin. Die verkniffenen Lippen, der kampflustige Blick – Lou hat ihr längst erzählt, was passiert ist.

Du könntest ihr ja ein bisschen Nachhilfe geben …

»Du weißt genau, was ich meine!«

Aaron steigt die Leiter herunter. »Was ist denn los?«

»Rena hat ihre Schwester verpetzt und glaubt jetzt offensichtlich, ich wäre die Auskunft.«

»Aha.« Aaron scheint nicht weniger verwirrt als zuvor.

»Sag mir, wer es gemacht hat!«

»Warum sollte ich?« Herausfordernd reckt sie ihr Kinn vor. »Damit du ihn auch bei seinen Eltern verpetzen kannst?«

Ihn? Es war also ein Er!

»Ich muss es wissen!«

»Schon mal überlegt, dass es der war, von dem du es hast?«

Genau das ist ja das Problem!, will ich schreien. Stattdessen mache ich einen Schritt auf sie zu. Keine Ahnung, was ich vorhabe. Sie einschüchtern?

Ihre Augen werden schmal. »Ah, das war es nicht, was du hören wolltest, richtig?« Nur noch knapp eine Armlänge trennt uns. Ein gehässiges Lächeln gleitet über ihre Lippen. »Frag lieber mal, warum es deiner Schwester so beschissen ging, dass sie sich total abgeschossen und Schmerztabletten wie Smarties gefuttert hat.«

Verdutzt sehe ich sie an. Worauf will sie hinaus?

»Du hättest dich nicht so sehr auf die Tablette konzentrieren sollen, sondern darauf, an welchem Abend das Video aufgenommen wurde.«

»Was meinst du?« Mir wird kalt. Ein Teil von mir kennt die Antwort auf diese Frage bereits, will sie aber nicht hören.

»Es war der Freitag nach Joes Tod. Lou war fix und fertig. Ihre sonst so perfekte Schwester wurde ständig von den Cops befragt, und ihre Eltern waren am Durchdrehen.«

Ich fühle mich, als hätte sie mir ins Gesicht geschlagen.

»Wer dich zur Schwester hat, ist gestraft fürs Leben!« Mit einem vernichtenden Blick auf mich rauscht Greygirl ab.

Ich will ihr hinterherstürmen, da fasst Aaron mich an der Schulter. Sanft, aber bestimmt. »Lass gut sein, Rena.«

Hilflos sehe ich ihr nach. »Ich habe Mist gebaut.«

Aaron lässt meine Schulter los. »Ja.«

Ja, ja, JA! Wie ich diese Antwort hasse, dabei weiß er noch nicht mal, worum es gerade ging! Zornfunkelnd sehe ich ihn an. Aber statt der ernsten Miene, die ich erwartet habe, finde ich ein klitzekleines Lächeln, das seine Lippen umspielt. Meine Wut verraucht so schnell, wie sie entflammt ist.

»Ja«, wiederhole ich stumpf und sehe ihm dabei zu, wie er die Leiter zusammenklappt und zur nächsten Stoffbahn trägt.

Schnell wende ich den Blick ab und marschiere quer durch die Halle zu den Garderoben. Meine Hände sind jetzt schon ganz verschwitzt.

Noch kannst du zur Polizei gehen, stichelt die Besserwisserin. Sie weiß genau, dass ich das nicht tun werde. Sie allein kennt den Grund, und so soll es auch bleiben. Also gehe ich weiter. Wie eine Lok auf Schienen. Unfähig umzudrehen.

An den Umkleiden hängen Schilder. Jungs. Mädels. Die Braut hat ihre eigene. Tillis Mutter hat darauf bestanden, aus Sorge, ihre kostbare Leihgabe könnte zu Schaden kommen. Mein Glück! Ich gehe bis zur letzten Tür am Ende des Gangs und trete, ohne zu klopfen, ein.

Olivia fährt herum. Sie steht vor einem Spiegel, Wimperntusche in der Hand, ein Auge schon geschminkt. Hinter ihr hängt ein dicker weißer Kleidersack.

Ich denke an das Fläschchen in meiner Tasche. Ich werde das Zeug nicht benutzen – auf keinen Fall!

Trotzdem hast du es in Griffweite …

»Was machst du denn hier?« Olivia scheint genauso begeistert von meiner Anwesenheit zu sein wie ich von ihrer. Aber wenigstens bin ich so in ihrer Nähe und kann auf sie aufpassen.

»Dir beim Anziehen helfen.«

»Was ist mit Adina?« Fehlt nur noch, dass Olivia vor mir zurückweicht. Ansteckungsgefahr und so. Wären die Rollen vertauscht, hätte ich genauso reagiert.

Warum so bescheiden? Du wärst noch viel schlimmer gewesen.

»Adina ist krank. Ich springe ein, bin wohl die Einzige, die sich mit dem Kleid auskennt.«

»Hast du mich deshalb vorhin angerufen?« Misstrauisch mustert sie mich.

Ich nicke nur.

»Und Tilli?«, fragt sie. »Kann die mir nicht helfen?«

Ich zwinge mich zu einem Lächeln. Gute Miene zum teuflisch bösen Spiel. »Die hat genug um die Ohren.« Ich hebe beide Hände, als würde ich mich ergeben. Ohne dass Olivia etwas davon mitbekommt, greife ich beherzt in die imaginäre Schatztruhe voll Lügen, die stets prall gefüllt am Fuß des Lügenbergs steht. »Keine Sorge, ich komme in Frieden.« Sobald ich diese kleine Kostbarkeit aus der Truhe entnommen habe, landet sie direkt bei den anderen auf dem Lügenberg.

Du solltest ihn Leichenberg nennen. Immerhin liegt er auf einem Grab.

Olivia sieht mich zweifelnd an. »Habe ich eine Wahl?«

Gleichgütig zucke ich mit den Schultern – zumindest soll es so aussehen, als wäre mir die ganze Sache nicht besonders wichtig. »Sind ja nur ein Unterrock, mehrere Tülllagen und ein Korsett, das am Rücken geschnürt werden muss.« Ich mache einen Schritt auf die Tür zu. »Wenn du meinst, du kriegst das alleine hin, kann ich auch wieder gehen.«

Sie seufzt, und ich merke sofort, dass ich gewonnen habe. »Na gut, von mir aus, du kannst mir beim Anziehen helfen.«

Olivia dreht sich zurück zum Spiegel und schminkt sich weiter. Um irgendetwas zu tun, gehe ich zum Kleidersack. Als ich den Reißverschluss öffne, quillt mir ein Haufen Glitzertüll entgegen.

Innerlich höre ich das Ticken der Uhr, die langsam abläuft. Mir bleibt nicht viel Zeit. Was mache ich nur hier? Ich überlege, ob ich Olivia irgendwie danach fragen kann, ob ihr heute auf dem Parkplatz jemand aufgefallen ist, habe aber keine Idee, wie ich das möglichst unauffällig anstellen soll.

Unsere Blicke treffen sich im Spiegel. »Weißt du, ich hatte es nicht gerade auf das Brautkleid abgesehen.«

Ich lächele großzügig. »Hab ich mir schon gedacht.« In meinem Bauch rumort das schlechte Gewissen. Olivia hat mir nie etwas getan. Ich bin nicht mehr das Miststück von früher. Ich habe mich geändert.

Warum hast du dann das Fläschchen mitgenommen?

Olivia deutet mit der Tuschebürste auf den Tüllberg. »Das ist echt ein Monster.«

Ich zucke die Schultern. »Früher fand ich es toll.«

Plötzlich bekommt Olivia rote Flecken an Hals und Gesicht. So hat sie auch immer ausgesehen, wenn sie Joe begegnet ist. Sie ist nervös. Aufgeregt. Hat sie Angst? Vor mir? Oder den über zweihundert Leuten, die sie gleich auf dem Laufsteg anstarren werden?

»Weißt du, damals, das mit Joe … da war nichts.«

Überrascht zucke ich zurück. »Das musst du ni –«

»Ich will es aber.« Sie sieht mich direkt an. Die roten Flecken lassen sie krank wirken. Als hätte sie Fieber. »Ich weiß, es muss für dich so ausgesehen haben, als würde ich mit ihm flirten. Aber so war das nicht. Er war einfach nur …«

Ich starre auf den Schleier, der neben dem Kleid hängt. Darunter steht ein Schuhkarton. Sofort muss ich an den Tag denken, als ich mit Tilli und Joe im Brautmodenladen war. Wie gelangweilt Joe ausgesehen hat – bis Olivia aufgetaucht ist.

»Nett«, beende ich Olivias Satz.

Sie nickt. Eine Träne löst sich aus ihren Wimpern. Schnell wischt Olivia sie mit dem Handrücken weg.

Ich bemerke, dass ihre Hände zittern. Zögernd mache ich einen Schritt auf sie zu und nehme ihr die Wimperntusche ab.

»Augen zu«, sage ich.

Zuerst scheint sie nicht zu verstehen, was ich vorhabe, aber dann schließt sie zögernd die Augen. Es fühlt sich merkwürdig an, Olivia zu schminken, aber so haben meine Hände wenigstens eine Beschäftigung.

»Das mit meinem Auto, das warst du, oder?«, fragt sie leise.

Ich beiße mir auf die Unterlippe. »Auto?«

Der Lügenberg erbebt. Die Besserwisserin stößt ein Schnauben aus.

Ein Klopfen durchbricht die Stille. Die Tür geht auf. Tilli. War ja klar, dass sie als Tochter der Brautmodenverkäuferin für Adina einspringt.

Als Tilli mich sieht, bleibt sie wie angewurzelt im Türrahmen stehen. Ihr Blick fällt auf die Wimperntusche in meiner Hand, und ihr Lächeln sackt in sich zusammen. »Was willst du denn hier?«, blafft sie mich an. Das scheint heute wirklich jeder wissen zu wollen. Oder ist ihr Tonfall nur Show? Hat sie mich hergeschickt?

Ich zwinge mich dazu, einen möglichst freundlichen Gesichtsausdruck aufzulegen. »Hab gehört, dass Adina krank ist. Und weil ich mich so gut mit dem Kleid auskenne, dachte ich, ich springe für sie ein. Du hast bestimmt noch genug andere Sachen zu erledigen.«

Tilli öffnet den Mund, und ich bin mir ziemlich sicher, dass sie mir liebend gerne eine Beleidigung an den Kopf knallen würde. Doch dann scheint sie es sich anders zu überlegen und atmet tief durch. Sie schaut auf ihre Armbanduhr und zuckt leicht zusammen. Sie war noch nie die Beste im Zeitmanagement. Deshalb war ich es auch, die zuerst den Posten für die Organisation übertragen bekommen hat. Widerwillig sieht sie mich an. »Von mir aus. In fünfzehn Minuten müsst ihr fertig sein!«

Geschafft!

Tilli knallt die Tür hinter sich zu.

Olivia lächelt verwirrt. »Ich dachte, Tilli wüsste Bescheid …?«

Ich kneife die Lippen aufeinander und tue so, als hätte ich sie nicht gehört. Manchmal braucht man nicht zu lügen, da reicht es schon, sich dumm zu stellen. Das Ticken in meinem Kopf wird lauter. Ich habe immer noch keinen Plan, was ich tun soll.

Ach, komm schon, Rena! Wozu hast du denn das Fläschchen eingepackt? Geh los, hol euch beiden was zu trinken, misch ihr ein paar Tröpfchen ins Glas, und dann schließt du sie hier ein.

Das ist es! Die ganze Zeit trage ich die Lösung meines Problems in meiner Handtasche herum. Nicht die K.-o.-Tropfen, sondern den Schlüssel! Wozu soll ich Olivia betäuben, wenn ich sie auch einfach hier einschließen kann?

Ich brauche nur noch einen Grund, warum ich das Kleid mitnehmen muss.

»Dann wollen wir mal!« Olivia befreit den Tüllberg vollständig aus dem Kleidersack.

Wie belämmert stehe ich da, die Wimperntusche noch immer in der Hand. Wenn Olivia jetzt anfängt, das Kleid anzuziehen, ist alles vorbei. Dann kann ich die Aufgabe nicht mehr erledigen.

Nervös umklammere ich den Bürstengriff der Wimperntusche. Da kommt mir eine Idee. Jetzt muss es schnell gehen!

Ich mache einen Schritt auf Olivia zu und tue so, als würde ich über den Schuhkarton auf dem Boden stolpern. Während ich falle, strecke ich die Hand mit dem Bürstenkopf weit von mir. Ich höre ein leises Kratzen, als die Bürste den Tüll berührt. Mit den Knien knalle ich auf den Boden. Schmerz durchzuckt mich, und ich schaffe es gerade noch, mich mit der freien Hand abzufangen.

»Autsch!«, rufe ich und rapple mich auf.

Olivia sieht mich erschrocken an. Ihr Blick wandert zum Brautkleid. Ich folge ihm zu einem langen schwarzen Tuschestrich, der sich über die oberste Tüllschicht zieht, und muss mir ein triumphierendes *Ha!* verkneifen. Zur Sicherheit schlage ich die Hand vor den Mund. »Oh. Fuck.« Besser hätte es nicht laufen können.

»Nein, nein, nein!« Olivias Gesichtsfarbe wechselt schlagartig, passt sich dem Tüllhaufen an. »Was machen wir denn jetzt?«

»Keine Panik!« Ich packe das Kleid und werfe es mir über die Schulter. Verdammt, ich hatte vergessen, wie schwer es ist. Und wie lang! Die Schleppe schleift neben mir über den Boden. »Ich laufe schnell in die Küche und wasche die Flecken mit Wasser und Spülmittel raus.«

»Spülmittel?!«

»Die meisten Brautkleider können sogar in die Waschmaschine«, wiederhole ich, was ich mal von Tillis Mam aufgeschnappt habe. »Da macht so ein bisschen Wimperntusche nichts aus.«

Olivia atmet auf. »Okay, aber beeil dich!«

Sie vertraut mir. Ausgerechnet mir! Nach dem heutigen Abend wird sie diesen Fehler nie wieder begehen.

»Bin gleich wieder da!« Ich verlasse die Umkleide. Olivia schließt die Tür hinter mir.

Auf dem Gang ist immer noch niemand, bestimmt sind alle anderen mit Umziehen und Schminken beschäftigt. Schnell fische ich den Schlüssel aus meiner Handtasche.

Meine Hände zittern so sehr, dass ich befürchte, mehrere Anläufe zu brauchen. Aber es klappt beim ersten. Der Schlüssel passt. Das Klicken, als ich ihn herumdrehte, klingt wie Musik in meinen Ohren.

»Hey!«, höre ich Olivias gedämpfte Stimme von drinnen. »Was soll das?«

Jetzt kann ich nur noch hoffen, dass sich der Ersatzschlüssel nicht in Griffweite befindet.

RENA

Dienstag, 14. September, 19.48 Uhr
(49 Tage, 23 Stunden und 3 Minuten danach)

Mit rasendem Herzen und dem Kleid über der Schulter stolpere ich die Stufen zum Keller runter. Unten gehen mehrere Türen vom Flur ab. Ich nehme die mit dem Schild *Heizung*.

Drinnen ist es warm und trocken, und es riecht verstaubt. Ich ertaste den Lichtschalter. Leuchtstoffröhren flackern auf.

Der kleine Raum wird zu zwei Dritteln von einem monströsen silbernen Metallkessel eingenommen. Dank der immer noch hohen Temperaturen draußen läuft die Heizung nicht, dafür herrscht Totenstille. Hier sucht mich bestimmt keiner.

Jetzt bist du ganz unten angekommen. Im wahrsten Sinne.

Mir bleiben noch knapp zehn Minuten, vielleicht ein bisschen mehr, weil die Braut den letzten Auftritt hat. Ich ziehe Sneaker, Jeans und Shirt aus und lege sie auf den Boden neben meine Tasche. Hastig schlüpfe ich in den Reifrock. Den Einstieg in den Tüllberg zu finden, gestaltet sich wesentlich schwieriger. Ich löse die Schnürung am Korsett so weit, dass ich hineinschlüpfen kann, und achte darauf, dass sie nicht aus den Ösen rutscht. Ohne Hilfe und ohne Spiegel hätte ich sie nie wiedergefunden und schon gar nicht im Wettlauf gegen die Zeit.

Ich greife unter die Tüllschichten, finde die Öffnung und hebe das Kleid über meinen Kopf. Schon bin ich drin. Mit zitternden Händen taste ich nach der Schnürung und ziehe sie fest, so gut es geht. Am Ende binde ich eine Schleife. Es gelingt mir mehr schlecht als recht, aber wenigstens verabschiedet sich das Kleid nicht sofort nach den ersten Probeschritten. Innerlich verfluche ich mich, dass ich mich damals für ein schulterfreies Modell entschieden habe. Was würde ich jetzt für ein paar Träger geben!

Ich versuche, die vielen zerknitterten Tüllbahnen zu ordnen, gebe mich aber bald geschlagen. Lucifer hat nicht gesagt, dass ich gut aussehen muss. Schuhe und Schleier fehlen auch, aber wie hätte ich die aus der Umkleide mitnehmen sollen, ohne Olivias Misstrauen zu wecken? Es wird auch ohne gehen!

Die Stille im Heizungsraum kommt mir verlockend vor. Am liebsten würde ich die ganze Nacht hier verbringen. Ich könnte mich auf den Boden setzen und warten. Es ist, wie wenn man sich am Tag einer Matheklausur wünscht, der Weg zur Schule würde nie enden. Aber ich weiß es besser. Leider.

Ich schnappe mir meine Tasche. Warum habe ich nicht daran gedacht, eine größere mitzunehmen? Meine Kleider und die Schuhe muss ich wohl oder übel hierlassen. Notfalls hole ich die Sachen einfach morgen, während der Aufräumarbeiten.

Auf Socken – Reifrock und Tüllberg hebe ich mit beiden Händen an – verlasse ich den Heizungsraum und steige die Treppe hoch. Der Prinzessinnentraum hängt wie ein Bleigurt an mir. Ach was, wie zehn! Oben angekommen, bin ich so außer Atem, als hätte ich nicht eins, sondern zwanzig Stockwerke überwunden.

Here comes the bride!

Vorsichtig öffne ich die Tür einen Spalt. Im Gang hat sich eine Menschenschlange gebildet. Alle Models warten auf ihren Auftritt, und die Leute aus der Schneider-AG stecken letzte Feinheiten ab.

»Wo bleibt die Braut?«, übertönt Tilli die Stimme von Ed

Sheeran, die aus Richtung Bühne dröhnt. Ein Klopfen ist zu hören, dann rüttelt jemand an einer Tür. »Shit, wieso ist hier abgeschlossen?« Lautes Hämmern. »Rena? Mach die Tür auf!«

Ich verkrampfe mich. Bestimmt ruft Olivia ihr jetzt durch die Tür zu, dass ich es war, die sie dort eingeschlossen hat.

Die Schlange wird immer kürzer. Eine nach der anderen verschwinden die Mädchen hinter dem Bühnenvorhang.

»Wer hat den verdammten Schlüssel?«, ruft Tilli.

Mein Herz rast. Hat Olivia mich nicht verraten? Oder kann Tilli sie wegen der lauten Musik nicht verstehen?

»Ich w… weiß es nicht«, antwortet Mara kleinlaut. Ihre Stimme mit dem kurzen Stotter-Stolperer reicht schon aus, um in mir das Bild eines strengen brünetten Dutts hervorzurufen.

»Die Braut ist in zwei Minuten dran!« Tilli hat inzwischen eine Tonlage erreicht, die Glas zum Erzittern bringen könnte. Noch ein paar Oktaven höher, und die Spiegel in den Umkleiden zerspringen.

Sieben Jahre Pech für alle!

Tillis Worte hallen unheilvoll in mir wider. Zwei Minuten. Dann muss ich raus. Ich spüre meinen Herzschlag gegen meine Kehle hämmern. Mein Magen krampft sich zusammen. Hoffentlich kann nicht gleich jeder sehen, was ich zum Abendessen hatte. Außer ein paar Löffeln Tomatensuppe, ohne die Mam mich nicht hätte gehen lassen, habe ich nichts runtergebracht.

»Wir mü… müssen ihren Auftritt rauszö… ögern.«

»Und wie sollen wir das anstellen?«

»Wir lassen einfach a… a… alle Models noch mal gemeinsam laufen.«

»Das hatten wir aber für den Schluss geplant.« Tilli klingt nun nachdenklich.

»Dann ziehen wir es eben vor.« Kein Wort stellt sich quer, Mara ist nun wieder Herrin der Lage.

Draußen brandet Applaus auf. Die letzten Models kommen zurück, und im Gang wird es nun richtig eng.

»Aber wie kriegen wir in der Zwischenzeit die Tür auf?«

»Ich suche Aaron, vielleicht hat er einen Schlüssel.« Mara marschiert den Gang runter.

Aber so weit wird es nicht kommen. Ich ignoriere den Fluchtinstinkt und stoße die Tür vollständig auf. Blöderweise ist ein fünfzehn Kilo schweres Sahnetortenkleid nicht gerade das, was man sich wünscht, um unbemerkt durch einen Gang voller Leute zu huschen.

»Was zum Teufel?«, schreit Tilli, kaum habe ich die ersten Schritte in Richtung Bühne gemacht. Mehr als zwanzig Köpfe fahren zu mir herum. Alle Anwesenden scheinen die Luft anzuhalten. »Rena! Was …?!« Die Menge macht Platz, sodass ich Tillis zornfunkelndem Blick schutzlos ausgeliefert bin.

Aber ich habe keine Zeit für Erklärungsversuche – und schon gar keine Lust, die nächste Lüge auf den Lügenberg zu werfen. Ich raffe den Rock und renne den Gang runter. Jetzt bin ich froh, keine hohen Schuhe zu tragen. Niemand packt mich, niemand stellt sich mir in den Weg – Ansteckungsgefahr sei Dank!

Ich erreiche das Ende des Gangs. Hinter mir höre ich Tilli schreien. Hastige Schritte.

Ich ziehe den Tüllberg so weit nach oben, wie ich kann, und stolpere die Stufen hoch zur Bühne. Der schwarze Vorhang ist zugezogen. Auf der anderen Seite dröhnt bereits die bebende Stimme von Billie Eilish aus den Boxen. Ich habe ihren James-Bond-Titelsong für den Auftritt ausgewählt, nachdem Lou ihn im Frühjahr rauf- und runter gehört hat. Ich hatte keine andere Wahl, musste mich einfach in die dramatische Melodie verlieben. Und dramatisch sollte er werden, mein Auftritt. Das wollte ich zumindest vor dem Sommer noch. Jetzt will ich das Ganze nur hinter mich bringen.

»Was hast du vor?«, zischt Tilli. Sie schleicht die Stufen zu mir herauf wie eine Katze, die sich ihrer Beute nähert. Ich sehe ihr an, dass sie Angst hat. Nicht um mich, so viel ist klar. Worum dann? Um sich selbst? Ihren Ruf? Mein Auftritt wird auf sie zurückfallen. Sie ist zuständig für die Organisation, für das Brautkleid, sie hat mich mit Olivia alleine gelassen.

Oder ist das alles Teil ihrer teuflischen Show?

Sie hat schon einmal bewiesen, dass sie nicht der Mensch ist, für den du sie immer gehalten hast.

Ich weiß.

Dass sie dir alles wegnehmen kann.

Ich weiß.

Worauf wartest du dann noch?

Tilli stürzt die Stufen hinauf. Ich renne bis zu der Stelle, an der die beiden Vorhangenden übereinanderliegen. Mit schweißnassen Händen ertaste ich die Lücke und ziehe den schweren Stoff auseinander.

Scheinwerferlicht knallt mir ins Gesicht. Ich blinzle. Sofort schießt mir Hitze in den Kopf.

Na los!

Ich spüre eine Hand an meinem Arm, reiße mich los und trete hinaus auf die Bühne. Dorthin wird Tilli mir nicht folgen, das weiß ich.

Der Applaus, der bis eben noch angehalten hat, wird leiser und bricht ab.

Ein Knacken ist in den Boxen zu hören. Billie wird abgewürgt. Ein Schlagzeug setzt ein, begleitet von einer Melodie, die aus einem Exorzistenfilm geklaut worden sein könnte. Der Song kommt mir nicht bekannt vor – und ich hätte ihn ganz sicher nicht für den Höhepunkt der Show ausgewählt.

»*Are you alone now?*«, jammert der Sänger los. Er klingt, als würde er leiden und es zugleich … genießen. Gänsehaut überzieht meine Arme mit einem Kribbeln, das ich zu gerne abschütteln würde. Hat Lucifer diesen Song für mich ausgewählt?

Obwohl ich durch das abartig grelle Licht nur die ersten Zuschauerreihen wie Schatten ausmachen kann, weiß ich, dass Hunderte Augenpaare auf mich gerichtet sind. Die Blicke brennen sich durch etliche Lagen Tüll, sodass ich mich selbst in diesem Berg von Kleid nackt fühle.

Mein Körper besteht nur noch aus Zittern. Knie, Beine, Hände, sogar meine Lippen haben beschlossen, ein Eigenleben zu führen. Ein Schweißtropfen rinnt mir an der Schläfe runter und weiter über den Hals. Die Korsage sitzt viel zu eng, ich bekomme kaum Luft.

Los, geh schon! Sonst war alles umsonst.

Ich mache einen wackligen Schritt nach dem anderen und erreiche den Teil der Bühne, an dem sie in den Laufsteg übergeht. Die schwere Schleppe schleift hinter mir über das Holz.

Kinn hoch! Brust raus! Toll, jetzt hat die Besserwisserin den Tonfall von *Heidi Klum* angenommen. Die vielen Staffeln *Topmodel* waren also doch keine völlige Zeitverschwendung.

Vergiss nicht zu lächeln! Ganz automatisch spannen sich meine Lippen. Doch das Lächeln schmerzt, als hätte jemand es mit einem Messer in mein Gesicht geritzt. So muss sich der Joker aus *Batman* fühlen.

Ich gehe weiter, starre geradeaus, über die Köpfe der Zuschauer hinweg. Könnte mein Gesicht noch heißer werden, würde es verbrennen.

Ich stelle mir vor, wer sich in der dunklen Zuschauermasse befindet. Die Hälfte meines Jahrgangs? Gustavo, mit seinem Enttäuschter-Lehrer-Blick? Greygirl, die abschätzig die Augenbrauen hochzieht? Aaron? Ich versuche, mir seinen Gesichtsausdruck vorzustellen, schaffe es aber nicht. Selbst in meiner Fantasie ist seine Miene undurchdringbar.

Ich schreite weiter den Laufsteg hinunter. Langsam. Wie sich das für eine Braut gehört. Ohne Schleier, in pinkfarbenen Socken, mit Tuscheflecken auf dem Kleid und Beinen aus Wackelpudding.

Als ich am Ende des Laufstegs angekommen bin, stemme ich die Hände in die Hüften.

Pose. Halten. Lächeln!, meldet sich Heidi wieder zu Wort.

Blitzlicht nimmt mir die Sicht. Als sie langsam wieder klarer wird, erkenne ich die Gesichter der Menschen, die in der ersten Reihe zu mir hochschauen.

Mein Herz stellt sich tot.

Joes Eltern und sein Bruder Pascal – natürlich wie immer in Uniform.

Sieh an, die Polizei, dein Freund und Helfer.

Ist er direkt nach der Arbeit hergekommen? Oder wollte er mit seiner Kleidung ein Statement abgeben?

Hätte man in die Google-Bildersuche den Begriff »Verachtung« eingegeben, wären die Gesichtsausdrücke der drei Deckers die ersten Treffer gewesen.

Aus dem Augenwinkel bemerke ich, dass sich jemand einen Weg durch den Zuschauerraum bahnt. Die Einzige, in deren Gesicht kein Entsetzen, keine Verwirrung, keine Fassungslosigkeit geschrieben steht. Sondern nichts als blanke Wut.

Ja, Olivia wird mir definitiv nie wieder vertrauen. Wüsste sie, vor welchem Schicksal ich sie bewahrt habe, würde sie mir dann danken? Ich würde keine Wette darauf abschließen.

Die Musik scheint noch lauter zu werden, die Stimme des Sängers donnert aus den Boxen: »*Are you alone now? Do you fear me? Are you alone now? Can you hear me breathe in and out and in?*«

Dieser Song gibt mir den Rest. Ja, ich bin alleine. In einem Meer aus Menschen. Menschen, die mich früher bewundert haben. Meine Freunde sein wollten. Mich geliebt haben oder zumindest vorgaben, es zu tun. Nicht alle, aber viele.

Olivia hebt die Hand, den ausgestreckten Zeigefinger direkt auf mich gerichtet. »Du!«, schreit sie und übertönt sogar die Musik.

Mehr kommt nicht, nur dieses eine Wort. Zwei Buchstaben. Doch wozu sie in der Lage sind, merke ich erst mit etwas Verzögerung. Im Zuschauerraum geschieht etwas, Bewegung kommt in die Menge. Die Stimmung schlägt um, von Fassungslosigkeit in etwas anderes, Wilderes.

Ein Pfiff jagt von ganz weit hinten über die Köpfe. Ein weiterer folgt. Buhrufe. Noch mehr Pfiffe.

Grelles Licht blendet mich – doch dieses Mal verschwindet es nicht wie das Blitzlicht zuvor. Richtet da etwa jemand eine Taschenlampe auf mich?

Schlagartig wird es still. Zu still. Etwas scheint die Aufmerksamkeit des Publikums abzulenken. Sie sehen … an mir vorbei? Aber was könnte es Interessanteres geben als meine Demütigung? Joes Mutter klammert sich an Pascal fest, die Knöchel an ihrer Hand treten deutlich hervor.

Langsam folge ich den Blicken über meine Schulter.

Auf dem immer noch geschlossenen Vorhang hinter mir ist ein Bild zu sehen. Das Licht, das mich geblendet hat, war keine Taschenlampe. Irgendwo vor mir in der Menge muss ein Projektor stehen, der das Bild auf den Vorhang wirft. Es bewegt sich. Eine Videoaufnahme.

»Nein«, höre ich mich flüstern, als ich erkenne, was ich da sehe. »Nein, nein, nein!«

Joe. Tilli. Das Schwimmbad.

Das kann nicht sein! Unmöglich! Niemand hat dieses Video! Nur die Polizei und … ich. Mir wird schlagartig kalt. Mein Körper besteht nicht mehr aus Zittern, nur noch aus Taubheit.

Hau ab, oder sie zerren dich von der Bühne!

Lucifer hätte seinen Spaß daran, kein Zweifel, aber diesen Gefallen werde ich ihm nicht tun. Irgendwo mitten in der Hasswelle steht auch er. Wie ist er bloß an das Video gekommen? Hat er mein Handy gehackt? Kennt er jemanden bei der Polizei? Gibt es dort ein Leck? Oder ist Lucifer selbst ein Polizist? Dann käme nur einer infrage. Aber das würde Pascal seinen Eltern nicht antun … oder?

Ich muss weg hier!

Mein Blick irrt auf der Suche nach einem Fluchtweg umher. Zurück kann ich nicht, da würde ich Tilli und einer Meute wütender Models direkt in die Arme laufen. Der einzige andere Weg zum Ausgang führt mitten durch die Zuschauermenge. Die sind zwar auch keine Fans von mir, aber ich traue es niemandem zu, dass er mich aufhalten würde. Nicht hier. Nicht vor allen. Die Pest wird mich schützen. Also gehe ich in die Hocke und springe vom Laufsteg.

Mit beiden Armen zerre ich den Rock hoch und renne los. Und ich hatte recht, die Leute machen mir freiwillig Platz. Keiner sieht mich an, sie alle sind zu abgelenkt von dem Video. Gieren darauf, Joes letzte Sekunden in sich aufzusaugen.

Als ich die Tür aufstoße, ist der Sänger wieder beim Refrain angelangt. »*Are you alone now? Can you hear me breathe in and out and in?*« Er verfolgt mich durch den Eingangsbereich bis raus auf die Treppe. Und obwohl ich immer noch nicht weiß, wer von den Anwesenden Lucifer ist, glaube ich, seinen warmen feuchten Atem im Nacken zu spüren.

Hochmut. Und zwar vor dem Fall. Und du wirst fallen, versprochen.

Lucifer hält offensichtlich sein Wort.

LUCIFER

Zorn

Es hätte alles glattlaufen können. Hätte! Die Sünderin war so nah dran, die Hochmutaufgabe zu schaffen. Wäre da nicht diese winzige Kleinigkeit namens Olivia gewesen. Die sah nämlich alles andere als bewusstlos aus, als sie in die Halle gestürmt kam.

Ihr Pech.

Wie die Sünderin es angestellt hat, ohne K.-o.-Tropfen an das Brautkleid zu kommen, ist Lucifer dabei völlig egal. Er vergibt keine Extrapunkte für Kreativität. Die Aufgabe war klar formuliert, kein Platz für halbe Sachen! Und wenn Rena glaubt, einen Teil davon einfach unter den Tisch fallen lassen zu können, macht sie die Rechnung ohne den Teufel. Anscheinend war der Überfall auf ihre Schwester doch nicht Warnung genug.

Aber Lucifer kann auch eine andere Sprache sprechen. Eine, die sogar die Sünderin versteht.

Hier im Dunkeln neben der Motorhaube des Cabrios sitzend, wird ihn keiner bemerken. Er hasst es zu warten, aber die Vorfreude hält ihn bei der Stange.

Ein Auto nach dem anderen verschwindet vom Parkplatz. Bis auf das Cabrio und noch ein paar andere.

Nach einer gefühlten Ewigkeit geht die Tür an der Rückseite der Halle auf und entlässt einen Lichtspalt, in den zwei Gestalten treten. Das Klackern von Absätzen nähert sich.

»Sie hat es einfach nicht ertragen, dass du ihr die Show stehlen wolltest«, sagt eins der Mädchen.

»Wollte?«, antwortet Olivia empört. »Was kann ich dafür, dass ich als Einzige in dieses blöde Kleid gepasst habe? Tilli hat mich geradezu angebettelt, es zu tragen. Von *wollen* kann also wirklich keine Rede sein.«

Damit sie ihn nicht entdeckt, bewegt Lucifer sich auf allen vieren um das Cabrio herum, ohne das kleinste Geräusch zu verursachen. Auf Höhe der Tankklappe macht er halt.

»Erklär das mal einer Durchgeknallten.«

»So langsam glaub ich das auch.«

»Was?«

»Dass sie nicht mehr alle Latten am Zaun hat«, sagt Olivia.

Lucifer späht über den Kofferraumdeckel zu den beiden Mädchen hinüber. In der schummrigen Parkplatzbeleuchtung sind sie nicht mehr als Silhouetten.

»Bin gespannt, ob sie morgen wieder ihre Show abzieht. Ich bin sooo unschuldig und verschüchtert«, sagt Olivias Begleitung mit verstellter Stimme. »Bitte habt mich wieder lieb!« Ein böses Lachen. »Glaubt sie wirklich, irgendjemand kauft ihr das jetzt noch ab?«

Lucifer lächelt in sich hinein, sein Plan trägt jetzt schon Früchte. Perfekt!

Die beiden verabschieden sich von einander.

Olivia dreht sich zu ihrem Auto, Lucifer duckt sich.

Ein paar klackernde Absätze entfernen sich. Eine Tür wird zugeschlagen, ein Motor gestartet.

»Wo ist dieser verdammte Schlüssel?«, murmelt Olivia.

Lucifer wartet, bis die Kegel der Scheinwerfer vorbeigezogen sind, bevor er weiter um das Cabrio schleicht. Olivia hört ihn nicht kommen, ist zu beschäftigt damit, in ihrer Handtasche herumzuwühlen. Hätte Lucifer das gewusst, hätte er seine Zeit gar nicht damit verschwenden müssen, ihre Reifen aufzustechen. Olivia wird heute nirgendwo mehr hinfahren.

Er ist ganz in seinem Element, ein Schatten in der Dunkelheit. Als er hinter ihr ist, packt er sie im Nacken. Olivia bleibt keine Zeit zu schreien. Lucifer reißt sie nach hinten. Donnert ihren Kopf gegen den Seitenspiegel, der abbricht und zu Boden klappert. Scherben spritzen umher.

Sofort wird die Stille vom Heulen der Alarmanlage zerfetzt. Das Cabrio blinkt wie eine Discobeleuchtung und stößt rhythmisches Hupen aus. Olivia hängt in seinen Armen wie ein nasser Sack.

Adrenalin schießt durch Lucifers Adern. Jetzt bleiben ihm nur noch Sekunden.

Bei all dem Lärm überhört Lucifer Olivias leises Stöhnen beinahe. Warme Flüssigkeit tropft ihm über die Hand, und er muss sich überwinden, Olivia nicht angewidert fallen zu lassen.

»Was …?«, ächzt sie benommen und fuchtelt mit ihrem freien Arm unkontrolliert durch die Luft. Aber Lucifer ist noch nicht fertig! Mit voller Wucht schleudert er sie gegen die Fahrertür. Ein dumpfer Aufprall. Ein hässliches Knacken. Sie sackt auf den Asphalt und bleibt reglos liegen.

Lucifer geht in die Hocke und sammelt eine Handvoll blutverschmierter Scherben vom Boden. Als sich die Hintertür der Halle erneut öffnet, verschmilzt er mit der Nacht.

Beim nächsten Mal überlegt die Sünderin hoffentlich zweimal, ob sie ihn hintergeht.

Lucifer macht sich auf den Weg. Noch ist die Nacht jung. Er hat einiges zu erledigen. Zum Beispiel die Autoreifen der Schulsekretärin aufschlitzen, damit sie morgen um Punkt acht nicht an ihrem Arbeitsplatz auftaucht.

Er lächelt zufrieden. Zorn steht als Nächstes auf der Liste, und davon hat die Sünderin bestimmt jede Menge.

Genau wie der Teufel.

JOE

An den Tagen nach der Aktion in der Cafeteria hat Rena sich echt angestrengt, normal zu sein. Ich hatte zwar immer noch ein komisches Gefühl, aber du kennst das bestimmt: Mit der Zeit verdrängt man so manches.

Tilli, Rena und ich waren im Laden von Tillis Mutter. Sie wollte das Brautkleid für die Spendengala sponsern, was echt nett von ihr war. Du glaubst nicht, was so ein Barbie-Traum kosten kann. Verrückt!

Ich hab keinen Plan, in wie viele Kleider Tillis Mutter Rena gesteckt hat. Zehn, fünfzehn? Für mich sahen die alle ziemlich gleich aus. Weiß, bauschig, überladen mit Tausenden von Glitzersteinchen.

Hast du gewusst, dass nicht die Steinchen für den Glitzereffekt verantwortlich sind, sondern allein das Licht? Ich meine, ohne die Deckenstrahler hätten sie nicht halb so viel gefunkelt. Du kannst mich jetzt ruhig für einen Langweiler halten, aber schon als ich klein war, hat Licht mich irgendwie fasziniert. Oder dessen Abwesenheit. Früher, wenn ich nicht einschlafen konnte, hat Pascal mit mir Schattentheater gespielt. Dafür brauchst du nur eine Taschenlampe und deine Hände.

Mit Licht kannst du so viel anstellen. Dinge verstecken oder in Szene setzen. Die Schönheit von etwas beleuchten oder das Hässliche herausholen. Wer das Licht kontrolliert, hat die Macht.

Genau deshalb wollte ich die Lichttechnik auf der Spendengala übernehmen. Ich bin eine Motte, die vom Licht angezogen wird. Vielleicht bin ich deshalb jetzt hier. Wer weiß? Und obwohl Rena von allen Deckenlampen im Laden angeleuchtet wurde, war es Tilli, die von innen heraus gestrahlt hat.

Tilli war für mich das wahre Licht … wenn du verstehst, was ich meine. Und Rena die Dunkelheit. In ihr hab ich mich verlaufen. Es war zu finster, um irgendetwas zu sehen. Um Rena wirklich zu sehen. Mein Vater hat es gleich gewusst. Er hat es mir sogar gesagt. Dieses Mädchen bedeutet Ärger. Vielleicht hätte ich mich von ihr ferngehalten, wenn er gesagt hätte: Dieses Mädchen bedeutet Dunkelheit. Nein, du hast recht, so etwas hätte er nicht gesagt.

Immer wieder hat Rena sich auf dem Podest vor dem Spiegel gedreht und den Tüllrock glatt gestrichen, was genauso viel gebracht hätte, wie ein Stehaufmännchen mit dem Kopf auf den Boden zu drücken. Natürlich wollte sie auch bei Tüllberg Nummer fünfzehn wissen, was ich davon halte. Um ehrlich zu sein, musste ich bei diesem letzten Modell an Königin Victoria denken.

Nein, ich bin kein Geschichtsfreak. Rena hatte mir aber mal ein Referat vorgetragen, um zu üben. Und der Teil über die fette englische Königin ist hängen geblieben. Weißt du, wie sie noch genannt wurde? Die Schnellesserin! Okay, die Kurzfassung: Sie war bekannt dafür, dass sie das Essen immer nur so in sich reingeschaufelt hat. Und alle am Tisch mussten sofort das Besteck fallen lassen, wenn die Königin fertig war. Wer also nicht genauso schnell gespachtelt hat wie die Königin, musste hungrig ins Bett.

Jedenfalls war in Renas Präsentation auch ein Bild von der Königin im Brautkleid. Natürlich ist Rena im Vergleich zur »Schnellesserin« eine halbe Portion. Das Kleid hat mich aber trotzdem an das der Königin erinnert. Gesagt hab ich das natürlich nicht, bin ja nicht lebensmüde.

Frau Lennhof, Tillis Mutter, hat Rena dann auch noch einen Gitzerschleier in die Haare gesteckt. Sie hat sich echt gefreut, dass Rena mit dem Kleid auf der Spendengala Werbung für ihren Laden macht. Die konnte sie gut gebrauchen, nach den letzten Vorfällen.

Tilli war irgendwie genervt. »Jetzt fang bitte nicht wieder von dem Einbruch an«, hat sie gesagt. Das weiß ich noch, weil Tilli eigentlich echt schwer aus der Ruhe zu bringen ist. Noch was, das ich an ihr mag … äh … gemocht hab.

Die Sache mit dem Einbruch war echt strange. Nur ein einziges Kleid wurde gestohlen. Es gab keine Einbruchspuren, keine Fingerabdrücke und keinen Hinweis darauf, dass jemand versucht hat, das Kleid zu verkaufen. Verrückt, oder? Dass irgendwo eine Braut im gestohlenen Kleid zum Altar geht … Wenn das mal kein schlechtes Omen für eine Ehe ist. Aber wie gesagt: Der Preis für so ein Teil kann echt brutal sein.

Seit dem Einbruch scheint Tillis Mutter auf einer Art Security-Trip gewesen zu sein. Sie hat so viele Kameras installieren lassen, dass der Laden jetzt besser gesichert sein dürfte als Fort Knox.

Es hat an der Eingangstür geklingelt. Ich hab gedacht, es ist Adina. Die war nämlich gerade beim Zahnarzt und wurde über WhatsApp auf dem Laufenden gehalten. Aber als ich mich umgedreht hab, war da nur Olivia. Sie stand im vorderen Teil des Ladens bei den Ballkleidern. Ich musste grinsen. Der halbe Laden war mit Spiegeln tapeziert, aber offensichtlich hatte sie in keinen davon reingeschaut. Ihre langen blonden Haare standen in alle Himmelsrichtungen von ihrem Kopf ab. Sah aus, als hätte sie sich in einem Windkanal verlaufen.

Der Vorfall in der Cafeteria war erst drei Tage her. Ich hätte Olivia ignorieren können, um Rena nicht zu provozieren, aber ich wollte nicht. Ich hab mich in der Situation festgefahren gefühlt, und Olivia war die Letzte, die irgendetwas dafürkonnte. Also bin ich zu den Ballkleidern geschlendert. »Bist du mit einer Steckdose aneinandergeraten?« Diese Begrüßung sollte eigentlich ein Witz sein, aber der ging etwas nach hinten los.

Olivia hat sich umgedreht, in der Hand hatte sie ein kurzes hellblaues Kleid. Übrigens war ihre Unterlippe nicht mehr geschwollen, aber die Stellen, an denen ihre Schneidezähne sich ins Fleisch gebohrt hatten, waren dunkel verkrustet. Man konnte sogar noch den Faden sehen, mit dem sie genäht worden war.

Sofort sind rote Flecken auf ihren Wangen erschienen, wie immer, seit der Sache mit dem Autogramm. Und als ich sie in Richtung Spiegel gedreht hab, wurde es noch schlimmer. Schnell hat sie sich mit den Fingern durch die Haare gekämmt und versucht, sie platt zu drücken. »Das Wetter war so schön, da habe ich beim Fahren das Dach aufgemacht«, hat sie erklärt.

Wir haben uns eine Weile über ihr Cabrio unterhalten. Anfangs war ich ein bisschen überrascht. Sie hatte bisher nicht den Eindruck gemacht, als wäre sie eins dieser verwöhnten reichen Mädchen, die immer mit den neuesten Handys, Handtaschen und anderem Schnickschnack durch die Schule stolzieren. Sponsored by Daddy, natürlich. Aber dann hat Olivia erzählt, dass das Cabrio ein altes Teil sei, das sie sich mit einem Nebenjob finanziert und selbst zum Führerschein geschenkt hat. Und ihre Eltern hatten drauf bestanden, dass sie ein rotes nimmt. Als Warnung für alle anderen quasi.

Das war der Moment, als ich das Gefühl hatte, dass mir jemand ein Loch in den Rücken brennt. Ich hab mich umgedreht und Renas Blick im Spiegel bemerkt. Sie hat schnell weggesehen, aber mir sind die tiefen Linien auf ihrer Stirn und die geballten Fäuste nicht entgangen. Zum ersten Mal seit Stunden schien sie nicht über ihr Outfit nachzudenken.

Kurz darauf war ein Handyklingeln zu hören. Rena ist rangegangen, hat aber keine zehn Sekunden später wieder aufgelegt. »Meine Mam«, hat sie gesagt. »Ich soll schnell rauskommen. Bin gleich wieder da.«

Und dann ist sie echt mitsamt Brautkleid vom Podest gesprungen und an uns vorbei nach draußen marschiert. Zum Glück war Tillis Mutter gerade im Hinterzimmer, sie hätte sonst wahrscheinlich einen Herzinfarkt bekommen.

Aber alles, was ich in diesem Moment gesehen hab, war die Gelegenheit, ein paar Minuten mit Tilli allein zu sein. Sie wollte Rena nachlaufen, aber ein Blick von mir hat gereicht und sie ist stehen geblieben. Inzwischen waren wir wirklich gut darin, uns nur über Blicke zu unterhalten.

Ich hab Olivia gezeigt, wo die Umkleiden sind, und bin zu Tilli gegangen. Wir haben uns auf dem Ledersofa niedergelassen, das vor dem Podest steht.

»Deine Freundin kann echt anstrengend sein«, hat Tilli gemeint und mir zugezwinkert.

»Hey, sie war zuerst deine Freundin!«, hab ich gesagt.

Und dann ist es still geworden.

Du glaubst nicht, wie viel man sagen kann, wenn man eigentlich nichts sagt. Und wir hatten uns ziemlich viel zu sagen … oder nicht zu sagen. Nur keiner von uns hat sich getraut, es wirklich laut auszusprechen. Worte waren gefährlich. Worte waren endgültig. Also haben wir uns nur angeschaut.

Ich wollte ihre Hand nehmen, hab es aber dann doch bleiben lassen. Bei den vielen Spiegeln kann man nie sicher sein, wer einen beobachtet.

Viel zu schnell war Rena wieder da. Sie war ganz außer Atem, als wäre sie gerannt. Tilli ist sofort aufgesprungen und hat so getan, als müsste sie ihrer Mutter bei irgendwas helfen.

Rena hat sich zu mir runtergebeugt und mir einen Kuss aufgedrückt. Dabei ist etwas in meinen Schoß gerieselt. Im ersten

Moment hab ich gedacht, es wären Glitzersteine, die von ihrem Kleid abgefallen sind. Ich wollte sie von meiner Hose wischen. Fehler! Hat verdammt gebrannt, auf meiner Hand. Als ich sie genauer angeschaut hab, war da Blut. Einer der Glitzersteine hat in meiner Haut gesteckt. Ich hab ihn rausgezogen. Ein Glitzersteinchen war das nicht, viel eher ein länglicher Glassplitter.

Jetzt fragst du dich bestimmt, warum Rena Glassplitter an sich hatte. Na, hast du schon eine Idee, was meine durchgeknallte Freundin diesmal gemacht hat?

Ich hab's nicht kapiert, zumindest nicht sofort. Vielleicht weil wir später über die Hintertür aus dem Laden raus sind. Wäre ich vorne raus, wo Olivias Cabrio stand, hätte ich es bestimmt gesehen. Aber so war es nicht.

Ein paar Tage später hab ich es dann erfahren. Und als einer von Pascals Kollegen mit Tilli, Rena und mir sprechen wollte, um zu fragen, ob wir etwas gesehen haben, hätte ich etwas sagen können. Ja. Aber zu welchem Preis? Außerdem wussten wir nur, dass Rena den Laden verlassen hat. Nicht mehr und nicht weniger. Also habe ich geschwiegen, genau wie Tilli. Weil es der einfachste Weg war.

Manchmal ist der einfachste Weg nicht der beste und auch nicht der richtige. Das weiß ich jetzt.

Mann, der Tod macht einen echt weise.

RENA

Dienstag, 14. September, 21.30 Uhr
(50 Tage, 0 Stunden und 45 Minuten danach)

Ich sitze auf der Schaukel in unserem Garten und starre Löcher in die Nacht. Wenn Tilli jetzt aus ihrem Fenster sieht, hält sie mich vermutlich für einen Geist. Oder für die Hauptdarstellerin aus dem Horrorfilm *The Bride,* den sie, Adina und ich letzten Mai zusammen gesehen haben, als ich ein sturmfreies Wochenende für eine Übernachtungsparty genutzt habe.

Es ist schon fast dunkel, mein Gefühl für Zeit habe ich verloren. Der Ast der alten Eiche, an dem Paps vor Jahren die Seile der Schaukel festgemacht hat, ächzt leise. Bei jedem sanften Vor und Zurück schleift die meterlange Schleppe über den Rasen und fängt sich frische Grasflecken ein.

Im Dämmerlicht kann ich erahnen, welche Spuren mein Heimweg hinterlassen hat. Am Saum ist der Tüll ausgefranst und eingerissen. Dreckklumpen, abgebrochene Zweige und Laub haben sich darin verfangen.

Straßekehren mit Stil!

Keine Ahnung, wer mehr ausrasten wird: Tillis Mutter oder meine Eltern. Aber eins ist sicher: Ich muss dieses Kleid bezahlen. Und wenn es Jahre dauert, bis ich den ganzen Glitzer-Tüllhaufen abgestottert habe.

In unserer Küche geht das Licht an und fällt auf den Rasen vor dem Fenster. Bis zu mir dringt es nicht. Ich beobachte Mam dabei, wie sie sich mit zwei Tassen zu Paps an den Küchentresen setzt. Sie warten auf mich. Bestimmt haben sie schon gehört, was passiert ist. Ich will nicht zu ihnen reingehen. Noch nicht. Was soll ich ihnen sagen? Wie soll ich meinen heutigen Auftritt erklären, ohne wie eine durchgeknallte Irre zu klingen?

Du sagst ihnen, was sie hören wollen. Ganz einfach.

Und was soll das sein?

Dass du eifersüchtig warst. Auf Olivia. Weil sie deinen Platz im Rampenlicht gestohlen hat.

Aber das hat sie doch gar nicht!

Tja, aber diese Story werden sie dir sofort abkaufen.

Und das Video?

Das hast du laufen lassen, um allen die Wahrheit zu zeigen.

In den Augen von Mam und Paps muss es so aussehen, als hätte ich es mir zur Aufgabe gemacht, jeden Versuch, Gras über die Ereignisse des Sommers wachsen zu lassen, zu torpedieren. Jede Todsünde, die ich begehe, ist ein weiterer Spritzer Benzin auf die wenigen grünen Stoppeln, die sich durch die verbrannte Erde kämpfen. Jeder Versuch, das Richtige zu tun, ein neues glühendes Streichholz, das ich darauf fallen lasse.

Der Ast über mit ächzt. In meiner Handtasche vibriert es. Ich versteife mich. Kein Zweifel, wer da stört. Ich will Lucifer ignorieren, so tun, als hätte ich … Ein zweites Vibrieren schneidet meinen Gedanken ab, und mir wird klar, dass es ein Anruf sein muss.

Denk an die Regeln! Provozier ihn nicht!

Seufzend fische ich Lucifers Handy heraus. Sicher will er Salz in meine Wunden streuen, Öl ins Feuer gießen oder sonst etwas tun, für das es eine passende Redewendung gibt.

Ich schiebe den grünen Hörer übers Display. Eine Videoübertragung erscheint.

Zu sehen ist ein Krankenwagen mit blitzendem Blaulicht, in den eine Trage geschoben wird. Darauf liegt ein Mädchen. Das

Licht aus dem Inneren des Krankenwagens fällt auf ihr Gesicht. Es wird herangezoomt. Wäre es mehr als eine breiige Masse aus Fleisch und Blut, die rechte Seite nicht so stark zugeschwollen, dass man das Auge nur noch erahnen kann, könnte man meinen, dass das Mädchen bloß schläft. Aber so ist es nicht.

»Raubüberfall«, schnurrt die verzerrte Stimme des Teufels aus dem Handy. »Die K.-o.-Tropfen wären ihr bestimmt lieber gewesen.«

Auf der Trage … Oh nein! Olivia?!

Lucifers Worte sind Fausthiebe, die meinen Magen treffen. Mir wird schlagartig übel. Ich beuge mich zur Seite. Das, was in einem früheren Leben mal Tomatensuppe gewesen ist, spritzt auf den Saum der Tüllschleppe.

Ich schnappe nach Luft, klammere mich mit der freien Hand am Seil der Schaukel fest. Wie konnte das nur passieren? Und warum?

Du weißt, warum!

Stöhnend schüttle ich den Kopf. Kann die Besserwisserin nicht ein Mal ihre verfluchte Klappe halten?

Das Display verschwimmt vor meinen Augen, und ich brauche mehrere Anläufe, um die richtigen Tasten für den Screenshot zu treff–

Der Anruf bricht ab. Ich war zu langsam.

»Fuck, fuck, fuck!« Ich will das Handy gegen den Baumstamm neben mir donnern, halte mich aber in letzter Sekunde zurück. Ich muss einen kühlen Kopf bewahren. Lucifers Smartphone ist ein Beweis, für den sich die Polizei sicher interessieren wird, und ich bin nicht so dumm, ihn zu zerstören. Er lässt mir keine andere Wahl! Ich muss eine Aussage machen!

Aber werden sie mir glauben? Die einzigen Beweise für Lucifers Existenz sind ein Handy und ein paar WhatsApp-Nachrichten, die ich mir auch selbst geschrieben haben könnte.

Und dann ist da noch der Überfall auf Lou … Wie werden Mam und Paps reagieren, wenn sie erfahren, dass sie meinetwegen verletzt wurde? Dass sie nicht einfach nur eine Treppe runtergefallen ist?

Nein! Ich war das nicht, sondern Lucifer. Und genau so muss ich es ihnen sagen. Sie werden es verstehen. Oder?

Summ, summ. Die Vibration lässt mich zusammenzucken. Ein Foto. Großartig … Ich erkenne sofort, was darauf abgebildet ist, immerhin habe ich die Kleider den ganzen Tag getragen. Sneaker, Jeans und Shirt liegen auf dem Boden ausgebreitet. Hat Lucifer jeden Raum nach meinen Sachen abgesucht? Oder hat er beobachtet, wie ich aus dem Treppenhaus gekommen bin? Ich versuche, mich daran zu erinnern, wer im Flur war. Aber da waren so viele. Mara, Till– MOMENT!

Ich kneife die Augen zusammen. Was sind das für kleine dunkle Flecken? Ist etwas auf meinen Sachen ausgelaufen? Spritzer von …

Nur für den Fall, dass du unsere Abmachung vergisst …

Ich zoome meine Kleider heran. Rote Tröpfchen kleben auf Shirt und Hose und ein paar sogar auch auf den Schuhen. Überall verstreute Glassplitter. Tief in mir drin ahne ich, was das rote Zeug ist, und sobald die Vorahnung sich verfestigt, schüttelt mich eine neue Übelkeitswelle. Doch diesmal kommt nur Galle hoch, mehr hat mein Magen nicht zu bieten.

Die Drohung, die in diesem Bild und der Nachricht mitschwingt, braucht keine Erklärung. Lucifer wird meine Kleider an die Polizei schicken, wenn ich nicht tue, was er verlangt. Alle werden denken, dass ich Olivia überfallen habe – vor allem nach meinem Auftritt bei der Gala.

Aber habe ich nicht das perfekte Alibi? Hunderte von Leuten können bezeugen, dass ich die Halle verlassen habe – lange bevor Olivia überfallen wurde.

Wer sagt, dass du ihr nicht draußen aufgelauert hast? Dein Alibi ist einen Scheiß wert!

Mein Herz holpert. Die Krankheit, die alle Leute einen großen Bogen um mich machen lässt, hat ihr Ziel erreicht.

Ich will schreien, weinen, mich auf den Boden legen und zu einer Kugel zusammenkrümmen, aber mein Körper ist zu nichts davon fähig. Ich bin eine Puppe, hänge an Fäden, die alle in Lucifers Hand zusammenlaufen. Und er lässt mich nach seinen Wünschen tanzen. Könnte ich doch nur sein Gesicht sehen, den Menschen hinter der verzerrten Stimme.

Was soll ich nur tun? Ich muss sofort ins Krankenhaus und sehen, wie es Olivia geht.

Und wie willst du erklären, woher du weißt, dass sie dort eingeliefert wurde? Da kannst du ja gleich ein Geständnis abgeben …

Mist! Ich kann weder ins Krankenhaus noch zur Polizei.

Das Handy vibriert. Ich zwinge mich hinzusehen.

Die nächste Aufgabe wartet morgen auf dich. Wenn du diesmal alles genau so erledigst, wie ich es sage, muss keiner leiden. Versprochen!

Und Lucifer hält seine Versprechen, das habe ich nach dem heutigen Abend gelernt.

Ein Tropfen platscht auf das Display. Mir ist gar nicht aufgefallen, dass sich Zornestränen an meinem Kinn gesammelt haben. Die Machtlosigkeit macht mich fertig. Ich fröstle und wische das Handy am Tüll ab.

Welche Todsünde?

Zorn.

Wäre Zorn eine Flüssigkeit und ich eine Wasserbombe, wäre ich bis zum Rand gefüllt. Ein weiterer Tropfen, und ich zerplatze.

Und?

Ich glaube, du bist zornig genug, um ein paar Geheimnisse zu lüften.

Soll heißen?

Eine Sprachaufnahme erscheint unter meiner Nachricht. Mit zitternden Fingern drücke ich auf Play.

»*Okay, dann fang ich eben an*«, höre ich Tilli sagen. »*Wisst ihr noch, dass bei meiner Mutter im Laden eingebrochen wurde?*«

Zustimmendes Gemurmel ist auf der Aufnahme zu hören.

»*Na ja.*« Tilli hüstelt verlegen. »*Das war kein echter Einbruch.*«

Panisch drücke ich auf Stopp.

Mein Herz rast. Ich weiß, was das ist. Natürlich! Und ich weiß auch, was in den nächsten sieben Minuten, die mir unter der Aufnahme angezeigt werden, gesagt wird. Meine Stimme wird auch zu hören sein, genau wie die von Adina.

Es ist gerade mal ein paar Monate her, dass wir diese Sprachaufnahme gemacht haben. Am letzten Maiwochenende, an dem Mam und Paps mit Lou Tante Lydia besucht haben. Zugegeben, ich war dankbar, dass ich sturmfrei hatte und nicht Lous Babysitter spielen musste. An diesem Wochenende wollte ich meine Freundinnen ganz für mich haben. Als hätte ich geahnt, dass es das letzte Mal sein würde.

Wir haben Pizza bestellt, Cocktails gemixt und Horrorfilme geschaut. Ein paar Mojitos später hat Adina ein Ouija-Brett ausgepackt. Wir haben uns in mein Zimmer verzogen und mit der Geisterwelt Kontakt aufgenommen. War ziemlich lahm. Da hat es auch nicht geholfen, den Holzkeil so zu lenken, dass besonders gruselige Botschaften rauskamen. Irgendwann fanden wir die Idee, unsere Freundschaft noch weiter zu vertiefen, ganz wunderbar.

Wir? Gib zu, dass es deine Idee war!

Und was liegt tiefer vergraben als das Schlimmste, das man je getan hat? Ein Geheimnis, das sonst keiner kennt, nicht mal die besten Freundinnen für immer?

Damit keine die Geständnisse der anderen verraten konnte, ohne selbst mit unterzugehen, beschlossen wir, alles aufzunehmen. Die Sprachaufnahme landete in unserem Gruppenchat, damit wir alle Zugriff darauf hatten.

Betrunken klang es nach der besten Idee aller Zeiten.

Dann kam der nächste Morgen und mit ihm das Gefühl, einen schrecklichen Fehler begangen zu haben. Unsere Köpfe waren dick wie Heißluftballons, und Adina hing die meiste Zeit über dem Klo. Als das Gespräch auf die Geständnisse kam, war die Euphorie der vergangenen Nacht wie weggeblasen. Was hatten wir uns nur dabei gedacht? Diese Geständnisse waren Granaten – in den falschen Händen. Man musste nur noch den Stift ziehen, und wir alle würden in die Luft gehen.

Also habe ich vorgeschlagen, dass wir die Datei mit den Geständnissen löschen. Sofort. Der Reihe nach, damit keine schummeln kann.

Wie ehrenhaft von dir!

Ich machte den Anfang. Adina und Tilli haben mir zugesehen. Reihum löschten wir die Aufnahmen für immer.

Zumindest habe ich das gedacht.

Wie kommt Lucifer also an diese Datei? Ist Adina der Teufel? Oder Tilli? Oder beide zusammen? Haben sie die Aufnahme gespeichert, bevor wir sie alle offiziell löschen konnten?

Ich hebe den Kopf und sehe zu Tillis Schlafzimmerfenster hinauf. Die Vorhänge sind zugezogen, nirgends schimmert Licht durch. Schläft sie? Oder steht sie im Dunkeln und späht durch einen Spalt im Vorhang zu mir herunter? Ihr Handy in der Hand, bereit, mir als Lucifer zu schreiben?

Und was ist, wenn weder sie noch Adina der Teufel sind? Könnte es Lucifer gelungen sein, sich in unseren Gruppenchat zu hacken? Kann man gelöschte Nachrichten wiederherstellen?

So oder so – jetzt werde ich erfahren, wie stark die Sprengkraft der Granate wirklich ist. Nur dass ich sie bei der Explosion nicht wegwerfen, sondern schön brav festhalten werde. Denn dass ich mein eigenes Geständnis vor der Veröffentlichung lösche, ist sicher nicht Lucifers Plan.

Summ, summ. Wie aufs Stichwort. Alles in mir sträubt sich dagegen, die neuen Anweisungen zu lesen, aber ich weiß, dass der Kampf aussichtslos ist.

Warum so still?

Woher hast du die Aufnahme?

Der Teufel verrät seine Quellen nie!

Dann sag endlich, was ich damit machen soll! Allen meinen Kontakten schicken? Online stellen?

Das wäre doch ziemlich lahm!

Also?

Morgen wirst du ungehinderten Zugang zum Sekretariat haben, dafür habe ich gesorgt. Um Punkt 8 wird es Zeit für eine kleine Durchsage … 😉

Die ganze Schule wird bei der Explosion der Granate live dabei sein. Das Handy ist ein Eisklotz, Gänsehaut kriecht vom Gehäuse aus meinen Arm hinauf bis über meinen Nacken.

Soll ich filmen? Oder welchen Beweis willst du diesmal?

Keinen 🙂

Was das bedeutet, ist klar. Lucifer wird morgen in der Schule sein und alles mit anhören. Dass er damit den Kreis der Verdächtigen zum Schrumpfen bringt, ist ihm wohl nicht bewusst. Oder es ist ihm egal.

Ach, bevor ich es vergesse. Da ist noch eine Kleinigkeit.

?

Adinas Geständnis.

Was soll damit sein?

Schneide es aus der Aufnahme.

Verständnislos stiere ich auf die letzte Nachricht. Was soll das denn? Oder … hat Adina sich etwa gerade als Lucifer enttarnt? Weil sie wie immer nicht widerstehen konnte, den einfachsten Weg zu wählen?

Warum?

Eine muss für diese Aktion den Kopf hinhalten. Wir wollen doch nicht, dass die Leute anfangen, unangenehme Fragen zu stellen …

Soll Adina also nur den Sündenbock spielen? Das würde bedeuten, dass Tilli der Teufel ist. Aber ich kann einfach nicht glauben, dass sie mich ihr Geheimnis lüften lässt, nur um nicht verdächtig zu wirken. Außerdem würde es heißen, dass sie Lou und Olivia so zugerichtet hat. Das kann einfach nicht sein … oder?

Falls Tilli nichts mit der Sache zu tun hat, wird sie Adina für die Verräterin halten. Wenn ich Adinas Geständnis lösche, verwische ich meine Spuren. Keiner hält mich für das Leck, wenn ich selbst auf dem sinkenden Schiff sitze.

Oder aber Adina spielt doch ein doppeltes Spiel. Was ist, wenn ich nur glauben soll, dass sie den Kopf hinhalten muss, während sie sich heimlich ins Fäustchen lacht?

Meine Gedanken drehen sich im Kreis. Runde um Runde. Die nächste ungeklärte Frage springt bereits auf das Karussell: Was könnte Adinas Motiv sein? Bei Tilli ist der Fall glasklar, aber warum sollte Adina Lucifer spielen? Übersehe ich etwas? Wie blind ich sein kann, habe ich ja vor den Sommerferien bewiesen.

Findest du nicht, dass du etwas zu alt dafür bist?

Wofür?

Um zu schaukeln.

»Wie …?« Ich springe von der Schaukel. Dort, wo der Schein der Wohnzimmerbeleuchtung abreißt, lauert tiefschwarze Dunkelheit. Ich kneife die Augen zusammen und versuche, etwas zu erkennen. Aber die Nacht besteht aus nichts als Schatten.

Da! Ein Rascheln. Mein Herz hämmert viel zu laut, das Blut rauscht in meinen Ohren, und meine Atmung geht stoßweise.

Schritte knirschen davon. Der einzige Nachbar, der Kies in seiner Auffahrt hat, ist Herr Kazemi. Und ich bezweifle sehr, dass es der Apotheker ist, der mitten in der Nacht dort rumschleicht.

»Hey!«, schreie ich. »Warte!« Ich renne los.

Ein Ratschen ist zu hören. Etwas reißt an meinem Kleid, so kräftig, dass ich der Länge nach auf den Rasen aufschlage. Stöhnend stemme ich mich vom Boden hoch. Was war das denn? Ich drehe mich um und sehe, dass sich die Tüllschleppe in der Schaukel verfangen hat.

Trash the dress!

Ich rapple mich auf, so schnell, wie es in den Tonnen an Tüll eben geht. Aber die Schritte sind verklungen. Lucifer ist längst auf und davon. Wütend auf mich selbst, befreie ich die lädierte Schleppe aus der Schaukel, lausche dabei auf jedes Geräusch. Jedes Knacken im Geäst. Jedes Rascheln.

Wenn ich zuvor noch nicht unter Verfolgungswahn gelitten habe, dann spätestens jetzt. Als mein Herzschlag sich allmählich beruhigt, bemerke ich, dass die Besserwisserin leise vor sich hin summt.

Are you alone now?

Der Ohrwurm hat sich in meinen Kopf gefressen und dort eingenistet.

Ich raffe die Tüllschleppe zusammen und werfe sie über meinen Arm, um besser laufen zu können. Als ich mich noch einmal umdrehe, schaue ich zu Tillis Schlafzimmerfenster hinauf. Hat da gerade der Vorhang gewackelt? Was ich mit Sicherheit sagen kann, ist, dass die Paranoia, die Lucifer in mir gesät hat, bereits zu keimen beginnt.

Und es sind keine Blumen, die daraus wachsen.

RENA

Dienstag, 14. September, 22.03 Uhr
(50 Tage, 1 Stunde und 18 Minuten danach)

»Ich erkenne dich nicht wieder!« Mam starrt auf die Tüllschleppe, die über meinen Arm hängt, und schüttelt mit zusammengekniffenen Lippen den Kopf.

Ich weiß nicht, was ich sagen soll. Ihr geht es offensichtlich genauso, denn sie verschwindet wortlos nach oben.

Paps bleibt am Küchentresen sitzen. Stumm zieht er den Hocker neben sich nach hinten. Ich folge der Aufforderung und setze mich, was in dem Kleid gar nicht mal so einfach ist. Paps schiebt mir eine dampfende Tasse hin.

Manchmal kann ein guter Tee Wunder bewirken. Heute könnte ich das Zeug literweise runterkippen, und es würde mir nichts bringen.

Keine Wunder für Sünderinnen.

Ich atme tief durch und erzähle Paps eine Geschichte. Sie handelt von einem Mädchen, das einen kindischen Egotrip fährt. Weil es gerne im Rampenlicht steht, weil es eifersüchtig ist und bewundert werden will. In einem glitzernden Tüllhaufen.

Die Geschichte hat kein Happy End.

Während ich erzähle, ist es, als würde ich neben mir stehen. Als wäre ich gar nicht richtig da. Die Worte kommen einfach aus meinem Mund, und der Lügenberg wächst und wächst.

Im Gegensatz zu Mam hat Paps kein Problem damit, mich

direkt anzusehen. Wahrscheinlich weiß er ganz genau, wie unmöglich es für ihn ist, die Enttäuschung in seinen Augen zu verbergen.

»Handy!«, sagt er und hält mir seine Hand hin.

Ich hole mein Handy aus der Tasche, schalte es aus und lege es auf seine ausgestreckte Handfläche. Keine Frage, wo es landen wird. Im Safe, bei dem von Lou.

Du hast ja noch das Teufelshandy – mehr brauchst du nicht.

»Und was ist, wenn ich euch anrufen will?«, protestiere ich halbherzig, weil ich weiß, dass es auffällig wäre, wenn ich die Strafe einfach so hinnehmen würde. Morgen fliegen Mam und Paps zu einem Ärztekongress nach Berlin, erst am Sonntag kommen sie zurück.

»Dafür haben wir ein Festnetztelefon«, sagt Paps ganz ruhig. »Auf dem wir übrigens einmal die Stunde anrufen werden.«

Hausarrest, toll. Mit dem kabellosen Telefon kommt man bis zum Gartenzaun. Ein Peilsender wäre nicht weniger effizient. Na großartig!

»Morgen wirst du dich bei Olivia, Tillis Mutter und den Deckers entschuldigen. Für das Einsperren in der Umkleide, das verdreckte Kleid und deine kleine Videoshow.«

Dass Olivia gerade mit ganz anderen Problemen zu kämpfen hat und ich mich in Wahrheit noch für viel mehr bei ihr entschuldigen müsste, ahnt Paps nicht.

»Über die Gründe, warum du das alles getan hast, sprechen wir, nachdem wir wieder zurück sind. Aber ich denke, es wäre gut, wenn du wieder zur Therapie gehst. Wir hätten gar nicht erst erlauben dürfen, dass du sie nach den Ferien abbrichst.«

Ich schiebe den Tee von mir und stehe auf.

»Das war noch nicht alles«, sagt Paps.

Er ist richtig in Fahrt! Kein Wunder, dank Lou hat er ja eine Menge Übung.

»Sobald Pfarrer Saile dich aus dem Kapellendienst entlässt, wirst du im Brautmodengeschäft aushelfen. Bis der Schaden, den du angerichtet hast, abbezahlt ist.«

Wie lange das dauern wird, steht in den Sternen. Ich sage nichts, nicke nur.

Sogar die Besserwisserin hält jetzt ausnahmsweise ihre Klappe. Premiere. Offensichtlich hat es selbst ihr die Sprache verschlagen.

Paps verschwindet im Arbeitszimmer, in dem sich der Safe befindet. Ich starre in meinen Tee, der längst kalt geworden ist. So viel zum Thema Wunder.

Ich höre Schritte auf der Treppe und mache Screenshots vom Teufels-Chat. Während ich sie an mein Handy schicke, grüble ich über der nächsten Aufgabe. Als Klassensprecherin musste ich letztes Jahr eine Durchsage zum Pausenverkauf machen. Deshalb weiß ich, dass der Knopf der Sprechanlage nicht einrastet. Vermutlich will man so vermeiden, dass er aus Versehen gedrückt bleibt. Das bedeutet allerdings auch, dass ich während der Durchsage die ganze Zeit im Sekretariat bleiben muss. Zugleich ist diese Aufgabe meine Chance, um einen Namen von meiner Liste der Verdächtigen zu streichen – oder einkreisen zu können. Dazu müsste ich Adina und Tilli beobachten, während die Geständnisse enthüllt werden. Ein zufriedenes Lächeln könnte ein Hinweis sein.

Aber wie soll ich das anstellen?

Ist doch ganz einfach.

Ach ja?

Du musst nur an zwei Orten gleichzeitig sein.

Sehr witzig.

Und selbst wenn mir eine Lösung dafür einfällt, kann ich wohl kaum das Teufelshandy, über das ich die Aufnahme abspielen muss, im Sekretariat liegen lassen. Wie soll ich also gleichzeitig einen Knopf drücken, Adina und Tilli beobachten und dafür sorgen, dass niemand das Handy findet?

Ich sag nur: Klebeband und Diktiergerät.

Unfreiwillig muss ich lachen. Die Besserwisserin ist brillant! Seit Mams dreiwöchiger Schriftstellerphase, die wir ironischerweise Stephen Kings *Misery* zu verdanken hatten, verstaubt ein Diktiergerät im Regal neben der elektrischen Schreibmaschine.

Fehlt nur noch das Klebeband.

Ich ziehe jede Küchenschublade auf, aber Fehlanzeige. Inzwischen bin ich so müde, dass ich nicht mehr aufhören kann zu gähnen.

Ich schleppe mich in mein Zimmer und durchwühle meinen Kleiderschrank. Ganz hinten werde ich fündig. Dass ich jemals so froh über die Packung Wonderstripes sein würde, hätte ich nie gedacht.

Ich befreie mich aus dem Tüllhaufen, steige in Schlafshorts und Schlabbershirt und setze mich an den Schreibtisch. Mams alte Aufnahmen sind schnell vom Diktiergerät gelöscht. Sorry, Mam! Jetzt muss ich nur noch die Aufnahme auf dem Handy laufen lassen und Adinas Geständnis überspringen.

Schlagartig ist die Stille in meinem Zimmer drückend. Ich fühle mich beobachtet. Seufzend ziehe ich die Vorhänge zu.

Jetzt bleibt dem Teufel nur noch ein Ort, an dem er sich verstecken kann. In meinen Gedanken. Dort gibt es genügend dunkle Ecken für ihn.

Ich halte das Diktiergerät an das Teufelshandy und drücke auf Play.

RENA

Mittwoch, 15. September, 7.00 Uhr
(50 Tage, 10 Stunden und 15 Minuten danach)

Als Mister Gockel kräht, will ich ihn am liebsten gegen die Wand werfen, Kopfschmerzen vortäuschen und den Tag im Bett verbringen. Wäre da nicht das Bild von Olivias blutverschmiertem und zugeschwollenem Gesicht, das mich bis in meine Träume verfolgt hat.

Mein Blick fällt auf das verdreckte Brautkleid, das über der Lehne meines Schreibtischstuhls hängt. Obwohl sich in meinem Magen rein gar nichts mehr befinden dürfte, wird mir beim Gedanken an die heutige Todsünde sofort wieder übel.

Zorn.

Wird Lucifer meinen Plan als Regelverstoß ansehen? Streng genommen hat er mir nicht verboten, während der Durchsage das Sekretariat zu verlassen.

Gedankenverloren reibe ich mir über die Handgelenke. Wüsste ich es nicht besser, würde ich glauben, unsichtbare Seile schnitten in meine Haut. Es wird Zeit, sie zu kappen und dem Puppenspieler ins Gesicht zu sehen.

Und wenn er sich nicht zeigt?

Dann kann ich hoffentlich wenigstens ein paar Namen von der Liste der Verdächtigen streichen. Und das ist besser als nichts.

Die Nacht hockt mir in den bleischweren Gliedern, und meine Augen fühlen sich an, als hätte das Sandmännchen zu tief in die Tasche gegriffen. Es grenzt an ein Wunder, dass ich überhaupt geschlafen habe. Gefühlte zehn Atemzüge lang.

Als ich das Fenster öffne, lacht mir die Sonne dreist ins Gesicht. Gegenüber ist Tillis Fenster schon offen. Steht sie jetzt immer ein paar Minuten früher auf, um mich zu meiden?

Ich höre ein Auto, das in unserer Einfahrt hält. Schritte auf der Treppe, die Haustür schlägt zu. Das vertraute Jammern des Keilriemens setzt ein, als der Motor wieder gestartet wird.

Scheint so, als wäre Tilli nicht die Einzige, die extra früher aufsteht, um dir nicht begegnen zu müssen!

Das Frühstück findet heute in einem Kühlhaus statt. Zumindest fühlt es sich so an. Niemand sagt etwas. Ich bin beinahe froh, dass Mam und Paps heute Abend schon nach Berlin zu dem Ärztekongress fliegen, dann bekommen sie nicht mit, was der Teufel sich als Nächstes für mich ausgedacht hat. Mam glaubt jetzt schon, mich nicht wiederzuerkennen. Was wird sie erst sagen, wenn ich mit der Zorn-Aufgabe fertig bin?

Weil heute nach der Schule wieder Kapellendienst ansteht, nehme ich das Fahrrad. Um nicht zu früh anzukommen, steige ich auf halber Strecke ab und schiebe. Als ich an der Bushaltestelle vorbeigehe, hält gerade der Schulbus. Perfektes Timing … Ich halte den Blick auf die Straße gesenkt, kann das Flüstern aber nur schwer ausblenden.

Der Fahrradständer unter dem Wellblechdach gegenüber der Bushaltestelle ist schon ziemlich voll. Ich ergattere einen freien Platz in der Mitte.

Blick auf die Uhr: kurz vor acht. Gleich muss ich ins Sekretariat.

Ein Knacken ist zu hören, gefolgt von einem Rauschen. »Liebe Schülerinnern und Schüler, liebe Kolleginnen und Kollegen«, hallt die Stimme von Frau Martin, der Schulleiterin, durch die Sprechanlage über den gesamten Schulhof. »Bitte finden Sie sich alle vor Beginn der ersten Stunde in der Sporthalle ein.«

Eine Versammlung? Ausgerechnet jetzt? Hat Lucifer etwas damit zu tun? Oder will Frau Martin über die Ereignisse der vergangenen Nacht sprechen? Wenn eine Schülerin angegriffen und schwer verletzt wird, muss die Schule bestimmt irgendwie darauf reagieren.

Mit dir hat sie sicher auch noch ein ernstes Wörtchen zu reden! Überleg schon mal, wie du die Sache mit dem Brautkleid, dem Video und der eingesperrten Olivia erklärst.

Ich warte bei den Fahrrädern, bis auch die letzten Nachzügler in Richtung Sporthalle verschwunden sind. Dann renne ich in die entgegengesetzte Richtung. Im Atrium sehe ich niemanden außer einer Frau in grauer Kluft, die ihren Putzwagen in eine der Toiletten schiebt.

Der Minutenzeiger meiner Armbanduhr rutscht auf Punkt acht. Ich klopfe an der Tür zum Sekretariat an, da schwingt sie einfach auf.

»Hallo?« Beinahe hoffe ich, dass jemand antwortet, damit ich eine Ausrede habe, die Lucifer akzeptieren muss. Aber es bleibt still.

Mit wackligen Knien trete ich ein. Niemand ist da. Es fühlt sich merkwürdig an, alleine hier zu sein. Mein Herz pocht hart gegen meinen Brustkorb, als ich die Tür hinter mir zumache. Ich will die Aufgabe so schnell wie möglich hinter mich bringen. Ein Pflaster reißt man ja auch am besten mit einem Ruck ab. Kurz und schmerzlos – fast.

Die Sprechanlage befindet sich auf dem Tisch hinter dem Tresen. Für Farbenblinde ist die große grüne Taste, die man während der Durchsage gedrückt halten muss, mit *Sprechen* beschriftet. Neben dem Mikro befindet sich eine Leiste voller Kippschalter. Jeder Schalter steht für einen Gebäudeabschnitt, in den die Durchsage übertragen wird: Atrium, die verschiedenen Stockwerke, Schwimm- und Sporthalle und Pausenhof.

Ich kippe alle Schalter nach unten. Das Diktiergerät stelle ich auf dem Tisch ab und biege den Schwenkkopf des Mikros zur Seite, sodass er direkt darüberschwebt.

Aus meiner Umhängetasche hole ich die Packung Wonderstripes, die ich letzten Sommer für ein rückenfreies Wasserfall-Top gekauft habe. Ein einziges Mal habe ich sie benutzt. Zwei Klebe-Pads auf meiner Haut zu vertrauen, dass alles an Ort und Stelle bleibt, ist einfach nicht mein Ding.

Ich befreie einen Streifen von der Plastikfolie, drücke den grünen Knopf und klebe das Tape darüber. Vorsichtig lasse ich die Taste los. Es hält! Zur Sicherheit schadet ein zweiter Streifen nicht.

Da ich schlecht »Test, Test« ins Mikro sagen kann, schlage ich ein paar Mal die Hände zusammen. Selbst bei geschlossener Tür höre ich, wie das Klatschen draußen durchs Atrium hallt. Perfekt.

Mein Herz pocht so heftig, dass ich befürchte, das *Bumbum, Bumbum* würde über die Lautsprecher auf das ganze Schulgelände übertragen. Mit zitternden Fingern drücke ich am Diktiergerät auf Play. Im nächsten Moment startet die Wiedergabe.

»Okay, dann fang ich eben an«, dringt Tillis Stimme etwas blechern aus dem Diktiergerät. Wir hatten Salzstangen gezogen, und sie war die mit der kürzesten. *»Wisst ihr noch, dass bei meiner Mutter im Laden eingebrochen wurde?«*

Zustimmendes Gemurmel ist auf der Aufnahme zu hören, während ich die Packung Wonderstripes in meiner Umhängetasche verschwinden lasse. Nichts wie weg hier!

»Na ja.« Tilli hüstelt verlegen. *»Das war kein echter Einbruch.«*

Vorsichtig öffne ich die Tür einen Spalt und spähe hinaus ins Atrium. Wenn mich jemand dabei ertappt, wie ich aus dem Sekretariat schleiche, bin ich geliefert.

Einen Blick nach links, einen nach rechts.

Die Luft ist rein.

Ich versuche, nicht zu rennen. Wer rennt, wirkt verdächtig. Aber schon nach den ersten Schritten gebe ich dem Drang nach. Ich weiß, dass die Aufnahme – ohne Adinas Geständnis – knapp vier Minuten dauert, und ich muss vor Ablauf der Zeit in der Sporthalle sein.

»*Wie meinst du das?*«, begleitet mich Adinas Stimme auf dem Weg zum Ausgang.

»*Ihr wisst doch, dass meine Mutter mir immer verboten hat, die teuren Kleider anzuprobieren.*« Tilli seufzt, sogar das ist durch die Lautsprecher gut zu hören. »*Jedenfalls habe ich nach einem blöden Streit den Schlüssel geklaut, bin in den Laden und habe meinen absoluten Favoriten anprobiert.*« Sie spricht so schnell, dass ihre Worte sich beinahe überschlagen.

»*Dieses enge Meerjungfrauenkleid mit den Handstickereien?*«, höre ich Adina fragen. »*Das, das gestohlen wurde?*«

Der Pausenhof ist menschenleer. Ich renne in Richtung Sporthalle.

»*Es war nicht in meiner Größe da*«, dringt Tillis Stimme aus den Lautsprechern. »*Ihr kennt das ja, diese Designerkleider werden nur für Barbies gemacht. Also habe ich mich eben in die vierunddreißig reingequetscht.*«

Die Tür der Sporthalle wird aufgerissen, Gustavo stürmt heraus. Ich bremse ab. Er darf mich nicht sehen! Aber wo soll ich mich verstecken? Da, der Pavillon, unter dem immer der Pausenverkauf stattfindet! Ich hechte hinter einen der Betonpfeiler.

»*Und es wäre auch nichts passiert, wenn ich nicht irgendwo hängen geblieben wäre.*«

Angestrengt lausche ich Gustavos näher kommendem Schnaufen. Dafür, dass er Sportlehrer und Trainer der Schwimmmannschaft ist, ist er ganz schön aus der Puste.

»Am Rückenteil ist die Korsage eingerissen, und als ich sie ausziehen wollte, wurde es nur noch schlimmer.«

Gustavo stapft an mir vorbei. Er sieht mich nicht. Puh! Weiter geht's!

»Hast du nicht mal gesagt, dass das Teil über zehntausend kostet?«, sage ich und man hört mir das Entsetzen an.

Ich erreiche die Sporthalle. Im Eingangsbereich bleibe ich stehen. Zwei Wege führen ins Innere. Entweder durch die große Flügeltür, die jetzt geschlossen ist, oder über die Umkleiden. Ich entscheide mich für die Umkleide, in der Hoffnung, dass deren Tür zur Halle geöffnet ist. Hastig durchquere ich sie, niemand ist dort.

»Ich war total in Panik, wusste einfach nicht, was ich tun soll. Meine Mutter hätte einen Anfall bekommen und wäre auf den Kosten sitzen geblieben.« Tilli macht eine Pause. Der nächste Satz wird sie zerstören, das weiß ich. *»Also habe ich das Schaufenster eingeworfen und das Kleid mitgenommen.«*

Ich laufe durch einen kurzen dunklen Gang. Das einfallende Licht am Ende verrät mir, dass die Tür zur Halle offen steht.

»Und alle dachten, jemand hätte es auf das teuerste Teil im Laden abgesehen. Aber nur so hat die Versicherung den Schaden übernommen.«

Es knackt in den Lautsprechern. Das ist die Schnittstelle, an der ich die Aufnahme unterbrochen habe, um Adinas Geständnis zu überspringen.

Ich spähe in die Halle. Die ganze Schule ist dort versammelt. Niemand sieht in meine Richtung. So gelassen wie möglich schlendere ich aus der Umkleide. Obwohl ich eben noch gerannt bin, zwinge ich mich, ruhig zu atmen. Niemand dreht sich zu mir um. Diesmal schießen die Nadelblicke in eine völlig andere Richtung. Als in der Menge eine Lücke entsteht, kann ich sehen, wer das neue Ziel ist. Meine *beste Freundin für immer.*

Tilli hat die Arme vor der Brust verschränkt. Ihr Gesicht hat den satten Farbton einer Mohnblumenblüte angenommen.

Adina steht direkt neben Tilli. Immer und immer wieder gleitet Adinas Hand zu ihrer Brille und schiebt sie die Nase hoch. Sie sieht aus, als würde sie sich am liebsten ihre hochhackigen Stiefeletten ausziehen, nur um ein paar Zentimeter kleiner zu sein. Offenbar scheint sie noch nicht kapiert zu haben, dass ihr Geheimnis übersprungen wurde. Ob bewusst oder nicht, sie rückt ein Stück von Tilli ab. Der Weg des geringsten Widerstands führt nun in eine andere Richtung.

»Das war's. Jetzt du!«

Adinas Worte aus der Aufnahme elektrisieren mich. Weil ich jetzt an der Reihe bin.

Innerlich hoffe ich, dass Gustavo rechtzeitig das Diktiergerät ausschaltet. Aber ein Teil von mir weiß ganz genau, dass ich nicht so einfach davonkommen werde.

»Also gut.« Man hört mich tief durchatmen. *»Ihr wisst ja, dass ich manchmal ein bisschen besitzergreifend sein kann.«*

»Ein bisschen?«, schnaubt Adina.

»Mit dem eifersüchtigen Miststück in dir möchte ich niemals aneinandergeraten«, gesteht Tilli.

»Jaja, schon gut. Manchmal geht es einfach mit mir durch. Keine Ahnung, was dann los ist.«

Jetzt haben mich die Leute endlich entdeckt, feuern ihre Nadelblicke auf mich ab. Wieder einmal. Aber mein Geheimnis ist noch nicht raus, mir bleiben ein paar Sekunden, bis die Druckwelle mich erfasst und in Stücke reißt.

»Erzähl jetzt bitte nicht, dass du für Olivias blutende Lippe in der Cafeteria verantwortlich warst. Wir sind nämlich nicht blöd.« Adina klingt gereizt, als hätte sie Angst, ihren dunkelsten Moment gegen etwas so Banales und Offensichtliches eingetauscht zu haben. Dass ich die Aufnahme veröffentlichen, aber ihr

Geständnis rausschneiden werde, konnte sie zu diesem Zeitpunkt natürlich nicht wissen.

Tilli funkelt mich zornig an. Jahrelang wollte sie mich in allem übertrumpfen. Heute nicht. Ihr Blick bestätigt mich in meiner Vermutung: Sie steckt nicht hinter Lucifer. Ihr Geständnis wird ihr jede Menge Ärger einbringen. Oder hat sie über den Sommer ein beeindruckendes Schauspieltalent entwickelt?

»Olivia konnte es einfach nicht lassen.« Mein Kichern hallt über die Köpfe der Zuhörer hinweg. *»Sie hat einen kleinen Denkzettel gebraucht.«*

Neue Geräusche dringen aus den Lautsprechern. Das Zuschlagen einer Tür. Schritte. Schnaufen. Gustavo! Endlich ist er im Sekretariat! Ein Ratschen ist zu hören. Hat er einen der Wonderstripes abgerissen?

»Ums kurz zu machen: Ich habe einen riesigen Stein auf die Windschutzscheibe ihres Cabri –«

Die Aufnahme bricht ab und macht ohrenbetäubender Stille Platz. Jetzt sind die Leute offiziell überfordert. Wen sollen sie zuerst schockiert anstarren? Mich oder Tilli?

Ich bin die Einzige, die Adina beobachtet. Sie wirkt, als würde man ihr einen mit Zement gefüllten Rucksack von den Schultern nehmen. Ihr Geheimnis wurde nicht ans Tageslicht gezerrt. Wäre Adina Lucifer, müsste sie nicht erleichtert sein – sie hätte gewusst, dass ich ihr Geständnis gelöscht habe. Dass ich es nicht riskieren würde, Lucifers Anweisungen zu missachten.

In Gedanken krame ich meine Liste der Verdächtigen hervor und streiche Adinas und Tillis Namen durch.

Echt jetzt? Was, wenn sie dir nur etwas vormachen?

Fein säuberlich radiert die Besserwisserin die beiden Striche wieder weg. Blasse Linien bleiben aber über den beiden Namen. Wenigstens etwas.

Erst jetzt bemerke ich, dass alle um mich herum zurückweichen. Keiner will in meiner Nähe sein. Die Krankheit hat die Luft um mich herum verpestet. Tröpfcheninfektion.

Ich sehe mich um. Jeder hier könnte hinter dem Sündenspiel stecken. Doch ein potenzieller Teufel auf meiner Liste ist heute nicht anwesend: Joes Bruder Pascal. Schwungvoll streiche ich in Gedanken seinen Namen durch.

Bisschen voreilig, oder?

Der Kommentar der Besserwisserin lässt mich innehalten. Immerhin muss Lucifer sich nicht in der Sporthalle aufhalten, um die Erfüllung der Todsünde zu überwachen. Die Durchsage war auf dem gesamten Schulgelände zu hören. Er könnte überall sein. Ich nehme der Besserwisserin den Radiergummi aus der Hand und entferne den Strich durch Pascals Namen. Wäre auch zu schön gewesen.

Mein Blick begegnet Lous. Sie sieht echt fertig aus, und das nicht nur wegen der Augenringe, des riesigen Pflasters an ihrer Stirn und des eingegipsten Arms. Es ist bestimmt nicht leicht, mit der Pest verwandt zu sein. Neben meiner kleinen Schwester steht Greygirl und schüttelt bloß den Kopf.

Schnell sehe ich weg.

Mir fällt auf, dass ein weiterer Name auf der Liste der Verdächtigen heute fehlt: Aaron. Ich kann ihn nirgends entdecken. Müsste er nicht eigentlich auch hier sein?

Ein Räuspern ist zu hören. Es scheint von überall zu kommen. Blicke wenden sich von mir ab. Ich folge ihnen. Durch einen Spalt in der Menge sehe ich Frau Martin. Sie steht auf einem kleinen Podest, vor ihr ein Mikro.

Nicht zum ersten Mal muss ich beim Anblick der Schulleiterin an eine Bulldogge denken. Tränensäcke so schwer, dass sie immer ein Stück des Lids nach unten ziehen. Und ihre Mundwinkel deuten stets nach unten, als hingen unsichtbare Gewichte daran, selbst wenn sie lacht.

Jetzt lacht sie nicht. Eindeutig.

»Diejenigen, die auf dieser Aufnahme zu hören waren, melden sich unverzüglich bei mir!« Sie lässt ihren Blick durch die Menge schweifen. »Das wird Konsequenzen haben!«

Ich weiche zurück.

Zurück.

Zurück.

Zurück.

Stoße mit dem Rücken gegen etwas Weiches. Erschrocken fahre ich herum. Aaron! Er lehnt neben dem Eingang zu den Umkleiden. Wie lange steht er schon da? Hat er gesehen, dass ich erst viel später gekommen bin?

Aarons Blick bohrt sich in meine Augen. Immer tiefer und tiefer. Er ist auf der Suche. Nach Antworten auf unausgesprochene Fragen? Seine Stirn ist gerunzelt. Verwirrung zeichnet sich ab. Als hätte er die Aufgabe, ein Tausendteilepuzzle zu lösen, bei dem fünfhundert Teile mit schwarzer Farbe übermalt wurden.

Er weiß es!

Aber er scheint ganz offensichtlich nicht zu verstehen, warum ich es getan habe. Wie sollte er auch?

Ich spüre, wie sich die Nadelblicke in meinem Rücken neu ausrichten. Bestimmt hat die Bulldogge inzwischen kapiert, auf wen sie deuten.

Wieder ein Wettbewerb, den du gegen Tilli gewonnen hast!

Ich befreie mich aus Aarons bohrendem Blick. Und laufe. Den dunklen Gang runter. Durch die Umkleide. In den Eingangsbereich. Nach draußen. Um die Ecke der Sporthalle. Den Weg runter bis zu den Fahrrädern. Einfach nur weg. Wenn ich bleibe, wird die Bulldogge meine Eltern herzitieren, und dann landen noch viel mehr Lügen auf dem Thron der Besserwisserin.

Also läufst du weg? Klingt nach einer eher kurzfristigen Lösung, findest du nicht?

»Ach, halt die Klappe!«, knurre ich. Mir ist klar, dass ich dieses Gespräch irgendwann führen muss – nur nicht jetzt!

Mein Fahrrad aufzuschließen, ist kein Problem, meine Hände sind erstaunlich ruhig.

»Haust du ab?« Adina versperrt mir den Weg, die Fäuste in die Hüften gestemmt. Links und rechts stehen Fahrräder, ich muss also an ihr vorbei!

»Was willst du?« Meine Hände krampfen sich um den Lenker. Ich werfe einen Blick an ihr vorbei. In der Ferne sehe ich einige Grüppchen zum Schulgebäude laufen. Die Versammlung ist offenbar beendet.

Mobbing steht ganz oben auf der schwarzen Liste der Schule. Dass ich Olivia in der Umkleide eingeschlossen habe, um sie vor Schlimmerem zu bewahren, kann die Bulldogge natürlich nicht ahnen. Aber selbst wenn, der Vorfall in der Cafeteria und die zertrümmerte Windschutzscheibe reichen für drei Schulverweise. Für einen Außenstehenden muss es so aussehen, als wäre Olivia ein Punchingball, an dem ich mich abreagiere.

Genau das war sie doch auch für dich!

Aber jetzt nicht mehr. Jetzt bin ich ein besserer Mensch!

Jaja … Glaubst du auch manchmal, was du dir selbst einredest?

»Ich will wissen, was du damit zu tun hast!« Adina deutet zur Sporthalle, aber mir ist auch so klar, wovon sie spricht.

»Du denkst, ICH war das?« Ich versuche mich an einem empörten Gesichtsausdruck. Wahrscheinlich sieht er aber eher angewidert aus. Denn genau das bin ich. Von mir selbst.

»Zuerst deine Aktion gestern mit Olivia, dem Brautkleid und dem Video von Joe. Dann erfahren wir von der Martin, dass Olivia überfallen wurde. Und jetzt diese Aufnahme.« Adinas Hand zuckt hoch zu ihrer Brille, verharrt aber mitten in der Bewegung. »Sag mir, was hier los ist!«

Ich bin fast schon ein bisschen stolz auf sie, dass sie sich mir in den Weg stellt. Habe ich sie unterschätzt? Oder ist sie gekommen, um mich leiden zu sehen?

»Erzähl du mir lieber, warum du nicht bei der Gala warst!«

Adina wirkt verdutzt. »Was hat das denn damit zu tun?«

Falls sie doch der Teufel ist, spielt sie die Unschuldige verdammt gut!

Aus Richtung Sporthalle kommen zwei Gestalten auf uns zu. Die massigere der beiden erkenne ich sofort. Es ist die Bulldogge. Neben ihr … Tilli.

Ich schiebe mein Fahrrad auf Adina zu, bremse zu spät, sodass mein Vorderrad ihr Bein berührt. »Geh mir aus dem Weg!«, zische ich.

»Das kann ich nicht. Nicht mehr!« Ihre Gesichtszüge verhärten sich. »Rena, was hast du getan?«

Ich schlucke, will nicht sagen, was ich jetzt sagen muss. Aber mir fällt nichts anderes ein. »Wir wissen beide, warum du mich beschuldigst.«

Jetzt rückt Adina doch ihre Brille zurecht. »Was soll das heißen?«

»Findest du es nicht merkwürdig, dass ausgerechnet dein Geständnis auf der Aufnahme gefehlt hat? Du warst die Zweite, das weiß ich ganz genau. Jemand muss deinen Part rausgeschnitten haben.«

Adina schluckt. »Ich habe die Aufnahme am nächsten Morgen gelöscht. So wie wir alle!« Sie sieht mich durchdringend an. »Angeblich.«

Nervös schaue ich rüber zur Bulldogge. Sie und Tilli sind nur noch eine Basketballfeldlänge von uns entfernt.

»Geh mir endlich aus dem Weg!« Ich drücke das Vorderrad fest gegen Adinas Bein.

Sie beugt sich nach vorne und packt mein Fahrrad an der Lenkstange. »Warum sollte ich das tun?«

An der Haltestelle sehe ich den Stadtbus einfahren. Ich erkenne, dass es nur eine Möglichkeit gibt, Adina loszuwerden. Wenn sie im Gegenzug etwas bekommt. Sicherheit. Ich muss nur den Verdacht auf mich lenken. Und das gelingt mir am besten, indem ich mich jetzt aus dem Staub mache.

»Weil …« Ich lasse mein Fahrrad los. »Weil sie mich verdächtigen werden, wenn ich jetzt abhaue. Nicht dich.«

Adinas Mundwinkel zucken. Und da ist er wieder: der Weg des geringsten Widerstands. Er führt nun durch die Lenkstange meines Fahrrads. Ich weiß das und Adina ebenfalls. Sie muss den Lenker nur weiter festhalten und einen kleinen Schritt zur Seite machen. Und genau das tut sie.

Ich drücke mich an ihr vorbei und schalte in den Sprint. Die Türen des Busses sind noch geöffnet.

»Rena Winterstein!«, höre ich die Bulldogge hinter mir bellen. Aber ich bezweifle, dass sie der Jagdinstinkt packen wird. Nicht, wenn ein Telefonanruf bei Mam und Paps viel bequemer ist.

Ich springe in den Bus. Die Tür hinter mir schließt sich zischend. »Das war knapp, junge Dame«, sagt der Busfahrer.

Ich ziehe eine Streifenkarte aus meiner Tasche und schiebe sie in den Automaten. *Ping!*

Ja, das war knapp, junge Dame.

Mit dem Kichern der Besserwisserin im Ohr lasse ich mich in einen Sitz ganz hinten fallen. Ich kann nicht anders, muss aus dem Fenster schauen. An den Fahrradständern steht die Bulldogge. Ihr gegenüber Tilli und Adina. Zwischen den beiden ist mehr Platz als sonst. Viel mehr Platz.

Beste Feindinnen für immer.

LUCIFER

Wut

Lucifer schwitzt. Er wischt sich mit dem Ärmel über die Stirn, spürt aber sofort neue Schweißperlen aus seinen Poren treten. Widerlich!

Er hasst es, dass die Sünderin diese Reaktion in ihm ausgelöst hat. Sie hat ihn überrumpelt und das allein durch ihre Anwesenheit. In der Sporthalle. WÄHREND die Aufnahme lief. Verdammt!

Wie war das möglich?

Dabei hat Lucifer – nachdem er für Rena das Türschloss zum Sekretariat geknackt hatte – mit eigenen Augen gesehen, dass die Sprechen-Taste nicht einrastet. Man muss sie die ganze Zeit gedrückt halten. Wie konnte Rena also in der Sporthalle auftauchen? Sie muss die Anlage irgendwie manipuliert haben!

Aber was ihm an Renas Auftauchen am meisten gegen den Strich geht, ist nicht das Wie, sondern das Warum. Ihr suchender Blick war Antwort genug. Das Miststück dachte, es könnte ihn austricksen!

Und dafür muss sie bezahlen. Fakt.

Niemand legt sich mit dem Teufel an!

In Lucifers Handflächen juckt es. Die Wut packt ihn, tobt und brüllt in ihm. Die Sünderin hat ihn provoziert. Großer Fehler! Und wenn sie das jetzt noch nicht begriffen hat, dann kapiert sie es spätestens mit der nächsten Todsünde.

Obwohl alles in ihm danach schreit, sie wissen zu lassen, dass sie sich mit dem Falschen angelegt hat, reißt er sich zusammen. Zähneknirschend tippt er eine Nachricht in sein Handy.

Gut gemacht.

Soll sie sich ruhig in Sicherheit wiegen, glauben, dass nach den bestandenen Todsünden alles wieder normal wird. Dass sie einfach weiterleben kann wie bisher. Als Märchenerzählerin in ihrem Lügenschloss. Dass nach der siebten Todsünde von ihrem Leben mehr übrig bleiben wird als ein Schlachtfeld.

Ein Gedanke versüßt ihm die Vorfreude auf diesen Moment: Die Schulleiterin wird keine andere Wahl haben, als Renas Eltern anzurufen. Endlich fällt das Lügenschloss über ihr zusammen. Lucifer kann sich entspannt zurücklehnen und die Show genießen. Egal welche Strafe die Sünderin nun erwartet, Lucifers Gericht wird härter sein. Er freut sich schon auf die nächste Todsünde. Die wird ihr letztes bisschen Kampfgeist im Staub ersticken.

Dann wird sie diejenige sein, die schwitzt und sich wünscht, Lucifer niemals provoziert zu haben.

JOE

Bist du schon mal getaucht und hast das Licht von unten auf der Wasseroberfläche tanzen sehen? Nein? Dann hast du was verpasst, echt, Mann! Auf Wasser ist Licht am schönsten. Das ist … keine Ahnung, irgendwie … magisch.

Wenn ich beim Training war oder bei einem Wettschwimmen mitgemacht hab, bin ich einfach immer auf das Licht zugeschwommen. Alles andere wurde unwichtig. Die Welt um mich herum ist zerfallen. Wo meine Gegner waren. Wer sie waren. Was ich zu verlieren hatte. Das Brüllen meiner Muskeln. Das Brennen meiner Lunge. Das Hämmern meines Herzens. Das Publikum. All das war da, aber es erreichte mich nicht mehr. Ich hatte Wasser im Kopf und im Herzen. Das Licht war mein Ziel.

Ich hätte nie gedacht, dass mir beides mal zum Verhängnis werden würde. Aber wir wissen ja, wo meine Geschichte endet.

Der Abend, von dem ich dir jetzt erzähle, war Anfang Juni. Wir hatten Training. Und zum ersten Mal bin ich mit der Hoffnung ins Wasser gesprungen, etwas ganz Bestimmtes ausblenden zu können. Was, fragst du dich jetzt sicher. Es war die Antwort auf die Frage, warum Glassplitter von Renas Brautkleid gefallen waren. Sie landete in Form einer Audiodatei in meinem Mailpostfach.

Und es hat geklappt – das mit dem Ausblenden, meine ich. Sobald mein Kopf die Wasseroberfläche durchbrochen hat, war die E-Mail samt Anhang gelöscht. In meinem Kopf war nur

Platz für die wichtigsten Befehle, die von dort an die Muskeln weitergeleitet wurden. Reine Bewegungsabläufe.

Beinschlag. Arme. Beinschlag. Arme. Beinschlag. Arme.

Kopf zur Seite drehen.

Atmen.

Beinschlag. Arme. Beinschlag. Arme. Beinschlag. Arme.

Kopf zur Seite drehen.

Atmen.

Beinschlag. Arme. Beinschlag. Arme. Beinschlag. Arme.

Wende.

Eine letzte Bahn noch.

Mein Herz war das eines Kolibris – eintausend Schläge pro Minute. Aber als ich mit den Fingern die Wand berührt hab und aufgetaucht bin, lief die Audiodatei wieder wie auf Knopfdruck in Endlosschleife durch meinen Kopf. Oder besser gesagt, die Stimme meiner Freundin, denn keine andere war darin zu hören.

Rena.bitch@gmx.de, das war der Absender der Mail.

Allein bei der Erinnerung an Renas Tonfall in der Aufnahme bin ich wütend geworden. Verdammt wütend! Seit ich die Aufnahme gehört hatte, bin ich ihr aus dem Weg gegangen.

Was sie in der Aufnahme gesagt hat? Ich sag's mal so: Olivias Auto wurde an dem Tag, als wir ein Brautkleid für die Modenschau ausgesucht haben, abgeschleppt. Und das nicht, weil sie vor einer Feuerwehrzufahrt geparkt hatte. Aber viel wichtiger ist, in welchem Tonfall Rena erzählt hat, was sie getan hat. Sie war aufgeregt, hat gekichert, klang geradezu … stolz.

Das Einzige, was in der Mail von *Rena.bitch@gmx.de* stand, war: *Sie sieht aus wie ein Engel, aber du weißt, wer sie in Wahrheit ist, oder?*

Und genau diese Frage war es, die mich neben der Aufnahme einfach nicht in Ruhe lassen wollte. Denn inzwischen kannte ich die Wahrheit. Und nur Schwimmen hat es geschafft, mich von ihr abzulenken.

Aaron kam vier Sekunden nach mir an. Obwohl ich allein mit Atmen schon beschäftigt genug gewesen bin, musste ich grinsen. Seit wir umgezogen waren, hatte ich so hart trainiert wie noch nie. Das Training hat mich abgelenkt. Vom Arsch der Welt und von meiner Freundin. Und von Tilli, denn an die musste ich mindestens genauso oft denken. Wenigstens waren das gute Gedanken.

»Wir haben Besuch«, hat Aaron gesagt.

Ich bin seinem Blick gefolgt, und mein Herz ist kurz stehen geblieben. Tilli. Sie saß in der dritten Reihe, an der Treppe, als hätte sie sich einen Platz nahe am Ausgang gesucht, um jederzeit verschwinden zu können.

Gustavo hat noch eine Rede über Teamgeist geschwungen, aber ich hab kaum zugehört. Tilli war hier, in der Schwimmhalle. Ich war eine Motte, und Tilli war mein Licht. Ich konnte nicht anders, ich musste einfach zu ihr.

Als die anderen in Richtung Duschen verschwunden sind, bin ich noch ein paar Bahnen geschwommen. Aaron ist auch gegangen. Keine Ahnung, ob er es kapiert hat oder ob er dachte, ich wäre einfach nur scharf auf das Siegertreppchen.

Als ich sicher war, dass alle weg sind, bin ich aus dem Wasser gestiegen und zur Tribüne rüber. Aber Tilli war nicht mehr an ihrem Platz, und für einen Moment hatte ich Angst, sie wäre gegangen. Aber dann hab ich sie im Treppenaufgang entdeckt.

Ich bin zu ihr, wollte sie fragen, ob sie hinter *Rena.bitch@gmx.de* steckt. Eigentlich war ich mir sogar ziemlich sicher. Aber was aus meinem Mund kam, war etwas anderes. »Du bist hier.« Mehr nicht. Nur das. Jaja, lach nur!

Tilli hat mich angesehen, so ganz direkt. War nicht schwer zu erkennen, dass sie Angst hatte. Nicht vor mir, eher davor, was als Nächstes passieren würde. Wir haben es beide gewusst.

Sie war gekommen. Nicht, um mich schwimmen zu sehen, oder zumindest nicht nur deshalb. Sie war gekommen, um mit mir allein zu sein. Und genau das waren wir jetzt. Allein. Zusammen. Seit Monaten hatten wir uns durch Blicke unterhalten, ganze Bücher hätte man damit füllen können. Und jetzt, wo wir zum ersten Mal hätten richtig miteinander sprechen können, wollte keiner von uns etwas sagen.

Um irgendetwas zu tun, hab ich mir die Haare aus den Augen geschüttelt. Ein Wassertropfen ist direkt auf ihrer Unterlippe gelandet. Bevor ich darüber nachdenken konnte, hab ich die Hand ausgestreckt und den Tropfen weggewischt.

Tilli hat sich keinen Millimeter bewegt, hat mich nur aus ihren großen Augen angesehen.

Da hab ich mich gefühlt, als wäre ich zurück im Wasser. Alles um mich herum hat an Bedeutung verloren, bis auf Tilli. Das Licht. Mein Ziel. Da war nur noch ihr Gesicht. Ihre rosa Wangen, ihr leicht geöffneter Mund und mein Daumen auf ihrer Unterlippe.

Ihre Lippe hat angefangen zu zittern. Ich wollte nicht, dass sie Angst hat, aber mir ist es nicht viel besser gegangen. Unsere Blicke waren fest ineinander verhakt. Keiner von uns hat weggesehen. Keiner von uns hat aufgehört zu reden. Und doch nichts gesagt.

Sie macht einen Schritt auf mich zu. Plötzlich ist alles ganz klar. Ganz einfach. Ich bin die Motte, aber in diesem Moment ist es das Licht, das auf mich zukommt.

Meine Hand wandert unter Tillis Kinn. Ich beuge mich zu ihr runter, bis mein Mund nur einen Fingerbreit von ihrem entfernt ist. Ihr warmer Atem berührt mein Gesicht.

Tilli ist mein Wasser, das die Welt für mich ausblendet. Seit einer Ewigkeit ist Tilli mein Licht, das alles andere im Schatten verschwinden lässt.

Ein Teil von mir befürchtet, dass sie den Schritt auf mich zu wieder zurücknimmt. Dass sie davonläuft und mir klar wird, dass ich mir all die Worte in ihren Blicken nur eingebildet hab. Aber sie rührt sich nicht. Aus ihren Augen spricht so viel Verzweiflung, so viel Angst, so viele Fragen, die ich ihr nicht beantworten kann. Nicht, weil ich nicht will, sondern weil ich selbst der König der Ahnungslosen bin. Gefangen in ihrem Licht, das alle meine Ängste überstrahlt.

Die letzten Zentimeter, die uns trennen, verschwinden einfach. Als würde die Schwimmhalle schrumpfen und uns zueinanderschieben.

Unsere Lippen berühren sich. In diesem Moment gibt es nichts, was ich mehr will. Ich spüre, dass es das Richtige ist. Tilli ist hier, bei mir. So einfach kann es sein.

Ich ziehe sie an mich. Noch näher als nah. Mir ist völlig egal, dass ich tropfnass bin. Alles ist egal.

Licht und Dunkelheit.

Rena.bitch@gmx.de.

Die Audiodatei.

Meine Freundin. Tillis Freundin.

Da waren nur Tilli und ich. Das Licht und die Motte. Umgeben von Wasser. Und um uns herum ist die Welt in Schatten versunken.

Glaub es oder nicht, aber genau so war es.

Du wolltest meine Geschichte hören, das ist sie. Tilli gehört dazu, genau wie Rena. Mit ihnen hat alles angefangen.

Licht und Dunkelheit.

Mit ihnen endet es.

RENA

Mittwoch, 15. September, 10.32 Uhr
(50 Tage, 13 Stunden und 47 Minuten danach)

Ich habe mich auf der Suche nach Zimmer 237 in den weißen Einheitsfluren verlaufen. Von Minute zu Minute bin ich überzeugter, dass die Architekten des Krankenhauses insgeheim lieber ein Labyrinth gebaut hätten. Der beißende Geruch von Desinfektionsmittel sticht mir in die Nase, als hätte jemand Duftbäumchen der Marke »Hospital Flair« aufgehängt.

Endlich stehe ich vor der richtigen Tür. Ich hebe die Hand, um anzuklopfen.

Was willst du denn da?

Sehen, wie es ihr geht.

Und?

Herausfinden, ob sie sich an den Angreifer erinnert.

Und?

Sagen, dass es mir leidtut.

Was genau? Dass du für ihre Bruchlandung in der Cafeteria verantwortlich warst? Die Sache mit dem demolierten Auto? Dass du sie in der Umkleide eingeschlossen hast? Oder dass sie deinetwegen von Lucifer überfallen wurde?

Die Tür vor mir öffnet sich. Mit erhobener Hand erstarre ich, was für mein Gegenüber so aussehen muss, als würde ich ihm auf die Brust klopfen wollen. Nichts liegt mir ferner. Das Gefühl, in einer Fahrstuhlkabine ungebremst einen Schacht runterzurauschen, lässt meinen Magen hüpfen. Ich sehne mich danach, mich am Türrahmen festzuklammern, aber mein Körper reagiert auf keinen Befehl, und auch meine zur Faust geballte Hand bleibt, wo sie ist.

Ich kann nichts anderes tun, als mein Gegenüber anzustarren. Wäre die Zeit stehen geblieben, hätte ich mich für immer in diesen eisblauen Augen verloren, die mir einerseits so vertraut und andererseits durch die Abscheu, die in ihnen liegt, absolut fremd erscheinen.

Aber es sind nicht nur die Augen, auch sonst glaube ich für eine Millisekunde, dass mir eine ältere Version von Joe gegenübersteht. Ein Zukunfts-Joe. Ein lebendiger, dafür ein paar Jahre gealterter Joe.

Die gerade Nase. Der kantige Kiefer. Die breiten Schultern. Sogar der Haarschnitt – an den Seiten millimeterkurz rasiert, dafür oben umso länger und zerzauster – erinnert mich an ihn. Warum ist mir vorher nie aufgefallen, wie ähnlich sich die Brüder sehen?

Da fällt es mir auf. Die Polizeiuniform fehlt! Zum ersten Mal sehe ich Pascal in Jeans und schwarzem T-Shirt. Joes Lieblingsoutfit.

Für einen Moment scheint Pascal genauso erstaunt und sprachlos zu sein wie ich, doch er fängt sich wesentlich schneller. »Was willst du denn hier?«, fragt er, als wären wir in einem Verhör, und spricht damit genau das aus, was mir auf der Zunge liegt. Ist er hier, um Olivias Aussage aufzunehmen? Aber warum ist er dann in Zivil unterwegs?

»Ich … äh … also …« Im Stillen verfluche ich mich, wobei ich da keinerlei Probleme habe, die richtigen Worte zu finden.

Früher wäre mir das nie passiert. Im Gegenteil. Als Mara in der Sechsten in unsere Klasse gekommen ist, habe ich am meisten gelacht, wenn sie vor lauter Stottern keinen vernünftigen Satz zustande gebracht hat. Dauernd habe ich sie damit aufgezogen. Heute werde ich schon beim Gedanken an mein Verhalten rot.

»Du … äh … also?«, äfft Pascal mich nach, während sein Blick von meinem Gesicht zu der immer noch erhobenen Hand wandert.

Langsam lasse ich sie sinken, bis sie wie ein Fremdkörper neben meiner Hüfte baumelt. Waren meine Arme schon immer so lang? Das fühlt sich alles falsch an.

Ich räuspere mich, schinde Zeit, um mir zwei einfache Sätze zurechtzulegen, bis mein Hirn den Schock verdaut hat. »Ich wollte Olivia besuchen«, bringe ich heraus. »Unten am Empfang hat man mir gesagt, dass sie von der Intensivstation hierherverlegt wurde.«

Pascals Augenbrauen schieben sich über der Nasenwurzel zusammen. »Und du denkst, sie will ausgerechnet dich sehen?« Er tritt auf den Gang hinaus, sodass ich einen Schritt zurück weichen muss, um nicht mit ihm zusammenzuprallen.

»Nein.« Absolute Ehrlichkeit, das ist die Waffe, mit der ich in diesen Kampf ziehe. Zumindest vorerst.

Um seine Mundwinkel zuckt es. Damit hat er nicht gerechnet. »Warum bist du dann hier?«

»Ist das ein Verhör? Musst du mich dann nicht erst über meine Rechte aufklären?« Ich will nicht so ätzend klingen, mir nicht selbst den Stempel aufdrücken, den er schon seit unserer ersten Begegnung für mich ausgewählt hat. Zwar hat er nie etwas in dieser Richtung zu mir gesagt, aber manche Leute brauchen keine Worte, um ihre Abscheu zu zeigen, die können das mit den Augen.

»Wenn du meine Freundin einsperrst, nur um ihr ein Kleid und zwei Minuten im Rampenlicht zu klauen, geht mich das sehr wohl etwas an.«

»Freundin?«, rutscht es mir heraus. Die beiden sind ein Paar?

Joes Beerdigung kommt mir in den Sinn. Olivia, die neben Pascal in der ersten Reihe sitzt. Deshalb also.

Dann hat sie sich wohl den anderen Bruder unter den Nagel gerissen. Zum Glück ist sie schon achtzehn, wäre sonst echt creepy.

Gerne hätte ich diesen Gedanken der Besserwisserin in die Schuhe geschoben, aber in Wahrheit kam er von uns beiden. Wie aus einem Mund. Und im selben Moment schäme ich mich dafür.

Pascal verschränkt die Arme, und ich kann sehen, wie sich seine Brustmuskeln unter dem Shirt abzeichnen. Falls aus der Schwimmerkarriere nichts geworden wäre, wollte Joe Polizist werden, genau wie sein Bruder. Man musste kein Genie sein, um zu erkennen, dass Pascal für ihn mehr gewesen ist als nur ein Bruder. Ein bester Freund. Ein Vorbild.

»Ist schon okay!«, ruft Olivia aus Zimmer 237, dessen Tür immer noch offen steht. Sie klingt, als würde sie sich beim Sprechen die Nase zuhalten. Noch nie hat es so gutgetan, ihre Stimme zu hören.

Pascal lässt die Arme sinken, doch die Ader, die an seinem Hals pulsiert, verrät, was er wirklich davon hält. Widerwillig macht er einen Schritt zur Seite.

Ich gehe an ihm vorbei, da packt er mich am Arm, zieht mich ganz nah zu sich heran. »Jeden Abend bete ich, dass du verreckst!«

Ich erstarre. Sein warmer Atem streift mein Ohr und verpasst mir eine Gänsehaut. Dann erst wird mir klar, was er gerade gesagt hat. Er betet? Soll das eine Anspielung sein? Mein Blick wandert die pulsierende Ader hinauf, über seine verhärtete Kiefermuskulatur bis zu seinen Augen. Der Abgrund in ihnen ist so tief, dass ich Angst habe, für immer zu fallen, wenn ich noch länger hineinsehe.

Ich hoffe, dass der Brief, den ich ihm und seinen Eltern geschrieben habe, wirklich ungelesen in den Mülleimer gewandert ist. Denn nun erkenne ich, dass die Wut, die in Pascal tobt wie ein Feuersturm, nicht durch Worte verrauchen, sondern nur noch höher auflodern würde. Ganz egal, was ich sage, es käme einem Sprühnebel aus Benzin gleich.

Mein Arm pocht, und meine Finger werden taub, so stark drückt er zu. Doch ich gebe keinen Mucks von mir, senke nur den Blick und warte.

Warte.

Warte.

Es hilft. Er lässt von mir ab.

»Zehn Minuten«, knurrt er. »Dann verschwindest du und kommst am besten nie wieder in ihre Nähe!«

Ohne ihn noch einmal anzusehen, schüttle ich den Arm und betrete das Zimmer.

»Was willst du mir diesmal stehlen?«, begrüßt Olivia mich, als ich vor dem einzigen Bett im Zimmer stoppe. »Meinen Tropf? Oder das sexy Nachthemd? Aber ich muss dich warnen, es ist am Rücken offen. Jeder kann deinen Hintern sehen.« Ihre Worte sind das reinste Minenfeld. Es grenzt an Magie, nicht auf eine zu treten. Doch als ich ihr ins Gesicht sehe, vergesse ich alles, was sie gesagt hat.

»Oh Gott, Olivia!«, stoße ich hervor. Zwar sieht sie nicht so schrecklich aus wie in meiner Erinnerung, aber sie in diesem Krankenbett zu sehen, macht es endgültig … real.

Ihr Kopf und das rechte Auge sind bandagiert. Jetzt verstehe ich auch, warum ihre Stimme so komisch klingt. Ihre Nase ist dunkelviolett verfärbt, und dort, wo ein weißes Klammerpflaster klebt, macht sie einen unschönen Knick.

»Hübsch, was?«

Meine Knie geben nach, und ich sinke auf den Stuhl neben ihrem Bett. »Wirst du wieder … Na ja … gesund?«

Sie mustert mich misstrauisch, zumindest glaube ich das. »Die Gehirnerschütterung ist halb so schlimm, wie sie anfangs befürchtet haben. Deshalb durfte ich jetzt schon von der Intensiv. Aber hätte mein rechtes Auge noch ein bisschen mehr abgekriegt, wäre es blind.« Sie zuckt ganz vorsichtig mit den Schultern, als müsste sie erst testen, ob der Schmerz erträglich ist. »So wie es aussieht, habe ich Glück gehabt.«

»Ja«, murmle ich. *Glück,* das muss es wohl gewesen sein.

»Gestern, als ich dich nach meinem Auto gefra –«

»Habe ich nur so getan, als hätte ich keine Ahnung, was du meinst«, gestehe ich sofort. Leugnen hat jetzt keinen Sinn mehr. Ich nicke zu dem Handy, das auf dem kleinen Tisch neben ihrem Bett steht. »Schätze, du hast schon von meiner kleinen Beichte gehört?«

Sie nickt. »Warum hast du das getan?« Sie scheint keinen Moment daran zu zweifeln, dass ich die Aufnahme über die Gegensprechanlage veröffentlicht habe.

Ich zucke mit den Schultern. Keine Antwort ist auch eine Antwort.

Pascal setzt sich auf die Bettkante. Seine Miene ist verschlossen.

Ich wende mich wieder Olivia zu. »Falls dich das tröstet: Die Chancen stehen gut, dass sie mich von der Schule werfen. Und natürlich komme ich auch für die Reparaturkosten an deinem Auto auf. Das hätte ich längst tun sollen.«

Schreib's auf den Deckel, säuselt die Besserwisserin.

Mein Blick bleibt an einem gerahmten Kunstdruck gegenüber von Olivias Bett hängen. Eine unglücklich dreinblickende Bulldogge im rosa Tutu. Vielleicht ist sie auch total aus dem Häuschen, so genau kann man das bei Bulldoggen ja nie sagen. Sofort kommt mir das Gesicht der Schulleiterin in den Sinn. Ob sie schon mit Mam oder Paps telefoniert hat?

Allein der Gedanke daran, dass das Sündenspiel noch nicht mal annähernd vorbei ist, lässt mich erschauern. Aber davon erzähle ich Olivia nichts. Ich darf nicht. Und ich will nicht.

»Ich denke, du kannst jetzt damit aufhören.«

Verdutzt starre ich Olivia an. Sie streicht die Decke über ihren Knien glatt. Wie alles im Krankenhaus wirkt auch ihre Bettwäsche dank des kalten Weißtons steril.

»Womit?«

»Mit deiner Selbstkasteiung. Erst die Demütigung auf dem Laufsteg und dann auch noch heute in der Schule.« Obwohl Olivia starke Schmerzen haben muss, schafft sie ein halbseitiges Lächeln. Es wirkt weder gehässig noch schadenfreudig. Wie kann sie nach allem, was ich ihr angetan habe, immer noch so nett zu mir sein?

»Darf ich dich etwas fragen?« Ich konzentriere mich auf das eine, nicht bandagierte Auge, das so dunkel schattiert ist, als hätte sie nach einer durchtanzten Nacht vergessen, ihre Smokey Eyes abzuschminken.

»Wenn nicht jetzt, wann dann?«

Entwaffnende Ehrlichkeit. Also los! »Warum hasst du mich nicht?«

Pascal gibt ein Schnauben von sich. Er und die Besserwisserin würden sich bestimmt super verstehen.

Ich sehe Olivia an, dass sie diese Frage beschäftigt. »Ich hab meine Wut auf dich auf andere Weise … abgebaut. Mein kleiner Bruder ist schon sauer auf mich, weil er seine Dartscheibe zurückhaben will.«

Ich runzle die Stirn. »Dartscheibe? Was …?«

»Nach der Aktion mit meinem Auto habe ich ein Foto aus deinem Instagram Feed runtergeladen und draufgeklebt.« Sie gluckst. »Und glaub mir, ich bin inzwischen echt gut im Treffen.«

Okay, das habe ich verdient. »Du hättest mich wegen deinem Auto auch anzeigen können.« Wäre sie damals schon mit Pascal zusammen gewesen, hätte sie das sicher längst getan.

»Ich hatte keine Beweise. Nur ein Gefühl. Und wegen einer demolierten Windschutzscheibe kommt nicht gleich das FBI, um Fingerabdrücke zu nehmen. Es hätte Aussage gegen Aussage gestanden, und diesen Kampf hätte ich so oder so verloren.«

»Dann tu es jetzt!« Habe ich sie gerade dazu aufgefordert, mich anzuzeigen? Merkwürdigerweise meine ich es aber genauso ernst, wie ich es gesagt habe. Es wird Zeit, dass ich für die Dinge geradestehe, die ich verbockt habe.

Da hast du aber eine ganze Menge vor dir!

Pascal strafft die Schultern. Er sieht aus, als würde er nach einem Notizblock greifen wollen, doch dann scheint er zu merken, dass er seine Uniform nicht trägt.

Olivia legt die Hand auf seine. »Ich denke, das ist nicht nötig. Im Rachenehmen war ich noch nie besonders gut.«

Du könntest ihr da sicher jemanden empfehlen, nicht wahr?

Der Lügenberg unter der Besserwisserin erzittert.

»Und woher kommt der Sinneswandel?«

»Wenn man im Krankenhaus aufwacht und gesagt bekommt, dass man gerade dem Tod von der Schippe gesprungen ist … glaub mir, das ändert alles.«

Weißt du, was sie damit sagen will?, flötet die Besserwisserin. *Dass du es nicht wert bist, ihr Leben zu versauen!*

Mich überkommt der Drang, hier zu verschwinden. Ich will das Gespräch so schnell wie möglich beenden. Nur noch eine Sache muss ich herausfinden. Mein Herzschlag legt einen Zahn zu. »Weißt du, wer dir das angetan hat?«

Olivia schließt ihr Auge, als würde sie versuchen, die Bilder der letzten Nacht heraufzubeschwören. Dann seufzt sie und sieht mich an. »Ich weiß noch, dass ich mit Mara raus auf den Parkplatz gegangen bin. Aber danach …« Sie schüttelt den Kopf, hält aber sofort inne und verzieht das Gesicht. »Nichts. Als wären meine Erinnerungen von einem riesigen schwarzen Loch verschluckt worden.«

Enttäuscht lasse ich die Schultern sinken. »Wie stehen die Chancen, dass sie wiederkommen?«

»So genau kann das keiner sagen. Aber selbst wenn, glaube ich kaum, dass viel dabei rauskommt. Es war dunkel, und der Typ ist bestimmt nicht so blöd gewesen, mir sein Gesicht zu zeigen.«

»Typ?«

»Ist so ein Bauchgefühl.«

Also sind Tilli und Adina offiziell aus dem Rennen?

Ich spüre Pascals Blick auf mir, sehe ihn aber weiterhin nicht an. Er nimmt Olivias Hand, die in seiner so blass und zerbrechlich wirkt, als wäre sie aus Porzellan. »Du solltest dich ausruhen«, sagt er so liebevoll, dass mir jedes Wort scharf wie eine Messerklinge in die Brust sticht. »Das mit der Anzeige wegen deinem Auto besprechen wir später.«

Olivia nickt, gibt aber im gleichen Moment ein unterdrücktes Stöhnen von sich. »Dabei war es doch gerade so lustig.«

Ich springe auf. Der Stuhl hinter mit wippt bedrohlich, fällt aber nicht um. »Ich sollte sowieso los.« Demonstrativ werfe ich einen Blick auf meine Armbanduhr. »Mein Bus kommt gleich, den darf ich nicht verpassen.« In Wahrheit habe ich keinen blassen Schimmer, wann der nächste Bus fährt.

Aus dem Augenwinkel bemerke ich, wie Pascal den Kopf hebt. »Du findest bestimmt alleine raus.«

Zu gerne würde ich ihm ein letztes Mal in die Augen sehen. Nur um mich für einen Moment der Illusion hinzugeben, er sei ein zeitreisender Joe aus der Zukunft. Immer noch angewidert von mir. Aber vor allem am Leben.

Ich tue es nicht. Weil ich weiß, dass es mich zerstören würde. Genauso wie ein abstinenter Alkoholiker weiß, was passiert, wenn er an einer Wodkaflasche riecht.

»Okay.« Ich nicke Olivia zu. »Hoffentlich wirst du bald wieder gesund.« Zuerst komme ich mir blöd vor, als ich zum Abschied winke, aber dann hebt auch Olivia kurz die Hand.

Mich durchzuckt das Verlangen, sie zu umarmen. Aber so schnell, wie es aufgekommen ist, verschwindet es auch wieder. Nur weil Olivia den Blickwinkel auf mich geändert und entschieden hat, dass ich die Dartpfeile nicht wert bin, die sie auf mein Foto geworfen hat, sind wir noch lange keine Freundinnen. Auch wenn ein Teil von mir wünscht, es wäre so.

Olivia ist das stärkste Mädchen, dem ich je begegnet bin. Ich habe sie erniedrigt, wie Dreck behandelt und in Lebensgefahr gebracht. Gut, von Letzterem weiß sie nichts, aber schon die anderen Dinge hätten gereicht, mich ein Leben lang zu verabscheuen. Aber sie tut nichts dergleichen. Am Ende bin ich ihr vermutlich einfach egal. Und darum beneide ich sie. Wäre ich auch so gelassen mit Joes und Tillis Verrat umgegangen, wäre heute keiner von uns hier im Krankenhaus.

Auf dem Rückweg vibriert es in meiner Jackentasche. Es erinnert mich mit aller Gewalt daran, dass das Sündenspiel noch andauert. Ich öffne die Nachricht.

> Freust du dich schon auf deine nächste Aufgabe? Trägheit steht auf dem Plan. Ich kann's kaum erwarten!

Was Lucifer nicht ahnt, ist, dass ich nicht vorhabe aufzugeben.

RENA

Mittwoch, 15. September, 12.25 Uhr
(50 Tage, 15 Stunden und 40 Minuten danach)

Im Bus ist es brütend heiß. Als ich die Horde Schüler an der Haltestelle warten sehe, rutscht mein Herz ein Stockwerk tiefer. Großartig! Musste ich ausgerechnet den Bus erwischen, der zum Ende der letzten Stunde ankommt?

Die Türen öffnen sich. Mit gesenktem Blick steige ich aus. Jemand rempelt mich hart von der Seite an. Ich stolpere, schaffe es aber gerade noch, mich an der Fahrplantafel festzuhalten.

»Hey«, entfährt es mir. »Pass doch auf!«

Jurij, einen Fuß schon im Bus, dreht sich zu mir. »Was hast du gesagt?«

Beim Anblick seines Gesichtsausdrucks verschlägt es mir die Sprache. Ein Grinsen spielt um seine Mundwinkel. Und seine Augen! Etwas Unbändiges liegt in ihnen. Als wäre er auf einem irren Trip oder so. Ich kann nicht glauben, dass wir mal ein Paar waren.

Er kommt auf mich zu, breitschultrig, groß. »Was willst du jetzt machen?« Er reckt das Kinn, scheint es darauf anzulegen, mich zu provozieren. Das hat nichts mehr mit dem harmlosen »Psycho«-Niesen von Montagmorgen zu tun. Er versucht nicht mal, seine Abneigung zu verstecken. »Leider habe ich kein Auto, das du demolieren kannst.«

Ich versuche, ihm auszuweichen, aber er stellt sich mir direkt in den Weg und packt mich an der Schulter. »Warum tust du uns nicht allen einen Gefallen und verschwindest? Am besten für immer!« Sein Griff ist fest, aber fühlt sich nicht halb so schlimm an wie der von Pascal.

Ich öffne den Mund, will etwas erwidern, bekomme aber keinen Ton über die Lippen.

»Hände weg!«, knurrt jemand hinter mir.

»Sonst was?« Jurij runzelt die Stirn und sieht an mir vorbei, macht aber keine Anstalten, mich loszulassen.

Ich höre das unverwechselbare Knacken, das entsteht, wenn jemand seine Fingerknöchel zusammendrückt.

»Willst du es rausfinden?« Mo tritt neben mich. Ich muss aufpassen, dass mir nicht die Kinnlade runterfällt. Ausgerechnet der, der sonst für seine stille Art bekannt ist und sich aus allem heraushält, hilft MIR?

Ich sehe zu ihm hoch. Wie immer trägt er die Cap seines Vaters. Heute hat er sie so tief ins Gesicht gezogen, dass seine Augen unterhalb des Schilds kaum auszumachen sind.

»Ist schon …« *Okay* – das Wort liegt auf meiner Zunge, ich muss es nur noch aussprechen. Damit Mo begreift, dass ich mit meinem Ex-Freund alleine zurechtkomme. Dass ich seine Hilfe nicht brauche. Aber das Wort will einfach nicht raus.

»Okay?«, spricht Mo es für mich aus. Dabei legt er den Kopf schief, als müsste er etwas in seinem Inneren sortieren. »Nein, ist es nicht!«

Jurij sieht von Mo zu mir. »Wusste gar nicht, dass du einen Aufpasser hast.« Seine Hand auf meiner Schulter wird schwer.

»Ich habe gesagt, du sollst sie loslassen!« Diesmal ist Mos Stimme ganz leise, doch die Drohung, die in seinen Worten mitschwingt, ist unüberhörbar.

»Warum nimmst du sie in Schutz? Hast du nicht gehört, was sie mit Olivia abgezogen hat?«

Mo schnalzt mit der Zunge. »Erst letzte Woche habe ich

gesehen, wie du einen Fünftklässler abgezockt hast. Vielleicht legst du dich mal mit Leuten an, die es mit dir aufnehmen können?« Er macht einen Schritt auf Jurij zu und lässt erneut einen Fingerknöchel knacken.

»Schon gut, schon gut.« Jurij hebt so schnell die Hand von meiner Schulter, als wäre ich giftig. »Glück gehabt, Rena-Schatz.« Er wirft mir einen vielsagenden Blick zu. Dann verschwindet er im Bus.

»Danke.« Ich atme auf und suche Mos Blick im Schatten der Cap. »Aber warum hast du mir geholfen?«

»Das weißt du genau«, sagt er, wobei er nicht viel freundlicher klingt als eben bei Jurij.

Fragend sehe ich ihn an.

»Weil ich dich noch brauche.«

Mein Mund klappt auf. »Was?«

Der Motor des Busses springt an. Mo steigt ein.

»Du kannst doch jetzt nicht –« Die Türen rumsen zu.

Ich schirme mit der Hand meine Augen ab. Der Bus fährt an. Gesichter kleben an den Scheiben, glotzen mich an. Das Tier. Die Abartige. Als hätten sie eine Safari gebucht.

Ich beobachte Mo, der den Gang bis nach hinten durchgeht und sich an den letzten freien Fensterplatz setzt. Als er auf meiner Höhe ist, tippt er kurz an das Schild seiner Cap. Als wären wir Verbündete. Der Totenkopf darauf schaut grimmig. Dann sehe ich nur noch die Rückseite des Busses, und schon bald verschwindet auch die hinter der nächsten Hausecke.

Würde passen …

Was?

Mo als Teufel höchstpersönlich.

Aber warum sollte er das tun?

Er ist ein Freak – reicht das nicht als Begründung?

Du spinnst doch!

Weil ich dich noch brauche, äfft die Besserwisserin Mo nach. *Ist doch klar, wofür!*

Sicher hat er etwas ganz anderes damit gemeint.

Ach, und was? Glaubst du, er ist heimlich in dich verschossen? Dein Ritter in glänzender Rüstung?

Die Sonne knallt mir mit der Kraft eines Flammenwerfers auf den Kopf. Ich stelle mir vor, wie die Besserwisserin darin qualvoll verbrennt, zusammen mit dem Lügenberg und allem, was darunter vergraben liegt. Dass sie auch dieses Mal recht haben könnte, behagt mir überhaupt nicht.

Bisher hat jeder meiner Verdächtigen ein eindeutiges Motiv. Tilli, Aaron, Pascal … sie hassen mich aus einem nachvollziehbaren Grund. Joes Tod. Ein besseres Motiv gibt es nicht. Aber wenn Mo tatsächlich Lucifer ist, wie lautet dann seins?

Wir gehen in dieselbe Klasse, aber damit enden unsere Gemeinsamkeiten auch schon. Warum sollte er also ein Interesse daran haben, mich zu quälen? Mich bloßzustellen?

Er und Joe waren keine Freunde. Um ehrlich zu sein, weiß ich nicht mal, ob Mo überhaupt Freunde hat. Seit sein Vater gestorben ist, hat er sich immer mehr zurückgezogen. Der Junge mit der Cap. Was darunter vor sich geht, weiß keiner. Ist es also wirklich so einfach, wie die Besserwisserin behauptet? Sind bei Mo ein paar Sicherungen durchgebrannt? Das würde jedenfalls gut zu den Überfällen auf Lou und Olivia passen …

Ich zupfe am Ausschnitt meines T-Shirts, das an mir klebt wie eine zweite Haut. Hoffentlich kann ich unter dem Wellblechdach bei den Fahrradständern eine Schattenpause einlegen. Als ich dort ankomme, vergesse ich den Gedanken sofort wieder. Nur noch ein Fahrrad steht da. Unübersehbar.

Fassungslos starre auf das, was heute Morgen noch ein schneeweißes Mountainbike war. Mindestens eine Rolle Klopapier ist um den Lenker gewickelt. Platte Reifen. Rahmen,

Speichen und Schutzbleche sind beschmiert mit ... Ist das Blut? Oder nur rote Farbe?

Ich trete näher heran. In meinem Magen rumort es unheilvoll. Ich brauche nicht daran zu riechen, um das dickflüssige und teilweise schon festgetrocknete Zeug als Ketchup zu identifizieren.

Am schlimmsten hat es allerdings meinen Sattel erwischt. Fünf Buchstaben. Ein Wort. Mit ebenso blutrotem Nagellack auf die volle Länge des Sattels gepinselt.

Bitch, liest die Besserwisserin vor und kichert.

»HALT DOCH EINFACH DEINE KLAPPE!«, schreie ich sie an.

In der anschließenden Stille höre ich ein Kratzen. Ich sehe nach unten und bemerke, dass meine Finger von ganz alleine an dem Nagellack auf dem Sattel pulen.

Netter Versuch. Aber du kannst die BITCH nicht einfach abkratzen!

Natürlich bist du noch da.

Wo sollte ich auch hingehen?

Ich atme tief durch, reiße das Klopapier ab und wische damit, so gut es geht, den Ketchup vom Rahmen. Mit der kleinen Luftpumpe, die über meiner Trinkflaschenhalterung klemmt, pumpe ich die Reifen wieder auf. Wenigstens wurden sie nicht aufgeschlitzt. Ich Glückspilz!

Natürlich hätte ich das Fahrrad auch einfach nach Hause schieben können, aber ich will nicht nach Hause. Heute ist Kapellendienst angesagt. Mein Wiedergutmachungsprojekt Nummer eins. Wenn mir schon niemand glauben will, dass ich mich geändert habe, kann ich es wenigstens mir selbst beweisen.

Außerdem entkomme ich so Mam und Paps noch eine Weile.

Ich schwinge mich auf den *BITCH*-Sattel und fahre los.

RENA

Mittwoch, 15. September, 12.50 Uhr
(50 Tage, 16 Stunden und 5 Minuten danach)

Der Wind wirbelt Blätter über die Waldlichtung. Kein Laub, sondern stinknormale weiße Blätter, wie man sie in jedem Drucker oder Kopierer benutzt. Es müssen Hunderte sein. Mindestens! Sie sind überall verstreut, hängen im hohen Gras und in den Ästen der Eichen, die am Rand der Lichtung stehen. Wäre es nicht immer noch so brütend heiß, hätte man die vielen weißen Tupfer im ersten Moment für Schnee halten können.

Ich stelle mein Fahrrad ab und fische eins der Blätter vom Boden. Es ist zusammengefaltet und das Papier von der Sonne aufgewärmt, als hätte ein Kopierer es gerade erst ausgespuckt.

Mit einem unguten Gefühl im Bauch falte ich es auseinander. Es ist die Kopie eines Zeitungsartikels. Ganz oben ist ein Schwarz-Weiß-Foto einer jungen Frau abgedruckt. Das Joker-Lächeln, das ihre Mundwinkel gepackt und nach oben gezerrt hat, wirkt wie eine Grimasse. Die Augen sind starr auf einen Punkt in der Ferne gerichtet. Die Arme hängen schlaff an den Seiten herunter. Diese leblose Schaufensterpuppe hat keinerlei Ähnlichkeit mit mir.

Trotzdem bin ich es. Im Brautkleid. Auf dem Laufsteg.

Ich erinnere mich an das Blitzlicht, das mir am Ende des Laufstegs kurz die Sicht geraubt hat. Nicht mal das Brautkleid schafft es, die Verzweiflung in meinem Gesicht, den ängstlichen

Blick und die dunklen Wangen zu überstrahlen. Über dem Foto steht: BUHRUFE FÜR DEN HÖHEPUNKT DER SPENDENGALA

Fett gedruckte Zitate von Zuschauern springen mir ins Auge.

»SIE IST VÖLLIG DURCHGEDREHT, HAT DAS KLEID GESTOHLEN.«

»SIE STAND SCHON IMMER GERNE IM MITTELPUNKT.«

Die Zeilen verlieren an Substanz, zerfließen vor meinen Augen. Ich blinzle, aber es gelingt mir nicht, sie wieder scharf zu stellen. Hinzu kommt, dass der Artikel auch noch zu wackeln anfängt. Die Worte springen hoch und runter, und ich habe Schwierigkeiten, sie zu fixieren. Meine Hände zittern.

Wenigstens sehen deine Zähne top aus! Perfekte Werbung für die Gemeinschaftspraxis Winterstein – findest du nicht?

»FUCK!« Mein Schrei hallt über die Lichtung. Plötzliches Rascheln, gefolgt von Vögeln, die erschrocken in den Himmel flattern. Wütend zerknülle ich den Artikel und werfe ihn weg, so weit es geht.

Ich packe mein Fahrrad und schiebe es weiter über die Lichtung. Auf einmal fühlt es sich so an, als hätte der Waldrand Augen. Ist derjenige, der die Flugblätter verteilt hat, noch hier? Lauert er irgendwo hinter einem Baum und beobachtet mich? Schatten bewegen sich zwischen den Baumstämmen. Und überall fliegen diese verdammten Blätter herum.

Mein Blick streift die Front der Kapelle.

Ich blinzle. Einmal. Zweimal.

Was zum Teufel?!

Die sonst makellos weiße Front ist nicht wiederzuerkennen. Beschmiert mit schwarzer Farbe. Ein Bild? Worte? Aus der Entfernung kann ich sie nicht entziffern.

Mein Herzschlag beschleunigt sich. Ich renne die restlichen

Meter über die Lichtung, lasse mein Fahrrad gegen die Wand des Schuttcontainers fallen und bremse kurz vor dem Eingang zur Kapelle.

NASTY LITTLE MURDER BITCH!, steht rechts neben der Eingangstür in fetten Buchstaben. Unter jedem wurde ein kurzer Strich an die Wand gesprüht. Links von der Eingangstür prangt ein überdimensionales Galgenmännchen.

Du meinst wohl GalgenMÄDCHEN!

Es hat lange wellige Haare, trägt einen Schleier und ein weit ausladendes A-Linien-Kleid. Ein Brautkleid. In Schwarz. Eine Todesbraut.

So wie du!

Ich hätte mich nicht besser treffen können. Bis auf den Strick um den Hals, denn das Galgenmädchen baumelt bereits.

Das *BITCH* an der Wand sieht anders aus als das auf meinem Sattel. Und obwohl es sehr einfach wäre, dieses Kunstwerk Lucifer in die Schuhe zu schieben, sagt mir mein Bauchgefühl, dass er nichts damit zu tun hat. Es passt einfach nicht zu ihm. Er macht sich nicht die Hände schmutzig. Zumindest nicht so. Er unterstützt mich lediglich bei meiner Selbstzerstörung, schubst mich mit jeder Todsünde ein Stückchen weiter auf den Abgrund zu. Hilft den Leuten dabei, mich von Tag zu Tag ein bisschen mehr zu verabscheuen. Die Früchte seiner Arbeit sehe ich direkt vor mir.

Indem er mich gezwungen hat, mein Geständnis zu veröffentlichen, hat Lucifer den Leuten die Spraydosen geradezu in die Hände gedrückt. Den Nagellack. Den Ketchup. Das Klopapier. Alles andere ist inzwischen zu harmlos. Die Nadelblicke, das Getuschel – all das reicht nicht mehr aus.

Jaja, der Teufel ist an allem schuld! Du hast damit überhaupt nichts zu tun …

Ich bemerke die Sprühdose, die neben dem Eingang zur Kapelle auf dem Boden steht. Schwarz.

Blind vor Wut schnappe ich sie mir. Meine Hand zittert, als ich sie schüttle. Sie ist leichter als gedacht. Die kleine Metallkugel darin klappert laut umher. Ich richte den Sprühkopf auf das Galgenmädchen und drücke –

Nichts passiert. Leer.

»Was tust du da?«

Ich erstarre. Die Hand mit der Sprühdose ausgestreckt. Will mich nicht umdrehen. Will nicht, dass Aarons Blick sich erneut in meinen bohrt.

Eine unbeschreibliche Leere erfüllt mich, so schwer, so groß, dass ich drohe in ihr zu ertrinken. Da ist nur ein einziger Gedanke, der an der Oberfläche glitzert. Er ist tröstlich und zugleich unendlich hoffnungslos. Der Gedanke, dass ich in einem anderen Universum mein Leben nicht so gegen die Wand gefahren habe wie hier. Aber selbst wenn es so ist, werde ich es nie herausfinden. Ich bin an dieses Leben gekettet. Meine Entscheidungen hier zählen! Ist es wirklich erst zwei Tage her, dass Lou mir von den Paralleluniversen erzählt hat?

»Rena?«, fragt Aaron. Seine Stimme klingt nun viel näher. Zu nah. Er soll verschwinden, mich nicht so sehen.

Ich lasse die Hand mit der Sprühdose sinken, schnappe nach Luft. Aber da ist kein Sauerstoff mehr, als hätte jemand die Fenster der Welt geschlossen. Egal wie schnell ich atme, die Luft erreicht meine Lunge nicht. Was ist nur los?

Ich spüre eine Hand an meiner. Aaron nimmt mir die Sprühdose ab. Sie fällt zu Boden.

»Warum hast du das getan?«, fragt er leise. Er klingt nicht wütend, eher … ungläubig. Als hätte er die schwarze Farbe von den Puzzleteilen gekratzt und wäre immer noch so schlau wie vorher. Rena, das Rätsel, das er nicht lösen kann. »Erst die Aufnahme heute in der Schule und jetzt …«

Ich kann mich nicht zu ihm umdrehen. Es geht einfach

nicht! Japsend öffne ich den Mund wie ein Fisch, dem man gerade den Angelhaken aus dem Maul gerissen hat. »Ich … ich … wollte das nicht«, sage ich und meine damit weder die Aufnahme noch das Galgenmädchen.

Ich keuche, pumpe Sauerstoff in meine Lunge. Mehr, immer mehr! Die Buchstaben an der Wand lösen sich in schwarze Punkte auf, die vor meinen Augen tanzen. Ich muss atmen. Schneller! Endlich wieder Luft bekommen.

»Warum hast du es dann getan?«, fragt Aaron, und die Verwirrung ist ihm mehr als deutlich anzuhören.

Er versteht es nicht! Er versteht nicht, dass ich nicht von diesem blöden Galgenmädchen spreche.

Wie sollte er auch?

»Ich wollte … das nicht!«, wiederhole ich, damit er es endlich kapiert. Meine Kehle wird immer enger. Merkt Aaron denn nicht, dass die Luft hier draußen dünn wird? Dass die Welt auf Briefmarkengröße zusammenschrumpft?

»Was denn?«

»Ich bin an allem schuld!«, schreie ich die Wand an und hole geräuschvoll Luft. Atmen! Ich muss mehr atmen!

Eine Hand legt sich auf meine Schulter. Nicht mehr. Nur diese eine kleine Berührung, die zum ersten Mal, seit das neue Schuljahr begonnen hat, kein Anrempeln ist, kein Zudrücken, kein Festhalten.

»Beruhig dich.« Ein unbeholfenes Tätscheln. »Sieh mich an.«

Aber das ist es nicht, was ich hören will. »Was denn?«, keuche ich. »Diesmal kein ›Ja‹ … von dir?«

»Rena, sieh mich an!«, wiederholt er, jetzt eindringlicher.

Ich befehle meinen Beinen zu gehorchen. Sie tun es. Ich hasse sie dafür. Hebe den Kopf, suche Aarons Blick, damit er tun kann, was er immer tut. Finde ihn aber nicht.

Die schwarzen Punkte werden größer.

Mein Hals enger.

Die Welt kleiner.

»Geh … weg von mir!« Ich versuche, ihn abzuschütteln. Aber er legt auch noch die andere Hand auf meine Schulter und zieht mich zu sich heran. So nah, dass ich ihn riechen kann. Eine verwirrend intensive Mischung aus Minze und … Wald? An dem Gefühl zu ersticken ändert das allerdings überhaupt nichts.

»Mach die Augen zu!«

»Warum?«

»Mach einfach. Vertrau mir.«

Ich frage nicht weiter nach. Gleich ist eh alles egal. Gleich wird die Briefmarken-Welt mich zerquetschen. Also tue ich, was er verlangt, und schließe die Augen. Mein Kopf wird schwer, und ich lasse ihn gegen seine Brust sinken.

»Atme ganz ruhig.« Seine Brust vibriert beim Sprechen an meinem Gesicht. »Ein.« Er holt Luft. »Und aus.«

Ich kann seinen Herzschlag hören. Laut und kräftig. Der Motor seines Körpers.

Joes Herz ist für immer verstummt.

»Ein. Und aus.«

Das wird Joe nie wieder tun. Und wer ist schuld?

»Ein. Und aus.«

Wir atmen zusammen. Ein. Und aus. Wobei das Ausatmen länger dauert als das Einatmen.

Ein. Und aus. Ein. Und aus. Ein. Und aus.

Die Schlinge um meinen Hals lockert sich, und die Briefmarken-Welt dehnt sich mit jedem Atemzug weiter aus. Die schwarzen Punkte werden kleiner, hören auf zu tanzen, verschwinden. Zur Sicherheit oder vielleicht auch bloß, weil ich mich schon seit einer Ewigkeit nicht mehr so geborgen gefühlt habe, löse ich mich nicht aus der Umarmung. Noch nicht. Atme mit Aaron. Lausche. Atme. Lausche.

Es ist keine einfache Umarmung. Wahrscheinlich ist es sogar die schwerste unseres bisherigen Lebens. Für Aaron, weil er mich eigentlich hassen will. Weil ich ihm seinen besten Freund genommen habe. Für mich, weil ich mich noch viel mehr hasse, als er es je tun wird. Weil ich alles falsch gemacht habe, was man nur falsch machen kann. Weil ich ich bin und er er ist. WEIL.

»Ich vermisse ihn«, flüstert Aaron.

Alles, was ich zustande bringe, ist ein Nicken. *Ich auch.* Und obwohl Joe und ich eindeutig nicht das Traumpaar waren, das ich mir immer vorgestellt habe, obwohl er mich hintergangen und belogen hat, ist es die Wahrheit.

Was wäre, wenn?

Ja, verdammt, was wäre dann?

»Hast du gewusst, dass Tilli und Joe was am Laufen hatten?«

»Ja.«

Ja. Da ist es wieder, dieses kleine Wort, das so unendlich wehtun kann. Es hat mir beinahe schon gefehlt. Beinahe.

Seine Hände streichen über meine Schultern. »Ich hab's mitgekriegt, weil sie sich nach dem Training getroffen haben.«

Langsam löse ich mich von Aaron.

Er mustert mich und drückt meine Schultern. »Besser?« Als er mich loslässt, kommt es mir so vor, als hätte ich ein Bein verloren und muss nun lernen, ohne es zu stehen.

Ich nicke, fühle mich unbehaglich. Was habe ich mir nur dabei gedacht? Es ist nicht Aarons Aufgabe, mich vorm Ausflippen zu bewahren. Er ist mir nichts schuldig. Im Gegenteil.

Es fühlt sich nicht richtig an, so nah bei ihm zu stehen. Hat er denn keine Angst vor der Pest? Ich mache einen Schritt von ihm weg, stoße mit dem Rücken gegen die Wand. Gegen das Galgenmädchen.

»Du musst aufhören, dich selbst zu zerstören!«, sagt Aaron und deutet zur Wand hinter mir. »Das bringt Joe nicht zurück.«

Ich nicke. Es hätte keinen Sinn, ihm zu erklären, dass ich die Wand nicht beschmiert habe. Er hat mich mit der Sprühdose in der Hand erwischt. Eindeutiger geht es nicht.

»Wie geht es Olivia?«, fragt er, als hätte er gespürt, dass ein Themenwechsel das Beste wäre.

»Woher weißt du …?«

»Pascal hat mir geschrieben, dass du im Krankenhaus warst.«

»Sie wird wieder. Im Gegensatz zu Pascal.«

»Er braucht Zeit. Mehr als du und ich zusammen.«

Ich sage nichts. Am liebsten würde ich jetzt anfangen, die Wand zu schrubben. Zwar gibt es einen Brunnen hinter der Kapelle, aber ohne ein spezielles Lösungsmittel und Bürsten wird das ein Kampf gegen Windmühlen.

»Ich fand das übrigens sehr mutig von dir.«

»Mutig?« Ich versuche, aus seinem Gesicht zu lesen, ob er einen Witz gemacht hat, aber seine Miene bleibt ernst.

»Na, dass du dich bei Olivia entschuldigt hast.«

»Das war nicht mutig.«

»Sondern?«

»Nötig.«

»Okay.« Aaron lächelt. »Das auch.«

Rascheln und Schritte nähern sich. Pfarrer Saile stapft auf uns zu. In der einen Hand hält er einen Plastikeimer, in der anderen einen dicken Papierstapel. Sofort glühen meine Wangen. Wie lange sammelt er das Zeug schon ein? Hat er den Artikel gelesen?

Na und? Glaubst du wirklich, er kann noch schlechter von dir denken?

»Damit können wir am Tag der Neueröffnung ein schönes Lagerfeuer machen.« Mit Schwung pfeffert er den Papierstapel über den Rand des Containers. Als er den Eimer neben meinem Fahrrad abstellt, stutzt er. »Willst du darüber reden?«, fragt er mich.

»Worüber?«

»Die Aufzucht von Pandabären? Warum du ein Brautkleid gestohlen hast? Das Brennmaterial für unser Lagerfeuer? Den Grund, warum ich Wurzelbürsten und Reinigungsmittel gekauft habe? Was da auf deinem Sattel steht?« Er zuckt mit den Schultern. »Such dir was aus.«

Ich bemerke, dass Aaron mich von der Seite mustert. Er hat den *BITCH*-Sattel wohl noch nicht gesehen. Die Hitze breitet sich auf meinen Hals aus. »Ach, das ist nichts.«

»Nichts? Ich wusste nicht, dass *nichts* so rot sein kann.« Der Pfarrer hebt die Augenbrauen. »Du musst da nicht alleine durch, das weißt du, oder?«

»Das mit Ihrer Kapelle tut mir leid«, sage ich leise.

Er lächelt. »Das ist doch nicht meine Kapelle.« Er bückt sich nach dem Eimer zu seinen Füßen und dreht ihn um. Drei Bürsten und eine Plastikflasche fallen auf den Boden. Er zwinkert mir zu. »Manchmal brauchen wir ein Wunder und manchmal einfach nur ein ordentliches Putzmittel, um den alten Dreck loszuwerden.« Mit dem Eimer verschwindet er um die Kapellenecke.

Aaron mustert mich aufmerksam. »Du warst das gar nicht?« Er deutet auf das Galgenmädchen.

»Doch, irgendwie schon«, sage ich tonlos. In der Ferne höre ich das Geräusch einer Pumpe und Wasser, das in einen Eimer spritzt.

»Aber wenn Pfarrer Saile mit Putzmittel hier ankommt, bedeutet das, er war schon vor ein paar Stunden hier, und da muss die Schmiererei schon da gewesen sein.«

Ich zucke mit den Schultern. »Trotzdem.«

Ich glaube, er versteht, was ich sagen will, denn er bohrt nicht weiter nach.

Pfarrer Saile kommt mit dem Eimer zurück. Er ist so voll, dass beim Abstellen Wasser über den Rand schwappt. Er drückt einen ordentlichen Schuss Reinigungsmittel hinein und wirft mir eine Bürste zu. Auch Aaron fängt eine.

»Ich kann das alleine sauber machen«, protestiere ich.

Aaron ignoriert mich einfach, taucht seine Bürste ins Wasser und fängt an, die Wand zu schrubben.

»Das könntest du«, sagt Pfarrer Saile und lächelt mich so freundlich an, dass mir schlecht wird. »Aber du musst nicht.«

Ich will so viel sagen, bekomme aber kein Wort heraus. Stattdessen nehme ich eine Bürste und lege los.

Stumm schrubben wir die Wand, als hätten wir nie etwas anderes getan. Schon bald zerläuft das Gesicht des Galgenmädchens unter meinen kreisenden Bewegungen in schwarzen Farbbahnen. Nicht einmal die Hitze stört mich. Ich stelle mir vor, dass ich alle schlechten Gedanken aus meinem Körper schwitze. Es ist eine wunderbare Genugtuung, die gesprayten Worte immer blasser werden zu lassen. Reinigungsmittel – eine ganz spezielle Art von Magie.

Mit der Zeit fühlen sich meine Arme an, als würde Blei statt Blut durch die Adern fließen.

Irgendwann streckt sich Aaron und tritt ein paar Schritte von der Wand zurück. »Wie neu«, sagt er.

Pfarrer Saile lässt seine Bürste in den Eimer fallen. Schmutziger Schaum spritzt über den Rand.

Ich stelle mich neben Aaron und begutachte unser Werk. »Hm. Neu würde ich nicht sagen. Sieht jetzt irgendwie …« Ich betrachte den Grauschleier, den die schwarze Farbe hinterlassen hat.

»… angematscht aus?«

»Besser hätte ich es nicht in Worte fassen können.«

»Egal.« Zum ersten Mal seit Joes Tod ist es wieder da: Aarons Grinsen. Wie früher. Es kommt mir so vor, als sei die Welt zwischen uns in Ordnung. Die aufgerissenen Stellen zusammengenäht. Nicht schön, aber zweckmäßig.

Das Grinsen verschwindet, und der Moment ist verflogen.

»Wenn alles repariert ist, müssen wir ohnehin neu streichen.« Pfarrer Saile nickt uns zu.

Wir. Wahrscheinlich hat es nichts zu bedeuten. Trotzdem ist das Wort wie ein warmer Händedruck.

Ich halte Aarons Blick mit meinem fest. »Danke.«

Er nickt bloß. Kein *Ja.* Er fragt nicht, wofür, und dafür bin ich noch viel dankbarer. Wir sind keine Freunde mehr, vielleicht nie gewesen. Aber zum ersten Mal, seit Joe Aaron an unseren Tisch in der Cafeteria mitgebracht hat, habe ich das Gefühl, dass Aaron mich wirklich sieht. Mich. Nicht die Freundin seines Kumpels. Nicht das Miststück, das anderen Mädchen ihre Tasche in den Weg stellt. Nicht die Mörderin.

Mich. Rena Winterstein.

»Ja, es ist wirklich nett von dir, Aaron, dass du dich freiwillig gemeldet hast. Wir können jede Hilfe gebrauchen.«

Irritiert sehe ich von Aaron zu Pfarrer Saile. »Na ja, wenn man die Strafe für eine Schlägerei als freiwillig bezeichnen möchte.«

»Schlägerei?« Der Pfarrer sieht verwirrt aus.

Ich verkrampfe mich. Hätte ich das nicht sagen dürfen? Hat Aaron ihm nicht erzählt, warum Gustavo ihn dazu verdonnert hat, hier zu helfen?

Ich werfe Aaron einen entschuldigenden Blick zu. Er sieht an mir vorbei. Warum sagt er denn nichts?

»Ich verstehe nicht.« Der Pfarrer zieht die Schultern hoch und lässt sie wieder fallen.

»Aber ich …« Der Rest des Satzes verhallt ungesagt. Ich frage mich, ob es irgendwo eine Welt gibt, in der alle unausgesprochenen und abgebrochenen Sätze vollendet werden. Und ob es in dieser Welt weniger Missverständnisse gibt als in unserer.

Endlich sieht Aaron mich an. In seinen Augen funkelt etwas, das ich nicht einordnen kann. Zorn? Angst?

Er blinzelt, versucht sich an einem Lächeln, das seine Augen allerdings nicht erreicht. Und dann erkenne ich, was es ist.

Trotz, Schätzchen. Es ist Trotz!

Aaron hat mich belogen. Es gab keine Schlägerei. Niemand hat ihn dazu verdonnert, beim Wiederaufbau der Kapelle mitzuhelfen. Er hat sich freiwillig gemeldet.

So konnte er in deiner Nähe sein.

Warum?

Du weißt, warum!

Ich laufe an Pfarrer Saile vorbei zu meinem Fahrrad. Die blutroten *BITCH*-Buchstaben leuchten in der Abendsonne.

»Warte doch!«, ruft Aaron mir hinterher. Aber er kommt mir nicht nach, macht keine Anstalten, mich aufzuhalten.

Weil er weiß, dass du es weißt!

Ich schwinge mich auf den Sattel und trete in die Pedale.

»Rena!«

»Lass sie gehen«, höre ich die leiser werdende Stimme des Pfarrers.

Das hohe Gras peitscht gegen meine Beine, verfängt sich in Speichen und Pedalen, doch ich fahre einfach weiter. Weiter. Weiter.

Ich bin Meisterin im Lügen und Verschweigen von Dingen. Hätte ich unter diesen Voraussetzungen einen Gleichgesinnten nicht sofort erkennen müssen? Oder ist der Teufel noch besser im Lügen als ich? Kann Aaron wirklich Lucifer sein? Ist er dazu fähig, Lou und Olivia zu verletzen? Ein Motiv für das Sündenspiel hat er, keine Frage. Aber warum ist er dann gerade so nett zu mir gewesen? Alles nur Show? Das passt nicht zusammen!

Oder ist das Teil seines Plans? Mir aufzuhelfen, um mich anschließend noch tiefer fallen zu lassen? Ich horche in mich hinein, doch jetzt, wo ich gerne ihre Meinung gehört hätte, bleibt die Klugscheißerin still.

Schon beim Gedanken an die nächste Aufgabe bekomme ich Bauchschmerzen. Bald ist es wieder so weit. Bald wird dieses verdammte Handy wieder vibrieren, und ich habe nichts in der Hand, um Lucifer zu entlarven. Nichts als Vermutungen. Heiße Luft.

RENA

Mittwoch, 15. September, 15.53 Uhr
(50 Tage, 19 Stunden und 8 Minuten danach)

Als ich in unsere Einfahrt biege, steht Ivars Honda neben dem Van meiner Eltern. Das Fenster auf der Beifahrerseite ist runtergekurbelt. Ivar winkt. Auch das noch!

»Hey!«

Ich stelle mein Fahrrad ab und beuge mich zum Fenster auf der Beifahrerseite runter. »Hey.« Brillanter Gesprächseinstieg, aber ich habe absolut keine Lust auf Small Talk.

»Du siehst …« Er stockt und füllt die Pause damit, dass er sich anschnallt. Aber ich merke ihm an, dass er in Wahrheit nach dem passenden Ende für seinen Satz sucht. »… ziemlich fertig aus.«

So viel Mut habe ich ihm nicht zugetraut. »Danke für die Blumen.« Aber ich nehme es ihm nicht übel, dafür reicht meine Energie gerade echt nicht.

»So war das nicht gemeint.«

»Schon klar, keine Panik.« Ich nicke in Richtung Haus. »Ist die Kacke dadrin schon am Dampfen?«

Ivar grinst schief. »So schlimm ist es nicht.«

Ohne dass er mich aufgefordert hat, öffne ich die Tür und lasse mich auf den Beifahrersitz fallen. Es ist ein merkwürdiges Gefühl, hier neben Ivar zu sitzen. Auf Lous Platz.

Jetzt würdest du alles dafür geben, so zu sein wie deine kleine Schwester, nicht wahr?

»Irgendwann musst du reingehen.«

Natürlich hat Ivar recht. Aber das hilft mir jetzt auch nicht weiter.

»Bei den Aussichten?« Ich zupfe an einem Faden, der sich aus einer Naht am Saum meines Shirts gelöst hat. »Lou redet kein Wort mit mir, und meine Eltern sind bestimmt total am Durchdrehen.«

»Dafür sind sie viel zu sehr mit Packen beschäftigt. Sie wollen bald los zum Flughafen. Und dann haben sie bis Sonntag Zeit, sich abzureagieren.«

Flughafen? Sonntag?

»Oh, verdammt«

Ivar gluckst. »Hast du es etwa vergessen?«

Dass Mam und Paps heute Abend zum Ärztekongress nach Berlin fliegen und Sonntag erst wieder zurückkommen? Ja!

»Äh ... haben sie sich nicht gewundert, wo ich bin?«

»Doch, aber sie haben den Pfarrer angerufen, und der meinte, dass du bei der Kapelle warst und ein bisschen Zeit für dich brauchst. Das hat sie etwas besänftigt.«

»Da habe ich ja gleich noch viel mehr Lust reinzugehen.«

»Sieh's positiv.«

Ich verdrehe die Augen. »Positiv?«

»Deine Eltern machen sich Sorgen um dich.«

»Und was soll daran positiv sein?«

»Meine Mutter ist gestorben, und mein Vater interessiert sich einen Scheiß für mich.«

»Oh.« Das wusste ich nicht. Kein Wunder, eigentlich weiß ich überhaupt nichts über den Freund meiner Schwester. Irgendwie hab ich den Moment verpasst, ihn kennenzulernen. In letzter Zeit hatte ich einfach Wichtigeres zu tun. »Tut mir leid«, sage ich, weil ich keine Ahnung habe, was man sonst in so einem Moment sagt.

Ivar trommelt mit den Fingern aufs Lenkrad. »Seit meine Mutter nicht mehr da ist, kippt mein Vater alles in sich rein, was Prozente hat.«

»Klingt ziemlich beschissen.«

Das Trommeln bricht ab. »Ist es auch.«

Ich verstehe, warum Lou Ivar mag. Er ist geradeheraus. Einfach wäre das falsche Wort, aber es kommt nah an die Wahrheit heran. Man muss bei Ivar nicht hinter die Dinge schauen, hinter die Worte, die Gesten, die Art, wie er etwas ausspricht. Wenn man ihm eine Frage stellt, bekommt man eine Antwort. Punkt.

»Wäre Lou nicht gewesen … Sie hat mich gerettet. Also …« Der Rest des Satzes schwebt unausgesprochen zwischen uns.

»Sie mag dich sehr.« Ich wickle den Faden vom Saum meines Shirts um meinen Zeigefinger. So eng, dass er mir das Blut abdrückt.

Ivar mustert mich. »Darf ich dich etwas fragen?«

Ich kneife die Augen zusammen. »War das nicht schon eine Frage?«

Ivar rückt seine Brille zurecht, ein Tick, den viele Brillenträger zu haben scheinen. »Warum hast du das getan?«

Ich könnte *Was denn?* erwidern, immerhin häufen sich die Ereignisse, auf die diese Frage zutrifft. Aber ich weiß, dass er wissen will, warum ich Lou bei Mam und Paps angeschwärzt habe. Das Video. Die *Drogen.* »Ich hab mir Sorgen um sie gemacht.« Noch mehr Material für den Lügenberg. Na ja, eigentlich ist das keine richtige Lüge, weil ich mir ja wirklich Sorgen gemacht habe.

Wieder trommelt Ivar mit den Fingern aufs Lenkrad. Das macht mich ganz nervös.

»Ich weiß, dass sie nicht die Treppe beim Schwimmbad runtergefallen ist.« Dort, wo ich den Faden um meinen Finger gewickelt habe, ist eine tiefe Rille in der Haut entstanden. Es kribbelt.

Das Trommeln verstummt. »Wirst du es euren Eltern stecken? Wenn sie von der Sache im Schlachthof erfahren, flippen sie bestimmt aus.«

Ich zucke zusammen. »Schlachthof?«

Er sieht mich erschrocken an. »Ich dachte, du weißt es?«

Ich schüttle den Kopf, kann mir aber sofort zusammenreimen, was es mit dem Schlachthof auf sich hat. Der Einbruch dort hat vergangenen Herbst Schlagzeilen gemacht. Dabei wurde nicht nur randaliert, es wurden auch alle Tiere freigelassen. »Lou war also dabei?«

Das schwarze Schaf hat ja doch was auf dem Kasten!

Ivar sieht aus, als würde er sich wünschen, nichts gesagt zu haben. »Bitte, Rena, behalt das für dich, ja? Lou verzeiht mir nie, dass ich es dir erzählt habe.«

»Okay, okay«, verspreche ich. »Aber dafür musst du mir sagen, was wirklich passiert ist.«

Ivar seufzt. »Sie hat eine Nachricht von jemandem bekommen, der sich Lucifer nennt. Er hat behauptet, er hätte Beweise, dass sie bei dem Einbruch dabei war. Sie sollte sich mit ihm auf dem Dach des Schlachthofs treffen und ihm hundert Euro geben, dafür, dass er die Klappe hält. Also ist sie vor unserer Verabredung bei Pepe mit dem Fahrrad zum Schlachthof gefahren. Aber auf dem Weg hoch zum Dach ist sie die Treppe runtergefallen. Sie kann sich nur daran erinnern, wie sie aufgewacht ist, mit gebrochenem Arm und Kopfschmerzen – die hundert Euro waren weg. Als ich gerade bei euch losgefahren bin, hat sie mich angerufen, damit ich sie abhole und zum Schwimmbad fahre. Dort ist sie zum Bademeister gegangen, damit er einen Krankenwagen ruft.«

Ungläubig sehe ich ihn an. »Und dabei hast du mitgemacht?«

»Sie hatte totale Panik vor euren Eltern. Berechtigt, wenn du überlegst, wie sie auf das Video reagiert haben.«

»Was ist mit diesem Typ … Lucifer?«, frage ich und tue so, als hätte ich mich erst an den Namen erinnern müssen. »Hat er sich wieder gemeldet?«

»Wahrscheinlich hat er total Schiss, dass er für Lous Sturz verantwortlich gemacht wird. Körperverletzung und Erpressung. Bisher hat er jedenfalls nichts mehr von sich hören lassen.« Ivar ballt die Hände zu Fäusten. »Hätte sie bloß vorher mit mir gesprochen. Ich hätte sie niemals alleine dorthin gehen lassen.«

»Es ist nicht deine Schul –« Lucifers Handy vibriert in meiner Tasche. Ich fahre heftig zusammen. Ein Brennen im Nacken meldet, dass ich mir bei der zu schnellen Bewegung einen Nerv eingeklemmt habe. Ich reibe über die Stelle.

»Alles in Ordnung?«

Hat er das Summen gehört? Weiß er, dass mein Handy im Safe liegt? »Alles okay«, sage ich.

»Du bist ganz blass. Soll ich mit dir reingehen? Sie werden dir schon nicht den Kopf abreißen.«

Meine Eltern und den Stress, der zu Hause auf mich wartet, hab ich längst wieder vergessen. »Nein, nein. Ich schaffe das schon. Mam und Paps sitzen eh bald im Flugzeug, und Lou kann nicht ewig so tun, als wäre ich unsichtbar.«

»Na dann, viel Glück.«

»Danke.« Ich öffne die Tür und steige aus. »Auf in den Kampf!«

»Rena?«

»Ja?«

Ivar beugt sich vor, um mir in die Augen sehen zu können. »Du sagst Lou und deinen Eltern wirklich nichts, oder?«

Ich nicke. »Versprochen.«

Ivar startet den Motor. Der Keilriemen jammert wie immer in den höchsten Tönen. Ein kurzes Hupen, dann fährt er aus der Einfahrt.

Als er außer Sicht ist, schnappe ich mir mein Fahrrad und drehe unserem Haus den Rücken zu. Der Kampf und das Donnerwetter können warten. Vielleicht sogar drei Tage. Zuerst muss ich lesen, was Lucifer geschrieben hat. Welche kranke Aufgabe er für mich parat hat. Ganz egal, was es ist, morgen wird sicher kein besserer Tag werden als heute.

Während ich mein Fahrrad langsam zur Straße schiebe, öffne ich die Nachricht.

Was hältst du von zwei Todsünden an einem Tag?

LUCIFER

Trägheit

Lucifer sitzt in Freds Café an einem kleinen Tisch am Fenster. Von hier aus hat er perfekte Sicht auf die Tankstelle gegenüber. Autos fahren an die Zapfsäulen. Leute verschwinden in dem flachen Häuschen und kommen kurze Zeit später wieder raus. Alles geht seinen gewohnten Gang. Noch. In weniger als einer Stunde wird sich das ändern.

Die Bedienung stellt eine dampfende Tasse vor ihm ab. Kaffeeduft steigt daraus auf. Lucifers Blick bleibt an der spitzenverzierten Schürze des Mädchens hängen. Sie ist mindestens genauso kitschig wie die Einrichtung in diesem Café. Rosa Tischdecken. Blümchentapete. Stehlampen mit Troddeln. Alles auf Alt gemacht. Vintage ist das neue Modern … zumindest in diesem Kaff, in dem jeder Trend zeitverzögert anzukommen scheint.

Lucifer schenkt ihr ein Lächeln, dabei ist es keineswegs Freundlichkeit, die ihn dazu veranlasst. Sondern Vorfreude. Eigentlich sollte die nächste Todsünde erst morgen stattfinden, aber Rena hat bewiesen, dass Lucifer ihr so wenig Vorlaufzeit wie möglich geben sollte. Es muss schnell gehen, sie darf keine Zeit haben, lange über die nächste Aufgabe nachzugrübeln. Das würde sie nur wieder auf dumme Ideen bringen.

In der Planung war die Aufgabe zur Todsünde Trägheit die schwerste von allen. Immerhin ist Trägheit nur ein anderes Wort für Faulheit. Aber wie sollte Lucifers Rache aufgehen, wenn

Rena einfach nur die Beine hochlegte? Wie konnte Nichtstun schlimmer sein, als etwas zu tun? Doch je länger er darüber nachdachte, desto mehr Beispiele fielen ihm ein, in denen Tatenlosigkeit verheerende Folgen haben kann. Von unterlassener Hilfeleistung bis zu Mitwisserschaft bei einer Straftat. Als die Aufgabe schließlich feststand, rutschte Trägheit in Lucifers persönlichem Ranking weit nach oben.

Im ersten Moment wirkt sie harmlos, bis man ihre Tragweite begreift. Für Rena ist sie am einfachsten umsetzbar, aber sicher am schwersten zu ertragen. Tatenlos zu bleiben. Sich rauszuhalten. Nicht einzugreifen. Die eigene Hilflosigkeit zu akzeptieren. Das wird sie eine Menge Selbstbeherrschung kosten und letztendlich zu Fall bringen. Und genau das will Lucifer sehen. Rena soll fallen. Tief. Denn nur so bricht sie sich das Genick.

Die Vorfreude ist wie Brausepulver, das in seinem Bauch prickelt. Und das Gefühl verstärkt sich noch, als endlich ihre Antwort eintrifft.

Habe ich eine Wahl?

Rate mal!

Welche Scheiße kommt jetzt?

Die »Scheiße« hat einen Namen: Trägheit.

Was soll ich tun?

Lucifer gluckst. Er hat gehofft, sie würde das fragen.

Nichts!

Wie? Nichts?

Weißt du, was Trägheit bedeutet?

Sie lässt sich Zeit mit der Antwort, wahrscheinlich googelt sie die Todsünde gerade, um sich nicht zu blamieren.

Faul zu sein? Gleichgültig? Passiv? Tatenlos?

Korrekt. Und genau das wirst du heute um 17.30 Uhr für circa 10 Minuten sein.

Das ist in weniger als einer Stunde!

Musst du dich aufs Nichtstun etwa erst seelisch vorbereiten?

Leck mich!

Ein anderes Mal 😉

Was passiert um halb 6?

Lucifers Finger huschen über die Tastatur. Zweimal vertippt er sich, sodass das Korrigieren kostbare Zeit frisst.

Ein kleiner Raubüberfall auf die Tankstelle der Deckers 🙂

WAS??? Da mach ich nicht mit!

Nichts anderes hat er von ihr erwartet. Die perfekte Trägheitsaufgabe. Er ist so froh über diesen Einfall.

Perfekt.

Nein, ich mein's erst! Das kannst du nicht machen! Das ist total verrückt!!!

Drei Ausrufezeichen – ja, sie ist definitiv gestresst. Lucifer schaut rüber zur Tankstelle. Bald wird dort die Hölle los sein. Kurz verspürt er den Drang, sich selbst auf die Schulter zu klopfen, bevor er sich wieder dem Chat widmet.

Ich kann und ich werde. Aber keine Angst, natürlich wird keiner zu Schaden kommen, dafür sorge ich. Na ja, zumindest, solange du dich an unsere Abmachung hältst. Ansonsten könnte Aaron etwas zustoßen …

Aaron?

Wusstest du nicht, dass er heute Nachmittag eingearbeitet wird? Irgendjemand muss früher oder später Joes Schicht übernehmen.

Lucifer überkommt eine wohlige Wärme, als er einen Schluck Kaffee nimmt. Er liebt es, Bomben platzen zu lassen und sich danach die Zerstörung anzusehen.

Woher weiß ich, dass wirklich niemand verletzt wird?

Wenn du dich an dein Versprechen hältst, sehe ich keinen Grund, meins zu brechen.

Aber wenn ich auch nur eine Sirene höre …

Denk an deine blutverschmierten Kleider …

Wenn Rena schlau ist, bleibt sie weit weg. Leider hat sie in letzter Zeit oft genug bewiesen, dass sie, wenn sie die Wahl zwischen einer klugen und einer dummen Entscheidung hat, oft die dumme wählt. Glücklicherweise hat Lucifer auch dafür einen Plan. Er ist ja nicht lebensmüde. Oder verrückt.

Bist du bereit, es mit der Trägheit aufzunehmen?

Du kannst mich mal, Arschloch!

Beantworte die Frage!

Ja

Ja?

Ja, verdammt!

Wieder muss Lucifer lächeln. Das läuft doch wie am Schnürchen! Er steckt das Handy weg und stößt dabei gegen den Lauf der Pistole, die in seiner Tasche steckt. Zusammen mit dem Schutzanzug und der Plastikmaske. Zuerst wollte er eine einfache Sturmhaube nehmen, aber dann hat er dieses Prachtstück im Onlineshop entdeckt und musste es einfach haben.

Er sieht auf die Wanduhr, die über der Kühltheke voller Kuchen, Torten und anderer Leckereien hängt.

Noch fünfunddreißig Minuten. Dann ist es so weit.

Eine weitere Ladung Brausepulver prickelt in seinem Bauch. Die Vorfreude ist kaum auszuhalten.

RENA

Mittwoch, 15. September, 17.02 Uhr
(50 Tage, 20 Stunden und 17 Minuten danach)

Völlig aus der Puste komme ich an Freds Café an, das sich direkt gegenüber der Tankstelle befindet. Links ist eine schmale Seitengasse, in der ich mein *BITCH*-Fahrrad abstelle. Hoffentlich sieht Lucifer es nicht.

Bei Google Maps lasse ich mir die Strecke von der Tankstelle bis zur nächsten Polizeistation anzeigen. Laut App ist sie fünfzehn Minuten entfernt. Rechnet man Blaulicht und Sirenen dazu, müssten zehn reichen.

Das Knifflige ist, dass ich genau den richtigen Augenblick abpassen muss. Wähle ich den Notruf zu früh, stehen die Polizisten in einer Tankstelle, in der niemand etwas von einem Raubüberfall weiß. Schlimmstenfalls ordnen sie meinen Anruf als Streich ein und verschrecken Lucifer.

Zu spät ist aber mindestens genauso beschissen. Denn das würde bedeuten, der Überfall hätte schon stattgefunden und ich hätte ganz umsonst die Regeln gebrochen und unschuldige Menschen in Gefahr gebracht.

Wie du es machst, machst du es falsch!

Dann muss ich es eben richtig machen.

Immer noch ganz außer Atem, betrete ich das Café. Die meisten der kleinen runden Tische entlang der Fensterfront sind besetzt. Grau-weiße Dauerwellen und Bärte dominieren das Bild. Anscheinend findet gerade ein Seniorentreff statt.

Auf den ersten Blick kann ich nur zwei Menschen entdecken, die den Altersdurchschnitt gewaltig senken: die Bedienung und der junge Mann, der gerade von einem Tisch ganz hinten aufsteht. Er ist zwei, vielleicht drei Jahre älter als ich und trägt einen Hipsterhut und eine dunkel getönte Brille, obwohl die Sonne bereits hinter den Dächern verschwindet.

Im Vorbeigehen stößt seine ausgebeulte Ledertasche gegen meine Hüfte. »Sorry«, entschuldigt er sich.

»Macht nichts.«

Ich gehe weiter, da streift er mein Handgelenk, als wollte er mich zurückhalten, aber nicht zu aufdringlich sein. »Sag mal, kennen wir uns irgendwoher?«

Soll das eine Anmache sein?

Vielleicht hat er dein entzückendes Gesicht in der Zeitung gesehen. Oder er ist Lucifer …

Ich schüttle den Kopf. Jetzt wird die Besserwisserin echt paranoid. Lucifer muss jemand sein, der mich kennt. Nicht irgendein Kerl, den ich noch nie gesehen habe.

»Ist bestimmt eine Verwechslung.« Ich wende mich schnell ab. Jetzt ist wirklich der denkbar schlechteste Zeitpunkt für neue Bekanntschaften oder Kommentare zu meinem Auftritt bei der Spendengala.

Ich gehe zu dem frei gewordenen Fenstertisch. Die Bedienung, ein Mädchen Anfang zwanzig, räumt gerade eine leere Tasse ab. Ich kenne sie nicht, was entweder bedeutet, dass sie in der Stadt lebt oder frisch hergezogen ist. »Was möchtest du?«, schmatzt sie kaugummikauend und zückt einen kleinen weißen Ringblock. Mit ihrem Blümchenkleid und der rüschenverzierten Schürze wirkt sie wie aus einer anderen Zeit. Sogar der Kaugummi passt irgendwie.

»Eistee, bitte.« Ich schaue rüber zur Tankstelle der Deckers. Ein verlassener Jeep parkt an der vordersten Säule. Es ist der gleiche Wagen wie der, den Herr Kazemi, mein Nachbar, fährt. Draußen ist niemand zu sehen. An der Seitenwand des Ladens lehnt ein Fahrrad. Ich kenne es, immerhin habe ich es in letzter Zeit oft genug gesehen. Aaron.

Soll ich ihn anrufen und warnen? Oder mache ich damit alles nur noch schlimmer? Der Gedanke erledigt sich von selbst, als mir einfällt, dass ich mein Handy nicht bei mir habe und Aarons Nummer nicht auswendig kann. Rüberzugehen ist sicher noch riskanter. Wenn Lucifer schon in der Nähe lauert und die Tankstelle beobachtet, wüsste er sofort von meinem Regelverstoß und wäre gewarnt. Und das würde er mich teuer bezahlen lassen.

Nein, der Teufel muss sich in Sicherheit wiegen, damit er seinen Teil zur Trägheitsaufgabe beisteuert. Wie er das anstellen will, ohne die Aufmerksamkeit der Polizei auf sich zu ziehen, ist mir ein Rätsel. Eins, das ich auf keinen Fall lösen möchte.

Aber da ist noch etwas. Ein dumpfes Gefühl in meinem Bauch, das mir sagt, dass ich etwas übersehen habe. Ein wichtiges Detail. Hat es mit Aaron zu tun? Damit, was ich heute über ihn herausgefunden habe? Dank der Lüge mit der Schlägerei ist er an die Spitze meiner Verdächtigenliste gerückt. Aber jetzt bin ich mir nicht sicher, ob ich seinen Namen durchstreichen oder einkringeln soll.

Ist Aaron in Gefahr? Oder gefährlich? Was für einen Unterschied so ein paar Buchstaben machen können.

Runde um Runde fahre ich auf dem Gedankenkarussell.

Fünfzehn nach sieben. Wird Lucifer pünktlich sein? Oder ist diese ganze Trägheitsaufgabe nur ein Trick, um mich zu provozieren? Gibt es am Ende gar keinen Raubüberfall? Will er mich einfach nur quälen, testen, wie weit er gehen kann?

Dass Lucifer total irre ist, ist zwar nichts Neues, aber mit der Trägheitsaufgabe hat er den Bogen endgültig überspannt. Glaubt er wirklich, ich sitze einfach so zu Hause rum und drehe Däumchen, während er die Tankstelle der Deckers überfällt? Niemals!

Anfangs hat Lucifer behauptet, niemand würde verletzt werden, solange ich mich an die Regeln halte. Aber wie soll er das bei dieser Aufgabe garantieren? Was, wenn etwas schiefgeht? Wenn er die Situation nicht mehr unter Kontrolle hat? Falsch einschätzt? Diese ganze Aktion ist ein unkalkulierbares Risiko.

Bisher war Lucifers Drohung, jemanden zu verletzen, wenn ich mich nicht an die Regeln halte, immer schlimmer als die Aufgabe selbst. Heute ist das anders. Heute überschattet die Aufgabe alles. Sie ist jenseits von Gut und Böse. Die Umsetzung strafbar. Verrückt. Und gefährlich.

Ich hätte mich nie in das Sündenspiel reinziehen lassen dürfen. Aber jetzt bin ich mittendrin, und der einzige Weg raus führt über Lucifers Festnahme. Ich muss *nur* dafür sorgen, dass man ihn auf frischer Tat erwischt.

Das ist meine einzige Chance, denn diesmal hat Lucifer einen entscheidenden Fehler begangen. In der Tankstelle gibt es keine Menschenmasse, in der er untertauchen kann. Und heute Abend wird es bestimmt nur einen Räuber geben.

Endlich werde ich herausfinden, wer sich hinter diesem perversen Spiel versteckt. Wer Lou und Olivia verletzt hat.

Den Teufel bei den Hörnern packen.

Whatever.

Meine blutverschmierten Kleider retten ihn dann auch nicht mehr. Wenn alles klappt, wie ich mir das vorstelle, sitzt Lucifer gleich in der Falle. Und ich brauche keine Angst mehr zu haben, dass er jemandem wehtut. Adiós, Todsünden!

Das Spiel ist bald vorbei, das spüre ich. Und momentan steht der Teufel im Schach. Er weiß es nur noch nicht.

Um meine Hände zu beschäftigen, mache ich wieder Screenshots von der Trägheitsaufgabe und schicke sie an mein Handy.

Die kaugummikauende Bedienung bringt ein randvolles Glas Eistee. Eiswürfel klirren leise gegeneinander. Ich nehme einen Schluck, schmecke aber kaum etwas. Alles um mich herum fühlt sich seltsam gedämpft an. Der Geruch nach frisch gebrühtem Kaffee erscheint mir viel schwächer als sonst. Die Gespräche der anderen Gäste, das Besteckgeklapper. Als wäre ich nicht wirklich da oder in einen Kokon aus Watte eingepackt.

Ein erneuter Blick auf die Uhr. Der Minutenzeiger springt auf 19 nach. Das macht 50 Tage, 20 Stunden und 34 Minuten. Inzwischen passiert es ganz automatisch, dass ich bis zu Joes Todeszeitpunkt zurückrechne. Ich muss nicht mal mehr groß darüber nachdenken. Gustavo wäre stolz auf meine Kopfrechenfortschritte.

Noch eine Minute, dann rufe ich die Polizei. Hoffentlich ist der Teufel pünktlich.

Aus dem Augenwinkel nehme ich eine Bewegung wahr. Herr Kazemi, der noch seinen weißen Apothekerkittel trägt, kommt aus der Tankstelle und geht zu seinem Jeep. Er steigt ein, fährt vom Hof.

Beide Tanksäulen sind jetzt frei. Aber irgendetwas stört mich. Passt nicht. Ich beuge mich vor – als würden die paar Zentimeter, die ich dadurch gewinne, etwas bewirken – und kneife die Augen zusammen. Ist das … ein Arm, der da hinter der letzten Tanksäule hervorlugt?

Ich blinzle und reibe mir über die Augen. Als ich wieder hinsehe, ist der Arm verschwunden. Habe ich ihn mir nur eingebildet? Oder steht da wirklich jemand, versteckt sich hinter der Tanksäule? Meine Augen brennen, doch ich zwinge mich, nicht zu blinzeln, möchte nicht noch einmal riskieren, etwas zu verpassen.

Blind taste ich nach meinem Glas, muss mich an irgendetwas festhalten. Eiswürfel klirren. Das Glas ist kalt, Kondenswasser rinnt über meine Finger.

Da! Eine Gestalt kommt hinter der letzten Säule hervor. Ganz in Weiß gekleidet. Zwar sehe ich sie nur von hinten, aber von der Statur her handelt es sich auf jeden Fall um einen Mann. Groß gewachsen. Starkes Kreuz. Schwarze kurze Haare. Aber etwas stimmt mit seinem Kopf nicht. Er erscheint mir irgendwie … zu … zu groß für seinen Körper. Ist das eine Perücke? Und was hat er da an? Sieht aus wie ein … Ganzkörperanzug? Er reicht sogar bis über die Schuhe. Kurz bleibt mein Blick an den weißen Handschuhen hängen. Fehlt nur noch die Sauerstoffflasche und man könnte ihn für ein Mitglied des Seuchenschutzes halten.

Er will keine Spuren hinterlassen, ist doch klar.

Lucifer.

Er ist gekommen, hat sein Versprechen gehalten. Aber er ist zu früh dran! SHIT!

Mit zitternden Händen wähle ich die 110. Hoffentlich ist es nicht schon zu spät.

»Polizei-Notruf«, meldet sich eine freundlich klingende Frauenstimme.

Lucifer dreht sich in meine Richtung. Ich sehe sein Gesicht oder zumindest die Stelle, wo es sein sollte. Die Kälte des Eisteeglases kriecht über meinen Arm bis hoch in meinen Nacken.

Der Teufel trägt also gar nicht Prada … Die Besserwisserin lacht, doch es klingt mehr ängstlich als gehässig. Kein Wunder, der Anblick von Lucifers Maske lässt auch mich frösteln.

Sie ist aus schwarzem Plastik. Ich kenne sie – oder zumindest eine, die dieser sehr ähnlich sieht. Zu Halloween waren diese Teile der absolute Renner. Ich habe *The Purge* nie gesehen, aber der Trailer hat gereicht, um das blau leuchtende Grinsen in mein Gedächtnis zu brennen. Es sieht aus, als wäre der Mund mit einem dicken leuchtenden Faden zugenäht worden. Genau wie die Augen. Ein X auf jeder Seite. In zwei

Punkten unterscheidet sich Lucifers Maske aber von denen, die ich an Halloween so oft gesehen habe. Der Leuchtfaden ist nicht blau, sondern rot. Und an der Stirn ragen rot glühende Hörner hervor.

Alles um mich herum fällt in ein Zeitloch. Die Welt hält an. Nichts bewegt sich.

Sieht er mich? Weiß er, dass ich hier bin? Ihn anstarre? Will er sichergehen, dass ich ihn bemerke?

»Hallo? Brauchen Sie Hilfe?«, fragt die Frau vom Notruf.

Na, los! Sag etwas!

Ich räuspere mich. »Auf die Tankstelle der Deckers findet gerade ein Überfall statt«, presse ich hervor.

»Wo sind Sie?«, antwortet die Frau ganz ruhig. Bestimmt hat sie das so gelernt. Sachlich bleiben, um den Gesprächspartner zu beruhigen.

Mein Kopf ist leer. Habe ich jemals gewusst, wie die Straße heißt, in der die Tankstelle steht?

»In Freds Café.«

Lucifer wendet sich von den Tanksäulen ab und geht auf das flache Haus zu.

Nein! Er kann da jetzt noch nicht rein! Zu früh!

Etwas Kaltes schwappt über meine Hand. »Ich … ich muss los!«, stottere ich und springe auf. Der Stuhl fällt klappernd zu Boden. Leute drehen sich zu mir um. »Bitte schicken Sie jemanden, schnell!« In einer Doku habe ich mal gesehen, dass das GPS am Handy automatisch aktiviert wird, wenn man den Notruf wählt. Ein Blick aufs Display. Es stimmt. Ich öffne meine SMS. Gesendete Nachrichten. Da! Eine Nachricht mit meinen Standortdaten ist soeben rausgegangen. Genau wie in der Doku gesagt wurde.

Ohne den Anruf abzubrechen, stopfe ich das Handy in meine Tasche und stürme nach draußen.

Lucifer ist auf halbem Weg zur Tür. Die Straße und die Einfahrt zur Tankstelle trennen uns. Nicht mehr als dreißig Meter.

Ich renne los.

Ein Auto hupt. Ich erreiche die andere Seite und springe auf den sicheren Bordstein. Lucifer reißt den Kopf herum, die Hand nach dem Türgriff ausgestreckt.

Er hat mich gesehen.

Jetzt ist alles egal. Ich laufe weiter.

Lucifer macht keine Anstalten, sich zu bewegen. Als sei er in der Bewegung erstarrt wie flüssiges Zinn, das man an Silvester in kaltes Wasser gießt.

Ich passiere die Tanksäulen. Fünf Meter vor ihm bleibe ich stehen. Meine Knie vibrieren innerlich. Ich versuche, seine Augen hinter den beiden *X* zu erkennen. Dort sind Löcher ins schwarze Plastik der Maske gestanzt. Aber das rote LED-Band leuchtet so hell, dass ich dahinter nichts erkennen kann. Unter dem Plastik muss er stark schwitzen. Nur ein kleines Loch hinter dem zugenähten Mund sorgt für Luftzufuhr.

Ich reiße mich vom Anblick der Maske los. Jetzt erkenne ich auch, dass der vermeintliche Seuchenschutz-Anzug in Wahrheit eines von den Dingern ist, die man beim Streichen über seinen Sachen trägt, um sie vor Farbspritzern zu schützen.

»Bitte …«, setze ich an, ohne zu wissen, was ich eigentlich sagen will, da hebt er die Hand. Mehr braucht es nicht, um mich zum Schweigen zu bringen.

Ich blinzle. Der Wimpernschlag fühlt sich an wie ein halbes Leben. Ich schaue direkt in ein schwarzes Loch.

Eine Pistole!

Langsam hebe ich die Hände. »Du musst das nicht tun.«

Er legt den Kopf schief, was in Verbindung mit dem zugenähten Grinsen wirkt, als wäre er die Hauptattraktion einer

Freakshow. Und ich bin die einzige Zuschauerin. Live dabei, ob ich will oder nicht.

»Du hättest nicht herkommen sollen. Das war unsere Vereinbarung.« Seine Worte dringen dumpf durch die Maske. Tief. Eindeutig männlich. Ich versuche zu erkennen, wem die Stimme gehört, aber durch die Maske klingt sie verzerrt.

Lucifer drückt die Klinke und schiebt die Tür auf. Das vertraute Klingeln ertönt. Mit einem Kopfnicken, die Waffe immer noch direkt auf mein Gesicht gerichtet, bedeutet er mir voranzugehen.

Ich glaube, mich nie wieder bewegen zu können, aber meine Beine gehorchen dem Befehl. Jeder Schritt fühlt sich an, als wären meine Füße in Beton gegossen.

Als die Tür hinter mir ins Schloss fällt, bimmelt die Glocke immer noch. Lucifer ist nun hinter mir, bohrt die Mündung der Waffe zwischen meine Schulterblätter. Die Stelle pocht, als wollte mein Körper gegen die Bedrohung rebellieren.

»Und hier sind neue Papierrollen für die Kassenzettel, falls du mal nachfüllen musst.« Pascals Stimme kommt aus Richtung Kasse. Was macht der denn hier? Hilft er an seinem freien Tag in der Tankstelle aus?

Zum ersten Mal überkommt mich ein Gefühl von Sicherheit bei dem Gedanken, dass Pascal Polizist ist. Zwar ist er noch kein alter Hase, aber er wird wissen, was zu tun ist. Vielleicht hat er sogar seine Dienstwaffe dabei.

Lucifer drückt den Lauf noch fester in mein Kreuz und fordert mich damit stumm auf weiterzugehen. Ich gehorche, was anderes bleibt mir wohl kaum übrig.

Mit wackligen Knien gehe ich am Süßigkeitenregal vorbei. Aaron und Pascal – beide in blauen Hemden mit dem Tankstellenlogo darauf – stehen hinterm Verkaufstresen und beugen sich über die Kasse. Zwei Namen, die ich jetzt endlich von meiner Liste streichen kann. Aber irgendwie hat die Liste an Bedeutung verloren. Heute, hier und jetzt, endet es.

Aaron sieht auf, bemerkt mich und Lucifer. Er wird so blass, als würde sein gesamtes Blut vom Gesicht in die Körpermitte sacken. Mit dem Ellenbogen stößt er Pascal an. Der scheint die Lage mit einem Blick zu erfassen. Seine Hand wandert unter die Tischplatte der Theke.

»Denk nicht mal dran!«, zischt Lucifer. Er steht nun dicht hinter mir, den Kopf so vorgeneigt, dass seine Stimme ganz nah an meinem Ohr ertönt. Als wollte er mir unter die Nase reiben, dass ich sie nicht erkenne. Es ist, wie wenn man einen Film sieht und sich krampfhaft zu erinnern versucht, woher man einen der Synchronsprecher sonst noch kennt.

Der Druck an meinem Rücken verschwindet, die Stelle pocht weiterhin. Aber für Erleichterung ist keine Zeit. Jetzt spüre ich das Metall der Pistolenmündung an meiner Schläfe.

Von der Fleischwunde zum Kopfschuss.

»Machen Sie keinen Scheiß!«, höre ich Aaron rufen.

Nackte Panik durchfährt mich wie ein nicht enden wollender Stromschlag. Eine falsche Bewegung und ALLES ist vorbei.

»Okay, okay.« Langsam hebt Pascal die Hände, genau wie Aaron. In dem blauen Arbeitshemd sieht er noch viel mehr aus wie Joe. »Sie kriegen jeden Cent.« Er sieht Lucifer an und anschließend mich. Der Feuersturm, der bei unserer Begegnung heute Mittag im Krankenhaus in ihm getobt hat, ist noch da. Doch diesmal richtet es sich nicht gegen mich.

Hinter der Maske wird ein heiseres Lachen ausgestoßen. »Gut.«

»Niemand muss verletzt werden«, sagt Pascal beschwichtigend. Lernt man das in der Polizeischule?

»Und falls doch, hau ich einfach ab und tu so, als sei nichts passiert«, antwortet Lucifer.

Abhauen? Tun, als sei nichts passiert? Was soll das denn? Will er etwa sagen, dass er kein Problem damit hat, jemanden zu verletzen?

»Aber du hast es versprochen«, krächze ich.

Ein Arm legt sich um meinen Hals und zieht mich nach hinten. Gegen Lucifers Brust. Ich stoße einen Schrei aus, der überhaupt nicht nach mir klingt. Meine Muskeln spannen sich an. Mein Körper schaltet in den Fluchtmodus. Weglaufen, nichts wünsche ich mir mehr. Einfach raus hier.

An meiner Wirbelsäule spüre ich seinen Herzschlag. Kräftig und schnell. Die Atemzüge hinter der Maske gehen schwer, ich höre jeden einzelnen von ihnen.

Endlich verschwindet die Mündung von meiner Schläfe. Tränen schießen mir in die Augen. Ich blinzle sie weg. Ein Arm streckt sich an meinem Kopf vorbei. Die Mündung der Waffe zielt jetzt direkt auf Pascals Brust.

Joes großer Bruder reißt die Augen auf. »Was soll das?«

»Nehmen Sie das Ding runter!«, mischt Aaron sich ein. Er öffnet die Kasse und fängt an, Geldscheine auf den Verkaufstresen zu werfen. Zehner. Zwanziger. Fünfziger. »Sie können alles haben.«

Lucifers Lachen zerreißt mir fast das Trommelfell. Ich muss irgendetwas tun. Aber was?

»Nimm das Geld und dann gehen wir!«, sage ich klar und deutlich, bevor mich der Mut wieder verlässt.

»Wir?«, haucht er an meinem Ohr.

Aaron sieht mir fest in die Augen und schüttelt leicht den Kopf. Er scheint nicht zu verstehen, was ich vorhabe, genauso wenig wie Lucifer. Haltsuchend klammere ich mich an Aarons Blick fest. Da ist es wieder, das Bein, das mir hilft zu stehen. Es gibt mir Halt. Aaron hält mich, ohne mich zu berühren. Am liebsten würde ich mich fallen lassen.

»Ja. Du und ich«, sage ich laut und deutlich zu Lucifer.

Was verdammt noch mal tust du da?

Auf Zeit spielen.

Und wenn die Polizei zu spät kommt?

Dann kriegt Lucifer, was er will.

Und das wäre?

Mich!

In der Hoffnung, den Blick des Maskierten auffangen zu können, drehe ich den Kopf so weit nach hinten, wie es in meiner Position möglich ist.

Wieder neigt er seinen Kopf zur Seite, genau wie draußen vor der Tür. Seine Augen kann ich nicht sehen, nur das rote Licht der LED-Bänder, die sich über den Löchern in der Maske kreuzen.

»Ich dachte, du hättest es verstanden«, zischt er, so leise, dass nur ich es höre. »Aber da hab ich mich wohl in dir getäuscht.«

»Lass Rena los, verdammt!«, schreit Aaron.

Ein Klicken. Gänsehaut überkommt mich. Zu oft habe ich dieses Geräusch schon in Filmen gehört. Lucifer hat die Waffe entsichert. Er schwenkt aber nicht zu Aaron herum, sondern zielt weiter auf Pascal.

Ein Satz aus unserem letzten Chat kommt mir in den Sinn: *Wenn du dich an dein Versprechen hältst, sehe ich keinen Grund, meins zu brechen.*

Erneut habe ich mich für den falschen Weg entschieden. Habe Lucifer provoziert.

Plötzlich versteift er sich. Sein Arm drückt von hinten fest gegen meine Kehle. »Was ist das?«, schreit er. Sogar durch die Maske kann ich hören, dass sich Panik in seine Stimme geschlichen hat.

Was?, will ich fragen, bekomme aber nur ein Krächzen heraus. Meine Luftröhre wird zusammengedrückt, und bei jedem Atemzug kommt nur noch ein Bruchteil des Sauerstoffs durch, den ich zum Atmen brauche. Zum zweiten Mal an diesem Tag tanzen schwarze Flecken vor meinen Augen. In meinen Ohren rauscht Blut.

Konzentrier dich auf deine Atmung. Ein und aus. Länger aus als ein. Noch mal! Ein und aus.

Zu meiner Verwunderung klingt die Besserwisserin nicht schnippisch oder gemein. Sie will mir helfen. Und ich weiß genau, woher dieser Sinneswandel kommt: Wenn ich heute draufgehe, ist sie auch dran. Und das scheint ihr gerade schmerzlich bewusst zu werden.

Unter die beruhigenden Worte der Besserwisserin und den reißenden Blutfluss, mischen sich weitere Geräusche. Schrill. Alarmierend.

Sirenen!

Mit jeder Sekunde, mit jedem Herzschlag, werden sie lauter. Und lauter.

Lucifer schreit. Doch es ist kein normaler Schrei. Eher ein Laut, der tief aus seiner Brust zu kommen scheint, von dort, wo wir alle unsere dunkelsten Gefühle vergraben. Unseren Hass. Unsere Wut. Alles, was uns unmenschlich macht und besser im Verborgenen bleibt. Unausgesprochen. Versteckt.

Davon kannst du ein Lied singen, oder?

Der Schrei bricht ab. Jetzt atmet Lucifer noch schwerer. »Du Bastard hast die Bullen gerufen!«

Zwischen den schwarzen Flecken beobachte ich, wie Pascal den Kopf schüttelt. Nur ich kenne die Wahrheit.

Ich will einwerfen, dass Pascal unschuldig ist. Dass ich es war. Aber ich bin zu sehr damit beschäftigt zu atmen. Irgendwie Sauerstoff in meine Lungen zu pumpen. Ich spüre beinahe, wie die feinen Adern in meinen Augen platzen.

Das Sirenengeheul ist inzwischen sehr nah. Es müssen mindestens zwei Wagen sein. Hoffentlich ist der Notarzt auch schon alarmiert.

Der Druck um meinen Hals lässt nach. Ich schnappe geräuschvoll nach Luft. Unsanft werde ich zur Seite gestoßen. Ich stolpere gegen ein Regal. Kaugummidosen regnen herab und rollen rasselnd über den Boden.

Ich stütze mich am obersten Regalbrett ab, blinzle wie verrückt, warte darauf, dass sich die schwarzen Flecken endlich auflösen. Doch was ich dann sehe, ist viel erschreckender.

Aaron und Pascal stehen immer noch an der Kasse, vor ihnen der Haufen Geldscheine. Nur der Tresen trennt die beiden von Lucifer, der die Mündung der Pistole nun gegen Pascals Stirn drückt. Joes Bruder ist so weiß wie die Blätter heute auf der Waldlichtung. Ich sehe einen Schweißtropfen, der ihm die Schläfe hinabläuft.

»WIE FÜHLT SICH DAS AN?« Lucifer schiebt die Waffe mit jedem gebrüllten Wort noch ein Stück weiter nach vorne, sodass Pascal den Kopf nach hinten neigen muss.

Er wird doch nicht …?! Ist das die Strafe für meinen Regelverstoß?

Blaulicht zuckt über die Wände. Ich schaue zur Glasfront. Draußen an den Tanksäulen stehen zwei Streifenwagen. Auch Lucifer hat sie gesehen. Die Hand, mit der er die Waffe hält, zittert nun doch. Von der Gelassenheit, mit der er den Laden betreten hat, ist nichts mehr übrig.

»Es ist vorbei«, sagt Aaron. Ich höre ihm an, wie sehr er sich wünscht, es wäre wahr.

»Gleich«, dringt es dumpf hinter der Maske hervor.

Dieses eine Wort zusammen mit dem kraftlosen Schulterzucken ist es, was mich alarmiert. Lucifer hat nichts mehr zu verlieren. Die Polizei wartet draußen und stürmt sicher jeden Augenblick zu uns herein. Es gibt kein Entkommen. Keinen Fluchtweg. Außer, er nimmt uns als Geiseln, und dass das nicht gut enden kann, ist klar.

Ich beobachte, wie sich der Zeigefinger am Abzug krümmt. Nein! Das darf nicht passieren! Ich hechte nach vorne, will Lucifer zu Boden reißen.

Er wirbelt zu mir herum.

Ein trommelfellzerfetzender Knall.

Schmerz explodiert in meinem Bauch.

Ich taumle, verliere das Gleichgewicht und krache zu Boden. Nasse Wärme breitet sich auf meinem Shirt aus. Es riecht nach Rost.

»NEIN!«, höre ich jemanden schreien. Aaron? Pascal?

Lucifer mit Sicherheit nicht.

Das Gedankenkarussell stoppt so abrupt, dass ich herausgeschleudert werde. Und falle.

Ich bestehe nur noch aus kristallklarem Schmerz. Er ist eine blutgierige Hyäne, die ihre scharfen Zähne in meine Haut schlägt. Mein Fleisch in Stücke reißt. Immer und immer wieder.

Atmen!

Ein. Und aus.

Und aus …

LUCIFER

Wahnsinn

»NEIN!«, schreit Lucifer. Das darf nicht wahr sein!

Der Knall war viel lauter, als er es erwartet hat. Schockiert beobachtet er, wie Rena zu Boden geht. Sie ist getroffen!

Ausgerechnet die Sünderin!

Der einzige Mensch, der heute Abend nicht verletzt werden sollte. Und alles nur, weil dieses Miststück sich schon wieder nicht an die Regeln gehalten hat!

Außer … Lucifers Gedanken rasen. Vielleicht ist es ja gar nicht so schlecht, wenn sie stirbt. Tote reden nicht. Erzählen keine Lügen. Oder noch schlimmer … die Wahrheit.

Vielleicht ist ihr Tod so etwas wie eine Fügung des Schicksals. Das Beste, was Lucifer passieren kann.

Aaron stürzt um den Verkaufstresen herum, fällt neben Rena auf die Knie und hebt ihren Kopf an. Sie ist bleich im Gesicht.

Aber … was ist das? Rührt Rena sich? Ja! Sie lebt. Ihre Augenlider flattern, und sie verzieht den Mund, sagt etwas, das Lucifer nicht hören kann. Er ist damit beschäftigt, den Gefühlsmix aus Erleichterung und Enttäuschung auszuhalten.

Mit der Hand fährt Rena über ihre Seite. Der Stoff ihres Shirts ist aufgeschlitzt. Ist die Kugel so haarscharf an ihr vorbeigezischt? Trotzdem muss sie ihre Haut erwischt haben, denn der gelbe Stoff färbt sich stetig rot.

Verdammt, verdammt, VERDAMMT!

Schlimmer hätte es nicht kommen können. Der Streifschuss

macht sie zum Opfer. Keiner wird glauben, dass sie in Wahrheit das Monster ist.

Lucifer ballt die Hände zu Fäusten. Sollte es wirklich so laufen, muss er eben nachhelfen. Das Blatt hat sich gewendet. Ab jetzt kann er nicht mehr davon ausgehen, dass die Sünderin länger dichthalten wird. Aber es steckt noch ein letztes Ass in seinem Ärmel. Eins, mit dem Rena bestimmt nicht rechnet.

Das Spiel ist noch nicht aus.

Aber bald. Bald wird sie die letzte Todsünde mit aller Gewalt zu spüren bekommen. Und er freut sich mehr als alles andere auf das Ende. Den Wahnsinn. Er wird schneller kommen als erhofft – aber das spielt jetzt keine Rolle mehr.

Polizisten stürmen die Tankstelle.

JOE

Kommen wir zum Ende. Das wolltest du doch hören, oder? Was mich hierhergebracht hat? Erinnerst du dich, was ich über das Licht und das Wasser gesagt hab? Dass ich nie gedacht hätte, beides würde mir zum Verhängnis werden? Tja, aber genau so war es.

Ich wurde süchtig nach Schwimmen. Im Licht, nicht im Wasser. Tilli war alles, was ich gebraucht hab. Die Schwimmhalle wurde unser Geheimversteck. Nach jedem Training hab ich so getan, als wollte ich noch ein paar Bahnen machen. Dass meine Leistung trotzdem immer weiter nachgelassen hat und ich mit dem Kopf überall war, bloß nicht beim Schwimmen, ist Gustavo natürlich aufgefallen. Gesagt hat er aber nie etwas, mich immer nur so enttäuscht angeschaut. Typisch Lehrer eben. Wäre er nur ein bisschen länger geblieben, hätte er den Grund für meinen Motivationseinbruch im Bikini ins Wasser springen sehen. Aber er ist nie länger geblieben.

Von Aaron kann man das nicht behaupten. Ich konnte ihm ansehen, dass er es wusste. Vielleicht wollte er sagen, dass wir Rena unrecht taten oder auf ihren Gefühlen rumgetrampelt sind. Ich will nicht so tun, als wäre es anders gewesen. Wir haben uns ziemlich beschissen benommen.

Irgendwie kann ich sogar verstehen, was Rena getan hat. Irgendwie. Aber in diesen Momenten, wenn Tilli und ich alleine waren, gab es keine Rena. Es gab nur uns beide. Das Wasser. Und das Licht. Okay, und Marti, den Bademeister. Aber um den hab ich mich gekümmert. Meistens hat es gereicht, ihm eine Pizza liefern zu lassen, damit er für ein bis zwei Stunden verschwindet. Ab und zu ein Sixer Bier oder ein Kinoticket. Marti war da nicht wählerisch. Zwar ist die Hälfte der Kohle, die ich in der Tanke verdient hab, für Martis Schweigen draufgegangen, aber das war es mir wert.

Vielleicht wäre alles anders gekommen, wenn Marti an diesem einen Abend dort gewesen wäre. Ganz bestimmt sogar. Aber das bringt nichts. Es ist, wie es ist. Ich bin jetzt hier, keiner kann etwas daran ändern.

Die Schwimmhalle war montags, mittwochs und freitags ab sieben für unser Training reserviert. Danach hatten Tilli und ich die ganze Halle für uns. So auch an diesem Abend.

Ich weiß noch, wie wir im Nichtschwimmerbecken rumgealbert haben. Fühlt sich an, als wäre das ewig her. Wir haben uns gegenseitig nass gespritzt und untergetaucht. Was Pärchen halt so machen. Und genau das waren wir: ein Paar. Zumindest in diesen Stunden in der Schwimmhalle.

Ich hab Tilli an mich gezogen. Im Wasser war sie ganz leicht. Sie hat ihre Beine um meine Mitte geschlungen, und so hab ich sie durchs Wasser getragen.

»Lass mich nie wieder los, Joe Decker«, hat sie ganz dicht an meinem Ohr geflüstert. Zusammen mit ein paar Wassertropfen ist Gänsehaut meinen Nacken runtergelaufen.

Ich hab sie mit dem Rücken gegen den Beckenrand geschoben. Ihre Augen wirkten fast schwarz, so groß waren ihre Pupillen. Sie hat gelächelt, und ich hab ihre Grübchen geküsst. Vergiss den Goldenen Schnitt, Tilli ist so viel schöner. Für mich ist sie perfekt.

Plötzlich hat sie die Augen aufgerissen. »Hast du das gehört?«, hat sie gefragt. Ihr ganzer Körper hat sich verkrampft.

Ich hab mich umgesehen. Das Nichtschwimmerbecken liegt

in einem Seitenflügel der Schwimmhalle. Von meiner Position aus konnte ich nur das Ende vom großen Becken sehen, dort wo die Startblöcke stehen. Nichts hat sich gerührt. Die Wasseroberfläche war ganz glatt. Ich hab zur Glasfront geschaut. Draußen ist es langsam dunkel geworden, weshalb die Scheibe zu einem riesigen Spiegel wurde, in dem das Licht reflektierte. Alles ganz normal. Dachte ich.

»Hier ist niemand«, hab ich ihr versichert. »Nur wir beide.«

Und sie hat mir geglaubt. Weil ich mir selbst geglaubt hab. Weil ich dachte, wir wären so schlau gewesen. Die Sache mit der Schwimmhalle, Marti, der beide Augen zudrückt. Ja, ich hab gedacht, in diesen Stunden könnte niemand uns etwas anhaben, die Dunkelheit würde draußen bleiben. Aber sie war längst bei uns.

Die Anspannung ist von Tilli abgefallen.

Das, was dann passiert ist, ist nicht jugendfrei. Ich hab ja normalerweise echt keine Probleme, ins Detail zu gehen, aber dieser Moment gehört nur Tilli und mir. Da hast du absolut nichts drin verloren. Und auch sonst keiner.

»Wo ist mein Bikinioberteil?«, hat Tilli danach gefragt und sich suchend umgesehen.

Die Antwort war ein Lachen. Kalt. Hämisch. Und es kam nicht von mir.

Tilli hat aufgeschrien und ihre Hände hochgerissen, um ihre Brüste zu bedecken. Jeder Muskel in mir hat sich angespannt – Panikmodus. Und dann hab ich sie gesehen. Die Gestalt. Sie stand hinter uns, im Halbdunkel. Hat an dem Regal gelehnt, in dem der ganze Kram aufbewahrt wird, mit dem Erstklässler schwimmen lernen. Und noch bevor die Gestalt einen Schritt ins Licht gemacht hat, hab ich gewusst, wer sie ist.

»Rena«, entfuhr es mir.

Tillis Gesicht hat sich in eine Maske aus Angst und nackter Panik verwandelt. Sie wurde so blass, dass ich einen absurden

Moment lang befürchtet hab, sie wäre verletzt und würde gerade ihr ganzes Blut verlieren.

Aber das Wasser war nicht rot.

Noch nicht.

Rena ist auf uns zugekommen. Erst da hab ich gesehen, dass sie ein Handy in der Hand gehalten hat. Quer. Du weißt, was das bedeutet, oder? Es gibt nur zwei Gründe, warum man ein Handy quer hält. Entweder man schaut einen Film an, YouTube oder so, oder man benutzt die Kamera.

»Lass uns darüber reden«, hab ich zu Rena gesagt und mich angestrengt, ganz ruhig zu bleiben. Tilli hat auf die Wasseroberfläche gestarrt, ihr Kinn hat gezittert. Am liebsten hätte ich sie in den Arm genommen, aber in dem Moment war ich mir nicht sicher, ob sie das wollte. Oder ob es die Situation nicht noch schlimmer machen würde.

Rena war nur wenige Meter von uns entfernt. Das Handy immer noch in der Hand, die Kameralinse auf uns gerichtet. »Wow, was für eine Show. Hätte ich die Hände frei, würde ich klatschen«, hat sie gesagt und wieder so frostig gelacht. »Die Leute werden voll drauf abfahren.«

Ich wollte fragen, was sie damit meinte, aber sie hat mir keine Zeit dazu gelassen. »Auf welcher Seite soll ich euren kleinen Fick hochladen? YouPorn? Insta? TikTok? In der WhatsApp-Gruppe für die Spendengala? Ist eigentlich egal, oder? Einmal im Netz … Ach, ihr kennt das ja.«

Tilli hat ausgesehen, als hätte man ihr ins Gesicht geschlagen. »Bitte, Rena. Es tut uns leid!«, hat sie gesagt.

»Uns?«, hat Rena wiederholt und dabei verächtlich die Oberlippe hochgezogen. Sie hat Tilli an den Kopf geknallt, dass sie dachte, sie wären wie Schwestern, und dass Schwestern einander so etwas niemals antun würden. Sie hatte recht. Tilli und ich hatten Mist gebaut. Wir dachten, wir könnten Rena ausblenden und würden sie damit nicht verletzen. Aber so war es nicht.

»Du. Bist. Für. Mich. Gestorben«, hat Rena gesagt. Genau so, hinter jedem Wort ein Punkt. Sie wollte ganz klar machen, dass das kein Witz war. Und als sie es gesagt hat, hat sie uns beide angesehen. Tilli und mich.

Tränen sind über Tillis Wangen gelaufen. Die ganze Zeit haben wir uns vorgemacht, einen Ausweg aus dieser Situation gefunden zu haben. Wir hatten gehofft, das Problem würde sich von selbst erledigen. Aber am Ende waren wir nicht besser oder schlechter als Rena.

Innerlich hab ich mich verflucht. Was hatten wir uns bloß dabei gedacht? Aber dann ist mir das Gefühl wieder eingefallen, das mich immer überkam, wenn ich in Tillis Nähe war. Wenn wir alleine waren. Wenn ihr Licht meine Schatten verdrängt hat. Und obwohl es dafür wahrscheinlich noch zu früh war, obwohl ich es noch nie laut ausgesprochen hatte, wurde mir klar, dass ich dieses Mädchen liebe.

Beschissener Moment, ich weiß. Aber genau so ist es gewesen. Leider hatte ich nie die Gelegenheit, es ihr zu sagen.

Ich weiß nicht, wie Rena es herausgefunden hat. Wahrscheinlich hat sie irgendwann doch die Blicke zwischen mir und Tilli bemerkt. Oder sie wollte mich beim Training überraschen. Oder jemand hat ihr gesteckt, dass ich seit Monaten Überstunden beim Schwimmen geschoben hab. Oder … oder … oder.

Aber eigentlich spielt das keine Rolle. Ich hab gewusst, wie besitzergreifend und rachsüchtig Rena sein kann. Und trotzdem hab ich mit dem Feuer gespielt. Wie ein Kind, das die Finger nicht von Streichhölzern lassen kann.

Jetzt war Schadensbegrenzung angesagt. Also hab ich beschwichtigend die Hände gehoben. »Bitte leg das Handy weg und lass uns darüber reden«, hab ich gesagt.

Rena hat auf das Display geschaut, als wollte sie überprüfen, ob das Bild noch scharf gestellt war. »Keine Sorge, unser Gespräch schneide ich vor dem Hochladen raus. Das interessiert auf YouPorn sowieso keinen, ist eher was für mich. Als kleine Erinnerung. Damit ich mir immer wieder eure dummen Gesichter anschauen kann.« Sie hat gelacht und dabei wie eine Verrückte geklungen.

Ich glaube, das war der Moment, wo mir eine Sicherung durchgebrannt ist. Ich wollte mir nicht länger von ihr sagen lassen, wie mein Leben aussehen soll. Sie hatte keine Macht mehr über mich. Oder über Tilli. Ab dem Zeitpunkt war sowieso alles egal …

»Gib mir sofort das Handy!«, hab ich geschrien. Meine Stimme klang so weit entfernt, als würde sie einem anderen gehören. Jemandem, der viel stärkeren Hass empfinden kann, als ich es je getan hab. Jemandem, dessen Dunkelheit noch viel tiefer war als Renas.

»Hol es dir doch!«, hat sie gesagt. Nein. Sie hat es gesungen.

Hol es dir doch! Hol es dir doch! Hol es dir doch!

HOL ES DIR!

Mit einem letzten Blick auf Tillis vor Schreck weit aufgerissene Augen stemme ich mich aus dem Wasser.

Rena stolpert rückwärts, knallt mit dem Rücken gegen das Regal. Eine Ladung Schwimmnudeln landet neben ihr auf den Fliesen. Die Handykamera richtet sie weiter auf mich. Sie ist eine Waffe.

Mit einem Satz springe ich auf den Beckenrand und richte mich auf. Wasser rinnt aus der Badehose meine Beine runter.

In Renas Gesicht liegt eine Mischung aus Zorn und Panik. Sie hat nicht damit gerechnet, dass ich mich gegen sie wehren würde. Nach all den Monaten, in denen ich geschwiegen habe, um … Ja, warum eigentlich? Um mich zu schützen? Tilli? Ich weiß es nicht mehr.

Ich bin blind vor Wut. Blind, weil ich mich in Renas Dunkelheit verlaufen habe. Da ist kein Licht mehr. Nur Schwärze.

Ich hechte nach vorne, will Rena das Handy entreißen, es auf dem Boden zertrümmern.

Sie streckt beide Hände aus, will sich wehren.

Gegen mich!

Gegen die Wut in mir.

Aber das schafft sie nicht. Ich bin stärker. Ich bin wütender.

Ich bin die Dunkelheit.

Sie presst beide Handflächen gegen mich, drückt mich weg. Sie hat keine Chance. Aber. Nein. Der Boden. Er ist zu nass. Das Wasser. Mein Element.

Ich bin zu schnell. Zu wütend. Von allem ein bisschen zu viel. Wäre ich doch nur weniger gewesen. Weniger wütend. Weniger dunkel. Weniger verliebt. Einfach ... weniger.

Aber da ist kein Platz für weniger. Nur für die Wut. Den Hass. Den Zorn.

Ich begreife erst, dass ich einen Fehler begangen habe, als es zu spät ist. Ein »Oh!« befreit sich aus meiner Kehle. Es klingt so erbärmlich ... überrascht. Aber es passt. Weil ich erbärmlich bin ... und überrascht. Davon, dass Rena mich tatsächlich aus dem Gleichgewicht bringt. Dass ihre Hände, die sich gegen meine Brust stemmen, stärker sind, als ich es erwartet habe.

Meine Füße rutschen über die nassen Fliesen. Ich verliere den Halt.

Falle nach hinten.

Irgendwo schreit jemand. Tilli? Rena?

Ich weiß es nicht. Ich kann sie nicht mehr sehen. Das Deckenlicht trifft in meine Augen und mein Kopf auf etwas Hartes. Ich höre ein Knacken.

Wären wir doch nie hierhergezogen.

Wasser umfängt mich.

Es ist rot.

Mein Blick geht starr geradeaus. Ich will mich bewegen, will mich nach dem Licht umsehen, aber ich bin ein Gefangener meines eigenen Körpers. Eine Motte, die an einer zu heißen Glühbirne verbrennt.

Das Rot beginnt am Rand schwarz zu werden. Die Dunkelheit frisst sich von außen nach innen. Die Welt verschwimmt, versinkt in Schwärze.

Ich sehnte mich nach dem Licht. Nach meinem Licht. Und zugleich weiß ich, dass ich es nie wiedersehen werde. Dass es für immer erloschen ist. Zumindest für mich.

Ich hatte meine Chance.

Aber ich bin in die falsche Richtung geschwommen. Hab die Orientierung verloren. Hatte keine Wahl.

Man hat immer eine Wahl? Nicht, wenn die Dunkelheit von allen Seiten kommt.

Schwerelosigkeit reißt mich fort.

Nichts.

Und dann bin ich aufgewacht. Hier. Bei dir. In Badehose. Mit Blut an meinem Kopf.

RENA

Mittwoch, 15. September, 18.05 Uhr
(50 Tage, 21 Stunden und 20 Minuten danach)

Es riecht nach »Hospital Flair«-Duftbaum. Ich blinzle ins grelle Deckenlicht. Meine Seite brennt mörderisch. Die Liege unter mir ist unbequem, der Raum, in dem sie steht, klein, weiß und voller medizinischer Gerätschaften.

Na endlich! Dachte schon, du pennst ewig!

»Bin ich im Krankenhaus?«, krächze ich und räuspere mich gleich darauf.

»Notaufnahme.« Aaron sitzt neben meinem Bett und lächelt mich erleichtert an. Seine Hand zuckt zurück, erst da wird mir bewusst, dass er meine gehalten hat.

Sofort stürmen die Bilder auf mich ein. Lucifer. Die leuchtende Maske. Die Pistole. Aaron und Pascal. Der Schuss. Der Schmerz.

»Ist es … ist es vorbei?«

»Du erinnerst dich nicht?«

»Doch schon, an den Schuss, aber nicht daran, wie ich hergekommen bin.«

»Der Notarzt meinte, dass das Beruhigungsmittel dich wahrscheinlich ausknocken wird. Du warst ganz schön durch den Wind, hast lauter wirres Zeug über den Teufel, Sünden und so ein Zeug geschrien.«

»Oh.« Wärme breitet sich auf meinem Hals aus.

»Du wirst wieder gesund. War nur ein Streifschuss, und die

Wunde scheint ziemlich oberflächlich zu sein. Die Polizei ist gerade noch rechtzeitig gekommen.« Er deutet hinter sich zur Tür. »Ich soll einer Schwester Bescheid sagen, sobald du aufgewacht bist, damit deine Wunde genäht werden kann. Sie haben schon ein paar Mal bei dir zu Hause angerufen, konnten aber niemanden erreichen.«

»Was ist mit Pascal? Geht es ihm gut?« Meine Kehle schnürt sich zu. Was, wenn er verletzt wurde? Wenn auch der zweite Sohn der Deckers meinetwegen …

»Der ist voll in seinem Element. Als ich gegangen bin, war er gerade dabei, die Videoaufnahmen der Überwachungskamera runterzuladen.« Aaron schnaubt leise. »Und ich dachte, das Teil über der Eingangstür wäre eine Attrappe.«

Er macht Anstalten aufzustehen, aber ich halte ihn fest. »Und … der Teufel? Haben sie ihn?«

Wird auch Zeit, dass du die interessanten Fragen stellst!

Aarons Lächeln fällt in sich zusammen. Er lässt sich wieder auf den Hocker sinken. »Sie haben ihn festgenommen. Du bist in Sicherheit, mach dir keine Sorgen!« Beruhigend streicht er mir über den Arm. »Die Polizei wird deine Aussage erst morgen aufnehmen, wenn es dir besser geht. Meine haben sie schon und die von Pascal bestimmt auch.«

Es ist vorbei, das Sündenspiel zu Ende, Lucifer gefasst. Keine weiteren Aufgaben. Der Teufel hat seine Macht über mich verloren, er wurde auf frischer Tat ertappt.

Frag endlich, wer unter der Maske war!

Die ganze Zeit wollte ich nichts dringender wissen, und jetzt, da alles vorbei ist, habe ich Angst vor der Antwort. Trotzdem muss ich es erfahren. »Wer war unter der Maske?«

Aaron seufzt, als hätte auch er gehofft, ich würde diese Frage noch eine Weile nicht stellen. »Mo.«

Ich hab's doch gesagt! Die Besserwisserin klatscht in die Hände.

Aber warum? Warum hat er das alles getan?

Ein Freak braucht keinen Grund.

Diese Antwort befriedigt mich ganz und gar nicht. Man kann Mo nicht einfach als verrückt abstempeln. Das Leben ist nicht schwarz-weiß. Es gibt Facetten. Schattierungen. Farben über Farben. Menschen drehen nicht grundlos durch. Oder?

Weil ich dich noch brauche, hat er heute an der Bushaltestelle zu mir gesagt und sich verschwörerisch an den Schirm seiner Cap getippt.

Ja, für drei weitere Todsünden, ergänzt die Besserwisserin.

Nie hätte ich geahnt, zu was Mo fähig ist. Der Angriff auf Lou und Olivia oder der Überfall auf die Tankstelle gehören in eine Schublade, die man lieber mit einem dicken Vorhängeschloss absichert.

Stille Wasser sind tief.

Abgrundtief?

Was erwartest du von jemandem, der sich ein Sündenspiel ausdenkt und selbst den Teufel spielt?

»Ich will nach Hause.«

Aaron steht auf und löst sich vorsichtig aus meinem Griff. »Ich sage einer Krankenschwester Bescheid.« Er geht zur Tür, dreht sich um und grinst mich verlegen an. »Ach, übrigens: Falls jemand fragt, ich bin dein Bruder. Anders hätten sie mich nicht zu dir gelassen.«

Ich muss lachen, was sich anfühlt, als würde mir jemand ein Messer in die Seite rammen. »Da hat wohl jemand zu viel *Greys Anatomy* geschaut, was?«

Abwehrend hebt er die Hände. »Unfreiwillig! Meine Mum steht total auf so ein Zeug.« Er wird wieder ernst. »Willst du es bei deinen Eltern auf dem Handy versuchen?«

»Später. Bestimmt sitzen sie noch im Flugzeug nach Berlin. Ärztekongress.«

Aaron grinst mir verschwörerisch zu. »Na zum Glück ist dein Bruder gekommen, um dich nach Hause zu bringen.« Er verschwindet nach draußen und zieht die Tür leise hinter sich ins Schloss.

Wir verlassen das Krankenhaus. Der Wind hat aufgefrischt und raschelt durch die Blätter der Bäume, die am Wegrand stehen. Nur noch ein blasser Schimmer am Horizont verrät, wohin der Tag verschwunden ist.

»Wie geht es deiner Schusswunde?«

»Hervorragend.«

»Hoffentlich behältst du eine Narbe.«

Verdutzt sehe ich Aaron an. »Äh, ja, unbedingt.«

Er prustet los. »Das wäre der Knüller auf jeder Party.«

»Hä?«

»Ich meine, wer kann sonst noch behaupten, angeschossen worden zu sein?«

Ich verdrehe die Augen. »Keine Witze, mein Hirn arbeitet gerade mit Verzögerung.«

Aarons Lächeln bleibt. Warum ist mir nie aufgefallen, wie schön es ist? »Dann scheinen die Schmerzmittel ja zu wirken.«

»Die volle Dröhnung.«

Er knufft mich in den Arm. »Spürst du das?«

»Was?« Ich tue so, als wüsste ich nicht, wovon er spricht.

Er grinst. Ich fröstle.

»Hier.« Er zieht sein Hemd aus und legt es mir um die Schultern. »Wäre doch zu blöd, wenn du einen Raubüberfall überlebst und dann an einer Erkältung draufgehst.«

Ich schlüpfe in die langen Ärmel, streiche mit den Fingern über den weichen Stoff. Das Gefühl ist so vertraut, ich hätte nie gedacht, dass ich es jemals wieder spüren würde. Joe hat seine Arbeitshemden gehasst, ich nicht.

Aarons Wärme und sein Duft umgeben mich. Jetzt trägt er nur noch ein weißes T-Shirt. Ich sehe seinen Armen an, dass er in letzter Zeit häufiger geschwommen ist. Schnell wende ich den Blick ab und steuere auf die Bushaltestelle zu.

Aaron bleibt stehen. »Wohin so eilig?«

»Na, zum Bus.«

Er lacht so herzlich, wie ich es seit Langem nicht von ihm gehört habe. »Du wurdest gerade angeschossen und willst jetzt ernsthaft Bus fahren?«

»Warum nicht?«

Augenrollen. »Was wäre ich für ein Bruder, wenn ich dich nicht auf direktem Weg nach Hause bringe?« Er deutet mir an, ihm zu folgen. »Wir nehmen ein Taxi, geht auf mich!«

»Das musst du nicht tun.« Innerlich verfluche ich mich. Mein Kopf dröhnt, in meinen Bauch strahlt ein dumpfer Schmerz aus, und ich bin hundemüde. Warum kann ich nicht einfach mal die Klappe halten?

Das frage ich mich allerdings auch.

»Doch, muss ich.« Aarons Miene wird ernst. »Das ist der handelsübliche Preis fürs Lebenretten.«

Verlegen schaue ich zu Boden.

Er will dir nur nichts schuldig sein! Wenn er wüsste, dass du ihn in Gefahr gebracht hast …

Ich hätte Aaron und Pascal warnen können. Aber ich dachte, ich könnte zwei Fliegen mit einer Klappe schlagen. Lucifer der Polizei ausliefern und Aaron vor ihm beschützen. Am Ende ist mein Plan sogar aufgegangen. Irgendwie jedenfalls.

Wir finden ein Taxi, das am Krankenhausparkplatz wartet. Kaum sind wir eingestiegen, wirkt Aaron irgendwie unruhig, fast schon nervös. Liegt es daran, dass er nicht mit mir gesehen werden will? Weil wir keine Freunde mehr sein können nach allem, was passiert ist?

Wir schweigen. Angst überkommt mich, dass es das war. Dass wir nach diesem Abend wieder getrennte Wege gehen.

Der Taxifahrer hält vor meinem Haus. Aaron zahlt und begleitet mich bis zur Tür.

»Darf ich dich etwas fragen?«

Ich denke daran, dass Ivar mich das heute auch schon gefragt hat. Es ist gar nicht mal so lange her, und trotzdem scheint es Jahre zurückzuliegen. »Klar«, sage ich. »Aber für jede Frage habe ich auch eine gut.«

»Abgemacht.«

Trotz der pochenden Wunde breitet sich eine wohlige Wärme in meinem Bauch aus. Aaron hätte sofort verschwinden können, nachdem er mich abgesetzt hat, aber er ist noch da.

Ich krame in meiner Tasche nach dem Hausschlüssel und bekomme dabei Lucifers Handy zu fassen. Mist! Das muss ich morgen sofort bei der Polizei abgeben.

»Warum dachtest du, Mo würde wollen, dass du mit ihm die Tankstelle verlässt?«

Ich lasse meine Tasche sinken. Überlege. Soll ich Aaron die Wahrheit sagen? Lucifer ist gefasst. Was kann er mir jetzt noch anhaben? Und morgen gehe ich ohnehin zur Polizei, liefere das Handy ab und mache meine Aussage. Dann kommt alles ans Licht. Warum nicht schon heute Abend damit anfangen?

Das glaube ich erst, wenn ich es sehe …

Ich setze mich auf die oberste Treppenstufe und lasse mich mit dem Rücken gegen die Haustür sinken. Der frisch verarztete Streifschuss meckert. Reingehen will ich trotzdem noch nicht. Ich habe Angst, dass drinnen die ganze Anspannung von mir abfällt und ich in Tränen ausbreche. Aber davon soll Aaron nichts mitbekommen. Für heute hat er genug Rena-Drama erlebt. Außerdem bin ich ihm dieses Gespräch schuldig. Und Lou. Und Olivia, Tilli und Adina. Und Pascal. Und meinen Eltern. Sogar der Bulldogge. Es wird nichts entschuldigen. Was ich getan habe, habe ich getan. Aber es kann einiges erklären.

»Ist wahrscheinlich einfacher, wenn du es selbst liest.«

Aaron setzt sich neben mich. Der Abstand zwischen uns beträgt nur wenige Zentimeter. Gerade so viel, dass wir uns nicht berühren. Fragend sieht er mich an.

Ich zeige ihm Lucifers Handy. Der Notruf, den ich in Freds Café abgesetzt habe, wurde beendet. »Das hat Mo mir zugespielt.« Ich öffne den Chat mit dem Teufel und scrolle bis ganz nach oben. »Hier«, sage ich und halte Aaron das Handy hin.

Zögernd nimmt er es, wobei sich unsere Hände ganz kurz berühren. Dann fängt er an zu lesen. Der bläuliche Schein des Displays fällt auf sein Gesicht. Seine Augen huschen hin und her, während er langsam mit dem Daumen den Chat nach oben schiebt. Ich beobachte jede seiner Regungen.

Er runzelt die Stirn.

Er presst die Kiefer aufeinander.

Er ballt die freie Hand zur Faust.

»Das darf doch nicht … Das kann doch nicht …« Er hat das Ende des Chats erreicht. Die Hand, in der er das Teufelshandy hält, zittert leicht. Vorsichtig nehme ich es ihm ab. Nicht, weil ich besonders daran hänge, sondern weil es ein Beweis ist.

Aaron sieht mich an. Entsetzen liegt in seinem Blick. »Kein Wunder, dass du heute Nachmittag eine Panikattacke hattest und in der Tankstelle ausgeflippt bist.« Sein Blick ruht auf mir, aber darin liegt kein Mitleid, was mich sehr beruhigt. Er lächelt verlegen. »Und ich dachte schon, du hättest eine gespaltene Persönlichkeit oder so.«

Die Besserwisserin kichert.

»Wie meinst du das?«

»Na ja, ich bin aus dir einfach nicht schlau geworden. Es kam mir vor, als würde es zwei Renas geben. Die eine wirkt sehr in sich gekehrt und hilft beim Aufbau der Kapelle. Die andere rennt mit einem geklauten Brautkleid auf einen Laufsteg und veröffentlicht ein fieses Geständnis von sich.« Er zuckt mit den Schultern. »Für mich hat das ausgesehen, als würdest du dir eine Zielscheibe aufs Gesicht malen, aber gleichzeitig darum betteln, dass keiner auf dich schießt.«

Ich schaue auf den Boden. Mit dem Fuß schiebe ich einen Kieselstein über den Rand der untersten Treppenstufe. »Tut mir leid, dass ich euch nicht gewarnt habe, obwohl ich von dem Raubüberfall wusste.«

Aaron reagiert erstaunlich gelassen. »Ich habe keinen blassen Schimmer, was ich an deiner Stelle getan hätte. Echt nicht. Und ich hoffe, ich werde es nie herausfinden müssen.«

»In letzter Zeit habe ich ziemlich viele beschissene Entscheidungen getroffen.«

Schweigen.

Ich schlucke, halte es aus.

»Mo hat dir keine Wahl gelassen, du musstest schnell handeln. Da hätte jeder Fehler gemacht.«

»Ja«, sage ich leise.

Er schnauft. War das etwa …? Hat er gerade … gelacht?

Überrascht sehe ich auf. »Was ist so lustig?«

»Jetzt hast du es getan.«

»Was?«

»Einfach nur ›ja‹ gesagt.«

»Ja, ja!« Ich hole aus und boxe ihm gegen den Oberarm. Es tut so gut, jemandem von Lucifer erzählt zu haben, und ich bin unendlich froh, dass Aaron nicht aufgestanden und einfach gegangen ist. Obwohl er jedes Recht dazu gehabt hätte. »Jetzt bin ich dran.«

»Womit?«

»Ich habe noch eine Frage gut.«

»Schieß los!«

Ich stecke das Handy zurück in die Tasche und setze mich so, dass ich ihm besser ins Gesicht sehen kann. »Wenn es keine Schlägerei gab, wegen der du bei der Kapelle mithelfen musstest, warum warst du dann dort?« Ich ahne, dass mir die Antwort nicht gefallen wird. Aber ich muss es wissen.

Schnell wendet er den Blick ab. »Das war wohl auch keine meiner Glanzentscheidungen.« Er presst die Lippen zusammen. »Aber ich war so wütend.«

»Auf mich.« Keine Frage, bloß eine Feststellung.

Er braucht nicht zu nicken, es ist uns beiden klar. »Natürlich weiß ich, dass du Joe nicht wirklich umgebracht hast. Spätestens, seitdem ich das Video auf der Gala gesehen habe. Aber Tilli war nach Joes Tod völlig außer sich, und irgendwie habe ich mich anstecken lassen.«

»Hat es dir geholfen?«, frage ich.

Er wackelt mit dem Kopf und zuckt gleichzeitig mit den Schultern. »Es hat gutgetan, jemanden für diese ganze Scheiße verantwortlich zu machen. Anfangs zumindest.«

Ich sage nichts, lasse ihn einfach reden.

»Als ich gehört habe, dass du bei der Kapelle hilfst, habe ich mich freiwillig gemeldet. Ich wollte in deiner Nähe sein, dich spüren lassen, dass ich dir niemals verzeihen werde.«

Da hast du deine Antwort! Bist du jetzt glücklich?

»Verstehe.« Und das tue ich wirklich. Trotzdem lassen seine Worte mich frösteln. Ich schlinge Aarons Hemd enger um mich.

»Anfangs habe ich gehofft, ich könnte mich dadurch besser fühlen. Aber das war Bullshit.« Er schüttelt den Kopf wie jemand, der seinen eigenen Gedanken nicht mehr folgen kann. Seine Lippen verziehen sich zu einem Lächeln.

»Was ist?«, frage ich.

»Schon komisch, aber am Ende war es genau diese Arbeit an der Kapelle, die mir dabei geholfen hat, dich richtig zu sehen. Nicht die abgebrühte Rena, die ich so verabscheut habe.«

Ich zucke zusammen. »Oh … okay. Das habe ich wohl verdient.« Ich muss an den zufriedenen Ausdruck auf Pfarrer Sailes Gesicht denken, als Aaron und ich zum ersten Mal an der Kapelle aufeinandergetroffen sind. War das wirklich erst gestern?

Ein unsichtbarer Faden zieht Aarons linken Mundwinkel zu einem schiefen Grinsen hoch. »Ja.« Er sieht weg, als könne er meinen Anblick nicht länger ertragen. Der Faden wird gekappt, und mit ihm verschwindet das halbe Lächeln. »Ich hatte seit Joes Beerdigung viel Zeit nachzudenken. Über dich. Über Joe. Und Tilli. Über diese ganze Scheiße eben.«

»Und zu welchem Ergebnis bist du gekommen?« Die Frage ist aus meinem Mund, ehe ich ihre Tragweite begreife. Ich wünsche mir, ich könnte sie mit einem Tintenkiller aus dem Skript unseres Lebens löschen.

Endlich sieht er mich an, ganz direkt, als würde er sichergehen wollen, dass ich das, was jetzt kommt, richtig verstehe. »Dass Unfälle passieren.«

Unfälle? Die Besserwisserin schnaubt geräuschvoll. *Du hast Joe auf dem Gewissen!*

Das Gedankenkarussell fährt wieder an, und ich springe auf, kralle mich an den *Was-wäre-wenn*-Fragen fest, reite auf ihnen im Kreis. Immer und immer schneller. Runde um Runde. Die Nacht um mich herum verschwimmt, zieht graue Schlieren nach sich, und auch Aarons Gesicht löst sich darin auf.

Was. Wäre. Wenn?

Ich schließe die Augen, aber das hilft kaum. Das Karussell reißt mich weiter, nimmt Fahrt auf, ist viel zu schnell, um jetzt noch abspringen zu können.

Es kostet mich mehrere Anläufe, bis ich die schlimmste aller

Wenn-Fragen hervorbringe: »Wenn es mich nicht geben würde, wäre Joe dann noch am Leben?«

Aaron tastet nach meiner Hand. »Tu das nicht!«

»Was?«

»Dir über Dinge den Kopf zerbrechen, die du nicht ändern kannst.«

Wieder muss ich an Lous Parallelwelten denken. Gibt es irgendwo eine, in der Mos Schuss mich nicht verfehlt hat? Oder eine, in der er nicht auf mich, aber auf Aaron oder Pascal geschossen hat? Sollte ich dann nicht froh sein, in dieser hier zu leben, in der es uns dreien gut geht? Dankbar sein, dass es nicht schlimmer gekommen ist? Noch schlimmer?

Was wäre, wenn?

Ja, was wäre dann?

Ich weiß es nicht.

Wer sonst?

Keiner!

»Ich kann aber nicht anders«, sage ich laut, ob zu Aaron oder der Besserwisserin, weiß ich nicht.

»Doch, du kannst!« Er drückt meine Hand so fest, dass meine Finger taub werden. »Du hast Joe von dir weggestoßen. Er hat dich angegriffen, du hast dich gewehrt. Spätestens nach dem Video auf der Gala wissen das alle. Du hast ihm keinen Hammer über den Kopf gezogen oder so. Er hat sich das Genick am Beckenrand gebrochen. Du konntest nichts tun!«

Es macht mich fertig, das ausgerechnet aus seinem Mund zu hören. Er sollte mir nicht dabei helfen, meine Dämonen zu besiegen. Nicht Aaron! Aber zu meiner Verwunderung wird das Karussell tatsächlich langsamer, und die Schlieren aus Grau und Schwarz verblassen, bis ich jede einzelne Wenn-Frage klar und deutlich vor mir sehe. Und egal welche von ihnen ich betrachte, mir wird etwas bewusst, das ich die ganze Zeit ignoriert habe.

Ich werde nie eine von ihnen beantworten können.

Dazu sind sie auch nicht da.

Und wozu dann?

Denk nach!

Ich tue es. Denke nach. An die vielen Momente, in denen ich die Fragen hin und her geschoben habe. Immer und immer wieder die Vergangenheit durchgekaut, auf der Suche nach dem entscheidenden Fehler. Nur dass ich nie einen Gedanken daran verschwendet habe, was ich tun soll, wenn ich diesen besagten Fehler gefunden habe. Denn er ändert nichts. Er stoppt das Karussell nicht, das kann nur ich. Alles bleibt, wie es ist.

Die Besserwisserin applaudiert aufgeregt. *Jetzt hast du es!* Bei jedem Klatschgeräusch ihrer Hände zerplatzen mehr und mehr Fragen, und das Karussell stürzt in sich zusammen.

Ich reiße die Augen auf.

»Alles in Ordnung?« Tiefe Linien durchziehen Aarons Stirn.

Ich kann nicht anders, ich muss lächeln. »Glaub schon.«

»Das ist … gut.« Er wirkt erleichtert. »Du hast dich wirklich genug bestraft. Und die anderen auch. Das muss ein Ende haben.«

Ich schnaube. »Du meinst die Nadelblicke?«

Ein kurzes Zögern, als würde er überlegen, ob ich einen Witz mache oder es ernst meine. Schließlich entscheidet er sich für ein kleines Lächeln. »So kann man es auch nennen.«

Im Blumenbeet neben der Treppe raschelt es. Ich zucke zusammen. Eine schwarze Katze springt heraus und schlendert über den Weg.

»Wie viele Jahre Pech bringt uns das ein?«, fragt Aaron.

»Kommt drauf an, aus welcher Richtung sie gekommen ist.«

»Von links nach rechts ist schlecht – glaube ich.«

Ich winke ab. »Ach, heute hatten wir eine schwarze Katze gut.«

»Klingt einleuchtend.«

Wir lauschen der Nacht. Grillen zirpen. Durch die Haustür kann ich unser Festnetztelefon leise klingeln hören.

Und obwohl das Karussell in Schutt und Asche zerlegt ist, bleibt eine allerletzte Frage zurück. Keine Wenn-Frage, genau deshalb will ich sie stellen.

Ich räuspere mich. »Wie sieht es jetzt aus?«

»Was meinst du?«

Die Worte stellen sich quer, wollen nicht über meine Lippen, kleben an meinen Zähnen fest wie Karamellbonbons. Aber ich habe nichts zu verlieren, und das macht es wesentlich einfacher. »Kannst du mir … irgendwann … verzeihen?«

Aaron rutscht auf der Stufe ein Stückchen auf mich zu. Nicht von mir weg.

Ich halte die Luft an.

»Bin gerade dabei. Und du?«

»Ich?«

»Kannst du dir irgendwann verzeihen?«

»Fang heute damit an.«

Dann ist mein Job wohl getan.

Du gehst?

Wohin sollte ich gehen? Ich bin du, schon vergessen?

Wäre ja sonst ziemlich verrückt, oder?

Ja.

Aber was ist mit dem Lügenberg und … du weißt schon?

Dafür hast du mich nie gebraucht.

Die Worte der Besserwisserin verklingen. Jetzt ist es still. Aber obwohl sie keinen Mucks mehr von sich gibt, spüre ich sie in jedem Gedanken, jedem Muskel, jeder Bewegung. Sie ist ein Teil von mir, immer gewesen. Nur dass ich diesem Teil nicht mehr so viel Macht über mich gebe. Keine eigene Stimme.

»Weißt du, was?«, fragt Aaron.

»Hm?«

Er sieht mir fest in die Augen. »Die neue Rena gefällt mir wesentlich besser als die alte.«

Eine Haarsträhne rutscht mir ins Gesicht und kitzelt mich an der Nase. »Ich finde sie auch ganz okay.«

»Vielleicht kann sie ja eine Weile bleiben?«

»Eine Weile?«

»Wie wäre es mit für immer?« Er streicht mir die Strähne hinters Ohr. »Klingt doch nach einem guten Anfang.«

Mein Herz klopft doppelt so schnell wie noch Sekunden zuvor. Und das, ohne dass Lucifer dafür verantwortlich ist. Beinahe hätte ich vergessen, wie schön sich das anfühlen kann. »Klingt perfekt.«

Ich finde keine Worte dafür, wie dankbar ich Aaron bin. Obwohl er mich abgrundtief gehasst haben muss, hat er es geschafft, diesen Hass beiseitezuschieben und hinter die Fassade zu sehen. Und das zu wissen, tut unendlich gut.

»Danke«, murmle ich.

»Wofür?«

»Dass du mich von dem Gedankenkarussell befreit hast. Ich hatte schon befürchtet, ich würde für immer auf dem beschissenen Teil festsitzen.«

»Die volle Dröhnung scheint dich ja wirklich ganz schön matschig im Kopf zu machen.« Er legt einen Arm um meine Schulter und zieht mich zu sich heran. Nicht mehr und nicht weniger. Und trotzdem perfekt. Seine Berührung schickt Hitzewellen durch mein Nervensystem. Die Synapsen feuern, als hätte meine innere Uhr gerade zwölf geschlagen – an Silvester.

»Ja«, sage ich.

Aaron gluckst. »Ja.«

RENA

Mittwoch, 15. September, 20.14 Uhr
(50 Tage, 23 Stunden und 29 Minuten danach)

Die Haustür hinter uns wird aufgerissen. »Hab ich also richtig gehört!« Lou.

Aaron springt auf. Ich drehe mich zu Lou um. Sie trägt wieder den rosa Schlafanzug mit den Kätzchen drauf.

»Was machst du hier draußen? Und wo warst du die ganze Zeit?« Sie gestikuliert wild mit dem gesunden Arm, den eingegipsten hält sie ruhig an ihren Bauch gedrückt. »Mam und Paps sind am Durchdrehen!« Es ist das erste Mal seit gestern Abend, dass Lou mit mir spricht und mich direkt ansieht.

Ich muss lächeln, was Lou irritiert die Stirn runzeln lässt. »Jetzt bin ich ja da.« Ich zucke mit den Schultern. Eine schwarze Katze, Lous Wut auf mich … heute kann mich wirklich gar nichts mehr aus der Ruhe bringen.

»Das sagst du den beiden am besten selbst. Sie rufen gleich wieder an. Seit sie gelandet sind, geht das schon so.«

Aaron verzieht das Gesicht, aber ich kann ganz genau sehen, dass er ein Grinsen zu verstecken versucht. »Das ist dann wohl mein Stichwort.«

Ich weiß nicht, was ich sagen soll. Mein Kopf ist leer. Wie verabschiedet man sich von jemandem, mit dem man gerade einen Raubüberfall überstanden hat? Dem man sein ganzes Herz ausgeschüttet hat?

Ich werfe Lou einen Blick zu, aber die scheint den Wink

mit dem Zaunpfahl nicht zu verstehen. Mit versteinerter Miene lehnt sie im Türrahmen und macht keine Anstalten, sich wegzubewegen. Na großartig, mein ganz persönlicher Wachhund.

»Okay«, sage ich und lächle Aaron unsicher zu.

OKAY? Ich stelle mir die Besserwisserin vor, die bei dieser Antwort vom Lügenberg springt und ihre Stirn mit voller Wucht gegen meine Schädeldecke donnert. Das war ja brillant! Früher wäre mir so etwas nie passiert. Was macht Aaron nur mit mir? Seine bloße Anwesenheit reicht aus, um alles in meinem Kopf durcheinanderzuwirbeln. Nichts scheint mehr an seinem Platz zu sein. »Äh, ich meine … sehen wir uns morgen in der Schule?«, schiebe ich schnell hinterher, nur um irgendetwas zu sagen, das mehr als ein lahmes »Okay« ist.

Aaron gluckst. »Natürlich willst du morgen zur Schule kommen.«

»Warum nicht?«

Er deutet auf meinen Bauch, dort, wo der faustgroße Blutfleck mein Shirt verunstaltet. »Ich finde ja, du hast dir einen Tag Pause verdient. Ruh dich ein bisschen aus.« Jetzt klingt er wirklich wie ein großer Bruder. Aber ein Ziehen in meinem Bauch macht deutlich, dass ich ihn nicht als großen Bruder will. Und es kommt nicht von der Schusswunde, sondern von einem Schwarm Fledermäuse, der durch meinen Bauch flattert.

»Ausruhen?«, mischt Lou sich ein. »Hab ich was verpasst?«

Ich gebe vor, ihren Einwurf überhört zu haben. Jetzt bin ich schon fast froh, dass Lou wegen mir Hausarrest hat und ihr Handy im Safe liegt. Sonst wäre die Gerüchteküche bestimmt mal wieder schneller gewesen.

»Dafür kannst du dich am Samstag wieder voll reinhängen.« Aaron geht rückwärts den Weg durch unseren Vorgarten hinauf.

»Äh … Samstag?« Fragend sehe ich ihn an.

»Pfarrer Saile hat einen Traktor organisiert, mit dem der Baumstamm abtransportiert werden soll. Das bedeutet, wir können mit dem Wiederaufbau loslegen.«

Endlich rastet der Teil in meinem Kopf ein, der für logisches Denken zuständig ist. »Du arbeitest weiter mit an der Kapelle?« Ich versuche, nicht ganz so euphorisch zu klingen. Aber Fehlanzeige.

»Klar!« Ich höre das Schmunzeln in seiner Stimme, aber inzwischen ist er so weit weg, dass ich nur noch sein weißes T-Shirt in der Dunkelheit ausmachen kann. Ein Gespenst in der Nacht. »Wer soll dich denn sonst retten, wenn du das nächste Mal unter einem Ast begraben wirst?«

»Keine Ahnung, was du meinst.« Meine Mundwinkel leisten nur wenig Widerstand gegen das Lächeln.

Er lacht leise. »Vielleicht hat dein Kopf vorhin doch etwas abbekommen.« Ein dumpfes *Pock* ertönt, vermutlich ist er gegen das Gartentor gestoßen. Ich höre, wie er es öffnet und wieder schließt. »Oder es liegt an den Drogen, die du intus hast.«

»Was?!«, keucht Lou.

»Er meint Schmerzmittel«, sage ich schnell, merke aber, dass die Erklärung nicht wirklich hilft. »Vielen Dank auch!«, rufe ich Aaron nach.

Als er in den Lichtkegel der nächsten Straßenlaterne tritt, sehe ich, dass er salutiert, ein fettes Grinsen im Gesicht. »Keine Ursache!«

Ich nicke ihm zu. Mir ist klar, was er damit bezweckt: Er schubst mich in die richtige Richtung, geht sicher, dass ich Lou alles erzähle und als Nächstes meinen Eltern.

Ich sehe Aaron von Lichtkegel zu Lichtkegel die Straße hinaufgehen, bis Tillis Haus die Sicht auf ihn versperrt.

Ein merkwürdiges Gefühl überkommt mich. Es ist Dankbarkeit. Auch wenn ich heute durch die Hölle gegangen bin, hat dieser Tag etwas Gutes mit sich gebracht. Aaron. Ein großes Stück aus meinem früheren Leben ist zurückgekommen. Und das, obwohl oder gerade weil ich nicht mehr dieselbe bin wie früher. Rena 2.0. Und das ist gut so.

Ich schaue auf meine Armbanduhr. Joes Tod ist erst 50 Tage, 23 Stunden und 38 Minuten her, aber für mich fühlt es sich an wie ein halbes Leben. Zeit heilt bekanntlich alle Wunden. Meine Wunde ist noch da, ich fühle sie bei jedem Herzschlag. Jedem Atemzug. In jeder Sekunde, die ich lebe und Joe nicht. Obwohl wir uns gegenseitig zerstört haben, vermisse ich ihn so sehr, dass es wehtut. Aber der Schmerz ist nun weniger stechend, dumpfer, er quält mich nicht mehr so sehr wie die ganzen Sommerferien über.

So absurd es auch klingt, aber vielleicht war auch das ein Grund dafür, dass ich bei Mos Sündenspiel mitgemacht habe: um mich zu bestrafen. Mir Schmerzen zuzufügen, die die anderen überstrahlen. Schmerz mit Schmerz bekämpfen. Und es hat funktioniert, zumindest, bis andere Menschen verletzt wurden.

Ich drehe mich um. Lou lehnt immer noch im Eingang. Ihre Lippen sind ein schmaler Strich, und ihre Augen funkeln vor Zorn. Mit der gesunden Hand streichelt sie über ihren Gips, als wäre er ein lieb gewonnenes Haustier. Der Anblick versetzt mir einen Stich. Wird es zwischen uns jemals wieder so werden wie früher? Zwar keine besten Freundinnen, aber es wäre schon ein Anfang, wenn sie mir in die Augen sehen könnte, ohne mich mit ihrem Blick töten zu wollen.

Mein schlechtes Gewissen bläht sich auf. Es ist so weit. Ich muss Lou alles erklären, die Eiszeit zwischen uns zum Tauen bringen. Die ganze Wahrheit – denn der Lügenberg ist hoch genug. Selbst ich habe längst den Überblick verloren. Jetzt ist Aufräumen angesagt. Na ja, zumindest, so gut es eben geht. Eine Schatzkarte für die am tiefsten vergrabenen Geheimnisse gibt es nicht. Aber vielleicht ist das auch ganz gut so. Manche Dinge gehören in die Dunkelheit.

»Lou, ich muss dir …« Das Klingeln des Telefons unterbricht mich.

»Das ist sicher wieder Mam.« Lou nickt in Richtung Wohnzimmer.

»Ja, aber ich …«

»Bring's endlich hinter dich!«, zischt Lou und schiebt mich ins Haus. »Wenn du glaubst, dass du es einfach klingeln lassen kannst, hast du dich geschnitten.«

»Ich muss aber zuerst mit dir reden!«

»Viel Spaß beim Erklären, wo du so lange warst«, flötet Lou, die offensichtlich auf Durchzug geschaltet hat.

Ein Vibrieren an meiner Hüfte lässt mich erstarren. Mir wird heiß und kalt gleichzeitig. Hat noch jemand die Nummer von Lucifers Handy? Oder hat Mo sie den Polizisten genannt, und die rufen jetzt an, um es abzuholen?

Ich entsperre das Display.

»Ich dachte, dein Handy wäre auch im Safe«, sagt Lou. Ich ignoriere sie.

Im Chat mit Lucifer wurde ein Foto geschickt. Wie kann das sein? Haben die Polizisten Mos Handy noch nicht einkassiert? Oder …? Nein, das kann nicht sein!

Auf dem Foto ist eine dunkle Straße zu sehen. Im Schein einer Laterne sehe ich eine Person. Ich vergrößere mit den Fingerspitzen das Bild, um sie besser erkennen zu können.

Es ist ein Junge. Mit einem weißen T-Shirt.

Aaron.

Das Handy vibriert erneut. Beinahe hätte ich es fallen gelassen.

Du hast es so gewollt! Jetzt kommt die nächste Todsünde: Wahnsinn.

»Nein!«, entfährt es mir. Ich stolpere rückwärts.

»Hey, wohin willst du?«, ruft Lou mir hinterher, aber da bin ich schon aus der Tür raus und renne in die Nacht hinein. Weit kann Aaron noch nicht sein. Hoffentlich komme ich nicht zu spät!

Die Nacht ist stockfinster, sodass ich froh über jede einzelne Straßenlaterne bin. Fünfzig Meter vor mir sehe ich eine flackernde Laterne. In ihrem Schein kauert eine Gestalt auf dem Gehweg.

»Aaron?« Mein Herzen rast.

Die Gestalt schnellt nach oben. Sie ist komplett in Schwarz gekleidet. Nicht Aaron! Ich kneife die Augen zusammen, kann das Gesicht aber nicht erkennen. Irgendetwas Dunkles ist davor. Eine Mütze? Ein Schatten? Eine … Maske?

Mit hämmerndem Herzen bleibe ich stehen.

Etwas blitzt im Flackern der Laterne auf. Ein Klirren ertönt, so als wäre etwas zu Boden gefallen.

Meine Schusswunde pocht wie wild, Schmerzblitze durchzucken mich. Das mit dem Rennen war eine beschissene Idee. Ich atme gegen den Schmerz an.

Ein. Und aus.

In der Ferne sehe ich, wie die Gestalt kehrtmacht, aus dem flackernden Kegel der Straßenlaterne tritt und nahtlos mit der Dunkelheit verschmilzt. Schnelle Schritte hallen durch die Nacht. Werden leiser. Verstummen.

Ich starre in die Dunkelheit. Plötzlich leuchtet etwas in der Ferne auf. Blutrot. Ein Gesicht. Ein zugenähtes Grinsen, zwei X anstelle von Augen und spitze Hörner an der Stirn.

»Nein!«, entfährt es mir. Das kann nicht sein! Unmöglich! Ist Mo entkommen? Gibt es noch einen zweiten Teufel? Der Schock lässt meine Muskeln erstarren.

So schnell sie aufgeleuchtet ist, so schnell verschwindet die hässliche Teufelsfratze auch wieder. Irgendwo schlägt eine Autotür zu. Mir ist schwindlig. Ein Motor springt an, Scheinwerfer flammen auf, Autoreifen quietschen.

Endlich kann ich mich aus meiner Starre lösen, renne los. Doch gegen ein Auto habe ich keine Chance. Hilflos bleibe ich stehen.

Ein schmerzerfülltes Stöhnen durchschneidet die Stille der Nacht. Ich erstarre. Lausche.

Da! Schon wieder. Direkt vor mir. In der Dunkelheit zwischen dem Lichtkegel, in dem ich gerade stehe, und dem flackernden, aus dem die Gestalt verschwunden ist.

»Aaron? Bist du das?« Mein Herzmotor schaltet in den höchsten Gang. Blut rauscht durch meine Ohren. Beides ist nicht laut genug, um die Worte, die aus der Dunkelheit dringen, zu übertönen.

»Hilf … mir.« Die Stimme klingt schwach, jegliches Lachen, das ich noch vor wenigen Minuten darin gehört habe, ist verschwunden.

»Aaron?« Ich stolpere in die Richtung, aus der nun rasselnde Atemgeräusche kommen. Licht! Ich brauche Licht! Mit schweißnassen Händen zerre ich Lucifers Handy aus meiner Tasche. Ich suche nach der Taschenlampen-App. Auf dem Display erscheint eine Sanduhr, die sich unaufhörlich dreht. Was soll das denn? »Verdammt!« Die Sanduhr lässt sich nicht wegschieben.

»Du musst … Hilfe …« Der Rest des Satzes geht in einem Hustenschwall unter.

Inzwischen haben sich meine Augen so sehr an die Dunkelheit gewöhnt, dass ich Umrisse ausmachen kann. Am Rand des Gehwegs liegt ein massiges Bündel, das ich auf den ersten Blick für einen Müllsack halte. Aber es ist keiner. Aaron liegt auf der Seite, hat die Knie angewinkelt und sich zusammengekrümmt.

Ich falle vor ihm auf den Boden. Spitze Kieselsteine bohren sich in meine Knie, doch der Schmerz geht in heftigen Angstwellen unter.

»Aaron? Was ist los?« Achtlos lasse ich das Teufelshandy neben ihn fallen.

Wieder dieses Stöhnen, kraftloser, als würde mit jedem Atemzug ein Stück von Aaron verschwinden.

»Sag doch was! Bitte!« Ich packe ihn unter den Armen und ziehe ihn die wenigen Meter ins Laternenlicht. Es ist so schwach, und das ständige Zucken und Flackern erschwert die Sicht. Aber es reicht, um den Grund für Aarons Stöhnen zu erkennen.

Blut.

Es ist überall.

»Was? Nein! Nein, nein, nein!«

Aarons T-Shirt ist nicht mehr weiß. Kaum ein Quadratzentimeter ist verschont geblieben. Dort, wo die Flecken am dunkelsten sind, klaffen längliche Schlitze im Stoff. Und in der Haut darunter. Immer mehr Blut pulsiert aus den Wunden. Er hustet. Dunkle Flüssigkeit spritzt aus seinem Mund.

»Hilfe!«, piepse ich. Meine Stimme droht, den Geist aufzugeben. So wie mein ganzer Körper, der nun völlig durchdreht. Tränen, Zittern, Herzrasen, atmen, atmen, atmen …

»Aaron?« Hilflos tätschle ich ihm die Wange, die im künstlichen Licht und durch den Blutverlust einen gräulichen Farbton angenommen hat. Seine Lider flattern, öffnen sich, und sein Blick findet meinen.

»Lass mich jetzt nicht hängen, ja?«, ermahne ich ihn und kann nicht glauben, was ich da zu ihm sage.

Seine Lider klappen wieder nach unten. »Ja«, haucht er so leise, dass ich es für das Flüstern des Windes gehalten hätte, wenn die Lippenbewegung nicht gewesen wäre.

Meine Hände übernehmen das Kommando. Sie tasten seine Hosentaschen ab und finden sein Smartphone. Der Akku blinkt rot. Shit! Zum zweiten Mal an diesem Tag wähle ich den Notruf. Das geht zum Glück, ohne die PIN zu kennen.

Eine Frauenstimme meldet sich.

»Mein Freund …« Ein Schluchzer befreit sich aus meiner Kehle. »Er wurde … er wurde … Er ist voller Blut.« Mein Blick irrt über den mit dunklen Flecken übersäten Asphalt und bleibt an einem Messer mit schwarzem Griff und glatter Klinge kleben. Sie ist nicht länger als zehn Zentimeter und blutverschmiert. Ein Küchenmesser, zum Gemüseschneiden, so wie jeder eins in der Besteckschublade hat. Das Klirren von vorhin kommt mir in den Sinn, Lucifer muss es fallen gelassen haben.

»Jemand ist mit einem Messer auf ihn losgegangen.«

»Beruhigen Sie sich«, sagt die Frau. »Wie heißen Sie?«

»Rena.«

»Okay, Rena. Wo bist du gerade?«

Ich kenne diese Straße, immerhin gehe ich jeden Morgen hier lang zur Schule. »Hortensienweg«, bringe ich mühsam hervor.

»Kannst du eine Hausnummer sehen?«

Panisch sehe ich mich um. »Ich … ich weiß nicht.«

»Mach dir keine Sorgen, wir ha –«

»Hallo?«, kreische ich panisch. Ich sehe auf das Display, aber es ist schwarz. Scheiß Akku! Hat die Zeit gereicht, damit das Handy die Standortdaten per SMS verschicken konnte?

Ich reiße mir Aarons Hemd runter und drücke es auf seine Brust, auf die Stellen, an denen die Blutflecken beinahe schwarz aussehen. Inzwischen hat er aufgehört zu stöhnen. Das beruhigt mich allerdings überhaupt nicht. Er atmet nur noch ganz flach. Das Hemd ist so verflucht schnell durchnässt. Ich spüre das warme Blut an meinen Händen. Ich will loslaufen, Hilfe holen, aber ich traue mich nicht, meine Hände von den Wunden zu nehmen.

»Tu mir das nicht an!«, flehe ich. »Hilfe!«, schreie ich so laut ich kann. Vielleicht hört mich einer der Anwohner.

Die Fledermäuse, die vor Kurzem noch harmlos durch meinen Bauchraum geflattert sind, stürzen sich nun hungrig auf meine Eingeweide. Schlagen ihre spitzen Zähne tief hinein. Hinterlassen nichts als Schmerz.

Und Angst.

Lucifer ist irgendwo da draußen. Das Sündenspiel läuft noch. Und ich muss büßen. Für meinen Verrat. Weil ich Lucifers Regeln missachtet habe. Die Trägheitsaufgabe war eine Falle. Und ich bin mittenrein gelaufen. Schon wieder.

»Es tut mir leid«, sage ich zu Aaron, der so flach atmet, dass selbst das Rasseln, das er bei jedem Heben und Senken des Brustkorbs ausstößt, leiser wird. Aber er atmet, und das ist die Hauptsache. Er lebt. Das ist alles, was zählt. Der Notarzt ist auf dem Weg, ganz bestimmt. Er wird ihm helfen. Alles kommt wieder in Ordnung. Denn wenn man sich selbst nur oft genug eine Geschichte erzählt, glaubt man sie irgendwann. Wieder schreie ich um Hilfe. Warum hört mich denn keiner?

Ein Leuchten neben meinem Knie lässt mich zusammenzucken. Das Display des Teufelshandys.

Die Sanduhr ist verschwunden.

Das Display wird weiß. Es leuchtet so grell, dass ich die Augen zusammenkneifen muss.

Buchstaben erscheinen. Wie von einer unsichtbaren Schreibmaschine getippt. Worte.

Du hast mich sehr enttäuscht, Sünderin.

Ich starre darauf, bis der Satz aufbricht, sich verdoppelt und wie das Bild in einem Kaleidoskop um ein Vielfaches gespiegelt wird.

Ein Knacken in der Hecke neben dem Gehweg lässt mich zusammenfahren. Ich stiere in die Dunkelheit, wo die Worte, die ich eben noch gelesen habe, als Negativ in der Schwärze aufleuchten.

Ist da jemand? Ist Lucifer zurückgekommen? Hockt er keine drei Meter von mir entfernt hinter dieser Hecke und schreibt mir Nachrichten? Oder ist es wieder einmal nur eine Katze? Ein Vogel? Der Wind?

Ich warte ab, doch außer Aarons leisen Atemzügen und meinem eigenen Herzschlag kann ich nichts hören. Schnell wende ich mich ab. Ein neuer Satz klebt auf dem Display.

Das hättest du nicht tun dürfen!

Sirenengeheul ertönt in der Ferne. JA!

»Hörst du das?«, frage ich Aaron. »Hilfe ist auf dem Weg. Sie sind gleich hier.«

Ein Bild erscheint auf dem Display. Ein Foto. Ich beuge mich zur Seite, um besser sehen zu können, ohne den Druck von Aarons Wunden zu nehmen.

»Dieser Bastard«, rutscht es mir heraus, als ich verstehe, was ich da anstarre. Das kann nicht wahr sein. Darf nicht!

Ich schaue direkt in unser Wohnzimmer. Aus Richtung des Flurs fotografiert. Habe ich die Haustür offen gelassen?

Der Fernseher läuft. Und davor, die Fernbedienung in der Hand, das Telefon am Ohr, sitzt Lou. Man sieht sie nur von hinten, aber ich erkenne sie an ihren Haaren, dem rosa Kätzchen-Schlafanzug und der Art, wie sie den kleinen Finger vom Telefonhörer abspreizt. Sicher erzählt sie Mam gerade, dass ich fluchtartig das Haus verlassen habe.

Doch all das ist nicht so schlimm wie das, was am rechten Bildrand zu sehen ist. Eine Hand. In einem schwarzen Handschuh. In der erhobenen Faust steckt ein Messer. Die Klinge deutet auf meine kleine Schwester, die von alledem nichts mitzubekommen scheint.

»Lou!« Mein Blick rast über meine Umgebung. Ich brauche eine Waffe. Einen Stein? Einen Ast? Da, das Messer, das Lucifer fallen gelassen hat!

Die Sirenen werden lauter. In der Dunkelheit blitzt Blaulicht auf. Polizei und Krankenwagen. Sie sind nicht mehr weit entfernt.

Ich sehe erneut auf das Display. Das Bild ist verschwunden. Nichts verrät, dass es überhaupt je dort gewesen ist.

Ein weiterer Satz erscheint.

Deine Schuld!

Ich schnappe mir das Küchenmesser. Es wiegt leicht in meiner Hand, der Griff ist aus Plastik und klebrig vor lauter Blut. Ich rapple mich auf, bücke mich nach Lucifers Handy und registriere gerade noch aus dem Augenwinkel, dass darauf eine Zahl erschienen ist.

30

Sie verblasst.

29

Ein Countdown! Doch was passiert, wenn er abgelaufen ist? Lou! Ich darf nicht riskieren, zu spät zu kommen!

27

Das Blaulicht ist keine hundert Meter mehr von mir entfernt. Soll ich auf die Polizisten warten? Nein, es würde zu lange dauern, ihnen alles zu erklären! Sie würden Fragen stellen, zu viele Fragen.

Ich beuge mich zu Aaron hinunter. »Hilfe ist gleich da«, sage ich und drücke ihm die Schulter. Ein blutiger Handabdruck bleibt auf dem letzten Stück weißen Stoffs zurück. Jetzt kann ich nichts mehr für ihn tun. Aber für Lou!

22

Ich renne los, das Handy in der Faust.

19

Die pochende Schusswunde ist vergessen. Meine wackligen Knie bemerke ich nicht. Jeder Atemzug sticht mir in die Seite.

15

Ich fliege durch die Nacht. Von Lichtkegel zu Lichtkegel. Bis zu unserem Haus ist es nicht mehr weit.

10

Das Sirenengeheul verstummt. Ist das ein gutes Zeichen? Bedeutet es, dass sie Aaron gefunden haben? Schon aus der Ferne sehe ich unseren Vorgarten. Licht dringt aus der Haustür. Sie steht offen.

7

Ich kicke das Gartentor auf, es prallt gegen den Zaun und schwingt zurück, knallt gegen meine Beine.

4

Ich hechte bis zur Treppe, überspringe die Stufen und jage durch die Eingangstür.

1

RENA

Mittwoch, 15. September, 20.34 Uhr
(50 Tage, 23 Stunden und 49 Minuten danach)

Das Display wird schwarz. Der Countdown ist verschwunden.

»LOU?!« Ich stopfe das Handy in meine Hosentasche und stolpere ins Wohnzimmer. »LOU? Wo bist du?«

Der Fernseher läuft. Werbung. Das Sofa ist leer. Dort, wo Lou eben noch gesessen hat, ist eine kleine Mulde im Polster. Als hätte sie sich in Luft aufgelöst.

»Was ist denn mit dir los?«

Ich wirble herum.

Lou steht am Küchentresen, in der gesunden Hand hält sie eine dampfende Tasse.

Erleichterung. Noch nie war ich so froh, sie zu sehen.

»Geht es dir gut?« Ich stürze auf sie zu, schlinge meine Arme um sie und drücke sie an mich. Teeduft steigt mir in die Nase.

Ungelenk tätschelt sie mit ihrem Gipsarm meinen Rücken. »Äh … ja. Warum?« Mit sanfter Gewalt befreit sie sich aus meiner Umklammerung. Ihr Blick bleibt an meiner rechten Hand hängen oder besser gesagt an dem, was ich damit festhalte. Ihre Augen werden groß. »Ist das … das da … etwa Blut?«, stottert sie. »Und … und … was soll das Messer?« Sie macht einen Satz nach hinten – weg von mir. Tee schwappt über ihre Hand, schnell stellt sie die Tasse ab.

Ihre Worte beschwören ein Bild herauf. Aaron, zusammengekrümmt auf dem Boden liegend. Überall Blut. Wie geht es ihm? Hört man seinen rasselnden Atem noch? Oder ist er inzwischen… Nein! Darüber kann und will ich jetzt nicht nachdenken.

Kalter Schweiß bricht mir aus, nun spüre ich das Zittern wieder, das Wackeln meiner Knie.

»Rena?!« Ich kann die Verzweiflung in Lous Stimme hören, die sich mit ihrer Panik vermischt. Mir ist klar, was sie jetzt denkt. Sie hört Hufgetrappel, und in meiner Hand halte ich den Beweis dafür, dass ich ein Pferd bin. Kein Zebra. Kein Einhorn. Ich bin mitten in eine teuflische Falle gelaufen, bewaffnet mit einem Messer, das ich von einem Tatort gestohlen habe.

Auf dem Weg zur Spüle taste ich mich an den Küchenschränken entlang, nur für den Fall. Angewidert lasse ich das Messer auf die leere Abtropfablage fallen. Dann drehe ich den Wasserhahn auf und halte meine Hände unter den Strahl. Hellrot spritzt Aarons Blut ins Becken.

»Hallo? Rena? Hast du mich gehört?« Jetzt bemüht Lou sich um einen normalen Tonfall. Einen, der weniger nach »Was zur Hölle hast du getan?!« klingt. So richtig will es ihr aber nicht gelingen.

Um Zeit zu gewinnen, verteile ich einen Klecks Spülmittel auf meinen Handflächen und schäume es auf. Das Wasser ist inzwischen so heiß, dass Dampfschwaden aufsteigen, die den Geruch nach rostendem Metall und Aprikosen mit sich tragen. Widerwärtige Kombi. Ich atme durch den Mund, trotzdem rumort es in meinem Magen lautstark.

Als meine Hände von der Hitze knallrot, aber sauber sind, trockne ich sie am Geschirrtuch. Die Haut brennt. »War jemand hier?«, frage ich Lou, die mich argwöhnisch beäugt. Ihr Gesicht ist blass, ihr Blick huscht immer wieder im Dreieck: von meinen Händen, zum Messer auf der Spüle, hin zu den blutigen Abdrücken, die ich auf den Küchenschränken hinterlassen habe. Sie muss glauben, ich hätte komplett den Verstand verloren, und vielleicht habe ich das ja auch.

Wahnsinn. Die Todsünde hat ihr Ziel erreicht.

Am liebsten würde ich Lou schütteln und anschreien, aber ich will ihr keine Angst machen. Nicht noch mehr. »Das ist wichtig!«, sage ich mit Nachdruck. »Hast du jemanden gesehen?«

»Nein!«, schreit sie, wobei sie wieder auf meine Hände starrt. »Also … bis auf … dich.« Sie schluckt. »Und jetzt sag mir endlich, wo das Blut herkommt! Was ist los, Rena? Soll ich Mam und Paps anrufen?«

»Was? Nein!« Mit den Fingern massiere ich mir über die Schläfen. Ich muss nachdenken! Lucifer ist hier gewesen, hat bis vor wenigen Sekunden noch im Flur gestanden und meine Schwester bedroht.

Der teuflische Plan dahinter ist leicht zu durchschauen.

Er wollte mich dazu bringen, so schnell wie möglich nach Hause zu kommen. Bestenfalls mit dem Messer. Damit es so aussieht, als wäre ich vom Tatort geflohen. Nur Täter tun so etwas. Schuldige. Und jetzt sehe ich mehr als schuldig aus.

Meine Gedanken rasen. Es ist ein Kopf-an-Kopf-Rennen. Schnell wird mir klar, welcher von ihnen der wichtigste ist: Wo ist der Teufel jetzt?

Gänsehaut kriecht meinen Nacken hinab. Mir wird kalt. Wie wenn man im Sommer in T-Shirt und Shorts in den Supermarkt geht und zu lange an der Kühltheke steht, weil man sich für keine Eissorte entscheiden kann. Oder wenn man das ungute Gefühl hat, nicht alleine zu sein.

»Was ist –?«

»Schhh!« Ich presse den Zeigefinger auf meine Lippen.

Lou zieht die Brauen hoch. Es sieht aus, als könnte sie sich nicht entscheiden, ob sie mich schütteln oder erwürgen will. Sie hat keine Ahnung, was hier läuft. Gut, die habe ich auch nicht, aber ich weiß wenigstens, dass wir in Gefahr schweben.

Ich marschiere zum Messerblock neben der Kaffeemaschine und greife mir das längste und schärfste Messer. Als ich mich damit zu Lou herumdrehe, weicht sie noch einen Schritt zurück und prallt gegen den Kühlschrank. Ihr Blick gleitet von mir zum Messer und wieder zurück. Schon wieder.

Ich würde es ihr gerne erklären, aber dafür bleibt jetzt keine Zeit. Nicht, wenn der Teufel hier noch irgendwo herumschleicht. Das ist meine Chance, ihn zu entlarven. Vielleicht meine einzige. Aber dafür muss ich Lou loswerden. In Sicherheit wissen.

»Hör mir gut zu!« Ich spreche ruhig und sehe ihr dabei fest in die Augen. »Du läufst jetzt nach draußen, rechts die Straße runter, so lange, bis du Blaulicht siehst. Geh zu einem der Polizisten und sag, dass hier ein Einbrecher ist.«

»Du willst, dass ich die Cops anlüge?« Lou runzelt die Stirn. Jetzt versteht sie die Welt nicht mehr, und ich kann es ihr nicht verübeln. »Sag mir bitte einfach, was hier los ist. Wir finden bestimmt eine Lösung. Ich rufe Mam –«

»Tu es einfach, bitte!«, sage ich so leise und eindringlich wie möglich. Wenn Lucifer hier lauert, will ich vermeiden, dass er etwas von meinem Plan mitbekommt.

»Und was machst du?«

»Ich verstecke mich und warte«, flüstere ich. »Falls ich den Mistkerl sehe, kann ich ihn wenigstens beschreiben.« Im Stillen schwöre ich mir, dass das meine letzte Lüge war. Die Wahrheit ist: Ich habe nicht vor, einfach nur abzuwarten. Der Teufel ist in meinem Haus. Ich bin im Vorteil! Und ich muss endlich wissen, wer hinter diesem kranken Sündenspiel steckt.

Lou zögert, scheint noch etwas sagen zu wollen. »Sehen wir uns wieder?«, fragt sie leise.

»Was?« Jetzt bin ich verwirrt.

Lou sieht mich verzweifelt an, und da kapiere ich, was ihr gerade durch den Kopf gehen muss. Sie denkt, ich will abhauen. Bevor die Polizei mich einsperren kann. Ich würde ihr so gerne alles erklären, aber mir läuft die Zeit davon.

»Bitte«, flehe ich Lou an. »Du musst dich beeilen! Danach erkläre ich dir alles!«

»Okay.« Ganz langsam geht sie an mir vorbei. »Versprich mir, dass du hierbleibst!«

Sie glaubt nicht an die Geschichte mit dem Einbrecher, so viel ist klar.

Ich nicke. »Versprochen.«

Lou erreicht die Tür. Ich sehe ihr nach, bis sie von der Nacht verschluckt wird. Ich verspüre den Drang, sie zurückzurufen. Hier alleine zu sein, mit dem Wissen, dass ein Verrückter sich irgendwo im Haus versteckt, fühlt sich verdammt beschissen an. Aber so ist Lou in Sicherheit, und das ist am wichtigsten.

Ich schalte den Ton des Fernsehers aus. Ein Knopfdruck und schlagartig ist es beunruhigend still. Wie die berühmte Stille vor dem Sturm. Man weiß, dass sich etwas zusammenbraut. Etwas Schreckliches.

Nach und nach drängen sich die normalen Geräusche zurück in den Vordergrund. Die Geschirrspülmaschine gibt ein leises Gurgeln von sich, Zweige kratzen über das Küchenfenster, draußen fährt ein Auto vorbei.

Ich überlege fieberhaft. Wenn ich Lucifer wäre und mich in ein fremdes Haus schleichen würde, wo würde ich mich verstecken? Im ersten Stock? Nein, die Treppenstufen wären zu riskant. Sie könnten knarzen. Dasselbe gilt für den Keller. Also muss er hier im Erdgeschoss sein. Der Wohn- und Essbereich ist so offen gestaltet, dass ich einen Eindringling längst entdeckt hätte. Bleibt noch der hintere Teil des Hauses.

Den Griff des Küchenmessers fest umklammert, gehe ich am Sofa vorbei in den Flur, von dem fünf Türen abgehen. Eine ins Bad. Eine zur Gästetoilette. Eine zum Kellerabgang. Eine zum Lese- und Arbeitszimmer meiner Eltern, in dem gefühlt jedes Buch steht, das für Zahnmediziner interessant sein könnte. Und eine zur Abstellkammer.

Fünf verschlossene Türen. Fünf Möglichkeiten.

Ene, mene, muh …

Was wäre, wenn?

Mein Herz gibt den Takt für diesen Moment vor. *Bum-bum, bum-bum, bum-bum.*

Ich hebe das Messer, meine Hand ist schweißnass, und der Griff fühlt sich glitschig an. Die Entscheidung ist gefallen. Ich reiße die Tür zu meiner Rechten auf.

Im fensterlosen Abstellraum ist es dunkel. Nichts rührt sich. Kein Maskierter springt mir mit erhobenem Messer entgegen.

Ich taste an der Wand entlang nach dem Lichtschalter. Als ich ihn finde, bietet sich mir der gleiche Anblick wie immer. Schwerlastregale mit Konservendosen. Staubsauger. Putzmittel. Winterstiefel und Jacken. Kram eben, den man zu oft braucht, um ihn extra in den Keller oder auf den Dachboden zu bringen.

Als ich die Tür langsam wieder zuziehe, stößt sie ein leises Jammern aus. Dieses Geräusch lässt mich innehalten. Es schwemmt eine Szene an die Oberfläche meines Gedankenpools. Die Erinnerung an das Auto, das mit quietschenden Reifen davongerast ist.

Aber warum denke ich ausgerechnet jetzt daran? Irgendetwas stört mich, doch ich bekomme es nicht zu fassen, kann es nicht eingrenzen. Eine dicke Schicht Angst und Adrenalin verklebt die Details.

Ich wiederhole die Bewegung in der Hoffnung, etwas auszulösen. Das Jammern der Tür ertönt erneut. Wieder überkommt mich das Gefühl, etwas übersehen zu haben. Oder überhört? Es ist frustrierend, als würde man sich an einer Stelle am Rücken kratzen wollen, die außer Reichweite liegt. Sie ist da, aber man kann sie nicht berühren, egal wie sehr man sich verrenkt. Und das macht einen wahnsinnig.

Wahnsinn.

Lucifer hat mich genau da, wo er mich haben will.

Ich spiele den Moment immer wieder in Gedanken durch: Klirren, Schritte, Türschlagen, Motor, Scheinwerfer, Reifenquietschen.

Aber da war noch etwas. Neben dem Quietschen der Reifen. Ein leiseres Geräusch. In dem Moment, als mir kurz schwindlig geworden ist.

Ich schließe die Augen, versuche, mich zurück in diesen Augenblick zu versetzen.

Bum-bum, bum-bum, bum-bum.

Ich bin wieder dort draußen. Teil der Nacht. Zwei Lichtkegel von dem Maskierten entfernt. Flackern. Das Messer fällt zu Boden. *Klirr.* Die Gestalt verschwindet. Schritte. *Tapp-tapp-tapp-tapp-tapp-tapp.* Eine Autotür wird geschlossen. *Wumpf.* Am Ende der Straße leuchten Scheinwerfer auf. Der Motor startet. *Brumm.* Und genau in dem zweisekündigen Zeitfenster, bevor der Wagen losrast, befindet sich das Geräusch, das dieses unbestimmte Gefühl in mir auslöst.

Ich strecke meine Hand danach aus. Meine Erinnerung ist eine Aufnahme. Ich zoome hinein, drücke auf Slow Motion und erhöhe die Lautstärke auf Maximum, bis ich es klar und deutlich höre. Das hohe Jammern, das Sekunden später vom Reifenquietschen überlagert wird.

Innerlich stoppe ich die Erinnerung, spule zurück, um sie noch einmal abzuspielen. Wieder und wieder. Bis ich mir sicher bin. Ich kenne dieses Geräusch, habe es in letzter Zeit oft genug gehört.

Jetzt weiß ich, wer Lucifer ist. Wer Aaron mit dem Messer verletzt hat. Wer hinter alledem steckt.

Sein Name stand nie auf meiner Liste der Verdächtigen, tauchte nie in meinen Überlegungen auf.

Weil es absurd ist.

Weil er keinerlei Verbindung zu Joe hatte. Oder zu mir.

Weil ich ihn immer als harmlos eingestuft habe.

Ivar.

Der Freund meiner Schwester.

Der Nerd, der aussieht, als könnte er keiner Fliege etwas zuleide tun. Dabei hat er viel mehr getan als das. Mich erpresst. Mich gezwungen, schreckliche Dinge zu tun. Menschen verletzt. Darunter seine eigene Freundin.

Und wozu das alles?

Ich drehe mich um und sehe den Flur hinauf, an dessen Ende das Loch der noch immer offen stehenden Haustür klafft. Niemand ist zu sehen. Wie lange Lou wohl braucht, um einen der Polizisten davon zu überzeugen, mit ihr herzukommen? Zehn Minuten? Länger? Sind sie schon auf dem Rückweg? Oder rufen die Beamten erst Verstärkung?

Jeden Moment könnten sie durch den Vorgarten kommen. Und was soll ich dann sagen? Ivar ist nicht mehr im Haus, da bin ich mir sicher. Er ist nicht so dumm, sich hier zu verstecken. Wozu auch? Er kann hier einfach rein- und rausspazieren.

Stattdessen werden die Polizisten nur mich vorfinden, mit Blutresten unter den Fingernägeln und einer Tatwaffe, die mit meinen Abdrücken übersät ist.

Soll ich das Messer verstecken? Aber damit mache ich bestimmt alles noch schlimmer.

Ich sehe Lou vor mir, wie sie meine blutverschmierten Hände anstarrt. Wie sie einen Schritt zurückweicht. Ihre aufgerissenen Augen. Sie hatte Angst. Vor mir. Warum habe ich sie ausgerechnet zu dem Ort geschickt, an dem ein Opfer mit mehreren Stichwunden liegt? Aaron. Lou hat mich mit ihm auf der Treppe sitzen sehen, und wenn sie eins und eins zusammenzählt, weiß sie auch, dass er es war, dem ich nachgelaufen bin.

Meine kleine Schwester ist eine Zeugin, die gegen mich aussagen kann. Beim Gedanken an Lou spüre ich erneut einen Stich in der Brust. Diesmal ist es keine Eifersucht, sondern Mitleid. War Ivar nur mit ihr zusammen, um mir eins auszuwischen? Um sich in mein Leben zu schleichen? Mich im Auge zu behalten?

Er hat Lou benutzt.

Und all diese Vermutungen beruhen auf einem einzigen Geräusch, das ich mir vielleicht nur eingebildet habe. Dem Quietschen eines Keilriemens.

Aber reicht das aus? Vielleicht sind quietschende Keilriemen in unserer Umgebung keine Seltenheit. Und ein Bauchgefühl ist keine gute Grundlage für so eine Anschuldigung. Nein, ich brauche Beweise! Handfeste Beweise. Ich muss herausfinden, ob Ivar wirklich hinter Lucifer steckt. Aber wie stelle ich das an?

Die einzige Verbindung, die ich habe, sind die Nachrichten auf WhatsApp. Ich ziehe Lucifers Handy aus der Hosentasche. Das Display ist schwarz. Als ich den seitlichen Start-Knopf drücke, flackert ein trauriger Smiley auf. Darunter steht: *System Error.*

Hecktisch wische ich über den Bildschirm. Nichts passiert. Als Nächstes halte ich den großen seitlichen Knopf lange gedrückt. Auch das beeindruckt den Trauer-Smiley nicht.

»Fuck!«

In mir brodelt es. Wie hat Ivar das angestellt? Der Technik-Nerd. Irgendwie muss es ihm gelungen sein, einen Virus auf dem Handy einzuschleusen. Vielleicht war der sogar die ganze Zeit schon auf dem Gerät, und Ivar musste ihn nur noch aktivieren. Jedenfalls zweifle ich nicht daran, dass das Handy tot ist und tot bleibt. Die Chancen, dass alle Daten darauf für immer fort sind, stehen super.

Unser WhatsApp-Chat.

Jede Todsünde.

Jede Drohung.

Die Fotos.

Seine Geständnisse, dass er für Lous gebrochenen Arm und den Überfall auf Olivia und die Tankstelle verantwortlich ist.

Einfach ALLES.

Und der Einzige, der die Nachrichten gelesen hat, ist vielleicht …

Halt! Ich habe immer noch die Screenshots auf meinem eigenen Handy! Die sind zwar nicht so gut wie die Originale, aber besser als nichts. Daneben bleibt mir nur mein Bauchgefühl und die dunkle Erinnerung an einen quietschenden Keilriemen.

Ich sehe schon vor mir, wie ich versuche, die Polizisten von meiner Theorie zu überzeugen. Sie werden mich als verrückt abstempeln. Das Mädchen, das in den Tod von Johannes Decker verwickelt war. Wer kauft dem schon eine so haarsträubende Geschichte ab?

Und vor allem, ohne Motiv. Denn aus welchem Grund soll sich Ivar die Todsünden-Aufgaben für mich ausgedacht haben? Woher kannte er Joe? Oder mich? Warum hasst er mich so sehr, dass er dazu bereit ist, Unschuldige zu verletzen?

Das ergibt überhaupt keinen Sinn. Ich steige nicht dahinter. Die imaginäre Stelle an meinem Rücken juckt und juckt, doch ich erreiche sie nicht.

Ich muss etwas unternehmen! Und ich weiß auch schon, was. Nur wenn ich Ivar mit meinen Anschuldigungen konfrontiere, habe ich eine Chance.

Die Polizei wird jeden Augenblick hier eintreffen. Vorher

muss ich weg sein. Ansonsten verhaften sie mich sofort. Die Beweise sprechen gegen mich. Und Ivar kommt davon.

Das darf ich nicht zulassen. Niemals!

Ich marschiere ins Arbeitszimmer meiner Eltern. Dieser Raum ist der einzige im Haus, der tabu für Lou und mich ist. Aber das kümmert mich jetzt herzlich wenig.

Das Zimmer ist riesig, die Wände bis oben hin vollgestopft mit überquellenden Bücherregalen. Zwei Ohrensessel mit Leselampen stehen vor den bodentiefen Fenstern mit Blick auf den hinteren Teil des Gartens.

Zielsicher marschiere ich zum Regal. Vor Jahren haben Lou und ich Verstecken gespielt, und ich habe mir den Platz hinter einem der Lesesessel ausgesucht. Lou hat mich nicht gefunden, dafür konnte ich beobachten, wie Paps den Safeschlüssel in einem der Bücher verstaut hat. Danach habe ich es aus dem Regal gezogen. Genau wie jetzt. Es ist kein richtiges Buch, sondern eine Schatulle, als Buch getarnt.

Ich klappe den Deckel auf. Der Schlüssel liegt direkt vor mir. Klein, silbern, mit einem Herzanhänger aus gelb angemaltem Ton, den Lou in der Grundschule gemacht hat.

Dieser unscheinbare Schlüssel öffnet mir die Möglichkeit, Ivar in eine Falle zu locken. Aber ich muss vorsichtig sein. Das Überraschungsmoment ist alles, was mir noch bleibt.

Ich gehe zum Bücherregal, lege das Messer zur Seite und räume im mittleren Fach die fünf dicksten Schinken aus. Dahinter sehe ich die weiß gestrichene Tür des Safes. Ich schließe sie auf und stutze. Natürlich war mir klar, dass im Safe meiner Eltern noch andere Sachen liegen, wichtige Dokumente und so weiter, aber mit einem zweiten Diktiergerät habe ich nicht gerechnet. Es ist genau das gleiche wie das, das Mam für ihre Schriftstellerphase gekauft hat. Ich nehme es heraus und stecke es in meine Hosentasche.

Dann greife ich nach Lous Handy. Sie hat es nicht ausgeschaltet, weshalb der Akku nur noch drei Prozent hat und dunkelrot leuchtet. Mist! Aber für das, was ich vorhabe, reicht es.

Ich überlege, wo ich mich zu so später Stunde noch mit Ivar verabreden könnte. Ein verlassener Parkplatz kommt nicht infrage, da kann ich mich ja gleich von einer Brücke stürzen. Es muss ein Ort sein, an dem er sich nicht wie auf dem Präsentierteller fühlt und ich keine Angst um mein Leben haben muss. Nur so wird er ganz offen mit mir reden.

Das Autokino fällt mir ein. Es bietet die perfekte Mischung aus Privatsphäre und Schutz. Dort kann der Teufel mir nichts anhaben.

Ich öffne Lous Chat mit Ivar und tippe:

Hey

Sie haben dir dein Handy wiedergegeben? Cool!

Hast du Zeit? Um halb 10 am Autokino?

Ich dachte, du hast Hausarrest …?

Meine Eltern sind nicht da, schon vergessen? Ich muss hier raus, Rena kotzt mich an! Bitte!

Soll ich dich abholen?

Nicht nötig, bin schon auf dem Weg. Wir treffen uns da ♡

RENA

Mittwoch, 15. September, 21.11 Uhr
(51 Tage, 0 Stunden und 26 Minuten danach)

»Äh, das ist ein Autokino.« Der Junge am Ticketschalter spricht langsam und betont jedes Wort, als hätte ich nicht nur einen an der Waffel, sondern wäre auch noch schwerhörig.

»Ach wirklich?« Ich kenne ihn. Den Rest des Jahres arbeitet er als Kartenabreißer im Kino in der Stadt. Auf dem Namensschild an seinem T-Shirt steht *Maik Paulsen*. Früher nannte ich ihn wegen seiner schlimmen Aknenarben immer nur Scarface. Nicht umsonst lautet der erste Punkt auf meiner *#10factsaboutme*-Liste »Ich bin ein schlechter Mensch«.

»Das da ist kein Auto.« Mit einem mitleidigen Blick betrachtet er mein BITCH-Fahrrad, das ich gerade bei Freds Café abgeholt habe.

Der Kandidat gewinnt einen Blumentopf. Applaus!

Beinahe wäre mir die bissige Antwort rausgerutscht, aber ich schlucke sie runter. Momentan habe ich wirklich andere Probleme. Zum Beispiel eine stechende Wunde, die von einem Streifschuss kommt und eine beschissene Voraussetzung fürs Fahrradfahren ist. »Ich bin mit jemandem verabredet.«

»Na gut.« Er zuckt die Achseln. »Den ersten Teil hast du schon verpasst, und der zweite ist auch gleich rum.« Er macht eine Kopfbewegung zum offen stehenden Gatter, durch das ich in der Ferne die Leinwand sehen kann. Darauf krachen gerade zwei Lichtschwerter gegeneinander. Und das fast geräuschlos.

Nur gedämpft dringt der Ton aus einigen der davor parkenden Autos, die ihre Soundanlage besonders stark aufgedreht haben.

Ich zucke die Achseln. »Macht nichts.«

Zum Abschluss der Autokino-Saison findet wie jedes Jahr ein Film-Marathon statt. Neben der Kasse ist das Programm mit Klebestreifen auf dem Tisch befestigt. Heute stehen die alten *Star-Wars*-Filme auf dem Programm. Ich schiele darauf und sehe, dass es drei Teile gibt. »Der dritte ist sowieso der beste«, sage ich, obwohl ich keinen davon je gesehen habe.

Letztes Jahr hatte Jurij mich zu einer neunstündigen *Der-Herr-der-Ringe*-Tortur überredet. Extended Version, heftige Fummel-Angriffe inklusive!

»Ich muss dir aber trotzdem den vollen Preis berechnen«, fischt mich Maik Paulsen, alias Scarface, aus meinen Gedanken.

»Wie bitte?«

»Für das Ticket. Es gibt nur Karten für die gesamte Vorstellung. Eine kostet zwanzig. Da kann ich nich –«

»Okay!« Ich lege zwei Zehner auf den Tisch. Ohne die Eintrittskarte zu nehmen, schiebe ich mein Fahrrad durch das Gatter. Als ich an den Getränke- und Fressbuden vorbeikomme, schlägt mir der Duft von frischem Popcorn entgegen. Doch mein Magen will nichts davon wissen.

Es sind kaum noch Stellplätze frei. Nur in den letzten beiden Reihen mache ich vereinzelte Lücken aus. Die Weide, auf der das restliche Jahr über nur ein paar Kühe grasen, liegt ungefähr drei Kilometer außerhalb. Mitten in der Pampa, wo es wegen der fehlenden Straßenbeleuchtung nachts besonders dunkel wird. Perfekte Voraussetzungen für ein Outdoor-Kino.

Als ich den Weidezaun erreiche, lehne ich mein Fahrrad dagegen und setze mich auf die oberste Holzlatte. Von hier aus habe ich die Einfahrt gut im Blick.

Ich klopfe gegen meine Jackentasche. Darin klappern meine Waffen gegeneinander. Sie und das Überraschungsmoment sind alles, was ich habe, um mit Lucifer ins Gericht zu gehen. Und ich werde nicht zögern, sie einzusetzen.

Mir bleiben nur ein paar Minuten, um alles vorzubereiten. Ich schalte mein Handy an. Zum Glück habe ich es ausgemacht, bevor Paps es im Safe eingeschlossen hat, sonst wäre der Akku jetzt genauso platt wie der von Lous Handy.

Doch beim Blick auf den Homescreen kommt mir etwas merkwürdig vor. Nur was? Nachdenklich betrachte ich die vielen Icons in meinem Menü – an dem von WhatsApp bleibe ich hängen. Keine neue Nachricht wird mir angezeigt. KEINE NEUE NACHRICHT! Wie kann das sein? Was ist mit den vielen Screenshots, die ich vom Teufelshandy aus geschickt habe? Meine Beweise!

Panisch öffne ich WhatsApp.

Der Chat mit dem Teufelshandy ist weg. Als wäre er nie da gewesen. Ich will auf der Stelle losschreien. Wie ist das möglich? Hat Ivar auch hier seine Finger im Spiel? Konnte er die Nachrichten irgendwie abfangen oder löschen? Hat er das Teufelshandy überwacht und wusste, dass ich Beweise gesammelt habe?

Ich atme tief durch. Mit diesem Rückschlag habe ich nicht gerechnet, aber er ändert nichts an meinem Vorhaben. Ich muss Ruhe bewahren. Nur noch knapp eine Stunde oder so.

Mit wenigen Klicks habe ich Facebook und Instagram wieder runtergeladen und installiert.

Ich logge mich bei Instagram ein. Zu meiner Überraschung leuchtet nur eine rot umrandete Eins rechts oben bei dem Papierflieger. Müsste mein Postfach nicht überquellen vor lauter Hass-Nachrichten und Drohungen?

Obwohl ich eigentlich etwas anderes vorhabe, drücke ich auf den Papierflieger. Mein Nachrichtenarchiv öffnet sich. Die ungelesene Nachricht ist von jemandem namens »Schwarzlichtgeblendet«:

Okay, bin auf dem Weg.

Sie kam vor wenigen Stunden an.

Aber, was …? Obwohl nur eine rote Eins angezeigt wurde, sehe ich weiter oben viel mehr Nachrichten. Und dabei kommen die Textfelder nicht nur von der linken Seite, sondern auch von rechts. Das sind … Antworten! Von … mir?! Wie ist das möglich? Hecktisch scrolle ich bis ganz nach oben.

Am Montag hat Rena_Steinreich Schwarzlichtgeblendet das erste Mal geschrieben. ICH habe ihm geschrieben?!

13. Sep, 09:21 PM

Hey

Was willst du?

Dir das geben, was du dir schon seit Jahren wünschst, Mützen-Junge.

Und das wäre?

Einen Namen.

Ich hab schon einen, danke. Mo – erinnerst du dich?

Auch von dem, der deinen Vater auf dem Gewissen hat?

Haha, sehr lustig!

Ich lache nicht!

Und woher willst du wissen, wer es war?

Ich hab ihn dabei belauscht, wie er es Pfarrer Saile gebeichtet hat. Die beiden haben nicht mitbekommen, dass ich in der Nähe war.

Du verarschst mich!

Wusstest du nicht, dass ich bei der Kapelle mithelfe?

Doch, hab so was gehört.

Na also ☺

Okay, dann raus damit! Wer ist es?

Nicht so schnell. Ich verrate dir den Namen erst Donnerstagabend.

Warum?

Weil er vorher nicht in der Gegend ist.

Na und?

Wie könntest du dich dann an ihm rächen?

Und was willst du als Gegenleistung?

Dass du es aussehen lässt wie einen Raubüberfall.

Was?

Ich werde eine Waffe und eine Verkleidung für dich deponieren. Zieh die Sachen an und statte ihm einen Besuch ab. Ob du ihn abknallst oder nicht, bleibt dir überlassen. Ich will nur, dass du ihm so richtig Angst machst. Aber egal, was du tust, lass es wie einen Überfall aussehen. Und sprich ihn nicht auf deinen Vater an! So wird nie jemand rausfinden, dass du hinter der Maske gesteckt hast.

Warum tust du das? Was hast du davon?

Dieses Arschloch hat mich vergewaltigt. Ich will, dass er leidet.

Bin dabei!

☺ Ach ja, bevor ich es vergesse: Bitte sprich mich nicht darauf an, wenn wir uns in der Schule begegnen. Ich gebe dir den Namen, und du tust, was auch immer du tun musst. Diese Unterhaltung hat nie stattgefunden.

Geht klar.

Mein Blick fliegt über die Zeilen. Mit jedem Satz, den ich lese, wächst die Wut in meinem Bauch. Sie formt sich zu einem dicken, heißen Klumpen. Das darf alles nicht wahr sein! Ich zwinge mich weiterzulesen.

15. Sep, 01:11 PM

Planänderung. Die Aktion findet schon heute Abend statt. Bist du noch dabei?

Klar!

17:20 Uhr geht es los – keine Minute früher oder später. Kapiert?

Warum ist dir diese Uhrzeit so wichtig?

Weil er mich genau um 17.20 Uhr vergewaltigt hat.

Ich werde pünktlich sein. Aber jetzt raus damit! Wer war das Schwein, das meinen Dad überfahren hat?

Geduld! Halte dich bereit!

Okay

15. Sep, 04:30 PM

Der Zettel mit dem Namen liegt bei der Waffe und deiner Verkleidung. Beides hab ich hinter der Tankstelle der Deckers in einer blauen Plastiktüte deponiert.

Die Deckers? Was haben die damit zu tun?

Das wirst du gleich rausfinden. Und jetzt lass dieses Arschloch dafür büßen, was es deinem Vater und mir angetan hat!

Okay, bin auf dem Weg.

Vor lauter Wut schießen mir Tränen in die Augen. Ivar hat ganze Arbeit geleistet. Er hat meinen Instagram-Account gehackt, um in meinem Namen Mo zu kontaktieren.

Was hat Mo mir an der Bushaltestelle geantwortet, als ich ihn gefragt habe, warum er mich gegen Jurij verteidigt hat?

Weil ich dich noch brauche.

Jetzt ist mir klar, was er damit gemeint hat. Wozu er mich noch brauchte. Er hat geglaubt, ich wäre die Einzige, die weiß, wer schuld am Tod seines Vaters ist. Deshalb hat er sich so verschwörerisch an die Cap getippt. Er denkt, wir wären eine Art Geheimteam. Rena_Steinreich und Schwarzlichtgeblendet. Die Vergewaltigte und der Junge mit dem toten Vater.

Opfer und Rächer.

Und bestimmt ist es genau das, was er gerade auf dem Polizeirevier den Ermittlern erzählt. Als Beweis dienen ihm unsere Chats, in denen ich ihn zu einem Raubüberfall anstifte … oder zu Schlimmerem.

Das Bild von Pascal, die Mündung von Lucifers Waffe an der Stirn, schießt mir durch den Kopf. Klar, dass sein Name auf dem Zettel gestanden hat. Vom Alter her könnte nur Joes Bruder damals schon einen Führerschein gehabt haben, wobei die Deckers aber zum Zeitpunkt des Unfalls noch nicht mal hier gewohnt haben. Wenn Mo aber wirklich geglaubt hat, dass es Pascal war, muss es umso schlimmer für ihn gewesen sein zu wissen, dass er heute als Polizist arbeitet.

Ich ertappe mich dabei, wie ich versuche, Lucifers teuflische Manipulation mit Sinn und Verstand zu füllen. Dabei weiß ich doch am allerbesten, dass ich nicht vergewaltigt wurde.

Ob Mo wirklich jemanden getötet hätte, wenn die Polizei nicht im richtigen Moment aufgetaucht wäre? Aber die drängendste Frage ist immer noch die nach dem Warum. Ich verstehe einfach nicht, was das alles soll!

Lucifer lässt Mo in dem Glauben, Pascal sei der Fahrerflüchtige, der seinen Vater auf der Straße sterben ließ.

Warum?

Damit Mo die Tankstelle überfällt.

Warum?

Damit er sich auf Pascal stürzt … ihn vielleicht sogar tötet.

Warum?

WARUM?

Ich denke an das blutige Messer in unserer Küche. Wenn die Polizisten es schon entdeckt haben, macht mich das zur Tatverdächtigen in zwei Fällen. Zur Haupttatverdächtigen, um genau zu sein. Anstiftung zum Raubüberfall auf eine Tankstelle und Mordversuch sind nur die beiden obersten Punkte auf einer schier endlosen Liste. Wenn Lucifer dann auch noch meine blutbespritzten Kleider mit den Glasscherben von Olivias Auto der Polizei zuspielt, ist das nur die Kirsche auf einer ziemlich bitteren Sahnetorte.

Ich bin geliefert. Niemand wird mir glauben, dass ich damit nichts zu tun hatte! Na ja, zumindest nicht so, wie alle denken werden.

Und wie passt Ivar ins Bild?

Ich schließe den Chat. Jetzt ist es umso wichtiger, dass mein Plan aufgeht und ich ein Geständnis von Ivar bekomme. Denn ohne das sitze ich knietief in der Scheiße, und keiner wird mir helfen, da wieder rauszukommen.

Das Allerwichtigste, das ich dazu brauche, ist eine Schaufel. Keine echte, eine imaginäre. In meinem Kopf. Kaum denke ich daran, taucht sie auch schon auf. Ich greife danach und ramme sie in die Erde am Fuße des Lügenbergs. Das Loch wird nicht besonders tief, aber es erfüllt seinen Zweck. Und ich muss es schnell wieder zuschieben können. Innerhalb von Sekunden.

Ich bin gut im Verdrängen! Ich kann das!

Als der Abspann über die riesige Leinwand läuft, gehen Autotüren auf. Die vertraute *Star-Wars*-Melodie dringt aus mehreren Stereoanlagen. Leute strömen zu den Toilettenhäuschen, und vor der Fressbude bildet sich eine Schlange.

In der Ferne sehe ich zwei Autoscheinwerfer die Straße heraufkommen. Ich mische mich unter die Wartenden am Popcornstand und beobachte, wie Ivars Honda in die Parklücke hinten links fährt. Die Scheinwerfer erlöschen. Der Keilriemen gibt sein schrecklich vertrautes Jammern von sich.

Er ist gekommen. Natürlich, immerhin denkt er, Lou würde hier auf ihn warten.

Mein Herzmotor dreht wieder hoch. In einigem Abstand bleibe ich stehen. Auf dem Fahrersitz mache ich eine Gestalt aus.

Jetzt darf nichts schiefgehen.

Mein Leben hängt davon ab.

In meiner Jackentasche ertaste ich das Diktiergerät. Ich drücke den großen Knopf rechts außen. Aufnahme läuft. Hoffentlich wird der Ton durch den Jackenstoff nicht zu sehr verfälscht.

Als Nächstes starte ich über mein Handy einen Livestream auf Facebook.

Dann schnappe ich mir die Schaufel in meinem Kopf und nähere mich dem bereits ausgehobenen Erdloch.

Showtime!

RENA

Mittwoch, 15. September, 21.31 Uhr
(51 Tage, 0 Stunden und 46 Minuten danach)

Mein Herz hämmert gegen meinen Brustkorb, schneller, als Ivars Finger auf das Lenkrad trommeln können. Ich blinzle ins gelbliche Licht der Deckenlampe.

»Hallo, Ivar.«

Das Trommeln erstirbt schlagartig, so als hätte das Lenkrad angefangen zu glühen. Mein Blick geht von seinen Händen hinauf in sein Gesicht. Ich erwarte, Bestürzung, Panik oder Wut zu sehen. Aber nichts dergleichen zeichnet sich dort ab. Seine Züge sind völlig entspannt, nur vereinzelt entdecke ich ein paar Schweißperlen auf seiner Stirn.

»Mach bitte die Tür zu«, fordert er mich auf, klingt aber nicht unfreundlich. Nein, eher höflich. Als würde er mich wirklich nur bitten, die Tür zu schließen und nicht, den Ausweg aus der Hölle zu verbarrikadieren.

Sobald ich sie zugezogen habe, erlischt die Deckenlampe. Jetzt wirft nur noch die in der Ferne flimmernde Leinwand ihren matten Schein ins Wageninnere. Gerade laufen Textzeilen in die Weiten des Weltalls. Aus den Nachbarautos dringt gedämpft die vertraute *Star-Wars*-Melodie, und ich weiß, für mich wird sie ab jetzt immer mit der Erinnerung an diesen Moment verknüpft sein.

Ivar schnauft verächtlich. »Lou und *Star Wars*? Ich hätte mir denken können, dass da was faul ist.«

»Warum hast du das alles getan?« Ich fackle nicht lange. Das ist meine einzige Chance, und die werde ich nutzen.

Rechts neben mir schlägt eine Tür zu. Ich drehe den Kopf. Zwei Jungs in einem schwarzen Golf, die Blicke fest auf die Leinwand geheftet. Der auf dem Fahrersitz klemmt sich eine Jumbopackung Popcorn zwischen die Knie und schaufelt sich eine Handvoll in den Mund.

»Was meinst du?«, fragt Ivar in sachlichem Tonfall.

Seine Gelassenheit treibt mich zur Weißglut. Was ist nur los mit ihm? Ich will ihm ins Gesicht brüllen. Ihn anspucken. Wie kann er es wagen, sich jetzt auch noch dumm zu stellen? Aber ich rühre mich nicht, starre ihn einfach nur an, lasse ihn schwitzen.

Die über die Leinwand laufenden Textblöcke spiegeln sich in seinen Brillengläsern, weshalb ich seine Augen nur schwer erkennen kann. »Du weißt genau, wovon ich spreche.«

»Hilf mir doch ein bisschen auf die Sprünge.«

Sein Schulterzucken macht mich wahnsinnig.

Mir wird klar, was er mit diesem Spielchen bezweckt. Er will es von mir hören, wissen, wie viel ich weiß, bevor er zu viel preisgibt. Er ist nicht naiv, aber das habe ich auch nicht erwartet.

»Du bist Lucifer.« Ich beobachte, welche Wirkung diese Anschuldigung auf ihn hat. Seine Reaktion lässt mich frösteln.

Er lächelt! Kein schüchternes Ivar-Lächeln. Er ist die Ruhe selbst. Langsam, als wäre er darauf bedacht, mich nicht zu erschrecken, streckt er seine Hand aus und hält sie mir hin. »Gib mir dein Handy!«, fordert er und macht dabei eine einholende Bewegung mit den Fingern.

»Wie bitte?«

»Du willst reden? Also gib mir dein Handy.«

Mir wird heiß. Mist! Er weiß genau, dass er auf sehr dünnes Eis zusteuert. Aber ich habe vorgesorgt! Mit zwei Fingern ziehe ich mein Handy aus der Jackentasche. Natürlich entgeht ihm nicht, dass das Display leuchtet.

»Für wie blöd hältst du mich?«, fragt er, als er das Gerät ausschaltet. »Wir wollen doch nicht, dass uns jemand heimlich zuhört, oder?«

Ich beiße mir in die Backe, um nicht laut loszuschreien. Aber noch ist der Kampf nicht verloren.

Wieder streckt Ivar die Hand aus. Ich hoffe, er sieht nicht, wie ich bei dieser Geste leicht zusammenzucke. »Und jetzt das, das du von mir hast.«

Ich stutze. Die Bedeutung dieses Satzes kommt einem Geständnis gleich. Ein Geständnis, das meine ach so treuen Follower auf Facebook nun nicht mehr hören können.

Ivar ist Lucifer. Ich hatte recht. Das Triumphgefühl bleibt allerdings aus, stattdessen verfluche ich mich im Stillen.

Warum habe ich das blöde Teufelshandy nicht einfach zu Hause gelassen? Jetzt ist es zu spät für Vorwürfe und Selbstmitleid. Das Kind ist bereits in den Brunnen gefallen und dabei zu ertrinken.

Aber ich muss die Wahrheit erfahren. Alles! Und das geht nur, wenn ich ihm auch das Teufelshandy aushändige. Ich reiche es ihm.

»Vielen Dank.« Ivar schaut auf den Smiley mit den hängenden Mundwinkeln, der immer noch auf dem Display angezeigt wird, und nickt zufrieden. Er beugt sich zu mir rüber und öffnet das Handschuhfach. Hilflos sehe ich dabei zu, wie er beide Handys hineinlegt.

Ich versuche, ruhig zu bleiben und mir nichts anmerken zu lassen. Noch habe ich eine Chance. Eine allerletzte. Ich muss ihn dazu bringen, über die Wahrheit zu reden und sich selbst damit zu belasten. Nur mit seinem Geständnis hält die Polizei mich nicht für völlig durchgeknallt.

Ivar drückt das Handschuhfach zu, wobei sein Ellenbogen mein Knie streift. Seine Nähe, sein Geruch nach Duschgel und Deo, macht mir zu schaffen. Ich presse mich in den Sitz, um möglichst weit von ihm weg zu sein.

»Willst du mir sonst noch etwas geben?« Er dreht mir das Gesicht zu und sieht mich von unten herauf prüfend an.

Ich schüttle den Kopf. Sogar meine Lippen zittern. Er ist mir inzwischen so nahe, dass ich die Spiegelung meiner Augen in seinen Brillengläsern ausmachen kann.

»Ich glaube, du bist nicht ganz aufrichtig.« Blitzschnell schießen seine Hände nach vorne. Er tastet mich ab, filzt mich. Ein leiser Schrei entweicht mir, als er bei meinen Hosentaschen ankommt.

»Schhhhh!« Er presst einen Zeigefinger auf meine Lippen und sieht sich verstohlen um. »Keine Panik«, raunt er. »Ich will doch nur nachsehen. Dir passiert schon nichts. Und danach können wir uns in Ruhe unterhalten.«

Ich erstarre, kann keinen Muskel bewegen. Von dem schüchternen Ivar ist nichts mehr übrig. Jetzt ist er bei meiner Jacke angekommen. Ich will ihn wegstoßen, aber es ist schon zu spät. Seine Finger finden den schmalen Gegenstand.

»Wirklich, Rena?« Er zieht das Diktiergerät heraus und dreht es dicht vor den Augen. Das rote Lämpchen, das eine laufende Aufnahme signalisiert, brennt verräterisch. Ivar drückt so lange wahllos Knöpfe, bis es erlischt. Zusammen mit meinem Mut.

Wir starren beide auf das schwarze Kästchen in seiner Hand. Plötzlich ist es im Wagen unerträglich still.

»Ein Livestream und ein Diktiergerät? Kreativ bist du, das muss man dir lassen.« Er löst hinten den Deckel ab und klopft die Batterien heraus. Klappernd landet alles im Seitenfach der Fahrertür.

Noch einmal vergewissert er sich, dass ich nichts mehr bei mir trage, sogar meine Beine bis runter zu den Knöcheln tastet er ab. Als er nichts findet, lässt er sich zufrieden seufzend in seinen Sitz zurücksinken.

Ich bringe kein Wort heraus. Mein Plan geht direkt vor meinen Augen den Bach runter, und ich kann nichts dagegen tun. Er hat mich durchschaut. Mein doppelter Boden, mein Auffangnetz. Beides umsonst.

»Und jetzt sag mir, was du glaubst zu wissen.«

Ich überlege fieberhaft. Soll ich abhauen? Aber wird sich mir je eine zweite Gelegenheit wie diese bieten? Ich würde gerne daran glauben, doch ich weiß es besser. Aussteigen ist also keine Option. Jetzt oder nie! Ich muss es einfach erfahren. Die Ungewissheit bringt mich sonst um den Verstand.

»Du hast Lou, Olivia und Aaron überfallen und Mo in meinem Namen auf die Tankstelle angesetzt. Und das alles soll so aussehen, als hätte ich es getan.«

»Ganz schön viele Anschuldigungen. Gibt es dafür Beweise?« Er lächelt gönnerhaft.

Auch jetzt ist er nicht bereit, einfach alles zuzugeben. Ich hasse ihn für seine Gerissenheit. Dafür, dass er selbst in dieser Situation noch einen kühlen Kopf bewahrt.

»Ich habe heute Nacht dein Auto erkannt. Du hast Aaron einfach liegen gelassen und bist vom Tatort geflohen.« Gut, das ist nur die halbe Wahrheit, aber das braucht er nicht zu wissen. Wir pokern beide, und keiner hat Lust, den anderen in seine Karten schauen zu lassen.

»Das ist wohl ziemlich blöd gelaufen.« Ivar lacht auf.

Er LACHT, verdammt!

»Aber sofern du kein Foto von mir gemacht hast, auf dem zu sehen ist, wie ich auf Aaron einsteche, steht Aussage gegen Aussage. Und ich vermute mal, es sind nicht meine Fingerabdrücke, die die Ermittler auf dem Messer sicherstellen werden, richtig?«

Ich balle die Hände zu Fäusten, sodass sich meine Fingernägel in die Handflächen bohren. Der Schmerz dringt nur ganz dumpf in mein Bewusstsein. Aber er ist besser als nichts. Er erinnert mich daran, dass das hier kein Albtraum ist. Hier zählt jede Sekunde. Ich werde nicht einfach aufwachen.

Dann wird mir klar, was er gerade gesagt hat.

»Ich habe nie gesagt, dass auf Aaron mit einem Messer eingestochen wurde.«

Endlich wirkt er überrascht. Damit hat er nicht gerechnet. »Du gehst in Führung, Sünderin. Schön für dich.«

»Also?«, frage ich. »Karten auf den Tisch! Was sollte diese ganze Scheiße? Lucifer? Die Todsünden? Warum hasst du mich so sehr, dass du bereit bist, unschuldige Menschen zu verletzen?«

»Weil du nicht unschuldig bist! Ich habe dir bei jeder Aufgabe die Wahl gelassen, aber du wolltest nicht hören. Schau dir nur Lous Arm an, das ist dein Verdienst. Du warst es, die Olivia krankenhausreif geprügelt hat. Du hast Aaron getötet.«

Getötet? Ich schnappe nach Luft. Stimmt das? Kam mein Hilferuf zu spät? Das darf nicht sein!

»Ich war das nicht!«

»Du kanntest die Regeln.«

»Aber warum?«

»Weil du eine Lügnerin bist«, sagt er offen heraus.

Das soll alles sein? Ich drücke fester zu, meine Fingernägel graben sich noch tiefer ins Fleisch. Das Brennen hilft mir, bei Verstand zu bleiben, klarer zu denken. Der Wahnsinn kriegt mich nicht. Noch nicht.

»Na und? Jeder lügt hin und wieder.«

»Aber nicht jeder zerstört mit einer feigen Lüge das Leben anderer.«

»Was soll das heißen?«

Ivar holt sein Handy hervor und scrollt durch den Mediaplayer. Er öffnet eine Datei. Aus dem kleinen Lautsprecher dringt die Jingle-Melodie eines Radiospots, der mir nur allzu bekannt vorkommt. Zusammen mit den ersten Takten erinnere ich mich an Joes Gesicht aus einem längst vergessen geglaubten Moment. Unsere allererste Begegnung. Damals lief genau diese Werbung im Radio.

Als die Melodie verklingt, meldet sich eine tiefe Stimme. Ich sehe Joe vor mir, wie er den Text mitspricht, bis wir in Lachen ausbrechen.

»Ihr Mann hat Sie betrogen? Sie wollen Ihrem nervigen Kollegen mal so richtig eins auswischen? Ihr Nachbar stresst Sie mit seiner viel zu lauten Musik? Dann sind Sie bei Bittersweet Revenge genau richtig. Wir kümmern uns um Ihre perfekte Rache. Von der Planung bis zur Durchführung. Wir schustern Ihnen ein Komplettpaket, das perfekt auf Ihre Bedürfnisse zugeschnitten ist. Melden Sie sich unt –«

Ivar hat auf Stopp gedrückt. »Na, weißt du jetzt, worauf ich hinauswill?«

Der Lügenberg erzittert. In der Erde darunter bewegt sich etwas. Ein Geheimnis. Eine Lüge, die so schwarz ist, dass ich sie einfach loswerden musste. Vergraben. Um weitermachen zu können. Und dann habe ich jede neue Lüge, jede noch so kleine Unwahrheit darübergestapelt.

Aber jetzt will sie raus ans Licht.

»Wusstest du, dass meine Mum sich umgebracht hat?«

Wumm – Treffer, versenkt!

Ich öffne den Mund, schließe ihn wieder, muss mich erst sammeln. Was habe ich damit zu tun, dass seine Mutter Selbstmord begangen hat? Ein Gedanke kommt mir, für den ich mich noch im selben Moment schäme: Wahrscheinlich war sie genauso verrückt wie ihr Sohn!

»Weißt du, wie es ist, eine depressive Mutter zu haben? Tagelang hat sie sich im Bett vergraben und keinen Sinn darin gesehen aufzustehen. Hat nicht gegessen, nicht geschlafen. Sie war ein Zombie, körperlich anwesend, aber ihre Augen waren tot, einfach leer. Irgendwann habe ich aufgehört zu zählen, wie oft sie in der Klinik war. Aber nach dem letzten Mal schien es ihr wirklich besser zu gehen. Sie hat ihre Medikamente genommen. Wir dachten, es geht endlich bergauf.« Er schnauft verächtlich. »Und dann bist du aufgetaucht. Im Büro meines Vaters. Rena Winterstein mit ihren lächerlichen Teenieproblemchen.«

Hinter meiner Stirn zieht ein Sturm auf. Der Berg, den ich so sorgsam gestapelt habe, bröckelt an den Seiten. Eine Lüge nach der anderen rutscht herunter.

Meine Handflächen brennen an den Stellen, an denen die Fingernägel in die Haut schneiden. Aber der Schmerz hilft nicht mehr, erreicht mich nicht mehr. Ich wünsche mir, ich könnte meinen Kopf so lange gegen die Armatur schlagen, bis meine Lichter ausgehen und der Sturm vorüberzieht.

»Dad hat für dich einen Racheplan ausgearbeitet. Aber der war dir zu langweilig, nicht wahr? Du wolltest mehr!« Ivar lässt seine Fingerknöchel knacken: *krrrg*, *krrrg*, *krrrg*.

Ich zucke zusammen.

Der Sturm wird zu einem Orkan, erfasst den Lügenberg, reißt die oberste Schicht mit sich. Und die darunter und die darunter … bis nur noch nackte Erde übrig bleibt.

Ich fange an zu graben. Tiefer und tiefer. Stoße auf etwas Hartes. Das ist sie! Die bestgehütete Lüge von allen. Ich hatte mir so sehr gewünscht, sie vergessen zu können, dass es mir tatsächlich gelungen ist. Bis jetzt. Ich habe mich selbst ausgetrickst, die Information aus meinem Gedächtnis geschnitten und unter einem Berg Lügen verborgen. Obendrauf habe ich die Besserwisserin gesetzt. Sie war nichts weiter als ein Ablenkungsmanöver.

»Dass du die Sache selbst in die Hand genommen hast, konnte ich dir nicht mal verübeln. Ich fand es immer frustrierend, dass Dad bei seinen Racheplänen immer die Grenzen des Gesetzes eingehalten hat. Manchmal muss man es einfach ordentlich krachen lassen, richtig? Dads Rachepläne waren oft nur nette Partytricks, harmloser Mist. Und trotzdem waren die Leute immer misstrauisch. Ich meine, eine Racheagentur? Das muss ein zwielichtiges Geschäft sein. Ein Wunder, dass er überhaupt Werbung im Radio schalten durfte. Aber der Inhaber des Senders war Kunde bei uns, also …«

Ich höre Ivar nicht mehr zu. Der Sturm hat sich gelegt, seine Arbeit ist getan, der Lügenberg zerstört. Ich grabe mit den Händen links und rechts von der Lüge, um sie besser packen zu können. Mit letzter Anstrengung bekomme ich sie zu fassen und ziehe sie heraus.

Schwer atmend wische ich den Dreck von der glatten Oberfläche. Ein Bildschirm, nicht größer als der eines Tablets, kommt zum Vorschein. Darauf läuft eine Szene ab, gedreht aus meiner Perspektive.

Mir gegenüber sitzen zwei Polizisten. Einer von ihnen hat eine Glatze und Raucherhusten, der andere ist ein zeitreisender Joe aus der Zukunft. Er sagt nichts, darf nicht. Er ist nur hier, um mich mit seinem Blick aufzuschlitzen. Bestimmt wird der Name Pascal Decker in keinem Protokoll erwähnt. Unter Kollegen hält man zusammen.

Der Glatzkopf hustet rasselnd, räuspert sich. »Hat der Racheagent der Bittersweet Revenge Agentur, Ralph Neumann, Ihnen vorgeschlagen, das Sexvideo von Johannes Decker und Matilda Lennhof aufzunehmen?«

Das Bild wackelt auf und ab. Ich nicke. »Ja. Er hat mir diese

Idee als Racheplan verkauft. Er meinte, ich sollte das Video auf Pornoseiten und in sozialen Netzwerken hochladen.«

Der Polizist macht sich Notizen. Pascal schlitzt mich weiter mit seinem Blick auf.

Ich sitze dort und blute.

Lüge und blute.

Ich weiß, dass ich diese Erinnerung verstecken muss. So gut, dass ich sie niemals wiederfinde. Und am besten komme ich nie wieder hierher zurück. Um mich nicht zu triggern. Damit die Erinnerung bleibt, wo sie ist. Tief vergraben.

Die Polizeiwache ist kein sicherer Ort mehr für mich.

Der Bildschirm wird schwarz. Die Szene startet von vorne.

Selbst nach allem, was mit Joe geschehen war, hatte ich es geschafft, noch tiefer zu sinken. Bis es irgendwann nicht weiterging. Dieser Moment, den ich einfach so aus meinem Gedächtnis geschnitten habe, war der verzweifelte Versuch, die Schuld von mir zu schieben. Wenigstens ein bisschen. Sie auf den Schultern eines anderen abzuladen.

Am nächsten Tag wurde mir mitgeteilt, dass Ralph Neumann abgestritten hatte, mir einen solchen Racheplan verkauft zu haben. Oh Wunder. Es stand Aussage gegen Aussage. Da aber Joes Tod am Ende ein Unfall gewesen war – was vor allem meine Videoaufzeichnung beweisen konnte –, kümmerte sich schon bald niemand mehr darum. Dachte ich zumindest.

Ivars Mutter hatte es offensichtlich gekümmert. Und sie hatte mir geglaubt, nicht ihrem Mann. Vielleicht war das der letzte Tropfen, der das Fass zum Überlaufen gebracht hatte. Vielleicht aber auch nur ein vorgeschobenes Argument, um endlich Schluss machen zu können. Und genau das hat sie dann wohl auch getan.

»Natürlich wurde Dads Radiowerbung nach Joes Tod sofort aus dem Programm geworf –«

»Ich hatte Angst«, flüstere ich, weil ich das Gefühl nicht loswerde, irgendetwas sagen zu müssen.

»Das rechtfertigt natürlich, Unschuldige in deine Scheiße reinzuziehen.«

»Ich wollte ni –«

»Natürlich wolltest du das!« Er schlägt mit der Faust aufs Lenkrad. »Und das Schlimmste ist, dass meine Mum deine Lügen geglaubt hat. Sie war am Ende.« Seine Schultern beben.

Mir fällt nichts ein, was ich darauf erwidern kann. Überhaupt nichts. Es ist, als hätte ich von einem Moment auf den anderen meine Sprache verloren. Weg, einfach weg.

Ich habe mit meiner damaligen Aktion nicht nur das Leben von Joe, seinen Eltern, Pascal und Tilli zerstört, sondern auch das von Ivars Familie mit in den Abgrund gerissen. Noch jemand ist gestorben. Meinetwegen.

Das ist zu viel.

Ich versuche erst gar nicht, die Tränen zurückzuhalten, aber das kümmert Ivar nicht. Natürlich. Seine persönliche Rache an mir ist noch nicht vorbei. Immerhin ist er ein Profi, er hat vom Besten gelernt.

»Und du? Du bist einfach so davongekommen!«

Ich unterdrücke ein Schluchzen und atme tief durch, finde meine Sprache wieder. »Davongekommen? Die Leute hassen mich!«

Ivar streckt seine Hand aus und packt mich am Kinn. Sein Griff fühlt sich an, als würde mein Kiefer in einem Schraubstock klemmen. Er kommt mir so nah, dass ich seinen warmen Atem auf meinem Gesicht spüre. »Ich gehe seit Wochen bei euch ein und aus. Bisher habe ich nicht mitbekommen, dass ihr auch nur ein einziges Ei von eurer Hauswand schrubben musstet.«

Er lässt mich los und schüttelt seine Hand, als hätte er etwas besonders Ekliges angefasst.

Ich reibe mir das Kinn. »Also hast du beschlossen nachzuhelfen? Lucifer zu spielen?«

»Alle sollten sehen, wie dunkel es in dir drin ist. Deine Scheinheiligkeit. Dein wahres Gesicht.«

Ich denke an die Liste, die zu Hause an meinem Schminkspiegel klebt. *#10factsaboutme.* Bei keinem der zehn Punkte komme ich besonders gut weg. Aber habe ich nicht versucht, mich zu bessern? Die Todsünden so zu erfüllen, dass immer möglichst wenig Menschen zu Schaden kommen? Oder habe ich nur den für mich leichtesten Weg gesucht? Gepflastert mit Lügen und Ausreden?

»Und warum ausgerechnet Lucifer?«

Ivar lacht kurz auf. »Wäre dir Batman lieber gewesen? Ich brauchte irgendeine Tarnung, um dir dein scheinheiliges Getue unter die Nase reiben.«

In meinem Kopf spule ich alle Todsünden im Schnelldurchlauf ab. An der vorletzten bleibe ich hängen. »Aber woher hattest du die Aufnahme mit den Geständnissen von Tilli, Adina und mir? Haben die beiden dir etwa geholfen?«

Ivar antwortet nicht, er dreht den Schlüssel im Zündschloss. Der Motor springt an.

»Was soll das?« Die Panik in meiner Stimme ist nicht zu überhören.

Ivar löst die Handbremse, legt den Rückwärtsgang ein und tritt das Gaspedal durch.

Der Honda schießt mit einem Satz aus der Parklücke.

Mein Oberkörper wird von einer unsichtbaren Kraft nach vorne geriss–

LUCIFER

Rache

Renas Kopf lehnt am Fenster. Als Lucifer die Beifahrertür öffnet, sackt ihr Oberkörper zur Seite.

»Verdammt«, rutscht es ihm heraus. Er kann sie gerade noch an der Schulter packen und festhalten, damit sie nicht mit der Stirn voran auf die gepflasterte Hofeinfahrt donnert.

Blut sickert aus der apfelsinengroßen Platzwunde über ihrer Augenbraue. Die Haut drum herum hat eine dunkle Schattierung angenommen. Der Rest ist weiß wie Schmerztabletten. Die Sünderin gibt keinen Mucks von sich, rührt sich nicht, als wäre sie …

Lucifers Herz setzt aus. Es holpert erst weiter, als er sieht, wie sich ihr Brustkorb hebt und senkt. Ganz ruhig und gleichmäßig, als würde sie bloß schlafen.

Sie lebt. Gut so. Andernfalls wäre sein ganzer Plan zunichte. Das war schon das zweite Mal an diesem Tag, dass er kurz gedacht hat, Rena wäre tot. Wobei die Sache in der Tankstelle sich weniger real angefühlt hat. Lucifer war nicht live dabei, hat alles aus sicherem Abstand über einen Laptop beobachtet. Zum Glück ist Ivar gut im Hacken und die Überwachungskamera in der Tankstelle ein leicht zu knackendes Ziel.

»Von einer Platzwunde hast du nichts gesagt.«

»Kleiner Unfall.« Ivar steigt aus und kommt um den Wagen herum.

»Wie lange ist sie schon weg?«

»Ein paar Minuten. Sie ist mit dem Kopf voll gegen das Armaturenbrett geknallt. Das hat sie ausgeknockt.«

»Hat das jemand gesehen?«

»Nee, alle haben auf die Leinwand geglotzt. Auf dem Weg hierher hab ich kurz angehalten und sie mit Chloroform noch tiefer ins Land der Träume geschickt. Dauert bestimmt eine Weile, bis sie aufwacht. Wusste nicht, wie man das Zeug dosiert.« Ungeduldig schiebt er Lucifer zur Seite. »Nimm du ihre Füße!«

»Was kann man da schon falsch machen? Auf einen Lappen träufeln und über Mund und Nase drücken. Fertig.«

»Wir sind hier nicht in irgendeinem Hollywoodstreifen.« Ivar rollt mit den Augen. »Jetzt mach schon! Wir legen sie auf die Rückbank.«

Lucifer packt Renas Füße, während Ivar sie unter den Armen anhebt. Zum Glück ist es mitten in der Nacht, und im Wohngebiet alles ruhig. Keiner wird sie bemerken.

Sie legen Rena auf der Rückbank ab und winkeln ihre Beine so an, dass die Tür problemlos zugeht.

Ivar klatscht zufrieden in die Hände. »Geschafft!«

Sie steigen vorne ein. Ivar fährt los. Er hat es nicht eilig und will keine Aufmerksamkeit erregen. »Hast du das Messer dabei?«

»Klar. Wie du es wolltest.«

»Du hast hoffentlich dran gedacht, Handschuhe anzuziehen?«

»Für wie blöd hältst du mich? Die einzigen Abdrücke, die sie darauf finden werden, sind die von Rena.

»Perfekt.«

Lucifer klappt die Sonnenblende nach unten. In dem kleinen angelaufenen Spiegel behält er die Rückbank im Auge, wo Rena reglos liegt. Wenn heute Nacht alles glattgeht, hat er gewonnen. Zum ersten Mal.

»Erzählst du mir jetzt endlich, was du für den Showdown geplant hast?«, fragt Lucifer. Die ganze Zeit schon hat Ivar ein Geheimnis daraus gemacht, und jetzt musste alles viel schneller gehen, als er das wahrscheinlich gedacht hatte.

Ein Grinsen huscht über Ivars Gesicht und offenbart für einen Moment den Wahnsinn, der seit dem Tod seiner Mutter immer wieder hervorblitzt. Aber vielleicht war er auch schon seit Ivars Geburt dort. Das kann Lucifer nicht beurteilen. Er weiß nur, dass seine Mutter schwere psychische Probleme hatte. Und der Apfel fällt ja bekanntlich nicht weit vom Stamm.

»Während Rena im Schlummerland ist, sorgen wir dafür, dass die Cops sie finden.« Ivar nimmt den Fuß vom Gas und lässt den Wagen am Straßenrand ausrollen. Vor der Kirche bleiben sie stehen. Er deutet auf die große Rasenfläche davor. »Wir legen sie da ab und drücken ihr das Messer in die Hand.« Er zieht eine Plastiktüte hervor, in der sich das zweite, mit Aarons Blut beschmierte Küchenmesser befindet. »Ich klingle bei den Leuten da drüben und sage ihnen, dass nebenan ein verletztes Mädchen seinen Rausch ausschläft. Die erledigen dann den Rest für uns.«

Beim Anblick des Messers verspürt Lucifer ein drückendes Gefühl in der Magengegend. So weit hätte das Sündenspiel niemals gehen dürfen! Aber die Sünderin hat sie dazu gezwungen zu handeln. Sie hatten keine andere Wahl!

»Und wenn die Leute später bei der Polizei eine Beschreibung von dir abgeben?«

»Als ob die mitten in der Nacht persönlich zur Tür kommen.« Ivar lacht kurz auf. »Gott segne die Gegensprechanlage! Ich muss nur eine ohne Kamera aussuchen.«

Lucifer ignoriert die Anspielung.

»Für die Cops wird es so aussehen, als hätte Aaron Rena im Kampf am Kopf erwischt. Sie flieht, schleppt sich im Schutz der Dunkelheit hierher und bricht zusammen. Mit der Tatwaffe in der Hand. Ende der Geschichte.« Ivar gibt ein verächtliches Schnauben von sich. »Und die liebe Rena wird allen erzählen, dass ich etwas damit zu tun habe. Was ihr natürlich keiner abkaufen wird. Immerhin ist sie bekannt dafür, meine Familie mit in ihre Scheiße zu ziehen.«

»Dann mal los, tragen wir sie raus.« Lucifer schnallt sich ab, da packt Ivar ihn am Arm. »Was ist?«

»Hast du die K.-o.-Tropfen dabei?«

Lucifer hält Ivar das Fläschchen hin. »Warum sollte ich die eigentlich mitbringen?«

»Wir brauchen nur ein paar Tropfen.« Ivar leckt sich über die Lippen, als würde er an etwas besonders Genüssliches denken.

»Wozu?«

»Ich hab dir eine Überraschung zum großen Showdown versprochen.« Er beugte sich vor und sieht Lucifer fest an. »Was hältst du davon, ihr endlich mal die Meinung zu sagen? Du musst nur warten, bis sie aufgewacht ist, gibst ihr ein paar Tropfen davon und …«

»Bist du verrückt?«

»Komm schon, wir wissen beide, dass du irgendwann platzt, wenn du ihr nicht endlich die Wahrheit an den Kopf knallst. Das ist deine Stunde! Sag ihr, wie sehr du sie verabscheust.«

»Du weißt, dass das nicht geht.«

»Heute Nacht schon.«

Lucifer wird hellhörig. »Und wie willst du das anstellen? Sie darf mich hier nicht sehen. Sonst hätte ich mir das ganze Versteckspiel sparen können.«

Ivar deutet auf das Fläschchen in Lucifers Hand. »Dieses Zeug ist dafür berühmt, dass es das Gedächtnis der Opfer auslöscht. Und selbst wenn sie sich ganz vage an etwas erinnert, wird ihr niemand glauben. Nicht nach allem, was sie getan hat.«

Endlich geht Lucifer ein Licht auf. »Aber die Cops könnten Rückstände in ihrem Blut finden.«

»Meinst du wirklich, die untersuchen sofort ihr Blut? Das Zeug ist nur ein paar Stunden nach der Einnahme nachweisbar.« Ivar hebt die Hände und macht eine Bewegung wie ein Zauberer, der ein Kaninchen verschwinden lässt. »Bis die draufkommen, dass sie unter Drogen gestanden haben könnte, haben sich alle Beweise längst in Luft aufgelöst.« Er zieht eine kleine weiße Pappschachtel aus der Fahrertür und reicht sie Lucifer. »Für dich, hast du dir verdient.«

Lucifers Herz macht einen Sprung. Erleichtert umklammert er die Schachtel – lange hätte er es nicht mehr ohne ausgehalten. »Danke.«

»Gleich wird es dir besser gehen.«

Lucifer weiß, dass das nur die halbe Wahrheit ist, sagt aber nichts dazu. Seine Hände zittern und sind schweißnass. »Wie viel Zeit hab ich, wenn sie die Tropfen intus hat?«, fragt er, wobei ihm das Leuchten in Ivars Augen nicht entgeht.

»Dir bleiben ungefähr zwanzig Minuten, bis die Wirkung einsetzt. Und am nächsten Tag klafft in ihrem Gedächtnis ein großes schwarzes Loch.« Aus dem Seitenfach der Fahrertür zieht Ivar eine kleine Wasserflasche. Er kurbelt das Fenster runter, öffnet die Flasche und kippt den Inhalt auf die Straße, bis nur noch zwei Fingerbreit Wasser drin sind. Mit einem verschwörerischen Grinsen flüstert er: »Sie wird bestimmt Durst haben, wenn sie aufwacht.«

Er hält die Flasche Lucifer hin. Der zögert einen Moment, dann öffnet er das kleine Glasfläschchen, saugt mit der Pipette etwas von der klaren Flüssigkeit auf und lässt mehrere Tropfen ins Wasser fallen.

»Und sie kann sich danach wirklich an nichts erinnern?«

Wie zur Bestätigung kommt von der Rückbank ein klägliches Stöhnen. Lucifer zuckt zusammen, wirft einen erneuten Blick in den Spiegel.

Rena rührt sich.

Auf ihr Schädelbrummen ist er absolut nicht neidisch. Doch was sie bestimmt noch nicht ahnt: Die Kopfschmerzen sind definitiv ihr kleinstes Problem.

JOE

Jetzt weißt du es. Alles. Ich hab nichts ausgelassen. Na ja … fast. Manche Dinge gehen nicht mal dich etwas an. Torwächter hin oder her.

Ich hätte nie gedacht, dass Sterben das Einfachste auf der Welt ist. Dabei tun wir das eigentlich schon ab dem Tag unserer Geburt. Ist nur eine Frage der Perspektive. Ist das Glas halb voll oder halb leer? Leben oder sterben wir? Ich glaube, wenn man es richtig macht, tut man beides.

Ich verstehe jetzt endlich, warum ich dir das alles erzählen musste. Wenn man stirbt, soll das ganze Leben noch einmal an einem vorbeiziehen. So ganz stimmt das nicht. Aber vielleicht ist das bei jedem anders. Jedenfalls hilft es, sich alles von der Seele zu reden … wenn es so was wie Seelen überhaupt gibt.

Ich vermisse nichts. Ich dachte immer, die Toten wären traurig, würden jeden Schritt in die falsche Richtung bereuen. Aber jetzt weiß ich es besser.

Ich war verliebt in das Licht. Und Eigentum der Dunkelheit. Nur dass beide nicht gleichzeitig existieren können.

Ich hätte es wissen müssen.

Aber ich war blind.

Ich hasse sie nicht. Rena, meine ich. Okay, wäre sie nicht gewesen, dann … Aber so will ich es nicht mehr sehen. Es gibt zu viele Schuldige in dieser Geschichte, auf die man mit dem Finger zeigen könnte. Ich. Rena. Tilli. Das Wasser. Meine Eltern. Der Arsch der Welt. Meine Feigheit. Das Schicksal. Das

Universum. Such dir was aus. Oder lass es. Spielt eh keine Rolle mehr.

Ich hasse niemanden, die Welt und alle Menschen darin sind mir egal, verstehst du? Ah, ja, wenn nicht du, wer dann?

Früher konnte ich mir den Tod nie vorstellen. Wo ist man dann? Was tut man da? Dieses »Nichts« war für mich unbegreiflich. Selbst wenn ich versucht hab, darüber nachzudenken, war da wenigstens eine schwarze, endlose Weite. Wie das Weltall, nur ohne Sterne. Verstehst du?

Jetzt weiß ich es besser. Ich bin hier, bei dir.

Da ist keine Schwärze.

Keine Endlosigkeit.

Kein Himmel und keine Hölle.

Hey, sogar das große Tor ist verschwunden. Bin ich etwa schon durchgegangen? Wahrscheinlich war es nie da, oder?

Hallo?

…

Du hättest dich wenigstens verabschieden können. Ja, schon klar, wie soll man sich von »Nichts« verabschieden? Ich bin nicht da, du warst nie da.

Ich bin kein Geist.

Kein Stern.

Kein Engel.

Kein Licht und keine Dunkelheit.

Ich bin das Nichts.

RENA

Mittwoch, 15. September, 22.22 Uhr
(51 Tage, 1 Stunde und 37 Minuten danach)

Mein Kopf ist gespalten, einmal mittendurch. Ein Axtmörder hackt stetig darauf ein. Der Schmerz ist unerträglich. Hinter meiner Stirn setzt ein heißes Hämmern ein und strahlt bis in die Kieferknochen aus.

Jemand stöhnt.

Ich bin dieser Jemand.

»Rena, bist du wach?«

Wer? Rena? Ah, richtig, das ist mein Name! Und ich kenne die Stimme, die das gefragt hat. Sehr gut sogar. Nur die Hirnwindung, in der die Verbindung zu dem dazugehörigen Gesicht abgespeichert ist, scheint von der Axt zerschmettert worden zu sein.

Ich blinzle, nein, ich will blinzeln, aber es dauert unerträglich lange, bis der Befehl meine Lider erreicht. Meine Augen tränen, mühevoll schaffe ich es, sie offen zu halten. Nach und nach nimmt meine Umgebung deutlichere Formen an. Endlich sehe ich etwas. Etwas … aber was? Nur zeitverzögert fallen mir die Namen für die Dinge in meiner Umgebung ein. Nackenstütze. Sitz. Handbremse. So als würde man eine Fremdsprache lernen und im Gedächtnis nach den passenden Vokabeln suchen.

Ich liege auf der Rückbank eines Autos. Etwas Hartes bohrt sich in meine Seite. Ich ziehe es hervor, es ist ein … Gurt.

Durch die Windschutzscheibe sickert das Licht einer Straßenlaterne und umreißt eine Gestalt vor mir auf dem Beifahrersitz. Die Sonnenblende ist heruntergeklappt. Im Spiegel erkenne ich ein Augenpaar. Sonst ist niemand im Auto.

Ein Blick nach draußen. Die vertraute Silhouette der Kirche hebt sich dunkel gegen den sternklaren Nachthimmel ab.

»Wie bin ich …?« Erst jetzt spüre ich, wie ausgetrocknet mein Mund ist. Ein leeres Flussbett nach einer Dürreperiode. Ich hebe den Kopf. Die Axt bohrt sich tiefer in meinen gespaltenen Schädel.

»Bei Nacht sieht die Kirche irgendwie gruselig aus, findest du nicht?«, sagt die vertraute Stimme.

Benommen setze ich mich auf und taste nach meiner Stirn. Ich atme scharf ein, als ich eine dick geschwollene und zugleich nasse Stelle berühre. Augenblicklich schießt eine noch heftigere Schmerzwelle durch meine Stirn. Zusammen mit ihr rollen die Erinnerungen über mich hinweg. Der Überfall auf Aaron. Blut. Das Messer. Ivar. Das Autokino. Ivar. Seine Mutter. Die Racheagentur. Ivars Wut auf mich.

Ivar.

Ist das überhaupt sein richtiger Name? Bestimmt nicht. Er ist eine einzige Lüge, jedes Detail ausgedacht, damit ich nicht erkenne, wer er in Wahrheit ist. Der Teufel.

Die Person auf dem Beifahrersitz dreht sich zu mir um. Jetzt habe ich das Gesicht zu der Stimme. Es ist nicht Ivar. Mein Kopf schafft es endlich, die nötige Verknüpfung zu ziehen. Erbärmlich, wenn man bedenkt, wer mich da gerade besorgt mustert.

Fassungslos starre ich meine kleine Schwester an. »Was machst du denn hier?« Panik steigt in mir hoch. Sie darf nicht hier sein! »Wo ist Ivar? Wir müssen verschwinden, er ist total verrückt!«

Lou rührt sich nicht. Sie ist so bleich, dass man das weiße Pflaster auf ihrer Schläfe kaum sehen kann. Die Schatten unter ihren Augen stechen dafür umso mehr hervor. Erinnert mich an einen Totenschädel. »Ich weiß. Er hat uns hier eingeschlossen.«

»Was? Das geht doch gar nicht!«

»Hab ich auch gedacht, aber die Türen lassen sich nicht öffnen, die Fenster auch nicht. Hab's schon versucht.«

Panisch ziehe ich erst am linken, dann am rechten Türgriff. Rüttle daran, als würde das etwas bringen. Vergeblich. Draußen auf der Straße ist keine Menschenseele zu sehen. Schmerzblitze zucken durch mein Sichtfeld. Ich beiße die Zähne aufeinander und sauge zischend Luft ein. »Scheiße, tut das weh!«

»Dein Kopf sieht echt übel aus.«

»Bitte sag mir, dass du eine Aspirin dabeihast.« Im Moment würde ich alles dafür tun, das Schmerzpochen in meiner Stirn zum Schweigen zu bringen.

Lou wühlt in ihrer Tasche. »Scheint dein Glückstag zu sein.« Sie reicht mir eine Packung Aspirin und eine Flasche nach hinten, in der nur noch ein Schluck Wasser ist. Mir entgeht nicht, wie sehr ihre Hand zittert. Beim Anblick der Flüssigkeit muss ich wieder schlucken. Meine Zunge bleibt kurz am Gaumen kleben.

»Nimm aber nur eine, ja? Wenn du eine Gehirnerschütterung hast, kann das böse ausgehen.«

Sogar jetzt noch kümmert sie sich um mich. Sobald das alles hier vorbei ist, muss ich mich wirklich bei ihr entschuldigen.

Ich drücke eine Aspirin in meine Handfläche, schraube den Deckel der Wasserflasche ab und spüle die Tablette runter. Innerlich bete ich, dass Aspirin es mit einer waschechten Axt aufnehmen kann. Wenigstens ist die Dürre in meinem Mund für den Moment besiegt, und auch Lou scheint sich ein bisschen zu entspannen.

Ich fasse zwischen den beiden Sitzen hindurch und streiche ihr beruhigend über den eingegipsten Arm. »Hat Ivar dich bedroht? Warum hat er uns hier eingesperrt? Weißt du, wo er jetzt ist?«

Lous Züge werden hart. »Er hat mir gesagt, du wolltest wissen, woher er die Tonaufnahme von euren Geständnissen hatte. Die, die du über die Sprechanlage hast laufen lassen.«

»Er hat dir erzählt, dass er …« *Lucifer ist* – so sollte der Satz enden. Aber ich bringe den Rest nicht über die Lippen.

Lou geht nicht darauf ein. »Zu deinem letzten Geburtstag, was hab ich dir da geschenkt?«

Zeitverzögert erscheint das Bild von Mister Gockel vor meinem inneren Auge. »Den Wecker. Aber was …?«

»Hast du je bemerkt, dass das Auge von dem Hahn irgendwie komisch aussieht?«

Schwindel gesellt sich zu dem Kopfschmerz. Fühlt sich an, als hätte ich zu tief ins Glas geschaut. Hoffentlich habe ich keine Gehirnerschütterung. »Was hat das denn mit den Geständnissen zu tun?«

»Weil es eine Linse ist. Eine Kameralinse, um genau zu sein. Ein Mikro ist auch im Gehäuse verbaut.«

Mein angematschter Kopf verarbeitet Lous Worte zeitverzögert. »Du hast mich ausspioniert?«

Das Auto schwankt, es ist ein Boot. Ich klammere mich am Polster fest. Zum Glück sitze ich schon. Hätte ich die Tabletten nicht nehmen sollen?

»War sauteuer, das Teil. Hab's aus einem Onlineshop für Spionagefreaks. Du glaubst nicht, was es da alles gibt. Das Gehäuse konnte man aussuchen, je nachdem, wen man beobachten will.«

»Ich versteh das nicht.« Obwohl meine kleine Schwester mir gerade gestanden hat, dass sie mich beobachtet hat, überkommt mich ein Gefühl von Gelassenheit. Wohlige Wärme breitet sich in meinem Bauch aus. Schnapswärme. Wie kann das sein? Ich habe doch nur Wasser getrunken.

»Hast du dir mal vorgestellt, wie es ist, ich zu sein?«, blafft Lou mich an. »Das Problemkind. Die, die überall aneckt. Die nie etwas richtig machen kann. Die Dicke mit der Zahnspange und den Pickeln, neben der niemand sitzen will, nicht mal ihre eigene Schwester. Auf meiner Stirn stand Loser – in deiner Handschrift!« Sie schnalzt mit der Zunge. »Die soll mit Rena verwandt sein?«, sagt sie und nimmt einen abfälligen Tonfall an. »Niemals! Die wunderschöne, beliebte Rena doch nicht. Everybody's Darling.«

»Ich … Ich …«

»Ja, genau«, unterbricht sie mich schroff. »Immer nur du, du, du! Dein perfektes Image hat mich echt angekotzt. Wie du Mam und Paps um den Finger gewickelt hast, hat mich angekotzt. Du hast mich angekotzt! Aber jeder hat Leichen im Keller, auch Miss Perfect. Ich musste nur tief genug danach graben. Und ich hatte recht. Dein Geständnis über die Aktion mit Olivias Auto war perfekt. Sie würde dir das Genick brechen, das war mir klar.«

»Und warum hast du es dann nicht überall rumerzählt?«

»Brauchte ich nicht. Nur ein Mensch musste es wissen.«

»Ivar?«, frage ich, denn jetzt ist klar, dass er die Aufnahme von ihr bekommen hat.

»Der auch, ja.« Sie stößt ein Schnauben aus. »Aber ich meine früher, viel früher.«

Ich stutze, ahne, worauf sie hinauswill. »Joe?«

»Irgendjemand musste ihm doch sagen, was für ein hinterhältiges Miststück seine Freundin ist.« Sie lächelt gekünstelt, ihr Blick wirkt gehetzt, Schweißperlen stehen auf ihrer Stirn. »Natürlich hab ich ihm die Aufnahme anonym weitergeleitet.«

Ich presse die Lippen aufeinander. Was passiert hier? Seit wann hasst Lou mich so sehr?

Lou wischt sich den Schweiß von der Stirn. Sie sieht wirklich fertig aus. Hat sie Schmerzen? Sie kramt in ihrer Tasche eine Tablettenschachtel hervor. Ich erkenne die Verpackung. Das ist das starke Zeug von Mam, das sie nach ihrer Blinddarm-OP genommen hat. Lou sieht hinein und lässt die Schachtel achtlos fallen. »Ich hätte schwören können, dass da noch eine drin ist«, murmelt sie und hat schon die nächste Schachtel in der Hand. Der gleiche Aufdruck. Hatte Mam noch mehr von dem Zeug?

Lou drückt sich zwei Tabletten in die Hand. Dann holt sie eine randvolle Wasserflasche aus ihrer Tasche und spült die Tabletten runter. Sie schließt die Augen und seufzt zufrieden, so als würden ihre Schmerzen jetzt schon nachlassen.

Ich starre auf das Wasser in ihrer Hand. Warum hat sie mir nur den letzten Rest in der anderen Flasche gegeben, wenn sie noch eine randvolle dabei hat?

»Wenn dein Arm immer noch so wehtut, solltest du dringend zum Arzt gehen. Das ist nicht normal.«

Lou sagt nichts.

»Wusstest du, was Ivar mit der Aufnahme vorhat?«, frage ich in die Stille hinein.

Jetzt ist es an meiner Schwester, verdutzt zu sein. »Du verstehst es immer noch nicht, oder?«

»Was denn? Was versteh ich nicht?« Das Auto-Boot schwankt stärker, droht zu kentern, mit mir an Bord.

»Ich war es! Ich hab mir die Zorn-Aufgabe ausgedacht.«

Zack. Ich fühle mich, als wäre ich gegen eine Glasscheibe gerannt. Benommen blinzle ich. Der Schock hockt mir tief in den Knochen.

Louisa.

Lou.

Lucifer.

»Du bist der Teufel?«

»Ivar und ich zusammen«, sagt sie ganz ruhig und gelassen.

»Mal hab ich dir geschrieben, mal er. Immer der, der gerade nicht in deiner Nähe war, so hast du uns nie verdächtigt.«

»Aber was ist mit deinem Arm?«

Lou klopft sich mit der Rechten auf den Gips. »Ich wusste, dass du mich nicht verdächtigen würdest, wenn ich mich selbst zum Opfer mache. Und genauso ist es auch passiert.«

Ich denke an den Videoanruf des Teufels. An die bewusstlose Lou am Fuß der Treppe. »Du hast ihn dir von Ivar freiwillig brechen lassen?«

Sie prustet los. »Ach Bullshit! Ein Medizinstudent war der Revenge-Agentur noch einen Gefallen schuldig. Er dachte, es ginge darum, den Sportunterricht zu schwänzen.«

Ich bin so platt, dass ich sie einfach nur anstarre. Meine eigene Schwester hat mir das angetan! Sie steckt mit Ivar unter einer Decke. Sie wusste von Anfang an Bescheid. Sie muss mich wirklich abgrundtief hassen, und der Gedanke schmerzt am meisten.

Doch irgendetwas an ihrer Geschichte stört mich. Ich denke an den ersten Videoanruf des Teufels und begreife, was daran faul ist. »Wie kann es sein, dass Ivar mit mir telefoniert hat, während er gleichzeitig bei uns zu Hause war, um dich zu suchen? Angeblich …« Gibt es etwa noch einen dritten Teufel?

»Du glaubst, du hast mit Ivar telefoniert?« Lou grinst stolz. »Dabei war ich es. Was so ein Stimmverzerrer alles bewirken kann …«

»Aber, ich habe dich doch gesehen, auf der Treppe, bewusstlos.«

»Das war nur eine Aufnahme, die Ivar und ich Tage zuvor gemacht haben.«

Von der Informationsflut wird mir ganz schummerig. Vor meinem inneren Auge taucht die Hand in dem schwarzen Lederhandschuh auf, die der bewusstlosen Lou eine blutige Haarsträhne aus dem Gesicht wischt. Alles nur Fake! Während ich mir wahnsinnige Sorgen um meine kleine Schwester gemacht habe, habe ich gleichzeitig mit ihr telefoniert. Sie war es, die mich dazu gezwungen hat, das Video über sich selbst unseren Eltern zu zeigen. Und das alles nur, um nie auf der Liste der Verdächtigen aufzutauchen.

»Aber wozu dann die Schmerztabletten? Und was ist mit Aaron? Seid ihr völlig durchgeknallt?«

Lou hebt abwehrend die Hände. »Hättest du dich an die Regeln gehalten, wäre das nicht passiert! Aber du musstest Aaron ja die ganze Geschichte mit den Todsünden auf die Nase binden. Da mach ich mir dreimal am Tag die Mühe, dein Handy aus dem Safe zu holen und all deine gesammelten Beweise zu löschen, und was tust du? Zeigst Aaron einfach den Chat. Ich hab euch durch die Tür belauscht und Ivar angerufen. Er konnte Aaron mit diesem Wissen doch nicht einfach so gehen lassen.«

Sie ist verrückt, keine Frage.

»Und Mo darf auch noch für euch den Kopf hinhalten?«

»Soo unschuldig ist er nicht, immerhin war er bereit, mit einer Knarre eine Tankstelle zu überfallen!«

Ich muss an den Chat mit Mo denken. Wie konnten Ivar und Lou sicher sein, dass ich ihn nicht viel früher entdeck… DIE WETTE! Es ging Lou nie darum, ihren Mülldienst an mich abzutreten, sie hatte einfach nur einen Grund gebraucht, ständig mein Handy checken zu dürfen. Solange ich die Apps nicht installiert hatte, konnte sie sicher sein, dass ich nichts von dem Chat mit Mo wusste.

»Wieso?«, hauche ich. »Wieso hast du dich da mit reinziehen lassen?«

»Reinziehen? Pah! Das war gar nicht nötig.«

Meine Finger verkrampfen sich, so fest klammere ich mich an den Sitz.

»Weißt du, wie sie mich in der Schule nennen?« Ihr Tonfall ist um einige Grad abgekühlt. Sie deutet eine Verbeugung an. »Eure Hoheit. Eure Durchlaucht. Euer Gnaden. Königin … Klingt toll, oder?«

Ich erinnere mich an das Partyvideo. Hat dieser Junge mit der Ken-Frisur nicht auch etwas in der Art zu Lou gesagt? »Warum tun sie das?«

»Jetzt spiel bloß nicht die Scheinheilige!« Lou deutet mit dem Zeigefinger auf mich, als würde sie mich damit aufspießen wollen. »Ich kann dir genau sagen, wann es angefangen hat. An dem Tag, an dem du dein Referat über Königin Victoria gehalten hast.«

Innerlich stöhne ich auf. Königin Victoria. Die Schnellesserin. Die fette Herrscherin, die das Essen nur so in sich reingeschaufelt hat. »Das … Das wusste ich nicht.« Jedes einzelne Wort kostet mich unendlich viel Kraft. Meine Zunge ist ein ungelenker Teigklumpen.

»Na klar, weil Rena nur die Dinge sieht, die sie sehen will. Ich kann von oben bis unten mit Schneematsch voll sein, und du kommst nicht mal auf die Idee zu fragen, was passiert ist.«

Schneematsch? Jetzt verstehe ich überhaupt nichts mehr. Aber als ich den Mund öffne, kommt nur ein heißeres Kichern raus. Drehe ich jetzt völlig durch? Oder ist das auch ein Zeichen für eine Gehirnerschütterung?

»Du weißt nicht mal, wovon ich rede, stimmt's?« Lou beugt sich seitlich an der Lehne ihres Sitzes vorbei. »Weil du nur Augen für Joe hattest. Den Neuen. So wie immer. Und natürlich musstest du sofort deine Masche abziehen. Die Rena-Show.« Ihr Blick sprüht nur so vor abgrundtiefem Hass. »Hätte sich an diesem einen Tag die Welt mal nicht nur um dich drehen können? Dann hättest du es vielleicht bemerkt.« Ein Ruck geht durch ihren Körper. »Friss Schnee, Schneekönigin! Friss Schnee, Schneekönigin! Friss Schnee, Schneekönigin!«

Ich zucke zurück und knalle mit dem Hinterkopf gegen die Nackenstütze. Die Axt durchtrennt noch ein paar Nervenbahnen, bohrt sich tiefer ins Fleisch. Ein Stöhnen entweicht mir.

»Im Gegensatz zu dir hat Joe gesehen, dass es mir nicht gut ging. Er war als Einziger nett zu mir, hat mich wie einen Menschen behandelt.« Sie blinzelt schnell, als müsste sie ein paar Tränen verjagen. »Er war viel zu gut für dich!«

Ich denke an die Veränderung, die Lou durchgemacht hat. Wie viel sie abgenommen hat. Keine heiße Schokolade am Abend. Joggen. Ich dachte immer, Ivar wäre der Grund für diesen Lebenswandel gewesen. Dabei hatte sie ihn zu der Zeit noch nicht mal gekannt. Aber Joe.

»Du warst in ihn verliebt«, sage ich leise. Keine Frage, es ist eine Feststellung. Wie konnte mir das alles nicht auffallen? War ich wirklich so sehr mit mir selbst beschäftigt?

»Und deinetwegen ist er jetzt tot.«

Jedes Wort donnert auf meinen Kopf mit der Kraft eines Presslufthammers.

»Ironie des Schicksals, oder?« Lou lächelt gequält. »Die Aktion, die dich endlich von deinem Thron runterkickt, tötet den einzigen Menschen, der mich wahrgenommen hat.«

Meine Sicht verschwimmt, als würde ich durch eine beschlagene Brille sehen. Ich reibe mir die Augen, aber es wird nicht besser. Was passiert mit mir? Obwohl eigentlich eine volle Ladung Adrenalin durch meinen Organismus schießen sollte, muss ich so sehr gähnen, dass mein Kiefer knackt.

»Früher oder später hätten dir die Leute diese Masche abgekauft. Aber ich konnte nicht zulassen, dass du dich wieder mit einem Rena-Lächeln aus der Affäre ziehst. Also musste ich dafür sorgen, dass sie dich genauso hassen wie ich. Und mit Joes Familie hab ich angefangen. Sie durften dir nicht verzeihen, das war klar.«

»Waschhasttugetahn?« Meine Zunge ist inzwischen so schwer, dass ich es nicht schaffe, die Worte voneinander zu trennen.

»Viel war nicht nötig. Ich hab nur deine lausige Entschuldigung aus ihrem Briefkasten gefischt.«

Joes Eltern haben meinen Brief nie erhalten. Die Deckers müssen mich für ein arrogantes Miststück halten, das nicht mal genug Anstand besitzt, sich bei ihnen zu entschuldigen.

Ich kneife die Augen zusammen, um Lou besser fixieren zu können. Es gelingt mir nicht. Ich gähne erneut. Warum bin ich so unendlich müde? Mein Kopf wiegt Tonnen, ich kann ihn nicht mehr halten, muss ihn irgendwo anlehnen. Die kühle Fensterscheibe neben mir kommt wie gerufen.

»In dieser Nacht hab ich Ivar kennengelernt.« Sie gluckst. »Er stand vor dem Haus der Deckers und hat mich beobachtet. Zuerst dachte ich, er würde mich wegen dem Brief verpetzen.« Sie kichert, als würde sie mir gerade eine besonders witzige Geschichte erzählen. »Aber stell dir vor, wir hatten die gleichen Interessen. Wir beide hassen meine Schwester.«

Ich weiß nicht, was ich antworten soll. Lou ist Lucifer. Ivar ist Lucifer. Die beiden sind kein Paar. Zu zweit haben sie mich durch die Hölle geschickt.

Jetzt fügen sich die Puzzleteile zusammen. Und am Ende entsteht ein Bild, gemalt mit Blut. Inspiriert von Eifersucht, Hass und Abscheu. Oder von Wollust, Hochmut und Zorn?

»Ivar hat sich um mich gekümmert. Mam und Paps hatten nur Augen für dich – ihren kleinen Liebling. Im Gegensatz zu euch hat Ivar gesehen, wie beschissen es mir ging. Er hat meine Schmerzen verstanden. Und er hilft mir, sie zu bekämpfen. Über seinen Kumpel im Krankenhaus hat er mir Tabletten besorgt.«

Tabletten? Dieses Wort löst Übelkeit in mir aus. Ich sehe Lous wachsende Augenringe, denke an das erleichterte Seufzen, als sie sich gerade eine doppelte Dosis Schmerztabletten eingeworfen hat, obwohl der Gips um ihren Arm nur eine Attrappe ist. Das Video, das der Teufel mir für die erste Todsünde geschickt hat, erscheint vor meinem inneren Auge. Lou, die völlig zugedröhnt auf dem Boden sitzt und eine Pille einwirft.

Das war eine stinknormale Schmerztablette!

»Die Tabletten helfen mir wirklich. Alles wird taub, als hätte ich Zuckerwatte im Kopf, durch die der Schmerz nur langsam vorankommt.« Lous Augen glänzen, und ein seliges Lächeln breitet sich auf ihrem Gesicht aus.

Ivar hat meine kleine Schwester mit verschreibungspflichtigen Schmerztabletten gefüttert, als wären es Smarties. Als könnten die Pillen ihr dabei helfen, die Trauer um Joe zu lindern. Hat er sie so dazu gebracht, bei seinem kranken Sündenspiel mitzumachen? Indem er sie zuerst von den Tabletten und dann von sich abhängig gemacht hat? In Gedanken klammere ich mich daran, dass es so war. Dass die Sucht meine kleine Schwester zu dem gemacht hat, was sie jetzt ist. Dass nicht ich allein dafür verantwortlich bin.

Ein Ballon, gefüllt mit Fragen, explodiert in meinem Kopf. Sie regnen auf mich herab: Was wäre, wenn ich gesehen hätte, wie schlecht es Lou in der Schule gegangen ist? Wenn ich mich nicht nur für mich selbst interessiert hätte? Wenn mir aufgefallen wäre, wie sehr sie Joe gemocht hat?

Was wäre, wenn?

Da ist sie wieder: die alles und zugleich nichts entscheidende Frage. Aber diesmal löst sie noch etwas anderes als pure Hilflosigkeit in mir aus. Eine Vorahnung. Eine Befürchtung.

Das Buch, von dem Lou mir erzählt hat. Die Parallelwelten. Jede von ihnen steht für eine andere Entscheidung. Man biegt links ab anstatt rechts. Joe stirbt oder lebt.

Unser Gespräch in Lous Zimmer läuft wie ein Film durch mein Gedächtnis:

»Die Vorstellung ist irgendwie tröstlich, findest du nicht?«
»Dass es irgendwo eine Welt gibt, in der Joe noch lebt?«
»Dass es irgendwo ganz viele Welten gibt, in denen Joe noch lebt.«

Und dann finde ich die wichtigste aller *Was-wäre-wenn-*Fragen. Die wirklich alles entscheidende.

Was wäre, wenn Lou und ich uns ähnlicher sind, als ich immer geglaubt habe? Nicht Sonne und Mond. Sondern Sonne und Sonne. Wenn sie ebenfalls von diesen Fragen gequält wird?

Und zum ersten Mal versetze ich mich in ihre Lage und lasse die Fragen-Lotterie aus ihrer Perspektive über mich ergehen.

Was wäre, wenn ich Renas Geständnis nicht an Joe geschickt hätte?
Hätte er sie nicht mit Tilli betrogen?
Hätte Rena die Rache nicht geplant?
Wäre er heute am Leben?

Und genau wie ich, als ich dem Polizisten erzählt habe, dass das Video die Idee des Rache-Agenten war, versucht auch Lou, ihr schlechtes Gewissen abzuschieben. Auf mich.

Ich öffne den Mund. »Nicht … deine … Schuld«, würge ich hervor. Leise, ein bisschen lallend, doch ich schaffe es.

»Aber deine! Und was sehe ich heute? Wie du den armen Aaron um den Finger wickelst! Unfassbar! Kaum ist der eine unter der Erde, krallst du dir den nächsten Unschuldigen.«

Ich kämpfe gegen die Müdigkeit an, die mit eisernen Fingern meine Augenlider nach unten drückt. Auf keinen Fall darf ich jetzt einschlafen!

Raus hier, das muss ich! Mein Arm ist aus Zement, ich kann ihn kaum heben. Ungelenk stoße ich mit der Hand gegen die Fensterscheibe, taste daran herunter, auf der Suche nach dem Türgriff. Ich versuche, um Hilfe zu schreien, verstehe aber selbst nicht, was aus meinem Mund kommt. Wahllose Laute. Unverständliches Kauderwelsch.

»Kindersicherung.« In Lous Stimme liegt ein Lächeln.

Mein Arm fällt herunter. Ich kann nicht mehr. Alles ist zu schwer. Mein Kopf sinkt auf die Brust. Ich möchte die Augen zumachen. Nur ganz kurz ein bisschen ausruhen. Kraft tanken. Die eisernen Finger haben den Kampf gewonnen.

Ich spüre eine Hand auf dem Knie. Jemand beugt sich über mich. Ich erkenne den Duft von Mandelblüten und Honig. Lous Shampoo. Warmer Atem streift mein Ohr.

»Schlaf ein, Schwesterherz. Morgen wirst du all das hier vergessen haben. Und ich erzähle der Polizei noch mal, wie du dir das Messer aus dem Block in der Küche geschnappt hast und hinter Aaron hergerannt bist.«

Das Einzige, was aus meinem Mund kommt, ist Brabbeln.

»Ach ja, und das Handy, von dem du behaupten wirst, es wurde dir zugespielt. Das hab ich auf deinen Namen bestellt, genau wie die Masken, die K.-o.-Tropfen und den Maleranzug. Alles über Paps' Kreditkarte. Sie werden denken, du hast sie ihm geklaut.« Lou kichert. »Wird echt schwer für dich zu erklären, warum sich das Handy mit deinem Gesicht entsperren lässt. Und vergiss deine Kleider nicht, auf denen Olivias Blut ist, und die Glassplitter von ihrem Auto. Oder den Chat, in dem du Mo dazu anstiftest, eine Tankstelle zu überfallen.« Sie seufzt gespielt. »So viele Beweise, und alle sprechen gegen dich.«

Ihre Worte sind Rasierklingen. Der Teufel füttert mich damit, begierig darauf, mich Blut spucken zu sehen. Jedes einzelne schlitzt mich von innen auf. Zerfleischt mich.

Das ist nicht meine Schwester! Ivar hat sie mit seiner Wut angesteckt. Sie vergiftet. Mit Pillen vollgestopft. Manipuliert.

Eine Tür wird geöffnet. Stimmen. Lichtblitze.

Kalte Luft strömt herein.

Reißt mich mit sich in ein tiefes schwarzes Loch.

RENA

Donnerstag, 16. September, 8.35 Uhr
(51 Tage, 11 Stunden und 50 Minuten danach)

»Sehen Sie, Herr Mischke, das Mädchen ist noch nicht aufgewacht!«, zischt eine aufgeregte Frauenstimme.

Jetzt schon, denke ich, halte aber die Augen weiter geschlossen. Etwas am Tonfall der Frau sagt mir, ich soll ganz still liegen bleiben, ruhig und gleichmäßig weiteratmen. Auch wenn ich mich wie durchgekaut und ausgekotzt fühle.

Ein tiefes Räuspern. »Wann wird Frau Winterstein vernehmungsfähig sein?«

Vernehmungsfähig? Ich? Beinahe hätte ich aufgelacht. Nicht in diesem Leben! Und … warum überhaupt?

»Das kann ich Ihnen nicht sagen. Wir warten, bis sie aufwacht und sehen dann weiter.«

»Rufen Sie mich an, sobald sie ansprechbar ist! Wir brauchen dringend ihre Aussage.«

Schritte entfernen sich. Das Klicken einer Tür. Stille kehrt ein, so laut wie der Schrei eines Toten.

Ich zähle innerlich bis fünfzig. Vorsichtig blinzle ich. Das erste Wort, das mir durch den Kopf schießt, ist: Krankenhaus. Das zweite: Verdammt!

Was ist passiert? Wie bin ich hierhergekommen? Und warum klafft in meinem Gedächtnis ein Loch in der Größe eines Canyons, so tief, dass ich den Grund nicht mal erahnen kann?

Ich scanne meine Umgebung. Einzelzimmer. Kunstdruck

an der gegenüberliegenden Wand: ein Dalmatiner mit Zylinder auf dem Kopf. Fenster mit Blick auf den Park. Tropf im Arm.

Als ich auf der Suche nach der Ursache des Schmerzes meinen Kopf abtaste, erfühle ich einen dicken Verband. Habe ich mich gestoßen? Herrscht deshalb an der Stelle, an der die Erinnerungen an die letzten Stunden verankert sein sollten, absolute Dunkelheit?

Ich schließe die Augen, um den Gedächtnis-Canyon genauer betrachten zu können. Auf der anderen Seite erspähe ich das Autokino und Ivar, der mit den Fingern auf sein Lenkrad trommelt. Ich frage ihn, woher er von der Aufnahme der Geständnisse weiß. Aber seine Antwort dazu fehlt. Ist sie hinunter in die Schlucht gefallen? Oder hat er sie mir aus dem Kopf geprügelt? Dass er dazu fähig ist, hat er bei Olivia deutlich bewiesen.

Will Herr Mischke mich deshalb vernehmen? Oder hat Mo inzwischen gestanden? Hat er den Polizisten den Chat auf Insta–

INSTAGRAM! Das ist es!

Das Wort ist wie ein Trigger. Es macht klick, ein Schalter wird umgelegt, und das Licht springt an. Nicht die Leuchtstoffröhre an der Decke, sondern die in meinem Kopf. Es erhellt zwar nicht den stockfinsteren Erinnerungscanyon, aber den Lügenberg oder zumindest den Ort, an dem er früher mal war. Nur ein frischer Erdhügel ist noch da. Ein kleines Grab, bei dem die Erde noch keine Zeit gehabt hat, sich abzusenken. Ein paar wenige Lügen sind fein säuberlich darübergestapelt. Schnell schiebe ich sie zur Seite und grabe. Als ich erkenne, was ich dort versteckt habe, durchströmt mich Erleichterung.

Ich brauche den Canyon gar nicht zu erkunden, denn dafür habe ich das Auffangnetz, den doppelten Boden und die Nummer sicher zum Treffen mit Ivar mitgebracht.

Lou war es, die diesen Gedanken in mir gepflanzt hat.

Wenn du weißt, dass du dich mit einem Bösewicht triffst, dann steckst du dir doch ein Messer in den Schuh, eine Knarre in den Hosenbund und ein Pfefferspray in die Jackentasche. Oder?

Aller guten Dinge sind nun mal drei.

Zwei davon hat Ivar mir abgeknöpft. Mein Handy und das Diktiergerät. Aber was ist mit Nummer sicher passiert? Von der Information, dass es sie überhaupt gibt, kratze ich gerade die letzten Erdreste. Ich habe sie versteckt, vor Ivar, aber vor allem vor mir. Denn wenn man selbst glaubt, dass es keine dritte Rettungsleine gibt, ist es ein Leichtes, nicht nervös zu wirken. Keinen Verdacht zu erregen.

Die besten Lügner sind immer noch die, die davon überzeugt sind, die Wahrheit zu sagen.

Aber ist mir das auch auf Dauer gelungen? Ging mein Plan auf oder total nach hinten los?

Alles Grübeln bringt mich nicht weiter, ich muss mich vergewissern! Und dafür brauche ich dringend ein Handy. Irgendeins! Hauptsache, ich kann mich damit auf Instagram einloggen, und zwar, bevor dieser Herr Mischke zurückkommt und ich nichts weiter als einen stockfinsteren Canyon vorzuweisen habe.

Schwungvoll schlage ich die Decke zurück und sehe an mir herunter. Krankenhaushemd. Weiß mit dunkelblauen Punkten. Sexy. Zum Glück ist jemand auf die glorreiche Idee gekommen, mir eine Jogginghose anzuziehen – auch wenn der Gedanke, dass ich mich nicht daran erinnern kann, echt gruselig ist.

Aber wichtiger ist, wo ich auf die Schnelle ein Handy auftreiben soll! Die Krankenschwester kann ich nicht rufen, die informiert bestimmt sofort den Ermittler.

Mein Blick streift den Dalmatiner mit Zylinder. Das Bild einer Bulldogge mit hängenden Mundwinkeln und rosa Tutu schießt mir durch den Kopf. Olivia!

Mit zusammengebissenen Zähnen und ohne hinzuschauen,

ziehe ich mir die Infusion aus dem Arm. Mist, das brennt wie Feuer! Sofort läuft Blut aus der Einstichstelle, und ich drücke den Ärmel meines Krankenhaushemds notdürftig darauf. Zu den dunkelblauen Punkten auf meinem Hemd gesellt sich ein roter.

Ich springe auf, klammere mich aber sofort am Bettgestell fest, weil mir schlagartig schwarz vor Augen wird und das Zimmer zur Seite kippt, kippt, kippt. Ich starre in die Finsternis, bis sie sich allmählich lichtet.

Immer noch wackelig auf den Beinen, mache ich mich auf den Weg durch das Krankenhauslabyrinth. Dieses Mal finde ich mich besser zurecht. Vor Zimmer 237 bleibe ich stehen. Ich hoffe, Olivia ist noch hier, klopfe an und trete ein.

»Scheiße, Rena?!« Olivia, die Bettdecke bis zum Kinn hochgezogen, lässt ihr Buch sinken. Ihr Gesicht leuchtet in allen möglichen Farben. Ein Regenbogen aus Schmerz.

»Ja, das trifft es so ziemlich.« Ich höre mich genauso schlapp an, wie ich mich fühle. Auf dem Weg zu ihrem Bett werfe ich einen Blick durch die offene Tür des angrenzenden Bads.

»Pascal ist nicht da.« Olivia klappt das Buch zu und legt es zur Seite. »Seine Eltern sind mit ihm auf dem Polizeirevier. Sie wollen Anzeige gegen Mo erstatten.«

»Wie geht es ihm? Pascal, meine ich.«

Der Blick ihres nicht bandagierten Auges wandert von meinem Kopfverband über mein Gesicht. »Besser als dir, offensichtlich.« Sie deutet auf den traubengroßen Blutfleck in meiner Armbeuge.

Nervös zupfe ich an dem Hemd. »Kann ich mal dein Handy ausleihen?« Keine Zeit für Smalltalk.

»Wozu?« Wäre da kein Verband um ihren Kopf, würde ich bestimmt ein Stirnrunzeln sehen. »Du willst es dir ansehen?«

»Was ansehen?«

»Deine Story? Auf Insta?«

»Du … weißt davon?«

Sie lacht auf. »Jeder weiß davon! Hast du vergessen, wo wir leben?«

Ich lasse mich auf die Bettkante sinken. Hat es funktioniert? War meine Nummer sicher erfolgreich?

Schlagartig wird Olivia wieder ernst. »Du kannst dich nicht erinnern, stimmt's? Das Zeug hat wohl ganze Arbeit geleistet.«

Ich schüttle den Kopf, bereue es aber sofort. Stöhnend massiere ich mir die Schläfen. »Welches Zeug meinst du?«

»Am besten schaust du es dir selbst an.« Olivia deutet zu dem Tischchen, auf dem ihr Smartphone liegt. »Dafür, dass du Pascal das Leben gerettet hast.« Ihr Mund verzieht sich zu einem Lächeln, das ziemlich ehrlich und erleichtert wirkt.

Ich erwidere nichts. Wir wissen beide, warum.

Nachdem ich das Ladekabel aus Olivias Smartphone gezogen habe, suche ich die Instagram-App im Menü. Kurz bevor mein Finger das Display berührt, halte ich inne. Was, wenn die Wahrheit schrecklicher ist als der Canyon?

»Alles in Ordnung?«, fragt Olivia.

Unsicher sehe ich sie an. »Würdest du …?«

»Klar.« Sie setzt sich auf, rückt das Kissen hinter sich zurecht und klopft auf die freie Fläche neben sich. »Ist wahrscheinlich sowieso besser, wenn du es dir nicht alleine anschaust.«

Ich rutsche neben sie und bin froh, als sie mir das Handy abnimmt und sich über ihren Account einloggt. Sie gibt meinen Namen in die Suche ein.

»Bereit für die Wahrheit?«

Anstelle einer Antwort beuge ich mich vor und drücke auf mein Profilbild. Die Story öffnet sich.

Das Video ist eine Kombination aus körnigem, schwarzem Bild und schlechter Tonqualität. Anfangs ist ein dumpfes Klappern zu hören.

»Da habe ich Lous Handy zusammen mit meiner kleinen Powerbank ins Seitenfach der Beifahrertür gelegt«, erkläre ich. »Gleich als ich in Ivars Auto eingestiegen bin.« Und diese Info habe ich dann sofort in ein Loch geworfen und es zugeschaufelt. Aber das sage ich nicht.

»Lou killt mich, wenn sie erfährt, dass ich ihr Datenvolumen überzogen habe.« Beim Gedanken an Lou rührt sich etwas auf dem schwarzen Grund des Canyons. Ein Gefühl. Ob es gut ist oder schlecht, kann ich nicht ausmachen.

»Ah«, macht Olivia, wobei sie mich ganz merkwürdig von der Seite ansieht, fast als hätte sie … Mitleid mit mir. »Und warum hattest du es dabei? Ich meine, hätten dein Handy und das Diktiergerät nicht gereicht?«

»Hätten sie?«

Olivia grinst. »Okay, okay, versteh schon.«

In Gedanken mache ich einen Knoten in ein Taschentuch, der mich daran erinnern soll, Lou für ihre Paranoia zu danken. Ohne sie wäre ich nie auf diese Idee gekommen.

Ich deute auf Olivias Handy. »Können wir ein bisschen vorspulen?«

»Na klar.« Olivia tippt ein paar Mal auf das Display, und die Aufnahme springt weiter.

Das Bild ist immer noch schwarz. *»Was soll das?«*, höre ich mich in der Aufnahme panisch fragen. Ein Motor heult auf, gefolgt von einem dumpfen Schlag. Eine vage Erinnerung taucht am Rand des Canyons auf. Das Armaturenbrett, das auf mich zurast. Vorsichtig betaste ich meinen Kopfverband. Ich war nicht angeschnallt.

Die Aufnahme läuft weiter. Niemand sagt etwas, nur das stetige Brummen des Motors ist zu hören.

Eine Bremse quietscht. *»Dann wollen wir mal«*, höre ich Ivar sagen. Ein Geräusch, das so klingt, als drehe jemand den

Schraubverschluss einer Flasche ab, gefolgt von Rascheln. »*Träum was Schlimmes, Sünderin.*«

Wieder Fahrgeräusche.

Fahrgeräusche.

Fahrgeräusche.

Der Motor erstirbt, eine Tür wird geöffnet.

»*Von einer Platzwunde hast du nichts gesagt.*« Die Stimme, die das sagt, erwischt mich eiskalt.

Wahrheit flutet den schwarzen Canyon mit Licht. Keine Erinnerungen, die sind vielleicht für immer fort. Aber das bedeutet nicht, dass mein Kopfkino keine eigenen Bilder erschaffen kann. Bilder von Ivar, der mir einen chloroformgetränkten Lappen aufs Gesicht presst. Von Lou, die ihm hilft, mich auf die Rückbank zu legen. Von einer Wasserflasche, in die K.-o.-Tropfen fallen. Und von mir, wie ich bewusstlos auf der Rückbank liege, während Ivar und meine kleine Schwester ihren teuflischen Plan besprechen.

»Da habe ich Pascal angerufen«, wirft Olivia ein, nachdem Lou in der Aufnahme die Kirche erwähnt.

Ich drücke den seitlichen Powerknopf, damit die Story unterbrochen wird. »Du hast was?«

»Na ja, ab da wusste ich, wo genau ihr seid, und Pascal konnte eine Streife losschicken.«

Sie sagt das so selbstverständlich, als hätte jeder so gehandelt. Doch ich wette, sie war die Einzige, die zum Telefon gegriffen hat. Ich weiß selbst nicht mal, ob ich so einen Livestream ernst genommen hätte. Jemand könnte sich einen Scherz erlaubt haben, und dann hätte man sich durch einen Notruf völlig lächerlich gemacht. Aber Olivia hat es riskiert. Ausgerechnet für mich. Ausgerechnet mit Pascal.

»Mara hat mir von deinem Livestream erzählt. Sie dachte, er wäre ein Fake.«

»Und du nicht?«

»Das wäre zu krass gewesen.«

Ich höre das leise »*Selbst für deine Verhältnisse*« am Ende ihres Satzes anklingen, sage aber nichts dazu.

Meine Finger verknoten sich wie von alleine miteinander. »Damit hast du mir das Leben gerettet.«

Olivia legt eine Hand auf meine. »Du hättest dasselbe für mich getan.«

Hätte ich das? Einen Moment lang lasse ich ihre Worte auf mich wirken. Ich versuche, mir vorzustellen, wie die Rena von früher in dieser Situation gehandelt hätte, bis mir klar wird, dass ich das nicht mehr bin. Und dass Olivia ebenfalls davon überzeugt ist. Sie glaubt an mich, glaubt, dass ich mich geändert habe.

Dieser Gedanke gibt mir ein gutes Gefühl. Es ist nicht stark genug, um gegen die Wut und die Verzweiflung, die mich wegen Lou durchströmen, anzukommen. Aber es ist da. Und ich bin mir sicher, dass es den Kampf irgendwann gewinnen wird. Ich muss es nur zulassen.

»Ja, das hätte ich«, sage ich so leise, dass die Bulldogge im Tutu es nicht hören kann.

Olivia nickt mir zu und entsperrt das Display wieder.

Ich starre auf die blauen Lichter, die über den Bildschirm zucken. Türen werden aufgerissen. Stimmen rufen durcheinander. Ein bärtiges Gesicht taucht im Bild auf. Und obwohl ich ihn nicht kenne, glaube ich zu wissen, wer er ist. Herr Mischke. Der Mann, der mich unbedingt sprechen will. Meine Aussage aufnehmen.

Das Display wird schwarz. Olivia nimmt mir das Handy ab.

»Komm!« Olivia steht auf.

»Wo willst du hin?«

»Dir etwas zeigen, das dich bestimmt aufmuntern wird.«

»Und das wäre?«

»Na ja, um genau zu sein ist es kein Das, sondern ein Jemand.«

Ich folge ihr aus dem Zimmer. Mir ist nicht danach, irgendjemanden zu sehen außer Mam, Paps … und Lou?

LOUcifer?

Nein, ich bin noch nicht bereit, ihr gegenüberzutreten. Irgendwann werde ich so weit sein, ganz bestimmt. Aber nicht heute. Nicht morgen. Auch nicht übermorgen. Lou hat mich durch die Hölle geschickt. Jetzt haben wir die Plätze getauscht.

Trotzdem hoffe ich, sie bekommt die Hilfe, die sie braucht. Denn ganz egal, wie sie sich nennt oder hinter welcher Maske sie sich versteckt, am Ende ist und bleibt sie meine Schwester.

Vielleicht dringt ein Therapeut zu ihr durch, kann ihren Lügenberg zum Einsturz bringen, damit sie erkennt, dass wir beide nichts für Joes Tod konnten. Dass kein Was-wäre-wenn ihr je weiterhelfen wird und sie nur einer einzigen Person verzeihen muss: sich selbst.

Weder ich noch sie haben Joe getötet. Es war ein Unfall. Er ist auf mich losgegangen, ich habe ihn abgewehrt. Punkt. Klingt grausam, ist es auch. Vielleicht ist es in einer Parallelwelt anders abgelaufen. Erfahren werden wir es nie. Und irgendwann will ich das vielleicht auch gar nicht mehr. Irgendwann.

»Wir gehen Aaron auf der Intensiv besuchen«, sagt Olivia.

Mein Herz nimmt Anlauf und hüpft gegen meinen Brustkorb. »Er …? Wie … wie geht es ihm?«

Sie zieht mich raus auf den Flur. »Beschissen, sagt er.«

Ich muss grinsen. Das sind mit Sicherheit die schönsten drei Worte, die ich heute gehört habe.

RENA

Freitag, 24. September, 15.03 Uhr
(59 Tage, 18 Stunden und 18 Minuten danach)

Ich reiße die Liste von meinem Schminkspiegel. Sie ist nicht mehr aktuell. Ich habe genug gebüßt. Das findet auch die Therapeutin, zu der ich jetzt wieder gehe. Sie sagt, sie hat mich schon erwartet. Aber ich musste von selbst kommen.

Gerade, als ich die Liste zusammenknüllen will, lächelt mir Joes Gesicht aus dem Spiegel entgegen. Stimmt ja, ich habe die Fakten im Beichtstuhl auf die Rückseite des Gedenkblatts geschrieben. Vorsichtig lege ich es auf meinen Schreibtisch, Joes Gesicht nach oben.

Dann kritzle ich zehn neue Fakten auf ein weißes Blatt – Hausaufgabe aus der letzten Therapiesitzung. Der letzte Fakt landet auf der Rückseite. Dort, wo keiner ihn sehen kann. Nur ich weiß, dass er da ist. Eigentlich hätte ich ihn nicht aufschreiben müssen, aber irgendwie hat es gutgetan. Ich klebe das Papier an die alte Stelle.

Diese Liste soll mich an die guten und an die bösen Dinge in mir erinnern. Beide Seiten gehören zu mir, ob ich will oder nicht.

Ich werfe Mister Gockel einen Blick zu. Er steht immer noch auf meinem Nachttisch. Nur dass ich ihm das Auge ausgestochen und das hinter dem Batteriefach verbaute Mikro herausgebrochen habe. Trotzdem fühlt es sich an, als würde er mich beobachten. Als könnte er die neue Liste lesen.

#10factsaboutme:

1. Ich bin eine Sünderin, aber ich bin dabei, mich zu bessern. Zum Beispiel, indem ich den Rache-Agenten entlastet habe.
2. Ich denke mir jeden Tag Aufgaben für die Todsünden Neid und Völlerei aus. Wahrscheinlich werde ich nie erfahren, was der Teufel geplant hatte. Und das ist gut so.
3. Ich vergebe mir selbst. Jeden Tag ein Stückchen mehr.
4. Insgeheim bin ich froh, dass meine Schwester in einer Entzugsklinik sitzt. Irgendwann werde ich sie besuchen.
5. Ivar hat keine Macht mehr über mich. Weil er eine Lüge ist. Und weil er in Untersuchungshaft sitzt.
6. Vor 59 Tagen, 18 Stunden und 27 Minuten ist Joe gestorben. Und das wird das letzte Mal sein, dass ich nachgezählt habe.
7. Ein Teil von mir hofft, dass es irgendwo ein Paralleluniversum gibt, in dem ein Mädchen lebt, das so aussieht wie ich, aber das in den entscheidenden Momenten genau das Gegenteil von dem getan hat, was ich getan habe.
8. Manchmal wünsche ich mir, ich könnte mit diesem Mädchen tauschen.
9. Ich glaube, ich bin verliebt.
10. Ich bin keine Lügnerin mehr.

11. Meistens.

DANKE

Halte mich für verrückt (gut – wenn du das Ende von *Watched* gelesen hat, tust du das vielleicht sowieso schon …), aber ich liebe Danksagungen. Die Menschen hinter den Geschichten.

Man sagt, Schreiben ist ein einsamer Job. Das stimmt. Aber Danksagungen zeigen, dass AutorInnen sich nicht nur mit ihren ProtagonistInnen unterhalten. Deshalb schlage ich ein neues Buch immer zuerst ganz hinten auf. Manchmal tue ich in einer Buchhandlung nur das. Buch für Buch.

Und jetzt ist der Tag gekommen, an dem ich eine eigene Danksagung schreiben darf. Verrückt. Zuerst dachte ich, mir würden die Worte fehlen, aber eigentlich ist es die einfachste Sache der Welt, Danke zu sagen. Also los geht's:

Danke an …

… Mama und Papa. Weil man seinen Eltern nie genug danken kann.

… Mario, meinen Mann. Weil du mein Licht bist.

… Larissa. Weil du immer da bist.

… Anne. Weil du Lese- und Korrektuhr-Nerfen aus Stahl hast.

… Anna H. Weil du ein Schatz bist.

… Hanna. Weil du die erste Fassung gelesen und danach keinen Schreianfall bekommen hast.

… Birgit, meine Agentin. Weil du an mich glaubst.

… Katharina von Moon Notes. Weil du *Watched* eine Chance gegeben hast.

… Doro, meine Lektorin. Weil du deine Finger genau auf die richtigen Wunden gelegt und zugedrückt hast. (Autsch!)

... Steffi Hasse. Weil du dir Zeit für *Watched* genommen hast.

... Nils von bunteschwarzweisswelt. Weil du sofort mit im Boot warst.

… Joe. Weil du für diese Geschichte gestorben bist.

… Rena. Weil ich dich durch die Hölle schicken durfte.

… Dir. Weil du dieses Buch bis zum Schluss gelesen hast. Oder weil du wie ich Bücher zuerst ganz hinten aufschlägst.

Leseprobe aus

Chris Kaspar
Pride & Pretty. Einen Tod musst du sterben

»Stehenbleiben!«

Ich renne.

Den von Touris und Shoppingwütigen verstopften Seitenarm der Einkaufspassage hinunter in Richtung Underground. Dort springe ich in die nächste Tube und bin auf und davon. So ist zumindest der Plan.

Gut, die Verkäuferin aus dem Vision Express Store hab ich eindeutig unterschätzt, aber wer hätte ahnen können, dass sie auf ihren zehn Zentimeter Absätzen die Verfolgung aufnimmt?

Ein händchenhaltendes Paar springt auseinander, als es mich anrasen sieht. Ich bin ein Schneepflug und jeder, der mir in die Quere kommt, wird aus dem Weg geräumt. Eine Diebin hat für Höflichkeiten keine Zeit. Ein Schneepflug noch weniger.

Mein Atem geht stoßweise, die Muskeln in meinen Beinen brennen, mein Herz läuft mit mir um die Wette. Die Gewinnerin landet nicht im Verhörzimmer der Shopping Mall, muss den Cops nicht erklären, warum in ihrer Handtasche eine Prada Sonnenbrille liegt – neu, ohne Kaufbeleg. Wird nicht mit der Aufnahme einer Überwachungskamera konfrontiert, auf der man beobachten kann, wie sie an der Kasse des Optikers das

Brillenetui einer Kundin einsteckt. Muss sich keine Standpauke ihrer Mum anhören, die total schockiert über das Verhalten ihrer sonst so braven Tochter ist.

Ich durchbreche die Schlange der Wartenden vor Krispy Kreme und fühle mich gleichzeitig, als wäre ich gegen eine unsichtbare Frittierfett-Wand gelaufen. Ein Schauer aus empörten Rufen und Beschimpfungen prasselt auf mich herab. In Gedanken aktiviere ich die Scheibenwischeranlage des Schneepflugs. Wegwischen, weiterlaufen. »Platz da!«

Irgendwo hinter mir höre ich Lady Highheel fluchen. Ihre Stimme klingt leiser. Gutes Zeichen. Ich hab sie fast abgehängt.

Eine Lücke tut sich im Gedränge vor mir auf. Ich lege einen Zahn zu und donnere mit Vollgas gegen einen Kinderwagen. Er kracht zuerst zu Boden. Dann ich. Airbags hat der Schneepflug leider keine, die Bremsen sind meine Unterarme und Ellenbogen. Das Resultat: beißender Geruch nach verbrannter Haut, gepaart mit höllischem Schmerz.

Ein in pinkes Papier eingewickelter Blumenstrauß, eine Rassel und ein Schlappohrhase schlittern an mir vorbei. Erschrocken sehe ich auf. Die Mutter, die ihr Baby – Thank God! – auf dem Arm trägt, starrt mich mit offenem Mund an.

»Sorry!« Keuchend hebe ich die Hände.

Mein Herz rennt weiter, hängt mich ab.

Leute bleiben stehen. Glotzen. Lady Highheel ist nicht unter ihnen. Noch nicht. Oder hat sie etwa das Handtuch geworfen? Wäre fast zu schön.

Ohne ein weiteres Wort rapple ich mich auf, den Schmerz in den Armen blende ich aus. Nur ein Blechschaden.

»Hey, warte mal«, ruft die Mutter mir hinterher.

Zu spät, ich bin weg. Nach ein paar Metern habe ich das Ende der Einkaufspassage erreicht und stolpere rechts um eine

Ecke direkt auf die Rolltreppe zu. Davor hat sich eine Menschentraube gebildet. Ich drängle mich vorbei und kassiere einen erneuten, ganz persönlichen Shitstorm. Egal! Scheibenwischer auf Turbo schalten und weiter.

Musste mein Geburtstag unbedingt auf einen Samstag fallen, wenn halb London unterwegs ist? Shoppingbag reiht sich an Shoppingbag. Für mich sind sie nichts anderes als besonders hohe Schneewehen. Ich fahre die pochenden Ellbogen aus und drücke das Gaspedal durch. »Darf ich mal? Sorry! Ich muss da durch!«

Unten angekommen rase ich weiter zur Canary Wharf Station. Unerbittlich knallt die Sonne auf die riesige Glaskuppel über mir. Während ich auf die Reihe Metalltüren zulaufe, die mich immer an die Startboxen bei Pferderennen erinnern, nestle ich die Oyster Card aus dem Seitenfach meiner Tasche. Die elektronische Ticketkontrolle und eine zweite Rolltreppe sind jetzt noch alles, was mich von den Gleisen trennt. Machbar, ja, ich kann es schaffen.

Ich erwische die Karte, aber meine Hände zittern so sehr, dass sie direkt vor dem Lesegerät zu Boden fällt.

»Haltet das Mädchen auf!«

Innerlich stöhne ich genervt. Miss Highheel scheint das Durchhaltevermögen einer Marathonläuferin zu haben!

Hastig kratze ich die Karte vom Boden und halte sie an den Scanner. Die LED leuchtet.

Rot!

Mein Herz steht still. Habe ich noch genug Geld auf der Karte?

Dann ein Piepsen, das Lämpchen wird grün und die beiden Metalltüren vor mir klappen zur Seite.

Ohne mich noch einmal umzudrehen, jage ich hindurch.

»Mind the gap, please.«

Am Gleis steht die Tube noch, doch die ersten Türen schließen sich bereits. Sie ist randvoll. Die Leute, die dichter beieinanderstehen als die Emoticons bei WhatsApp, weichen meinem Blick aus. Als könnten sie mich durch Nichtbeachtung davon abhalten, zu ihnen einzusteigen.

Keine Chance!

Ich quetsche mich zwischen einen Jungen, der ein Hoverboard unter den Arm geklemmt hat, und einen Geschäftsmann, auf dessen Anzug und eng sitzende Krawatte ich alles andere als neidisch bin.

Bitte, bitte, bitte, flehe ich innerlich, bis der nervtötende Signalton – heute Musik in meinen Ohren – ankündigt, dass die Schiebetüren sich hinter mir schließen.

Endlich! Nach Jubeln ist mir trotzdem nicht. Ich drehe den Kopf zur Seite und schaue durch die Fensterscheibe hinaus auf den Bahnsteig. Keine Spur von Lady Highheel. In Canary Wharf sollte ich mich wohl vorerst nicht mehr blicken lassen.

Ich ziehe den Zündschlüssel am Schneepflug ab und auch mein Herzmotor verringert die Drehzahl. Mit einem sanften Ruck fährt die Tube an. Sofort stolpere ich nach links. Die Räder des Hoverboards drücken in meine Seite und vom Anzug kassiere ich einen bösen Blick. Ich setze ein entschuldigendes Lächeln auf und zwänge mich zwischen den beiden durch, um an die nächste Haltestange zu kommen.

Die Luft im Waggon ist so dick wie zu lange gebackener Plum Pudding. Nur dass der hier nach Metall, Dreck, Schweiß und anderen Dingen riecht, über die ich lieber nicht genauer nachdenken möchte. Aber all das ist erstmal egal. Ich hab's geschafft!

Jetzt brauche ich nur noch eine glaubhafte Geschichte, die erklärt, wie ich meine Unterarme so zugerichtet habe. Denn dass ich den Pretty Pennies die Wahrheit erzähle, kommt nicht infrage. Also schließe ich die Augen und verschwinde in MEINEM Memory Palace.

MEMORY PALACE

Fitnessstudio

Ich reiße die Tür zu MEINEM Fitnessstudio auf. Sofort entsteht vor MEINEN Augen ein Raum. Hantelbank für DAD, Cardiogeräte für MUM und MICH. Einmal blinzeln und schon trage ICH Sportsachen.

ICH steige aufs Laufband, beginne zu joggen. Und dann passiert es: Eins MEINER Schuhbänder löst sich. ICH trete darauf, gerate ins Stolpern, falle und knalle mit den Unterarmen auf das stetig weitersurrende Band. Ehe ICH die Arme hochreißen kann, hat das Band schon die oberste Hautschicht abgeschürft.

ICH stoße einen Schrei aus, renne zum Waschbecken, das neben der Tür befestigt ist, lasse kaltes Wasser über die Wunden laufen. Sie brennen höllisch.

Dann tupfe ICH die schmerzenden Stellen ganz vorsichtig mit einem Handtuch ab.

Sie Szene beginnt von vorne.

ICH steige wieder aufs Laufband.

Jogge.

Eins MEINER Schuhbänder löst sich.

ICH falle, schürfe MIR die Unterarme auf.

Von vorne. Wieder und wieder. So lange, bis die Erinnerung aus der Shopping Mall verblasst und allmählich von der neuen überschrieben wird. Bis die Antwort auf die Frage, wie ICH MIR die Unterarme aufgeschürft habe, sitzt.

Ich bin auf dem Laufband hingefallen.
Ich bin auf dem Laufband hingefallen.
Ich bin auf dem Laufband hingefallen.

MEIN Leben ist wie Vokabeln lernen. Wiederholung ist das A und O.